BASTEI
LÜBBE
TASCHENBUCH

Weitere Titel des Autors:

Ein Roboter namens Klunk

Titel in der Regel auch als E-Book erhältlich

Über den Autor:

Simon Haynes ist gebürtiger Brite, ist aber in Südspanien aufgewachsen. Seit 1983 lebt er mit seiner Familie in Australien. Er ist nicht nur Schriftsteller, sondern arbeitet nebenbei auch als Programmierer und ist ein Gründungsmitglied des *Andromeda Spaceways Inflight Magazine*. Für seine Serie um den Frachter-Kommandanten Hal Spacejock wurde er für den größten australischen Fantasy-Preis, den *Aurealis Award*, nominiert.

SIMON HAYNES

HELDEN HEULEN NICHT

ROMAN

Aus dem Englischen von
Winfried Czech

BASTEI LÜBBE
TASCHENBUCH

BASTEI LÜBBE TASCHENBUCH
Band 20763

1. Auflage: Juni 2014

Dieser Titel ist auch als E-Book erschienen

MIX
Papier aus verantwortungsvollen Quellen
FSC® C006701

Vollständige Taschenbuchausgabe

Deutsche Erstausgabe

Titel der australischen Originalausgabe: »Hal Spacejock: Second Course«
Originalverlag: Fremantle Arts Centre Press, Fremantle, Australia

Textredaktion: Dr. Frank Weinreich, Bochum
Lektorat: Ruggero Leò
Titelillustration: Katarzyna Oleska
Umschlaggestaltung: Guter Punkt, München
Satz: two-up, Düsseldorf
Gesetzt aus der Arno
Druck und Verarbeitung: CPI – Ebner & Spiegel, Ulm
Printed in Germany
ISBN 978-3-404-20763-3

Kapitel 1

Der interstellare Frachter *Volante* pflügte durch das All. Auf seinem stromlinienförmigen Rumpf spiegelten sich glitzernd die Lichtpunkte der fernen Sterne. Hal Spacejock, hatte seine Lieblingsposition auf der Kommandobrücke eingenommen – die Hände im Nacken verschränkt, die Stiefel auf die Steuerkonsole gelegt, ein Becher Kaffee in Reichweite. Er betrachtete den Hauptsichtschirm, auf dem sich ein Planet gleich einer aquamarinfarbenen Perle auf schwarzem Samt langsam vor dem Hintergrund der funkelnden Sterne drehte. Ein willkommener Anblick nach einem anstrengenden Flug durch die gewaltige Leere des Weltraums. Hal freute sich bereits auf einige Tage der Ruhe und Entspannung. Ganz besonders auf die Entspannung.

Plötzlich schoss ein Komet wie aus dem Nichts über den Bildschirm und verfehlte den Planeten so knapp, dass er seine Atmosphäre streifte.

»Ich wette, das hat die da unten mächtig aufgeschreckt«, sagte Hal, während der schimmernde Schweif des Kometen verblasste. Er starrte noch etwas länger auf den Bildschirm und hob dann den Blick zu einer Kamera in der Decke der Brücke, die Stirn gerunzelt. »Navcom, bewegen wir uns überhaupt noch?«

»Wir fliegen mit optimaler Reisegeschwindigkeit«, antwortete eine neutral klingende Frauenstimme.

»Warum wird dieser Planet dann nicht langsam größer?«

»Planet?«

»Du weißt schon, eins dieser großen runden Dinger, auf denen wir gelegentlich landen.«

»Ich weiß, was ein Planet ist«, erwiderte der Computer geduldig. »Aber ich habe keine Ahnung, von welchem Planeten Sie gerade sprechen.«

Hal deutete auf den Bildschirm. »Von diesem da!«

»Ich glaube, jetzt verstehe ich den Grund Ihrer Verwirrung. Sehen Sie, das ist gar kein Planet.«

»Was denn dann? Ein Wetterballon?«

»Negativ. Es handelt sich lediglich um eine Animation, die ich verwende, wenn sich der Sichtschirm im Standby-Modus befindet.«

Hal ließ den Blick über die Steuerkonsole gleiten. »Soll das heißen, dass ich die letzten vier Stunden damit zugebracht habe, die *Volante* durch einen Bildschirmschoner zu fliegen?«

»Sie haben überhaupt nichts geflogen. Das Schiff ist auf Autopilot geschaltet.«

»Na schön, dann schaff mir dies Animationsdings da vom Hals und zeig mir Ullimo.«

»Aber ...«

»Keine Widerrede!«

Der Bildschirm flackerte kurz auf und zeigte dann einen Lichtpunkt vor schwarzem Hintergrund.

»Ist er das?«

»Mehr oder weniger.«

Hal hob irritiert die Brauen und blickte in die Kamera. »Ja oder nein?«

»Nein«, gestand der Computer. »Es sind noch weitere Sprünge erforderlich, bevor ich eine Echtzeitdarstellung von Ullimo liefern kann. Diese Simulation ist das Beste, was mir zurzeit möglich ist.«

»Das ist aber keine sonderlich bemerkenswerte Simulation.«

»Ullimo ist auch kein sonderlich bemerkenswerter Planet.«

»Und was hat es mit diesen zusätzlichen Sprüngen auf sich? Warum bist du nicht gleich näher ans Ziel herangesprungen?«

»Das Ullimo-System ist mit Staub und Trümmern angefüllt. Die Navigation gestaltet sich unter diesen Bedingungen schwierig, und …«

»Irgendwann in nächster Zeit werde ich selbst die Steuerung übernehmen. Dann fliegen wir richtig in der Gegend herum.«

»Ich kann die Kontrolle über das Schiff nicht abgeben, bevor Sie die Bedienungsanleitung vollständig gelesen haben. Möchten Sie sie jetzt lesen?«

»In Ordnung, auf den Schirm damit.« Hal verschränkte die Arme vor der Brust. »Das ist nichts weiter als eine kleine Gedächtnisauffrischung für mich. Ich kenne den ganzen Kram bereits.«

Auf dem Hauptbildschirm erschien ein Textblock in Zehn-Punkt-Schrift. »Eignerhandbuch, Kapitel Eins«, erklärte der Navcom. »Ich habe den zweiten Absatz markiert. Das ist die Stelle, bis zu der Sie beim letzten Mal gekommen sind.«

Hal starrte eine Weile auf die Buchstabenwüste. »Ich habe jetzt keine Zeit für so was«, knurrte er schließlich. »Es gibt einige andere Dinge, die ich vorher erledigen muss.«

»Da wäre tatsächlich etwas, wobei Sie behilflich sein könnten«, sagte der Navcom. »Ich habe den Einfuhrzoll für unsere Fracht berechnet und brauche Ihre Genehmigung, um die Zahlung anzuweisen.«

»Ach, ja? Wie viel?«

»2000 Kredite.«

Hal fuhr kerzengerade im Pilotensessel hoch. Kaffee platschte über die Steuerkonsole. »Das ist mehr als die Hälfte unseres Honorars!«

»Sie haben dem Kunden LFH-Zustellung zugesagt.«

»Was soll das heißen?«

»Lieferung frei Haus: Wir übernehmen sämtliche anfallenden Gebühren.«

Hal fluchte. »Ich hatte doch gleich den Eindruck, dass der Kunde mich allzu zufrieden angeschaut hat.«

»Genehmigen Sie die Zahlung?«

»Bist du dir sicher, dass du keinen Fehler gemacht hast?«

»Ich mache keine Fehler«, versicherte der Computer kühl. »Selbst ein Mensch kann ausrechnen, was zehn Prozent von 20.000 ergibt.«

»Zehn Prozent! Das ist Diebstahl!«

»Der Zoll erscheint tatsächlich ein wenig hoch. Übrigens tropft gerade eine Flüssigkeit in meine Schaltkreise.«

Hal wischte den verschütteten Kaffee mit einem Ärmel seiner Fliegermontur von der Steuerkonsole. »Wie hoch ist der Zoll auf Roboterteile?«

»Zwei Prozent. Und es würde nicht funktionieren.«

»Was würde nicht funktionieren?«

»Sie können unsere Fracht nicht einfach als etwas ganz anderes deklarieren.«

»Wie wäre es mit etwas Ähnlichem?«

»Zum Beispiel?«

»Bettlaken.«

»Zwölf Prozent Einfuhrzoll.«

»Vorhänge?«

»15 Prozent.«

Hal musterte seinen kaffeegetränkten Ärmel. »Wie steht es mit Putzlumpen?«

Der Navcom zögerte. »Es gibt keinen Einfuhrzoll auf Putzlumpen.«

»Da hast du deine Antwort!« Hal strahlte. »Ändere die Angaben in den Frachtpapieren in Putzlumpen um und schick sie so los.«

»Aber unsere Fracht besteht aus brandneuen Stoffbahnen auf Rollen.«

»Dann ändere die Angaben in brandneue Putzlumpen auf Rollen um.«

»Aber ...«

»Navcom, woraus bestehen Putzlumpen?«

»Aus Stoff«, erwiderte der Computer widerwillig. »Aber ...«

»Kein Aber. Ändere die Frachtpapiere.«

»Umdeklarierung ist erfolgt. Nächster Posten: zwölf Kisten Früchte.«

»Einfuhrzoll?«

»Negativ. Unbearbeitete Lebensmittel unterliegen keinerlei Einfuhrzoll.«

»Gut. Sonst noch was?«

»Wir müssen Klunk verzollen.«

»Klunk ist Teil der Mannschaft!«

»Die Behörden werden Ihnen den Einfuhrzoll rückerstatten, sobald Sie den Planeten wieder verlassen. Bis dahin müssen Sie zwei Prozent seines Wertes an Einfuhrzoll zahlen.«

»Zwei Prozent von nichts ist nichts. Selbst ein Computer sollte das ausrechnen können.«

»Wollen Sie etwa behaupten, dass Klunk keinerlei Wert besitzt?«

»In finanzieller Hinsicht ist er völlig wertlos.« Hal warf einen verstohlenen Blick über die Schulter. Zum Glück befand sich außer ihm niemand auf der Brücke. »Verrate ihm nicht, dass ich das gesagt habe. Er könnte die Sache ... ääh ... missverstehen.«

»Ich wage die Vermutung, dass er die Aussage, ein wertloser Roboter zu sein, nicht missverstehen würde.«

»So habe ich das nicht gesagt!«

»Sie haben gesagt, er hätte keinen Wert.«

»Also gut, setz ihn mit 500 Krediten an. Sonst noch was?«

»Wir müssen alles verzollen, was einen Wert besitzt.«

Hal grinste. »So was wie mich, meinst du?«

»Nein, alles, was mit einem messbaren Wert zu beziffern ist.«

Hals Grinsen entgleiste. »Ich besitze doch bestimmt einen gewissen Wert.«

»Nicht, solange Sie nicht lernen, wie man ein Raumschiff steuert.«

»Schon gut, ich verstehe einen Wink mit dem Zaunpfahl.« Hal widmete sich ergeben dem Flughandbuch. Er schaffte es, zwei Sätze lang durchzuhalten, als die Fahrstuhltüren zischend auseinanderglitten.

»Mr Spacejock!«, rief Klunk drängend.

»Nicht jetzt, Klunk.«

Die Fußschritte kamen näher. »Mr ...«

»Moment noch!« Hals Lippen bewegten sich, während er sich durch den komplexen Text kämpfte. »Was ist eine Kupplung?«

»Mr Spacejock, ich muss unbedingt mit Ihnen sprechen!«

Hal drehte sich seufzend mit seinem Sessel herum. Vor ihm stand ein zerbeulter bronzefarbener Roboter, das schwammige Gesicht sorgenvoll verzogen. »In Ordnung, was liegt an?«

Der Roboter öffnete den Mund, und einen Sekundenbruchteil später purzelten die Wörter hervor. »Ich würde gern ein Betriebsproblem mit Ihnen erörtern. Wie ich im Verlauf meiner Kontrollen festgestellt habe, läuft der Hauptgenerator heiß.«

»Können wir das selbst beheben?«

»Nein. Wir müssen eine Inspektion durchführen lassen, sobald wir auf Ullimo gelandet sind.«

»Was wird uns das kosten?«

»Gar nichts. Die Inspektion fällt unter die Garantieleistungen.«

»Gut.«

»Es sei denn, die Inspektoren bemerken, dass der Generator nicht vorschriftsmäßig gewartet worden ist.«

»Häh?«

»Ich habe das Wartungsprotokoll wie von Ihnen gewünscht gefälscht, aber bei einer gründlichen Überprüfung könnten gewisse Unstimmigkeiten auffallen.«

»Aber …«

»Wissen Sie, wenn Sie nicht unser ganzes Geld für Inserate aufgegeben hätten, müssten wir uns jetzt nicht mit solchen Problemen herumschlagen.«

»Jetzt mal halblang. Ohne irgendwelche Anzeigen zu schalten, hätten wir jetzt gar keine Aufträge.«

»Stimmt. Allerdings war die Wahl der Medien, in denen Sie inseriert haben, ein wenig fragwürdig.«

»Was soll das jetzt wieder heißen? Ich habe dafür gesorgt, dass in 20 000 eBooks ein Werbebanner erschienen ist.«

»Es hat sich dabei um Bilderbücher gehandelt. Und es ist nun mal eine Tatsache, dass dreijährige Kinder keine umfangreichen Güter verschiffen lassen. Wenigstens haben Sie darauf verzichtet, weitere Kühlschrankmagneten zu bestellen.«

»Jetzt, wo du es erwähnst, wir haben vier Kartons davon im Frachtraum.«

»Wirklich? Warum bieten Sie sie dann nicht zum Verkauf an?«

»Sie funktionieren nicht vernünftig«, murmelte Hal. »Ich habe einen davon auf den Menüautomaten gesetzt, und er ist gleich wieder davongeschwirrt. Hat mich fast ein Auge gekostet.«

»Wie seltsam.« Klunk runzelte die Stirn. »Wo haben Sie die Kartons verstaut?«

»In diesem Schrank im Maschinenraum.«

»Es gibt keine Schränke im Maschinenraum.«

»Natürlich gibt es welche. Große graue Kästen mit silbernen Griffen.«

»Mr Spacejock, wollen Sie mir etwa gerade zu verstehen geben, dass Sie vier Kartons mit Magneten im Inneren des Gravitationsgenerators verstaut haben?«

»Wenn es sich dabei um die großen grauen Schränke handelt, dann ja. Sie haben jede Menge Stauraum geboten, nachdem ich erst einmal ein paar Kabelstränge und anderes Zeugs beiseitegeräumt hatte.«

Klunk starrte Hal sprachlos an.

»Okay, die Kühlschrankmagneten waren also keine besonders attraktive Investition. Aber was ist mit meiner Fastfood-Kampagne? Ich habe unsere Gutscheine für die Dauer eines kompletten Monats auf jeder Softdrinkdose platzieren lassen.«

»Bei einer Firma, die ausschließlich Gefängnisse beliefert.«

»Auch schlechte Werbung ist Werbung.«

»Und Sie tun Ihr Bestes, um das zu beweisen.« Klunk seufzte. »Mr Spacejock, es wäre ein Wunder, wenn irgendeine Ihrer kaum durchdachten Werbekampagnen auch nur das Geld wieder einspielen würde, das Sie darin investiert haben. Bis dahin können wir es uns nicht leisten, das Schiff warten zu lassen.«

»Wir sind aber auf Werbung angewiesen, um höherwertige Klienten zu bekommen. Ich habe die Nase voll von windigen Geschäftsleuten. Wir brauchen solide Kunden, die unser Renommee erhöhen.«

»So wie Vorschulkinder und Strafgefangene? Wie auch immer, Spediteure werden nicht nach ihren Klienten beurteilt.«

»Ach, wirklich? Und warum weisen die Raumflughäfen uns dann immer Landeplätze am äußersten Rand der Flugfelder zu?«

»Weil sie Angst haben, dass Sie ihre Gebäude beschädigen könnten. Wenn Sie mich jetzt entschuldigen würden, ich muss mich um die Generatoren kümmern und den Überbrückungsflansch auf dem Hyperraumaggregat wiedereinsetzen.«

Nachdem Klunk verschwunden war, wandte sich Hal erneut dem Bildschirm zu und starrte verwirrt die Buchstabenwüste an. »Ach, ja, Kupplungen.« Kurz darauf schüttelte er den Kopf. »Ich brauche Koffein.« Er ging ans andere Ende der Brücke und holte sich einen Becher Kaffee aus dem Getränkeautomaten. Während er trank, ließ er den Blick über die Brücke wandern. Der Text auf dem Bildschirm war zu klein, um ihn aus dieser Entfernung lesen zu können, aber die Absätze bildeten ein interessantes Schachbrettmuster.

»Hey, wann haben wir eigentlich das letzte Mal Schach gespielt?«, fragte er. »Kannst du dich noch daran erinnern?«

»Nur zu gut«, erwiderte der Computer.

»Lass uns jetzt eine Partie spielen.« Hal kehrte mit seinem Kaffee zur Instrumentenkonsole zurück. »Stell die Figuren auf. Ich nehme schwarz.«

»Laut meinen Aufzeichnungen, müssten Sie wieder weiß nehmen.«

»Yeah, aber du weißt ja, was jedes Mal passiert, wenn ich den ersten Zug mache. Diese Erweiterung, die Klunk installiert hat, macht jede Partie zu einem Witz.«

»Trotzdem wäre es nur fair, die Seiten zu wechseln.«

»Das ist es nicht. Es ist reine Zeitverschwendung.«

Der Navcom schwieg.

»Oh, hör schon auf zu schmollen«, knurrte Hal. »Wenn du unbedingt willst, kannst du schwarz haben.«

Mitten in der Luft erschien ein Schachbrett und drehte sich so, dass die weißen Figuren auf Hals Seite standen. Er deutete auf einen der Bauern und berührte das Quadrat zwei Felder vor der Figur. Der Bauer huschte über das Feld.

»Ich gebe auf«, informierte ihn der Navcom.

Hal stöhnte. »Komm schon, lass uns spielen.«

»Es ist zwecklos. Sie werden mich in 15 Zügen besiegen.«

»Werde ich nicht!«

»Das werden Sie. Ich habe bereits die einzelnen Züge berechnet, die zu Ihrem Sieg führen werden.«

»Wie erstaunlich, denn ich habe nichts dergleichen getan.« Hal zog den Bauern zurück und bewegte einen anderen. »Was, wenn ich so anfange?«

»16 Züge«, sagte der Navcom. »Sie haben mich in eine aussichtslose Situation manövriert.«

Hal ersetzte den Bauern durch ein Pferd.

»Ein sehr listiger Beginn«, stellte der Navcom fest. »Schachmatt in 14 Zügen.«

»Wo bleibt dein Ehrgeiz?«, wollte Hal wissen.

»Aussichtslose Kämpfe zu führen, ist reine Energieverschwendung.«

»Ich gebe nicht gleich auf, wenn ich in die Defensive gerate, oder? Ich zieh nicht den Schwanz ein, sobald es haarig wird.«

»Nein, Sie kämpfen immer bis zum bitteren Ende«, räumte der Navcom ein.

»Danke«, sagte Hal.

»Das war kein Kompliment«, erwiderte der Computer. »Ich habe nur eine Tatsache festgestellt.«

Hal seufzte. »Hast du irgendwas anderes zu bieten, das wir ausprobieren könnten? Irgendwas, bei dem du nicht schon nach zwei Sekunden aufgibst?«

»Mein Spielerepertoire ist etwas begrenzt. Ich hätte allerdings eins, bei dem es um Minen geht.«

»Wirklich? Wie funktioniert das?«

»Man wählt so lange Sektoren aus, bis man einen falschen erwischt und das Spiel damit endet.«

»Und das soll Unterhaltung sein, ja?« Hal seufzte erneut. »Hol das Flughandbuch wieder auf den Schirm. Selbst das ist besser als dieser Müll.«

Klunk humpelte in Gedanken versunken durch den Gang des Unterdecks in Richtung des Maschinenraums. Er machte sich keine allzu großen Sorgen wegen des Generators, da moderne Raumschiffe dazu neigten, schon aufgrund geringster Temperaturabweichungen Warnmeldungen auszugeben. Was ihm hingegen wirklich Sorgen bereitete, war, dass sie all die regelmäßigen Wartungssequenzen ausließen. Sollte es zu irgendwelchen ernsthaften Problemen mit der *Volante* kommen, würden die Hersteller die gefälschten Inspektionsberichte garantiert entdecken und sich weigern, die Schäden gemäß den Garantiebedingungen zu beseitigen. Dann würde der über nicht die geringsten Geldreserven verfügende Mr Spacejock gezwungen sein, sein Schiff zu verkaufen. Und ihm selbst, Klunk, drohte mangels irgendwelcher Alternativen der Schrottplatz.

Also beschloss er, den Generator genau im Auge zu behalten, bis sie gelandet waren, wie unbedeutend die Temperaturschwankungen auch sein mochten.

Er stieg einen schmalen Treppenschacht innerhalb des Frachthangars hinauf und öffnete das schwere Schott in den Maschinenraum. Der größte Teil der Antriebsaggregate lag hinter Abschirmungen verborgen, in deren Mitte ein schmaler Gang zur Generatorkammer am Ende des Raumes führte. Klunk quetschte sich zwischen dröhnenden Maschinen hindurch und öffnete eine kleine Luke, hinter der eine enge Nische lag. Dort ragten zwei massige Zylinder auf, die im Duett heulten, während sie Treibstoff und Kühlflüssigkeit durch dünne metallische Leitungen saugten und im Gegenzug die elektrischen Systeme des Schiffs mittels dicker Kabelstränge mit Strom versorgten. Über den Leitungen und Kabelbäumen hing ein Kontrollmonitor, auf dem ein halbes Dutzend Messanzeigen und ein Fließtext zu sehen waren.

Klunk trat vorsichtig über einen Flecken mit Schmierfett hinweg und begann mit der Inspektion des ersten Zylinders. Moderne Roboter verfügten über eine beachtliche Menge interner Prüfinstrumente, die sie in die Lage versetzten, Betriebsdaten herunterzuladen, Fehlermeldungen aufzuschlüsseln und gleichzeitig die Brückencrew mit geistreicher Konversation zu unterhalten. Unglücklicherweise war Klunk kein moderner Roboter, weshalb er den Kopf seitlich gegen den Generator presste und prüfend mit den Fingerknöcheln auf die metallene Rundung pochte. Zufrieden mit dem Ergebnis, wiederholte er die Prozedur an dem zweiten Zylinder. Danach begutachtete er die Anzeigen. Alle Werte befanden sich im grünen Bereich, auch wenn eine der Anzeigen leicht flackerte.

Als Klunk einen Arm ausstreckte, um auf den Monitor zu klopfen, rutschte er auf dem Fleck Schmierfett aus und fiel mit dem Kopf voraus in die Kühlflüssigkeitsleitungen, die unter seinem Gewicht knarrten und quietschten. Er blieb eine oder zwei Sekunden lang reglos liegen, während seine internen Diagnoseprogramme überprüften, ob er sich einen Schaden zugezogen hatte, bevor er sich aus dem Leitungsgewirr befreite und aufstand.

Sofort fielen ihm zwei beunruhigende Entwicklungen auf: Die Temperatur in der Nische hatte sich deutlich erhöht, und der Zylinder neben ihm gab ein seltsames grollendes Geräusch von sich.

Klunk starrte auf die Anzeigebatterie. Obwohl er keinen Schluckreflex besaß, tat er sein Bestes, ihn zu simulieren. Die Hälfte der Instrumentennadeln standen im roten Bereich, und der Rest tanzte hin und her wie der Messfühler eines EKG-Geräts. Er beugte sich gerade nach unten, um die Leitungen näher in Augenschein zu nehmen, als Hals Stimme aus der Bordsprechanlage ertönte.

»Klunk, überall auf der Instrumentenkonsole leuchten rote Lichter auf. Temperatur-, Schmierfilm-, Druckanzeigen und was es da sonst noch gibt, es blinkt einfach alles. Und was ist das für ein komisches grollendes Geräusch?«

»Ich führe gerade eine kleinere Reparatur durch!«, rief Klunk mit lauter Stimme, um das Dröhnen des Generators zu übertönen. Er streckte eine Hand nach der Schalttafel aus und riss ein Bündel Kabelanschlüsse aus ihren Steckdosen, worauf die Anzeigen erloschen.

»Ah, das hat das Problem erledigt«, meldete Hal. »Ich hatte für einen Moment gedacht, du hättest da unten irgendwas kaputt gemacht.«

»Over and out«, bestätigte Klunk und trennte eilig die Verbindung. Er ließ die Kabelanschlüsse sinken, inspizierte die Schäden an den Kühlflüssigkeitsleitungen und zuckte angesichts der Knickspuren und plattgedrückten Stellen unwillkürlich zusammen. Indem er seine Finger wie die Backen einer Spitzzange benutzte, gelang es ihm, die gequetschten Rohrleitungen wieder in ihre alte Form und den ursprünglichen Durchmesser zu bringen. Das Grollen verstummte in dem Maß, in dem die Kühlflüssigkeit zunehmend frei fließen konnte, und kurz darauf verrieten ihm seine internen Sensoren, dass auch die Temperatur wieder sank.

Mit einem erleichterten Seufzen ergriff Klunk einen Putzlumpen und entfernte den gefährlichen Schmierfettfleck auf dem Boden. Anschließend hängte er den Lappen über die lädierten Rohrleitungen und sog prüfend die Luft ein. Gott sei Dank war alles wieder normal.

Er wollte gerade gehen, als ihn ein entsetzlicher Gedanke durchzuckte. Was, wenn ein Wartungsteam bei der Überprüfung der Generatoren die verbeulten Rohrleitungen des Kühlflüssigkeitssystems bemerkte? Sollte man ihn darauf ansprechen, würde er die Wahrheit sagen müssen, nämlich dass er es selbst gewesen war, der die Leitungen beschädigt hatte. Dann würden ihn die Techniker auch für alle anderen Probleme an Bord der

Volante verantwortlich machen, einschließlich der ursprünglichen Temperaturschwankungen des Generators, und in der Folge würde Mr Spacejock sein Schiff verlieren!

Wenn er doch nur wie ein Mensch lügen könnte! Unglücklicherweise aber war seine Programmierung nicht dafür ausgelegt. Er war vielmehr gezwungen, alles genau so zu berichten, wie es in seinen Datenspeichern verzeichnet war. Sollte er sich weigern zu reden, würde man ihn mit einem Computer verbinden und die Informationen mit Gewalt aus ihm herausholen.

Klunks Gedanken liefen auf Hochtouren, als er den Generatorraum verließ. Was, wenn er überhaupt keine Erinnerungen mehr an den entsprechenden Vorfall hätte? Alle Roboter verloren von Zeit zu Zeit Daten – besonders dann, wenn sie einen Absturz ihres Betriebssystems erlitten hatten. Klunk hangelte sich durch seinen Kurzzeitgedächtnisspeicher zurück, während er den Generatorraum verließ, bis er zu dem Zeitpunkt kam, an dem er auf dem Fettfleck ausgeglitten war. Von dort aus folgte er dem Speicherprotokoll bis zu jenem Moment, an dem er das Schmierfett entfernt hatte. Dann markierte er die gesamte Sequenz, löschte sie, fügte eine Fehlermeldung für den fraglichen Zeitabschnitt in sein Datenprotokoll ein und führte einen Neustart seines Betriebssystems durch.

Dunkelheit umfing ihn einen Moment lang, und als er wieder zu sich kam, stand er vor dem Aufzug im Unterdeck der *Volante*. Er schüttelte den Kopf, verärgert über die Zeitverschwendung. Die Meldung über eine angebliche Fehlfunktion des Generators hatte sich als falscher Alarm erwiesen!

Kapitel 2

Hal saß mit einer Tasse frischen Kaffees vor dem Steuerpult der *Volante* und kämpfte sich widerwillig durch das Flughandbuch. Neben ihm stand eine Dose mit Keksen, und nachdem er sich durch einen besonders langweiligen Abschnitt zum Thema »Raumschifftreibstoff« gequält hatte, griff er nach einem Keks und biss ein großes Stück davon ab. »Wer hat diesen Mist eigentlich verzapft?«, beschwerte er sich. »Das liest sich ja grauenhaft!«

»Die Autoren müssen nicht unterhaltsam schreiben«, sagte der Navcom. »Ihre Aufgabe besteht lediglich darin, Informationen zu vermitteln.«

»Ich wette, der Kram ist von einem Roboter geschrieben worden«, knurrte Hal undeutlich aus seinem mit Keksbrei gefüllten Mund.

»Das ist eine böswillige Unterstellung.«

»Dann nenn mir ein bedeutendes literarisches Werk, das ein Computer vollbracht hat.«

»Nennen Sie mir ein Raumschiff, das von einem Menschen konzipiert worden ist.«

»Das erklärt eine Menge«, sagte Hal. Er biss erneut von seinem Keks ab. »Dieses Zeug schmeckt fade.«

»Es war billig.«

»Würde ich was Billiges wollen, könnte ich genauso gut Klopapier in Kaffee tunken und essen.« Hal beäugte das Gebäck misstrauisch. »Sofern ich das nicht sowieso schon mache.«

»Nein, das ist eindeutig kein Klopapier.«

»Wie kannst du dir da sicher sein?«

»Das organische Material dieses Kekses ist ausschließlich insektoider Herkunft.«

»Uhh!« Hal starrte in die Dose. »Ich dachte, diese Dinger seien Rosinen!«

Es klingelte.

»Wir werden gerufen«, sagte der Navcom.

»Von wem?«

»Von der *Central Bank*. Man bietet Ihnen einen Auftrag an.«

»Die *Central*, ja? Also, das ist genau die Art von Kunden, die wir brauchen.« Hal wischte die Kekskrumen von seiner Fliegermontur und fuhr sich mit den Fingern durchs Haar. »Okay, auf den Schirm mit den Typen.«

Es krachte in den Lautsprechern, und auf dem Bildschirm erschien ein Mann mit beginnender Glatze in einem dunklen Anzug. In gedämpftem Licht schien sein bleiches Gesicht körperlos in der Luft zu schweben. »Sind Sie Hal Spacejock?«, fragte er.

»Aber klar doch«, erwiderte Hal. »Wie kann ich Ihnen helfen?«

»Meine Name ist Cecil Fish. Ich bin der für den Dienstleistungsbereich der *Central Bank* zuständige Prokurist.«

»Tatsächlich?« Hal wirkte beeindruckt. »Und was tut ein solcher … Prokurist?«

Fish überging die Frage. »Soweit ich weiß, sind Sie gerade unterwegs nach Ullimo. Richtig?«

»Wir sind etwas vom Kurs abgekommen, aber mein Computer wird uns ans Ziel bringen.« Hal wischte sich über die Stirn. Normalerweise betrug die Raumtemperatur auf der Brücke konstant 20 Grad, aber aus irgendeinem Grund schien es heute deutlich wärmer zu sein.

»Es freut mich, das zu hören«, sagte Fish, ohne auf Hals Unbehagen einzugehen. »Ich habe hier ein paar wichtige Akten, die zu unserer Filiale auf Ackexa gebracht werden müssen. Für diesen Auftrag würde ich gerne Ihre Dienste in Anspruch nehmen.«

»Akten? Können Sie die denn nicht senden?«

»Wir von der *Central Bank* vertrauen derart wertvolle Dokumente nicht dem elektronischen Datenverkehr an«, erklärte Fish geziert. »Jede einzelne Seite dieser Dokumente wurde handschriftlich unterschrieben und beglaubigt.«

»Sie zahlen den Preis.« Hal zuckte die Achseln. »Wäre ich an Ihrer Stelle, würde ich die Zettel mit der Post verschicken.«

»Und genau aus diesem Grund betreiben Sie auch keine Bank«, sagte Fish. »Also, die Lieferung umfasst 36 Paletten an Dokumenten. Das geschätzte Gewicht der Ladung beträgt 72 000 Kilogramm, doch ist darin eine Variable enthalten, die der in das Papier gebundenen Feuchtigkeit von circa fünf Prozent des Gesamtgewichts geschuldet ist.«

Hal schürzte die Lippen. »So viel?«

»Fünf Prozent ist nicht besonders viel.«

»Nein, ich meinte die 36 Paletten. Das ist eine umfangreiche Ladung. Der Auftrag könnte ziemlich teuer werden.«

Fish hielt einen zerknautschten Pappbecher hoch. »Laut diesem Gutschein sind Sie siebeneinhalb Prozent billiger als die Konkurrenz.«

»Hey, das ist meine Gefängnisgetränkewerbung!«, rief Hal. »Wo haben Sie die denn her?«

»Ich habe meinen Geschäftspartner besucht.« Fish musterte Hal mit kaltem Blick. »Ist dieser Gutschein wertlos?«

»Dieses Angebot ist nicht mehr aktuell.« Hal fuhr sich mit dem Hemdsärmel über die Stirn. »Die Treibstoffpreise sind mittlerweile gestiegen. Sie wissen ja, wie sich die Dinge laufend ändern.«

Fish zerknüllte den Becher in der Hand. »Also gut, dann

wende ich mich eben an *Curtis Freightlines*. Die haben eine moderne Flotte, und ihr Preise sind …«

»Nein, Moment!«, rief Hal hastig. »Ich übernehme den Auftrag. Und wir sprechen hier nicht von irgendeinem schrottreifen Seelenverkäufer. Die *Volante* ist ein brandneues Schiff.«

»Das klingt sehr erfreulich. Schön, der Auftrag gehört Ihnen. Ach, eine letzte Sache noch. Die Ladung muss morgen vor Büroschluss abgeliefert werden.«

»Jede gewünschte Lieferzeit, das ist unser Motto. Solange uns natürlich nicht irgendwelche Hindernisse im Weg stehen, versteht sich.«

»Sie werden pünktlich liefern, Hindernisse hin oder her. Unsere Verträge sehen empfindliche Strafen für verspätete Zustellungen vor.« Fish beendete die Verbindung mit einer knappen Handbewegung.

Hal wischte sich eine Schweißperle von der Stirn. »Navcom, was ist mit der Luft los?«

»Nichts.«

»Es ist heiß hier.«

»Nein, ist es nicht.«

»Wäre ja möglich, dass du mich reingelegt hast.« Hal richtete den Blick auf den kleinen weißen Punkt auf dem Sichtschirm. »Wie lange von jetzt an?«

»Geschätzte Ankunftszeit etwa 20 Minuten.«

»Was meinst du mit ›etwa‹ 20 Minuten? Ist alles mit dem Schiff in Ordnung?«

»Ich bin völlig funktionstüchtig, und …«

»Ein einfaches ›ja‹ wäre ausreichend«, unterbrach Hal den Schiffscomputer.

»Schön.« Der Computer klang eingeschnappt. Auf dem Bildschirm erschien das dritte Kapitel des Handbuchs. »Vergessen Sie nicht, zu lesen.«

»Der Text steht auf dem Kopf. Und was hat es mit dem ›etwa‹ nun auf sich?«

»Nichts, überhaupt nichts«, versicherte der Computer eilig. »Ich bin völlig …«

»Navcom, ich komme mir hier wie in einer Sauna vor. Hör auf, mir zu erzählen, dass alles in Ordnung ist.« In diesem Moment erschien der Aufzug, und die normalerweise geräuschlos funktionierenden Türen glitten mit einem lauten Knirschen auf. »Klunk, wie viel springt für uns bei diesem siebenprozentigen Rabatt bei einem Auftrag heraus?«

»Es sind siebeneinhalb Prozent, und es springt gar nichts für uns heraus«, sagte der Roboter. »Wie Sie sich vielleicht erinnern, habe ich Ihnen davon abgeraten.«

»Du rätst von allem ab. Zum Glück höre ich dir nie zu, weil wir gerade von der *Central Bank* angeheuert worden sind.«

»Die *Central Bank*?«, rief Klunk aus.

»Ja. Wir sollen irgendwelchen Papierkram der Bank zu einer ihrer Filialen auf Ackexa bringen. Ich will es dir zwar nicht unter die Nase reiben, aber die Bankleute haben meinen Gutschein auf einem Softdrinkbecher gesehen.«

»Haben Sie Ackexa gesagt?« Klunk wirkte nachdenklich. »Mr Spacejock, was wissen Sie über Outsider-Planeten?«

»Sie befinden sich außerhalb der Union?«

»Eine ziemlich sichere Schlussfolgerung. Sehen Sie sich das an.« Klunk rief eine Navigationskarte auf und vergrößerte einen nur spärlich besiedelten Raumsektor. »Hier können Sie den Unterschied zwischen dem Raum der Union und dem der Outsider sehen.« Er deutete auf eine dünne rote Linie. »Jenseits dieser Linie sind Sie auf Gedeih und Verderb einem Justizsystem mit einem makellosen Ruf ausgeliefert.«

»Und was ist so schlimm daran?«

»Um diesen Ruf zu erlangen, wird dort jeder Verdächtige

ohne Gerichtsverfahren eingebuchtet. Natürlich sind einige Gegenden noch schlimmer als andere. In den äußeren Regionen werden Sie zuerst erschossen und Ihre sterblichen Überreste anschließend eingekerkert.«

»Du meinst eingeäschert.«

»Ich weiß, was ich gemeint habe.«

Hal wischte sich über die Stirn. »Und was sind die gefährlichen Aspekte?«

»Dieser Planet ist der schlimmste von allen.« Klunk deutete auf einen blauen Punkt.

»Kein Stress. Dann halten wir uns eben von diesem Planeten fern.«

»Ach, ja?« Klunk zoomte den Punkt heran, bis er sich in einen dicken blauen Planeten verwandelt hatte. »Das ist Ackexa, unser Ziel. Überbevölkert, vergiftet und absolut gesetzlos.«

Hal beäugte den Bildschirm und schüttelte den Kopf. »Du übertreibst.«

»Wirklich?«

»Natürlich. Du bist nur verärgert, weil *ich* den Auftrag an Land gezogen habe.«

»Sie haben eine Lieferung zum tödlichsten Punkt der Galaxis vereinbart und erwarten gute Laune von mir?«

»Wir haben keine andere Wahl.« Hal zuckte die Achseln. »Wenn ich diesen Auftrag ablehne, bieten mir die Leute nie wieder einen anderen an.«

»Sagen Sie hinterher nicht, ich hätte Sie nicht gewarnt.«

Hal zupfte am Kragen seiner Fliegermontur. »Liegt es nur an mir, oder wird es heiß hier drinnen?«

»Wir haben 37 Grad«, sagte Klunk.

»Navcom, senk die Temperatur!«, befahl Hal. »Sofort!«

»Ausführen nicht kann«, erwiderte der Computer. »Ich sehe … eisig.«

Hal hörte eine Bewegung hinter sich, und als er sich umdrehte, sah er Klunk Richtung Aufzug hasten. »Wo willst du hin?«

»Der Hauptgenerator hat gerade eine Temperaturwarnung ausgelöst. Ich sollte das besser überprüfen.«

»Schon wieder?«

Klunk verharrte und runzelte die Stirn. »Was meinen Sie mit ›schon wieder‹?«

»Du hast den Generator doch gerade erst überprüft.«

»Tatsächlich?«

»Ja! Du hast gesagt, du müsstest dieses Dingens auf dem Hyperraumaggregat neu versiegeln.«

Der Roboter wirkte überrascht. »Das habe ich gesagt?«

Hal klopfte auf seine Taschen. »Wie dumm von mir, dass ich meinen schickes neues Aufzeichnungsgerät verlegt habe. Pass auf, ich weiß nicht mehr, was du genau gesagt hast, aber darauf lief es hinaus. Okay?«

»Wie merkwürdig. Ich kann mich überhaupt nicht an ein solches Gespräch erinnern.«

»Du meinst das wirklich ernst.« Hal starrte den Roboter an. »Wir sollten dich besser warten lassen.«

Klunk nickte. »Datenverlust kann sehr gefährlich werden. Ich werde meine Schritte zurückverfolgen, während Sie mit Ihrer Lektüre fortfahren.«

»Mit meiner …?« Hal richtete den Blick auf den Bildschirm. »Was ist das?«

»Es sieht wie das Fliegerhandbuch aus«, sagte Klunk. »Warum ist der dritte Satz hervorgehoben?«

»Weil das die Stelle ist, bis zu der er gekommen ist, bevor er das Interesse verloren hat«, erklärte der Navcom.

»Ich habe nicht das Interesse verloren«, verteidigte sich Hal. »Ich musste einen Geschäftstermin mit einem wichtigen Klienten wahrnehmen.« Er bedachte Klunk mit einem finsteren Gesichtsausdruck. »Wie steht es jetzt damit, dass du deine letzten Schritte zurückverfolgen willst?«

»Ich bin schon unterwegs.«

Während sich die Aufzugtüren schlossen, wandte sich Hal wieder dem Bildschirm zu. »Ich werde mich diesmal richtig anstrengen. Es kann gar nicht so kompliziert sein.«

»Wir werden gerufen«, meldete der Navcom plötzlich. »Rex Curtis, höchste Dringlichkeit.«

»Rex wer?«

»Curtis«, wiederholte der Computer.

Hal zuckte die Achseln. »Leg ihn auf den Schirm.«

Auf dem Monitor erschien ein Büro mit Holzvertäflung, einem schneeweißen Teppich und einem riesigen Schreibtisch, hinter dem ein großer dunkelhaariger Mann in einem makellosen Anzug saß. »Mr Spacejock?«, erkundigte er sich in ernstem Tonfall.

»Das bin ich«, erwiderte Hal.

»Wir müssen uns über eine Frachtlieferung unterhalten.«

»Was für eine Fracht?«

»Papierkram. 36 Paletten für Ackexa.«

»Tut mir leid, aber ich bin bereits ausgebucht. Wir können uns wieder unterhalten, nachdem ich den ersten Posten geliefert habe.«

»Sie werden überhaupt nichts liefern!«, fauchte der dunkelhaarige Mann. »*Curtis Freightlines* hat einen Vertrag mit der *Central Bank*. Sie müssen deren Auftrag einfach nur ablehnen.«

Einen Moment lang war Hal in Versuchung. Klunk zufolge handelte es sich bei Ackexa um ein Pulverfass, und die *Volante* war ein brennendes Streichholz. Auf der anderen Seite war ihm dieser Curtis auf Anhieb unsympathisch, und sie hatten den Auftrag völlig legitim ergattert. »Tut mir leid, aber ich habe den Job bereits angenommen.«

»Die Sache ist ganz einfach, Mr Spacejock. Stornieren Sie den Auftrag oder tragen Sie die Konsequenzen.«

Hal zuckte die Achseln. »Versuchen Sie Ihr Schlimmstes.«

»Sie werden das noch bedauern.« Curtis beugte sich über den Schreibtisch, sein Gesicht näherte sich der Kamera. »Ich habe die Schnauze gestrichen voll von schäbigen Raumpiloten, verrosteten Frachtkähnen und schlampigen Lieferungen. Man sollte Ihresgleichen verhaften, das ganze verdammte Pack, und ins Gefängnis stecken.«

»Verrostete Frachtkähne?« Hal deutete mit einer ausladenden Geste auf das unbefleckte Deck. »Ich habe keine Ahnung, welche heruntergekommenen Schiffe Sie sonst benutzen, aber die *Volante* ist brandneu.«

»Dann müssen Sie sie gestohlen haben.«

»Nein, ich habe sie mir durch ehrliche Arbeit verdient. Und da wir gerade davon reden, ich bin beschäftigt, also lassen Sie mich in Ruhe.« Hal hieb mit der Faust auf die Verbindungstaste. »Navcom, sollte er noch mal anrufen, kannst du ihm sagen, er soll sich …«

»Ich halte das nicht für klug«, unterbrach der Computer. »Mr Curtis ist ein einflussreicher Mann. Sie können ihn nicht auffordern, sich zu … Also, Sie können ihm nicht sagen, was Sie da gerade vorschlagen wollten.«

»Stell ihn noch mal zu mir durch, und ich beweise dir, dass du dich irrst.« Hal wandte sich wieder dem Bildschirm zu. Er hatte kaum den nächsten Satz überflogen, als ein Signalton plärrte. Seine Füße rutschten von der Steuerkonsole, und die Keksdose flog in hohem Bogen durch die Luft, als er strampelnd und mit rudernden Armen auf das Deck fiel. »Was, zum …«

»Notfall!«, kreischte der Navcom, während Kekse auf die Instrumentenkonsole herabregneten. »Hauptgenerator ausgefallen! Alle Besatzungsmitglieder an Deck!«

Es folgte ein Gurgeln, dann erlosch die Beleuchtung.

»Navcom?« Hal starrte in die Dunkelheit. »Hey, hör sofort mit dem Unfug auf!«

Er erhielt keine Antwort.

»Navcom?«

Auf der Kommandobrücke herrschte völlige Stille. Die Instrumentenkonsole war tot, die Luftumwälzungsanlage gab keinen Laut von sich, und selbst das ferne Grollen des Raumschiffantriebs war verstummt. Einzig die Notbeleuchtung war angegangen. Doch sonst: Lebenserhaltungssysteme ausgefallen, Schutzschilde weg, keine Energie ... Nur ein erfahrener Pilot vermochte das Schiff jetzt noch zu retten.

Hal richtete sich auf und legte die Hände trichterförmig um den Mund. »Klunk!«, rief er. »Hilfe!«

»Du hast dir reichlich Zeit gelassen«, knurrte Hal, als sich die Aufzugtüren knirschend öffneten.

»Ich habe die Generatoren inspiziert.« Klunk betrat die Brücke und blinzelte im schwachen Licht der Notbeleuchtung. »Was ist passiert?«

Hal versuchte, eine passable Antwort aus seinem begrenzten technischen Vokabular zusammenzubasteln. »Es hat ein summendes Geräusch gegeben, und dann ist das Licht ausgegangen.«

»Das ist nicht sonderlich erhellend«, stellte Klunk fest, während er sich der Instrumentenkonsole näherte. Er tastete unter der Vorderkante herum, worauf sich die gesamte Schalttafel mit einem zischenden Geräusch hob. Der Roboter sicherte die hochgeklappte Tafel mit einem Metallbolzen und spähte in den so entstandenen Spalt.

»Und?«, fragte Hal, während er Klunk über die Schulter schaute.

Klunk drehte sich langsam um. »Und was?«

»Was ist schiefgegangen?«

Der Roboter richtete sich auf. »Mr Spacejock, es ist jetzt zehn Minuten her, seit Sie um Hilfe gerufen haben. Seither hat Ihr einziger Beitrag zur Lösung unserer Probleme darin bestanden, die Kaffeemaschine wieder in Betrieb zu nehmen.«

»Koffein hilft mir beim Denken«, verteidigte sich Hal lahm.

»Wirklich?« Klunk sah ihm direkt in die Augen. »Dann sollten Sie mehr davon trinken.«

»Sehr lustig.« Hal verschränkte die Arme vor der Brust. »Kümmere dich jetzt wieder um die Reparatur, bevor ich zum stolzen Besitzer einer Flöte werde.«

»Einer Flöte?«

»Das ist eine Hohlröhre mit vielen Löchern.«

»Ich weiß, was eine Flöte ist«, informierte ihn der Roboter geduldig. »Ich kann nur keinen Zusammenhang mit dieser Situation erkennen.«

»Tja, den wirst du auch nie entdecken, wenn du weiter mit mir plauderst.« Hal deutete mit dem Daumen auf die Steuerkonsole. »Wenn irgendwo etwas defekt ist, dann bestimmt da drin. Du weißt schon, ein lockeres Kabel oder so was.«

Klunk betrachtete Hal über die Schalttafel hinweg. »Haben Sie irgendetwas davon angerührt?«

»Nur den großen roten Knopf mit der Aufschrift: ›Selbstzerstörungssequenz initiieren‹.«

Der Roboter wandte ihm den Rücken zu und murmelte etwas Unverständliches vor sich hin. Einige Minuten lang bewegten sich seine Ellbogen geschäftig. »Ah-ha!«, stieß er plötzlich hervor. Es gab ein klickendes Geräusch, und die Deckenbeleuchtung flammte auf.

»Klunk, du bist ein Zauberer«, sagte Hal. »Navcom, kannst du mich hören?«

»Laut und deutlich.«

»Bring das Schiff auf Touren. Fliegen wir weiter.«

»Überstürzen Sie es nicht, Mr Spacejock.« Klunk löste den Sicherungsbolzen und ließ die Schalttafel wieder auf ihren Sockel hinabsinken. Sein Gesichtsausdruck erinnerte an den eines Mechanikers, der über eine lange Liste unbezahlter Rechnungen und eine kurze Kundenliste verfügte.

»Warum nicht?«, wollte Hal wissen. »Wo liegt das Problem?«

Klunk versuchte, einen beruhigenden Gesichtsausdruck aufzusetzen, aber seine Miene bewirkte eher das Gegenteil. »Nun ja, ich weiß nicht, ob ich ...«

»Komm schon, ich kann's verkraften. Was ist los?«

»Ich werde versuchen, das Problem in einfachen Worten auszudrücken. Sehen Sie, die Isolierungsschichten der Schaltelemente lösen sich ...«

»Einfach, Klunk, einfach.«

Klunk hob hilflos die Arme. »Mr Spacejock, solange Sie nichts von diesen Dingen verstehen, wird man Sie nie in die Raumfahrergilde aufnehmen.«

Hal schnaubte. »Warum sollte ich diesem hochnäsigen Haufen von Heißluftmechanikern denn überhaupt beitreten wollen?«

»Verstehe. Sie hatten auch keinen Grund, die Beitrittsformulare der Gilde zu studieren, Ihre Maße für die zeremonielle Uniform zu nehmen, sich kleine Nachbildungen der Mitgliederabzeichen zu basteln ...«

»Hey, wer hat dir erlaubt, in meinen Sachen rumzuschnüffeln?«

»In Ihren Sachen herumschnüffeln? Überall auf dem Schiff liegen golden angemalte Plastikteile herum.«

»Ja, gut. Vielleicht könnten wir uns später über das große Aufräumen unterhalten. Jetzt möchte ich, dass die *Volante* repariert wird.«

»Damit gibt es zwei Probleme. Erst einmal ist der Hauptgenerator ausgefallen.«

»Das habe ich bereits vom Navcom erfahren.«

Klunk hielt Hal eine feuchte Handfläche vor die Augen. »Das ist der zweite Punkt.«

»Besorg dir einfach ein Handtuch.«

»Das stammt aus dem Inneren der Instrumentenkonsole.«

»Kondenswasser?«

Klunk schüttelte den Kopf und schob Hal die Hand unter Nase. Hal schnüffelte widerwillig daran. »Da klingelt nichts bei mir.«

»Es ist Kaffee, Mr Spacejock. Die ganze Konsole ist voll damit.«

»Eine geplatzte Leitung?«

Der Roboter schüttelte den Kopf. »Ein fahrlässiger Mensch.«

»Immer gibst du mir die Schuld!«

»Sie haben recht, es könnte auch jeder andere der zahlreichen Kaffeetrinker hier an Bord dafür verantwortlich sein.«

»Lassen wir die Hexenjagd. Wie sieht dein Plan aus?«

»Wir müssen irgendwo landen. Und zwar schnell.«

Hal deutete auf den Bildschirm. »Ullimo ist nur ein paar Sprünge entfernt.«

»Das würden wir nicht schaffen. Wir brauchen einen näher gelegenen Landeplatz.«

»Gibt es denn irgendeinen in der Nähe?«

»Fragen Sie den Navcom«, sagte Klunk. Er steuerte den Aufzug an. »Ich muss den Hilfsgenerator überprüfen.«

Hal drehte sich mit seinem Sessel zum Bildschirm herum. »Navcom, welches ist der nächste Planet?«

»Bewohnt, bewohnbar oder jeder beliebige Felsbrocken?«

»Wir brauchen eine Atmosphäre!«, rief Klunk aus der Aufzugskabine, bevor sich die Türen knirschend schlossen.

»Hast du das gehört, Navcom?«

»Positiv«, bestätigte der Bordcomputer. »Ich habe einen Zielplaneten. Unbewohnt, aber ansonsten brauchbar.«

»Okay, dann stürz dich drauf!«, befahl Hal. »Nicht wortwörtlich!«, fügte er hastig hinzu, als die Deckenbeleuchtung zu flackern begann.

»Sprung durchgeführt«, meldete der Computer. »Oliape liegt direkt voraus.«

Hal trommelte mit den Fingern auf der Steuerkonsole herum. »Ich sollte irgendwas tun«, murmelte er.

»Hätten Sie vielleicht Lust auf eine Partie Schach?«, erkundigte sich der Computer.

»Nein, ich habe keine Lust, Schach zu spielen. Ich meinte etwas Nützliches.«

Es folgte ein langes Schweigen, bevor sich der Computer wieder zu Wort meldete. »Raumfrachter der Gamma-Klasse funktionieren weitestgehend selbstständig. Die Möglichkeiten menschlicher Einflussnahme wurden aktiv zurückgeführt. Seit Inkrafttreten dieser Maßnahmen ist die Todesrate auf den Schiffen um 35 Prozent gesunken.«

»Erspar mir die Statistiken und zeig mir stattdessen eine Aufnahme des Planeten.«

Der Sichtschirm flackerte auf und zeigte einen Wirbel aus blauen und grünen Flecken.

»Wir kommen ziemlich nah ran«, stellte Hal fest. »Wo werden wir landen?«

Auf dem Schirm erschien ein Cursor. »Genau hier«, sagte der Navcom. Von dem Cursor aus verlief eine gepunktete grüne Linie bis zu einem großen grünen Kreuz. »Nach dem Aufprall wird ein größerer Teil des Schiffes in dieser Region verbleiben.« Auf dem Schirm leuchteten etliche weitere grüne Kreuze auf, deutlich kleiner als das erste. »Das sind die wahrscheinlichen Orte, an denen die Reste des Schiffes niedergehen werden.«

Hal blinzelte. »Ich bin bezüglich dieses Punkts nicht hundertprozentig mit dem Ablauf einverstanden. Was meinst du mit ›die Reste‹?«

»Rumpffragmente«, erklärte der Navcom knapp.

»Schaff sofort Klunk her«, verlangte Hal mit belegter Stimme.

»Befehl wird ausgeführt.« Es krachte in den Lautsprechern, und ein grauenhaftes Jaulen erfüllte die Brücke.

»Klunk?«, rief Hal. »Klunk, hörst du mich?«

»Ja. Mr Spacejock.«

»Bist du gerade beschäftigt?«

Lange Zeit herrschte Stille – abgesehen von dem Hintergrundgeräusch, das man von einem Hilfsgenerator erwarten durfte, der seinen Weg in die Selbstzerstörung mit einem Kreischen untermalte. »Nur ein bisschen«, antwortete Klunk schließlich. »Warum?«

»Ich könnte vielleicht deine Hilfe bei der Landung brauchen«, sagte Hal.

Kapitel 3

Die Firmenzentrale von *Curtis Freightlines* lag im Gewerbegebiet von Ullimo, einem weitläufigen Areal, das sich zu größten Teilen auf die Kundschaft durch den Raumhafen stützte. Ein stetiger Strom von Angestellten betrat oder verließ das zwölfstöckige Gebäude, Menschen und Roboter in allen erdenklichen Ausführungen auf dem Weg zur Arbeit oder zurück nach Hause.

Jeder Einzelne wurde am Eingang durchleuchtet. Roboter, die das Gebäude verließen, wurden auf Firmendaten überprüft, damit alle Informationen, die als heikel oder vertraulich eingestuft wurden, aus ihren Speichern gelöscht werden konnten. Diejenigen, die das Gebäude betraten, wurden wiederum auf Viren untersucht; Infektionen, die sie sich unbeabsichtigt beim Besuch anderer Firmen eingefangen hatten, oder Trojaner, die ihnen vorsätzlich von Konkurrenten oder Wirtschaftsprüfern eingepflanzt worden waren. Hin und wieder ertönte ein Alarmton, woraufhin ein unglückseliger Roboter zwecks Löschung der befallenen Speicher und Neuprogrammierung davongeschleift wurde. Die Mehrzahl konnte die Ein- und Ausgänge jedoch ungehindert passieren.

Auch Menschen wurden auf Infektionen und Viren überprüft, allerdings auf solche biologischer Natur. Wer verdächtige Symptome aufwies, wurde in den Quarantäneflügel gebracht, um von den gesunden Angestellten separiert seinen Aufgaben nachgehen zu können. Um bei *Curtis Freightlines* als arbeitsunfähig nach Hause geschickt zu werden, musste man schon auf lebenserhaltende Maßnahmen angewiesen sein.

Gerade betrat eine Frau in einem grauen Geschäftsanzug das Firmengebäude. Sie hatte ihr Haar zu einem Pony frisiert, der fast bis an den Rahmen ihrer Sonnenbrille reichte. Als sie sich der Eingangsschranke näherte und die Brille absetzte, wurden ein Paar graue Augen und gerade, dunkle Brauen sichtbar. Im Falle der meisten Männer, die gerade zu ihr hinübersahen, blieb es nicht bei diesem ersten Blick.

Sonya Polarov ignorierte die Aufmerksamkeit, die sie erregte. Es gab nur einen Mann, der sie zurzeit interessierte, und das war Rex Curtis selbst. Was nicht bedeutete, dass sie ihm schon jemals persönlich begegnet war. Angestellte der mittleren Managementebene kamen in der Regel nie über den achten Stock hinaus, und Curtis' Büro lag in der zwölften Etage.

Die junge Frau verstaute die Brille in ihrer Jackentasche, blickte in den Scanner und zwang sich, nicht zu blinzeln, als der harte blaue Lichtstrahl über ihre Netzhaut strich. Nachdem die optische Kontrolle beendet war, atmete sie in ein metallenes Gitter. Einige Sekunden später löste sich das Drehkreuz mit einem Klicken und schob Sonya ins Foyer.

Die Absätze ihrer Schuhe klapperten auf dem glänzend polierten Marmorboden, als sie zu den Aufzügen ging. Keiner der Arbeitskollegen, denen sie begegnete, wechselte ein Wort mit ihr.

Sie betrat die Kabine als Letzte.

»Bitte nennen Sie mir Ihre Etagennummern«, bat der Lift.

Keiner der Angestellten nannte eine größere Zahl als sechs. Bei jeder Nennung leuchtete das entsprechende Feld auf der Tastaturleiste auf.

»Neun«, ertönte schließlich ein tiefe Stimme. Alle Blicke in der Fahrstuhlkabine richteten sich auf den Sprecher, einen kräftig gebauten Mann in einem teuren Anzug. Ein oder zwei Personen musterten ihn mit unverhohlener Neugier, schlugen aber angesichts seines selbstbewussten Blicks schnell wieder die Augen nieder.

»Zwölf«, verkündete Sonya schließlich klar und deutlich.

Ein allgemeines Keuchen erfüllte die Kabine, und alle Anwesenden starrten Sonya fassungslos an.

»Es tut mir leid«, sagte der Lift. »Sie sind nicht autorisiert, dieses Stockwerk zu betreten.«

»Ich habe einen Termin«, erwiderte Sonya mit fester Stimme. Ihr Outsider-Akzent war zwar nur schwach ausgeprägt, aber doch erkennbar, und auch diejenigen, die sie bisher nur oberflächlich registriert hatten, starrten sie jetzt offen an.

»Einen Moment, bitte.«

Es folgte eine längere Wartezeit. Die anderen Angestellten begannen, sich unbehaglich zu bewegen und untereinander zu flüstern. Irgendwer lachte, und Sonyas Lippen wurden schmal, als sie sich den Inhalt des Witzes ausmalte. Eine junge Frau, die Curtis im obersten Stockwerk des Gebäudes besuchte? Ein Termin, ha-ha! Sie spürte, wie sich ihre Finger streckten und ihre Muskeln anspannten. Noch ein Lachen, und …

»Zugangsberechtigung bestätigt«, verkündete der Aufzug, worauf sich die Spannung löste. Die Fahrstuhltüren glitten zu, die Kabine schoss aufwärts und hielt mehrmals, um die Passagiere auf ihren jeweiligen Etagen zu entlassen, bis nur noch zwei Personen übrig waren, Sonya Polarov und Mr neunte Etage.

Der Mann räusperte sich. »Haben Sie vielleicht Lust auf einen Drink nach Feierabend?«

»Haben Sie Lust auf ein gebrochenes Handgelenk?«, fragte Sonya zurück.

Als der Aufzug im neunten Stockwerk hielt, zwängte sich der Mann durch die Türen, noch bevor sie sich völlig geöffnet hatten. Sonya lächelte knapp, während sich die Kabine wieder in Bewegung setzte. Sie kam allmählich auf Betriebstemperatur.

Die Kabinentüren glitten in der obersten Etage auseinander und gaben den Blick auf einen weitläufigen Warteraum frei, der von einem Empfangstresen beherrscht wurde. Dabei handelte es sich um einen gewaltigen Tisch aus dunkel gebeiztem Holz, in das in goldenen Lettern »*Curtis Freightlines*« eingelassen war. Hinter dem Tisch saß eine grauhaarige Frau mittleren Alters. Sie lächelte der Besucherin freundlich zu. »Sie müssen Miss Polarov sein«, sagte sie herzlich. »Es tut mir leid, aber Mr Curtis wird sich etwas verspäten.«

Sonya nickte. Sie blickte sich um und sog die außergewöhnliche Atmosphäre in sich auf.

»Wenn Sie Platz nehmen möchten, bringe ich Ihnen etwas zu trinken. Einen Kaffee?«

»Bitte.« Sonya ließ sich in einen Armsessel sinken, dessen Polster so weich war, dass es sie beinahe verschluckte. Als die Sekretärin mit dem Kaffee zurückkehrte, fand sie Sonya auf der äußeren Kante der Sitzfläche vor, die Ellbogen tief in die Armlehnen gebohrt, um nicht nach hinten wegzukippen.

»Diese Sessel sind ein echtes Ärgernis«, vertraute ihr die Sekretärin an. »Ich könnte schwören, dass wir irgendwann den Finanzminister in der Rückenlehne von einem dieser Dinger verloren haben. Und jetzt sehen Sie sich nur an, in welchem Zustand sich unsere Wirtschaft befindet.«

Sonya lächelte, dankbar für die die heitere Art der Frau. Sie nahm die Tasse entgegen, sog den Duft ein und trank einen Schluck. Es war ein hervorragender Kaffee.

»Mr Curtis müsste bald eintreffen«, meinte die grauhaarige Frau. »Geben Sie mir Bescheid, wenn Sie sonst noch irgendetwas benötigen.«

Sonya nickte. Sie war bereit, notfalls den ganzen Tag zu warten.

Rex Curtis, unumschränkter Herrscher über ein selbst geschaffenes Imperium, blickte aus seinem Bürofenster hinaus. Zwölf Stockwerke tiefer säumten Raumfrachter und Gabelstapler das Landefeld. Der Regen weichte ihre rechteckigen Konturen auf. Ein pfeifender Wind peitschte Regentropfen gegen die großen Fensterscheiben. Curtis verzog missmutig das Gesicht, als er die Mechaniker und Besatzungsmitglieder entdeckte, die sich unter den Schiffen zusammendrängten. Der Rest der Meute lungerte vermutlich in der Firmenkantine herum. Faules Pack.

Seit Monaten litt die Firma nun schon unter einem schrumpfenden Frachtaufkommen, und auch die allgemeine Rezession trug zu einem Rückgang der Umsätze bei. Zudem waren einige Kunden vor Gericht gezogen, um ihre langfristigen Verträge zu kündigen, was horrende Verfahrenskosten nach sich gezogen hatte. Rex Curtis' Lippen wurden schmal, als er an die *Central Bank* dachte. Nach zehnjähriger loyaler Zusammenarbeit hatte die Bank ihn gerade um einige Tausend Kredite geprellt. Was war aus den guten alten Zeiten geworden, als man Verträge noch während eines Geschäftsessens mit einem Handschlag zu besiegeln pflegte?

Dann hatte die Presse lang und breit über einige Vorfälle berichtet, bei denen Firmenschiffe nicht mehr aus dem Hyperraum aufgetaucht waren. Das *Transit Bureau* war wie eine Seuche über *Curtis Freightlines* hergefallen und hatte das Verhältnis zwischen Bodenpersonal, Piloten und Management vergiftet. Und die stetige Zunahme freier Spediteure setzte schließlich allem die Krone auf – verzweifelte Versager, die Frachtgut in rostigen Kähnen verschifften. Kein vernünftiger Mensch würde diesem Gesindel eine wertvolle Fracht anvertrauen, es sei denn, er hatte vor, Schadensersatzforderungen an seine Versicherung zu stellen. Allerdings kamen immer noch genügend dieser Hasardeure ans Ziel, dass viele Frachtkunden es bei weniger wertvollen Frachtgütern als akzeptables Risiko betrachteten, sie zu engagieren.

Curtis starrte durch die Fensterscheibe. Er konnte seine Preise nicht noch weiter senken, deckten sie doch jetzt schon kaum noch die Kosten. Und wegen der neuen Wartungsbestimmungen fiel die Hälfte seiner Flotte aufgrund von Inspektionen oder unbedeutender Reparaturen ständig aus, was ihn daran hinderte, Eilaufträge abzuwickeln, bei denen es sich häufig um die lukrativsten Geschäfte handelte. Er fluchte, als sein Blick auf eines der Schiffe auf der Landeplattform unter ihm fiel. Laut der Reparaturformulare befand es sich gerade wegen eines Risses in einer Toilettenbrille im Wartungsdock. Und als wäre das noch nicht genug, musste *Curtis Freightlines* sich das benötigte Ersatzteil auch noch für teures Geld von einem Konkurrenten liefern lassen.

An seinen Schreibtisch zurückgekehrt, erregte ein maßstabgetreues Raumschiffmodel Curtis' Aufmerksamkeit. Es war eine aufwendig gestaltete Nachbildung eines für Fernraumflüge konzipierten Frachters der Rigel-Klasse. Curtis' Miene verklärte sich, als er sich an seine frühen Jahre zurückerinnerte. *Das waren noch Zeiten,* dachte er. Er war nach eigenem Gutdünken kreuz und quer durch die Galaxis geflogen und hatte sich nur die lukrativsten Aufträge aus den Angeboten herausgepickt. Keine langfristigen Verpflichtungen, keine Angestellten und sonstiger Ballast hatten ihn behindert. Er fragte sich müßig, was wohl aus der *Aurora* geworden war. Doch dann verzog sich sein Gesicht. Vermutlich gehörte der Raumfrachter heute irgendeinem dieser selbstständigen Spediteure.

Ein Summen des Intercoms riss ihn aus seinen Gedanken. »Ja?«

»Mr Curtis, ein Gespräch von Mac. Technische Abteilung.«

»Stellen Sie es durch.«

»Und Miss Polarov ist hier, um mit Ihnen zu sprechen.«

»Worüber?«

»Sie hatten sich zu einem Gespräch bereiterklärt. Über Ausgabeneinsparungen.«

»Lassen Sie mir noch zehn Minuten.« Curtis drückte eine Taste auf seiner Gegensprechanlage. »Mac? Was gibt's?«

»Wir brauchen Ersatzteile für die *Morgana*. Die Lager sind leer, und Sie haben gesagt, ich sollte alle Bestellungen mit Ihnen absprechen.«

Curtis legte sich die Auftragsliste für die *Morgana* auf den Bildschirm. Er überflog den Zeitplan und fluchte. »Das Schiff sollte mittlerweile bereits auf halbem Weg nach Plessa sein.«

»Die *Transit*-Leute erteilen ihr in diesem Zustand keine Startfreigabe.«

»Was brauchen wir?«

»Die Luftaufbereitungsanlage ist hin. Wir benötigen einen neuen Kompressor und ein halbes Dutzend Filter.«

»Wie lange?«

»Zwei Tage.«

Curtis fluchte. »Das bringt uns noch um. Ist Ihnen das klar?«

»Wir müssen uns unbedingt einen größeren Vorrat an Ersatzteilen zulegen, Mr Curtis.«

»Überlassen Sie das mir und sorgen Sie einfach dafür, dass die Luftaufbereitungsanlage repariert wird.« Curtis trennte die Verbindung und rief die Kontoübersicht auf. »Wovon sollen wir denn Ersatzteile kaufen?«, murmelte er vor sich hin, als Tabellen voller roter Zahlen auf seinem Monitor erschienen. Er machte eine Geste in Richtung des Terminals und sah zu, wie es lautlos in seinem Schreibtisch versank. So, wie auch seine Firma im Begriff war zu versinken.

Seine Gegensprechanlage summte erneut. »Mr Curtis? Ich habe Tom Sqrew von *Garmit and Hash* in der Leitung.«

»Ich bin beim Mittagessen.«

»Er sagt, es wäre wichtig.«

»Für mich oder für seinen Laden?« Curtis seufzte. »In Ordnung, stellen Sie ihn durch.«

»Sqrew hier«, ertönte eine tiefe Stimme. »Mr Curtis, ich habe Ihre Konten überprüft, und ich fürchte, ich habe schlechte Nachrichten für Sie.«

»Fahren Sie fort.«

»Trifft es zu, dass Sie die *Central Bank* als Kunden verloren haben?«

»Wir sind noch in Verhandlungen«, schränkte Curtis ein. »Es ist eine heikle Angelegenheit, aber ...«

»Ich habe bereits mit Fish gesprochen. Sie haben den Auftrag verloren. Darüber hinaus wird Ihre Firma – basierend auf den Ihnen verbleibenden Klienten und den projizierten Handelsvolumina – in spätestens sechs Wochen insolvent sein. Aus diesem Grund sieht *Garmit and Hash* sich gezwungen, Ihre Finanzierung zu widerrufen.«

»Könnten Sie das bitte noch einmal für mich wiederholen?«

»Ihre Firma wird pleite gehen, Mr Curtis. Wir wollen unser Geld zurück.«

»Jetzt hören Sie mir mal gut zu, Freundchen. Ich bin seit 20 Jahren Ihr größter Kunde. Der Handel läuft momentan zwar nicht gerade gut, aber die ganze Wirtschaftslage ...«

»Die Wirtschaftslage ist nicht mein Problem. Und zufällig bin ich erst kürzlich auf mehrere verdächtige Transaktionen im Zusammenhang mit der Renovierung einer Immobilie gestoßen, die auf den Namen Ihrer Frau eingetragen ist. An Ihrer Stelle würde ich dafür sorgen, nicht vor Ort zu sein, wenn die Wirtschaftsprüfer den Kollaps Ihres Unternehmens genauer unter die Lupe nehmen.«

»Was für einen Kollaps? Wir sind immer noch im Geschäft!«

»Nicht mehr lange. Wir werden in 24 Stunden mit unseren Rückabwicklungsmaßnahmen beginnen. Ich wünsche Ihnen noch einen guten Tag.«

»Sqrew, hören Sie zu. Sqrew …?« Curtis starrte sein Intercom schockiert an. Es war völlig aussichtslos, sich einen anderen Kreditgeber zu suchen. Angesichts seiner Bilanzen würde man ihn auslachen und vor die Tür setzen. Er trat mit einem seiner makellosen handgefertigten Schuhe nach dem Papierkorb. Der Korb segelte über den schneeweißen Teppich und hinterließ dabei eine Spur von Papieren, bevor er gegen die getäfelte Wand des Büros prallte.

Die Gegensprechanlage gab einen Piepton von sich. »Geht es Ihnen gut, Mr Curtis?«

Curtis beugte sich über seinen Schreibtisch. »Wenn ich meinen Gesundheitszustand überprüfen lassen wollte, würde ich eine Krankenschwester bestellen.«

»Ja, Sir«, erwiderte die Stimme ruhig.

Rex Curtis zog seinen Sessel heran und setzte sich. Das Modell der *Aurora* erregte erneut seine Aufmerksamkeit. Vor seinem inneren Auge sah er das Schiff durchs All fliegen, der Freiheit und einem neuen Anfang entgegen. *Und warum auch nicht?*, fragte er sich. *Ich könnte wieder ganz von vorn beginnen.* Doch dann schüttelte er den Kopf, als er sich an sein Gespräch mit Spacejock erinnerte, der sich mit einem brandneuen Frachter im Anflug auf Ullimo befand, um ihm den Auftrag der *Central Bank* direkt unter der Nase wegzuschnappen.

Plötzlich setzte er sich kerzengerade in seinem Sessel auf. Ein neuer Raumfrachter … ein neuer Anfang … Was, wenn er … Er drückte auf die Sprechtaste des Intercoms. »Wartet diese Polarov noch immer im Vorraum?«

»Ja, Mr Curtis.«

»Schicken Sie sie rein.« Curtis schaltete die Gegensprechanlage aus, lehnte sich zurück und bereitete sich geistig auf seine Besucherin vor. Wenn er mit seiner Einschätzung richtig lag, mochte Sonya Polarov den Schlüssel zu seiner Zukunft in den Händen halten.

Es war später Nachmittag, und die schwachen Lichtstrahlen der sinkenden Sonne fielen durch das Blätterdach des Waldes. Kletterpflanzen rankten sich an den Bäumen empor; wuchernde grüne Tentakel, deren Enden wie nasse Haare hinabhingen. Ganz in der Nähe plätscherte ein kleiner Bach über moosbewachsene Felsen, strömte durch ein schmales Bett und verschwand unter einem umgestürzten Baum.

Auf dem Boden neben dem Baumstamm hockte eine kleine pelzige Kreatur und schnupperte aufmerksam in den Wind. Dann beugte sie sich beruhigt über den Bach und schlabberte das Wasser mit einer winzigen rosafarbenen Zunge auf. Nachdem sie ihren Durst gestillt hatte, richtete sie sich wieder auf und wischte sich die Schnurrhaare ab, indem sie sie durch ihre ebenso zierlichen wie empfindlichen Pfoten zog.

Plötzlich erstarrte das Tierchen mitten in der Bewegung und starrte mit einem angespannten Ausdruck auf dem spitzen Gesicht in das umgebende Dickicht. Eines der Ohren zuckte, und einen Sekundenbruchteil darauf war es auch schon verschwunden.

In der Ferne ertönte ein Donnergrollen, dann ein weiteres. Das Grollen steigerte sich zu einem Brüllen, und die Ranken erzitterten, als der Lärm weiter zunahm. Blätter rieselten zu Boden, gefolgt von einem Schauer Tautropfen, der aus den Zweigen geschüttelt wurde.

Eine Lawine kleiner Steine polterte einen lehmigen Hang hinunter in den Bachlauf. Als der Lärm seinen ohrenbetäubenden Höhepunkt erreichte, verloren einige Bäume den Halt im Boden und stürzten um. Rauchwolken fegten durch das Dickicht, ließen die Ranken wie Papiergirlanden flattern und verwandelten das Laub in nasses Konfetti.

Holz zerbarst mit einem plötzlichen lauten Splittern, und ein gigantisches weißes Gebilde schob sich durch das Blätterdach. Bäume wurden entwurzelt, als das Raumschiff sie zur Seite drängte, breite metallische Landungsteller versanken schmatzend in weichem Waldboden.

Das Heulen ebbte ab, die Rauchwolken lösten sich auf. Im Wald herrschte wieder Stille.

Die pelzige Kreatur lugte unter dem Baumstamm hervor, unter den sie gehuscht war, und beobachtete wachsam ihre Umgebung. Dampf stieg von den zerquetschten und zerfetzten Pflanzen auf. Der malerische Bach hatte sich in ein Durcheinander lehmiger Rinnsale verwandelt, die sich ihren Weg durch den aufgerissenen, von Felsen übersäten Waldboden suchten. Ein Zischen drang durch die Lichtung, und die pelzige Kreatur floh voller Panik, als sich in der Seite des riesigen weißen Gebildes eine Tür öffnete.

Auf dem Planeten Oliape waren Menschen gelandet.

Hal lehnte sich aus der Luftschleuse der *Volante* hinaus, um sich einen ersten Eindruck von der Umgebung zu verschaffen. Der Anblick war nicht gerade überwältigend, ein dichter, düsterer Wald, ein lehmiger Bach und etliche umgestürzte Bäume. »Und nirgendwo Geschäfte«, murmelte er angewidert. Er kehrte auf die Kommandobrücke zurück und wischte sich ein paar Wassertropfen von seiner Fliegermontur. »Kauf hier nur kein Grundstück, ganz egal, was in den Broschüren stehen mag.«

»Wie bitte?«

»Nichts. Wie lange wird es dauern, diesen Generator zu reparieren?«

»Schwer zu sagen. Ich fürchte, dazu müsste das Schiff ins Dock.«

»Es ist dir vielleicht noch nicht aufgefallen, aber das hier ist kein Reparaturdock.«

»Sagen Sie, sind Sie in letzter Zeit im Generatorraum gewesen?«

»Du machst wohl Witze! Ich weiß ja nicht mal, wo der ist.«

Klunk streckte eine Hand aus. »Ich habe die hier auf dem Boden gefunden.«

Hal entdeckte drei oder vier winzige zylinderförmige Gegenstände in der Hand des Roboters. »Was sind das für Dinger?«

»Sicherungen für die Alarmschaltkreise. Deshalb ist der Generator ausgefallen.«

»Könnten die von allein rausgefallen sein?«

»Das bezweifle ich.« Klunk seufzte. »Hören Sie, ich kann vielleicht den Hilfsgenerator provisorisch so modifizieren, dass er den Hauptgenerator ersetzt, aber das wird eine Weile dauern.«

»Wie lange?«

»Unbekannt. Und während ich beschäftigt bin, sollten Sie sich draußen umsehen, um sicherzustellen, dass das Schiff nicht unmittelbar bedroht ist.«

Hal warf einen Blick in Richtung der Luftschleuse. »Was, wenn eine unmittelbare Gefahr gerade da draußen lauert?«

Klunk schüttelte den Kopf. »Da draußen gibt es nichts, worüber Sie sich Sorgen machen müssen. Dieser Planet ist öde und leer.«

»Was ist mit den Bäumen?«

»Hier gibt es keine Bäume.«

»Dann ist das dort draußen das größte Unkraut, das ich jemals gesehen habe.«

»Es gibt hier auch kein Unkraut. Wie ich Ihnen bereits gesagt habe, ist der Planet öde und leer.«

»Nein, ist er nicht.«

»Ist er doch! Die Datenspeicher des Navcoms sind da eindeutig. Keine Bäume.«

Hal führte den Roboter zur Luftschleuse und deutete auf den Wald.

»Wie außerordentlich bemerkenswert«, stellte Klunk fest.

»Du meinst nicht, dass wir vielleicht auf dem falschen Planeten gelandet sind?«

»Zweifeln Sie an meinen Fähigkeiten?«

»Du sagst mir doch immer, ich solle mir die Tatsachen ansehen, und Tatsache ist nun mal, dass wir auf einem angeblich wüstenartigen Planeten mitten in einem Wald gelandet sind. Also finde dich damit ab, dass du ganz einfach Mist gebaut haben könntest.«

»Roboter machen keine Fehler«, insistierte Klunk steif.

»Schon gut, beruhige dich. Die Sache erscheint mir nur ziemlich seltsam. Das ist alles.«

Klunk verschränkte die Arme vor der Brust. »Möchten Sie mit mir über unseren derzeitigen Aufenthaltsort diskutieren, oder soll ich den Generator reparieren?«

»Kümmre dich um den Generator«, knurrte Hal.

Kurz vor dem Aufzug blieb Klunk noch einmal stehen und drehte sich um. »Übrigens: Ich schlage vor, Sie suchen sich irgendwo ein Nachtlager.«

»Aber ich werde doch sicher an Bord der *Volante* schlafen, oder?«

»Davon würde ich abraten. Wir verfügen zurzeit über keine funktionierende Luftumwälzungsanlage, und die langsam zunehmende Konzentration giftiger Treibstoffgase könnte tödlich sein.«

»Wie steht es mit der Kommandobrücke hier? Ich kann die Tür der Luftschleuse offen lassen.«

Klunk schüttelte den Kopf. »Lebensgefährlich, Mr Spacejock. Sie müssen draußen bleiben.«

»Aber da ist es nass und morastig!«

»Ihre Ahnen haben Feuer gemacht, um sich zu wärmen. Außerdem benötigen Sie ohnehin eine Feuerstelle, um Ihr Essen zu erhitzen.«

»Du nimmst das alles sehr ernst.«

Der Roboter nickte. »Es ist ja auch eine sehr ernste Situation. All Ihre Lebensmittel sind tiefgefroren, und ohne Energie können Sie den Kochautomaten nicht benutzen. Es könnte eine Woche dauern, bis ich den Generator repariert habe.«

»Eine Woche!«, stieß Hal hervor. »Ich dachte, wir würden in ein oder zwei Stunden wieder starten!« Er beäugte die triefnasse Vegetation durch die Luftschleuse. »Eine Woche«, murmelte er. »Was ist mit unserer Fracht? Was ist mit der *Central Bank*?«

Klunk breitete die Arme aus. »Kümmern wir uns lieber zuerst darum, wieder von diesem Planeten verschwinden zu können.«

»Aber ...«

»Ich schlage vor, Sie hören auf, sich darüber Gedanken zu machen.« Klunk hob die Abdeckung des Steuerpultes hoch und fingerte darin herum. »Es gibt nicht viel, was ich hier oben tun könnte. Wenn Sie mich brauchen, finden Sie mich unten im Maschinenraum.«

Kapitel 4

»Miss Polarov?« Die Sekretärin deutete auf die holzvertäfelte Tür. »Sie können jetzt eintreten.«

Sonya ergriff ihre Aktentasche und ging zur Tür, die sich automatisch vor ihr öffnete. Rex Curtis saß mit dem Rücken zu einer gläsernen Wandfront an seinem Schreibtisch. Er arbeitete an einem Computerterminal, und Sonya betrachtete ihn interessiert, während sie das mit Teppich ausgelegte Büro durchquerte. Curtis war jünger, als sie erwartet hatte; sie schätzte ihn auf Mitte 40. Er hatte dunkles Haar und ein wettergegerbtes Gesicht. Als er aufblickte, bemerkte sie, dass in seinen Augen die ruhige Selbstsicherheit eines Raumfahrers lag. »Mr Curtis«, sagte sie, während sie sich setzte.

»Wie ich gehört habe, haben Sie irgendeinen Fall von verschwendeten Ressourcen entdeckt. Wir verwenden wohl zu viele Heftklammern, was?«

Sonya verspürte einen Anflug von Verärgerung. »Haben Sie kein Interesse daran, neun Millionen Kredite einzusparen?«

Curtis hüstelte. »Sie arbeiten seit drei Monaten in dieser Firma, richtig?«

»Korrekt.«

»In der dritten Etage?«

»Der zweiten.«

»Und Sie können mir wie viele Millionen ersparen?«

Sonya hielt ihre Aktentasche in die Höhe. »Hier drinnen finden Sie alle Informationen.«

Curtis streckte eine Hand aus.

»Dafür benötige ich eine Gegenleistung«, sagte Sonya.

»Das hätte ich mir denken können. Fahren Sie fort.«

»Ich habe nur einen kurzen befristeten Arbeitsvertrag bei *Curtis Freightlines*. Mir macht meine Arbeit bei Ihnen Spaß, und ich hätte gern … ich hätte gerne eine unbefristete Anstellung.«

»Sie sind Outsiderin, nicht wahr?«

»Es ist Ihnen also aufgefallen.«

Curtis lächelte. »Es steht in Ihrer Personalakte. Niemand kommt durch diese Tür, ohne gründlich überprüft worden zu sein.« Er deutete auf seinen Monitor. Über einer Reihe von Textspalten erschien Sonyas Foto. »Hier steht, dass Sie sechs Monate in den Streitkräften gedient haben.«

Sonya nickte.

»Vier Jahre auf der Universität. Ihre Wahlfächer waren Datenverarbeitung und Navigation. Durchgängig gute Noten.«

»Wo ich herkomme, ist Bildung noch immer von großer Bedeutung.«

»Und Sie haben genug Geld gespart, um von dort zu entkommen.«

Sonya hob die Brauen. »Um auszuwandern.«

»Warum möchten Sie einen Job in unser Rechnungsabteilung?«

»Weil er gut bezahlt ist. Er … äh …«

»Blödsinn.« Curtis lachte. »Kommen Sie, spucken Sie es schon aus.«

»Sie wissen doch genug über mich.« Sonya spürte, wie sie errötete. »Ich bin mir sicher, dass Sie mein Problem kennen.«

»Sie benötigen einen unbefristeten Arbeitsvertrag für eine ständige Aufenthaltsgenehmigung. Dann könnten Sie nach drei Jahren die Staatsbürgerschaft der Union beantragen, und sobald Sie die einmal haben, wären Sie Ihre Herkunft als Outsiderin ein für alle Male los.«

Sonya beugte sich über Rex Curtis' Schreibtisch. »Ohne eine ständige Aufenthaltsgenehmigung wird man mich zurückschicken. In einem, vielleicht in zwei Monaten. Zurück in die Fabriken oder zu den Streitkräften.« Sie vollführte eine Geste, die das gesamte Büro umfasste. »Wenn ich auf meinen Heimatplaneten zurückkehre und erzähle, wie es ist, in der Union zu leben, wird das die Lage dort nur noch verschlechtern.«

»Warum wollen Ihre Leute Sie wiederhaben?«

»Nein, es sind *Ihre* Leute, die mich loswerden wollen. Die Union ist sehr daran interessiert, dass wir in unsere Heimat zurückkehren, um so unter den Outsidern Unzufriedenheit und den Funken der Rebellion zu säen.«

»Ach, hören Sie auf! Rebellion?«

»Vielleicht eine etwas übertriebene Bezeichnung. Aber jeder Mensch, der aus dem Territorium der Union zurückkehrt, bringt Geschichten über den hiesigen Reichtum und die Annehmlichkeiten mit. Neid kann Regierungen zu Fall bringen, Mr Curtis.«

»Und Sie können das alles verhindern, wenn ich Sie fest anstelle?«

Sonya schnaubte. »Nein, wenn Sie mich anstellen, werde ich mein Leben hier verbringen und genießen.«

»Eigeninteresse, was?« Curtis grinste. »Also, das ist ein für die Union charakteristischer Charakterzug.« Unvermittelt zeigte er auf das Raumschiffmodell auf seinem Schreibtisch. »Wissen Sie, was das ist?«

Während Sonya das Modell anstarrte, fragte sie sich, ob Curtis sie gerade einem Test unterzog. »Das ist ein Frachtraumer der Rigel-Klasse«, antwortete sie schließlich.

»Korrekt, und es war mein allererstes Schiff. Damit habe ich die Grundlagen für dieses Unternehmen gelegt.« Curtis schnitt eine Grimasse. »Und jetzt ist die ganze Firma in Gefahr.«

»Tatsächlich?«

Curtis warf einen Blick auf die Gegensprechanlage. Das Kontrolllämpchen leuchtete nicht. »Ich vermute, Sie fragen sich, warum ich Sie habe kommen lassen.«

»Wir hatten einen Termin. Meine Zahlen ...«

»Ihre Zahlen sind mir egal. Und ich wollte den Termin eigentlich schon absagen.«

»Absagen?« Sonya wurde kalt.

»Entspannen Sie sich, es hat sich etwas ergeben. Etwas, wobei Sie mir behilflich sein können.« Curtis deutete auf die Glaswand hinter ihm. »Werfen Sie einen Blick nach draußen. Was sehen Sie?«

Sonya erhob sich aus ihrem Sessel und sah Sonnenlicht auf einem halben Dutzend Frachtern glitzern. »Raumschiffe.«

»Genau. Eine Menge Schiffe. Piloten. Besatzungen. Geld, das den Bach runtergeht; Tag für Tag, Woche für Woche.« Langsam kam Curtis in Fahrt. »Ich konkurriere mit einem Haufen Cowboys, die für die Hälfte unserer Preise Fracht in klapprigen, unsicheren Kähnen transportieren. Und die Behörden rühren keinen Finger, solange sie ihren Anteil an den Geschäften kassieren.«

Sonya nickte höflich, während sie rätselte, worauf ihr Boss hinauswollte.

»Aber sie werden *Curtis Freightlines* trotzdem nicht das Genick brechen«, sagte Curtis entschlossen. »Ich habe 20 Jahre damit zugebracht, diese Firma aufzubauen, und ich werde nicht zulassen, dass ein solcher Abschaum das alles wieder zunichte macht.« Er schwieg einen Moment lang, um Luft zu holen. »Also werden wir ihnen Feuer machen.«

»Möchten Sie, dass ich mir ihre Steuerunterlagen ansehe? Illegale Geschäfte aufspüre?«

»Äh, nicht ganz.« Curtis schielte auf den Bildschirm. »Ich bin mehr an Ihren militärischen Fähigkeiten interessiert. Sagen Sie, sind Sie bereit, sich entlang der unscharfen Grenzlinie zwischen legal und nicht hundertprozentig legal zu bewegen?«

»Ich verstehe nicht, was Sie damit meinen.«

Curtis seufzte. »Es ist so: Mit den Rostkähnen komme ich schon irgendwie klar. Das sind nur unbedeutende Kisten, die den billigsten Schrott transportieren.« Er hob einen Finger. »Allerdings gibt es da einen unabhängigen Piloten namens Hal Spacejock, der mir wirklich Schwierigkeiten macht. Er fliegt einen brandneuen Frachter der Gamma-Klasse und hat mir gerade meinen lukrativsten Auftrag unter der Nase weggeschnappt. Ein besseres Schiff und gleichzeitig niedrigere Frachtkosten ... der Rest unserer Kunden könnte zu diesem Typen überlaufen. Bevor wir uns versehen, könnte er weitere Schiffe kaufen und Piloten anheuern, und dann müsste ich mir ein neues Betätigungsfeld suchen.« Curtis zögerte. »Dann ist da noch was. Soweit ich weiß, war er in einen Schmuggel verwickelt. Flüchtlinge, ein paar von Ihren Leuten. Es gab da einen Fall, an den Sie sich vielleicht erinnern. Es gibt da eine Geschichte über ein halbes Dutzend Familien, die auf einem unbewohnten Planeten ausgesetzt worden sind.« Er schüttelte den Kopf. »Sie waren dort sich selbst überlassen, ohne Nahrung, Wasser, Medikamente und Unterkünfte. Als die Behörden sie schließlich gefunden haben, standen sie kurz davor, sich gegenseitig aufzufressen. Ein Mann, der zu so einer Tat fähig ist ... «

»Wollen Sie, dass ich ihm die Beine breche? Ihn töte?«

»Zum Teufel, nein. Wir müssen schon etwas subtiler vorgehen.«

»Dann soll er also von der Bildfläche verschwinden?«

»Nein! Ich möchte nicht, dass ihm irgendetwas zustößt.«

»Das würde aber das Problem lösen.«

»Und die anschließenden Nachforschungen würden etliche mehr verursachen. Sehen Sie, ich muss der *Central Bank* nur eine Botschaft übermitteln: Wenn Sie diese unzuverlässigen Selbstständigen anheuern, können Sie sich an den Fingern einer Hand ausrechnen, wo Ihre kostbare Fracht landen wird. Alles, was ich will, ist, Spacejock für eine Weile aufzuhalten, damit er die Lieferfrist nicht einhalten kann.« Curtis tippte auf die Gegensprechanlage. »Mein Technikspezialist hat ein paar Ausrüstungsgegenstände für Sie. Er …«

»Meinen Sie Dent? Es heißt, er hätte für alles und jeden das passende Gerät.«

»Hugh ist nur ein harmloser alter Spinner.«

»Da habe ich aber etwas anders gehört. Einige der Mädchen erzählen, er hätte …«

Curtis wischte Sonyas Einwand mit einer Handbewegung beiseite. »Könnten wir uns wieder auf das ursprüngliche Thema konzentrieren? Gehen Sie zu Dent, holen Sie sich Ihre Ausrüstung und begeben Sie sich damit zum Raumhafen. Sobald Spacejock gelandet ist, betreten Sie sein Schiff und besorgen sich dort gewisse Informationen.«

»Wie das?«

»Dent wird es Ihnen erklären.« Curtis wandte sich wieder seinem Computer zu. »Spacejock wird schon sehr bald landen, wenn es also sonst nichts Weiteres gibt …«

»Was ist mit meiner permanenten Aufenthaltsgenehmigung?«

»Lassen Sie uns erst einmal herausfinden, was bei dieser kleinen Unternehmung herauskommt.« Curtis starrte auf seinen Monitor. »Und ziehen Sie bitte die Tür hinter sich zu.«

Nachdem Sonya gegangen war, zog Rex Curtis einen dicken Umschlag hervor, schüttete den Inhalt auf seinen Schreibtisch und kramte in den zusammengefalteten Blättern und halb ausgefüllten Formularen herum, bis er gefunden hatte, wonach er suchte: ein kompaktes kleines Büchlein, in dessen Einband das

Wappen der Outsider-Streitkräfte eingeprägt war. Als er es aufschlug, blickte ihm Sonya Polarovs ausdrucksloses Gesicht aus einem farbigen Hologramm entgegen.

Während er durch die Seiten blätterte, registrierte er die direkt in das dicke Papier eingestanzten digitalen Visa. Sonya hatte einen gewundenen Weg von ihrem Heimatplaneten zurückgelegt; jeder der Stempel repräsentierte Flugkosten, Zollkontrollen und gesalzene Bestechungssummen. Die letzte Seite enthielt den beeindruckendsten Stempel von allen: das Einreisevisum für das Territorium der Union. Im Gegensatz zu den anderen digitalen Stempeln war das Visum gegen Manipulationen durch Betrüger, Schmuggler und Spione geschützt. Tatsächlich hatten sich die von der Union verwendeten Ausweise über die Jahre hinweg als vollkommen fälschungssicher erwiesen; ein Umstand, der diesen Outsider-Pass mit seinem niedrigen technischen Standard umso wertvoller machte.

Curtis blätterte zu der Seite mit dem Hologramm zurück. Das Abbild war mit dem Papier verschmolzen, doch mit dem nötigen Geschick und den richtigen Instrumenten würde sich das Gesicht durch ein anderes ersetzen lassen. Er schaltete seine Gegensprechanlage an und wählte eine Nummer.

»Ja?«, meldete sich eine verschlafen klingende Stimme.

»Ich muss ein Dokument bearbeiten lassen.« Curtis klopfte mit Sonyas Pass auf seinen Schreibtisch. »Ich möchte mein Gesicht auf der ersten Seite haben.«

»Sie wissen, dass ich das nicht tun kann.«

»Dieses Dokument ist bereits abgelaufen. Es stammt von einer Outsider-Firma, die bankrott gegangen ist.«

Am anderen Ende der Leitung herrschte eine Weile Schweigen. »Ich kann nichts versprechen.«

»Das tun Sie nie.« Curtis trennte die Verbindung. Er schob Sonyas Pass in den Umschlag, beschriftete ihn und drückte auf die Sprechtaste. »Schicken Sie mir einen Kurier«, sagte er. »Ein einzelner Umschlag. Abgesicherte Lieferung.«

»An einen hiesigen Empfänger?«

»Ja. Und holen Sie mir Mac an die Leitung.«

»Welchen, Sir?«

»Ullimo Bodenkontrolle.«

»Ich stelle Sie durch.« Einen Moment lang blieb die Leitung tot, dann knisterte und rauschte es aus dem Lautsprecher.

»Mac hier.«

»Ich habe etwas für Sie zu erledigen.«

»Und das wäre, Mr Curtis?«

»Heute kommt ein Schiff herein. Die *Volante.* Wenn es so aussieht, als wollte sie wieder starten, möchte ich, dass sie für eine oder zwei Stunden aufgehalten wird.«

»Die *Volante* für ein bis zwei Stunden aufhalten. Verstanden.« Es folgte eine kurze Pause. »Mit welcher Begründung?«

Curtis verzog das Gesicht. »Weil ich es so will.«

»Ich meine, soll ich dem Piloten eine Begründung nennen?«

»Nur Ihre üblichen Verzögerungstaktiken. Schlechtes Wetter, die Bodenmannschaft macht gerade Mittagspause ... bemühen Sie Ihre Fantasie.«

»Geht klar, Mr Curtis.«

Curtis beendete das Gespräch, zufrieden mit sich selbst. Alles verlief nach Plan.

Sonya fuhr mit dem Aufzug ins Kellergeschoss hinab, wo sich Hugh Dents Laborkomplex befand. Mysteriöse Gerüche und gedämpfte Explosionen begrüßten die armen Teufel, die den Fahrstuhl irrtümlich in der falschen Etage verließen. Häufig schickten boshafte Rezeptionistinnen reisende Handelsvertreter absichtlich in das Kellergeschoss und sahen ihnen dann mit kaum verhohlener Schadenfreude hinterher, wenn sie Hals über

Kopf aus dem Firmengebäude flohen und dabei eine Spur von Remittenden und billigen Plastikspielzeugen zurückließen.

Die Glastür in der gegenüberliegenden Wand öffnete sich gerade, als Sonya aus der Kabine in einen mit nacktem Estrich verputzten Raum trat. Dent tauchte in der Tür auf, und Sonya beäugte ihn wachsam. Er war mindestens 150 Jahre alt und kahlköpfig, hatte rot geränderte Augen und Hände, die mehrere Nummern zu groß für den Rest seines Körpers schienen. Ihr Blick blieb an ihnen haften. Sie hatte eine ganze Menge Geschichten über diese Hände gehört.

»Ah, Sonya, meine Liebe«, begrüßte Dent sie jovial. »Kommen Sie rein, kommen Sie rein.« Er trat einen Schritt zurück und machte eine einladende Handbewegung.

Sonya ergriff seine ausgestreckte Pranke mit beiden Händen und schüttelte sie heftig. »Hat Curtis Sie angerufen?«

»Ah-hmm.« Dent betrachtete sie mit einem verschlagenen Blick. »Überwachung, Aufklärung und Verkleidungen? Treten Sie ein, treten Sie ein.« Er führte sie zu einer Milchglastür und drückte auf eine Taste. »Hier durch«, sagte er, als die Tür zur Seite glitt.

»Nach Ihnen«, erwiderte Sonya.

Sie folgten einem Flur zu einer weiteren Tür, die diesmal gänzlich aus Stahl war.

»Beeindruckende Sicherheitsvorkehrungen«, stellte Sonya fest.

»Kann nicht riskieren, dass hilflose junge Frauen hier allein rumlaufen«, sagte Dent, während er eine große Hand auf das Sensorfeld legte. »Könnte ihnen sonst ja alles Mögliche hier unten zustoßen.«

»Davon habe ich schon gehört.«

Die schwere Tür öffnete sich knirschend, und Dent eilte hindurch. »Folgen Sie mir!«, rief er über die Schulter.

Sie betraten einen großen Raum. Von der Decke hingen Lampenschirme über Werkbänken. Im Hintergrund stand ein Schreibtisch mit exotischem Computerzubehör, daneben eine bedrohlich aussehende, mit Warnschildern beklebte Vitrine. Sonyas Augen weiteten sich beim Anblick eines riesigen grauen, in seiner Transportkiste stehenden Roboters, und sie wurden noch größer, als sie eine Reihe von Raketenwerfern entdeckte, die an Stapeln von Munitionskisten lehnten.

»Kommen Sie, kommen Sie!«, rief Dent, der zielstrebig die Vitrine ansteuerte.

»Was ist das für ein Ding?«, erkundigte sich Sonya.

»Ein Kaffeeautomat.«

»Ist er sicher?«

»Ich hoffe, nicht«, murmelte Dent. Er ergriff einen schmutzigen Becher und ließ eine dampfende schwarze Flüssigkeit hineinlaufen. »Wollen Sie einen? Es ist echter Kaffee.«

»Im Moment nicht.« Sonya hob einen Raketenwerfer hoch und zielte damit auf Dents Hinterkopf. »Wen wollen wir überfallen?«

Dent fuhr herum. Kaffeespritzer schwappten über den Rand seines Bechers. »Legen Sie das weg, Frau! Glauben Sie, das wären Spielzeuge?«

»Reichweite 18 Kilometer, Explosionsradius 500 Meter … Das hier ist kein Spielzeug.«

»Sie kennen sich mit Waffen aus«, knurrte Dent.

Sonya nahm den Raketenwerfer von der Schulter und lehnte ihn neben die anderen Waffen. »Was fängt Curtis mit diesem ganzen Zeug an?«

»Handelskrieg«, erwiderte Dent knapp. »Ganz vertraulich. Kann nicht darüber sprechen.«

»Was haben Sie für mich?«

Der alte Mann stellte seinen Kaffeebecher auf eine Werkbank

und ergriff ein Holzkästchen. »Das habe ich selbst entworfen«, sagte er, während er die Verschlüsse aufspringen ließ.

Sonya spähte hinein. »Eine Pistole?«

»Keine gewöhnliche Pistole.« Dent zog die Waffe hervor und hielt sie ins Licht. Sie war völlig durchsichtig. »Eine Glaspistole.«

»Das sehe ich. Und was ist der Vorteil?«

»Im Wasser ist sie unsichtbar. Ich hatte eine Heidenmühe damit, eine durchsichtige Batterie zu konstruieren, das kann ich Ihnen sagen. Hier, sehen Sie sich … upps!« Die Waffe entglitt seinen Händen. Er versuchte, sie wieder zu packen, doch sie prallte auf die Kante der Werkbank und fiel zu Boden, wo sie zerschellte. Dent schob die Splitter mit dem Fuß beiseite. »Wie Sie sehen können, ist es einfach, die Waffe in einem Notfall verschwinden zu lassen. Also, wie ich von Curtis erfahren habe, müssen Sie für ein paar Nachforschungen an Bord eines Schiffes gehen. Richtig?«

Sonya nickte. »Allerdings unbewaffnet, so wie es aussieht.«

»Ich habe bereits einige Gegenstände zur Landeplattform bringen lassen. Einen Schutzanzug, ein Sprühgerät, Dinge dieser Art. Sie können das Schiff gefahrlos ausräuchern, und der Helm wird Ihr Gesicht verbergen. Ich habe außerdem an einem Gerät gearbeitet, das alle Daten, die Sie brauchen, aus dem Bordcomputer saugen wird.« Dent griff unter die Werkbank und förderte einen silbernen Aktenkoffer mit einem großen Smiley-Gesicht zutage. »Darf ich vorstellen? Bobby, der Aktenkoffer.« Er stellte ihn auf der Arbeitsplatte ab.

»Bobby, der …« Sonya blinzelte. »Erwarten Sie wirklich von mir, das Ding in der Öffentlichkeit mit mir herumzuschleppen?«

»Natürlich.« Dent wirkte überrascht. »Das ist der fortschrittlichste, der modernste, der praktischste …«

»Am dämlichsten aussehende«, fiel ihm Sonya ins Wort.

Dent ignorierte den Einwurf. »… der leistungsfähigste und

intelligenteste tragbare Computer, der jemals gebaut worden ist«, beendete er seinen Satz.

»Und Sie nennen ihn Bobby, den Aktenkoffer. Hat das was mit der Luft hier unten zu tun, oder gibt es einen anderen Grund dafür?«

Hinter einem Lüftungsschlitz in der Seite des Aktenkoffers begann ein Ventilator anzulaufen. Der Luftstrom ließ einen Stoß Papiere aufflattern. »Ich habe mir selbst den Namen Bobby zugelegt«, erklärte der Koffer mit einer fröhlich klingenden Stimme. »Das erzeugt ein Band von Freundschaft und Vertraulichkeit zwischen mir und meinen Usern.«

Sonya starrte den Aktenkoffer an. »Du hast dir das selbst ausgedacht?«

Der Koffer gab ein Räuspern von sich. »Mr Dent, Sie haben noch immer keine Seriennummer eingegeben.«

»Oh, ja.« Dent klopfte auf seinen Taschen herum. »Ich muss nur noch die Codes finden«, sagte er. »Dauert nur einen Moment.«

»Was für Codes?«, wollte Sonya wissen.

Der Koffer erzeugte einen Piepton. »Die in mir enthaltene Software wurde noch nicht freigeschaltet. Es bleiben Ihnen noch sechs Tage bis zur Selbstzerstörung. Möchten Sie jetzt einen Aktivierungscode eingeben?«

»Nein!«, rief Dent von der anderen Seite der Werkbank. »Verdammt, wo habe ich nur diese bescheuerte Verpackung hingelegt?«

»Aktivierung abgebrochen«, sagte Bobby. Ein weiterer Ventilator lief an, und Dents Kaffeebecher begann, auf den Rand der Tischplatte zuzurutschen.

Sonya sah zu, wie der Wissenschaftler Papierkörbe ausleerte und Schreibtischschubladen herauszog. »Können Sie den Code denn nicht einfach knacken?«

»Das ist nicht zulässig«, warnte der Aktenkoffer. »Erwähnen Sie bitte keine derartigen Vorhaben, oder Sie zwingen mich dazu, Ihre illegalen Aktivitäten den nächsten erreichbaren Behörden zu melden.«

»Mach das, und ich bringe dir das Rauchen bei«, sagte Sonya.

»Unmöglich. So etwas könnte ich niemals tun.«

»Ich muss nur den Datenträger unter Netzspannung setzen, und du würdest ganz prächtig rauchen.«

Dent kehrte mit leeren Händen zurück. »Ich kann die Dinger nirgendwo finden. Egal, dann kram ich sie eben später raus. Bleibt ja noch jede Menge Zeit.«

Sonya hob den überraschend schweren Aktenkoffer hoch.

»Hey, Vorsicht mit der Ausrüstung!«, warnte Bobby.

»Was kann ich damit anfangen?«, wollte Sonya wissen, während sie den Koffer wieder auf der Werkbank abstellte.

»Verbinden Sie den Hauptausgang mit irgendeiner Schnittstelle des Schiffes, und Sie haben es innerhalb weniger Minuten unter Kontrolle.« Dent senkte die Stimme. »Selbst ein Raumfrachter der Gamma-Klasse könnte meinen Verführungskünsten nicht lange widerstehen.«

»Warum macht das Ding so viel Wind?«

Dent bemühte sich um einen bescheidenen Gesichtsausdruck. »Das ist meine patentierte Kühlungsmethode. Für einen mit Stickstoff betriebenen Miniaturreaktor.« Er deutete auf ein Lüftungsgitter in einer Schmalseite des Aktenkoffers. »Der Reaktor enthält keinen eigenen Energieträger, er versorgt sich selbst mit dem, was er braucht, direkt aus der Luft.«

Sonya streckte eine Hand in Richtung des Lüftungsgitters aus, um den Sog zu fühlen.

»Nein!«, rief Dent und schlug ihre Hand weg. »Verdecken Sie niemals die Ansaugöffnung! Ohne permanente Treibstoffzufuhr würde der Reaktor …« Er schluckte mühsam. »Es ist noch ein Prototyp im Experimentalstadium.«

»Aber er ist nicht gefährlich?«, vergewisserte sich Sonya, als sie die Angst in den Augen des Wissenschaftlers sah.

»Überhaupt nicht, ich habe ihn eigenhändig zusammengesetzt.« Dent zögerte. »Sollte sich allerdings doch irgendwas Unvorhergesehenes ereignen, könnte die Explosion einen Planeten aus dem Orbit schleudern.«

»Sie meinen ein Raumschiff aus dem Orbit um einen Planeten«, korrigierte Sonya.

»Nein, ich meine einen Planeten.« Dent legte Sonya vertraulich eine Hand auf den Arm. »Also, meine Liebe, wie wär's jetzt mit einem Drink, bevor Sie gehen? Mit einer kleinen Feier?«

»Nichts da«, sagte Sonya und schob seine Hand fort.

»Ich habe da eine Flasche kostbaren Wein, die ich für besondere Anlässe aufbewahrt habe. Wir könnten …«

»Nein, könnten wir nicht«, widersprach Sonya mit Nachdruck und widerstand der Versuchung, Dent einen Finger zu brechen.

Sein Gesicht erschlaffte. »Schön, wie Sie wollen. Kommen Sie, ich bringe Sie hinaus.«

Sonya ergriff den Aktenkoffer und folgte Dent durch die riesigen Stahltüren. Sie gingen den Korridor entlang zu der Milchglastür, wo sich Dent anschickte, die Ziffernfolge des Öffnungscodes einzugeben. Plötzlich hielt er inne. »Das erinnert mich daran, dass Bobby auch ein geschickter Einbrecher ist. Er kann überall eindringen, wenn Sie ihn in Reichweite bringen.« Er stierte Sonya lüstern an. »Fast überall.«

»Ach, tatsächlich?« Sonya nickte in Richtung der Tür. »Kann ich das hier ausprobieren?«

»Ich fürchte, meinen Sicherheitsvorkehrungen ist nicht einmal Bobby gewachsen.« Dent lachte. »Aber Sie dürfen es gern versuchen, meine Liebe.«

Sonya schwang den Aktenkoffer in einer fließenden Bewegung herum und zertrümmerte die Glasscheibe mit ihm. »Nicht schlecht«, kommentierte sie, während Tausende glitzernder Glassplitter zu Boden rieselten. »Allerdings könnte er einen stabileren Griff vertragen.«

Kapitel 5

Regen peitschte auf die *Volante* nieder und lief in dicken Rinnsalen über den Rumpf. Laub flatterte im Wind und blieb kurz an der gewölbten Metallwandung haften, bevor es von dem Wolkenbruch fortgespült wurde. Im Inneren des Schiffes saß Klunk im Pilotensitz und arbeitete emsig an der Steuerkonsole. Nachdem er die Generatoren nach besten Kräften wieder instand gesetzt hatte, führte er jetzt eine Reihe von Funktionstests mit den Diagnoseprogrammen des Navcoms durch.

Ein besonders kräftiger Windstoß ließ die *Volante* auf ihren Landebeinen schwanken und lenkte Klunks Aufmerksamkeit auf die Luftschleuse. Durch das geöffneten Schott sah er, wie sich die Bäume im Sturm bogen. Der Regen fiel beinahe waagerecht. Dann ertönte ein Piepton, und der Roboter wandte sich wieder der Kontrollkonsole zu. »Navcom, sag mir Bescheid, wann der Diagnosedurchlauf beendet ist.«

»In schätzungsweise neun Minuten«, erwiderte der Navcom und schwieg einen Moment lang. »Wo ist Mr Spacejock?«

»Er entzündet draußen ein Lagerfeuer«, erwiderte Klunk, während er Hals Keksdose beäugte.

»Meinen Berechnungen zufolge lässt ein bestimmter Feuchtigkeitsgrad derartige Aktivitäten hoffnungslos werden.«

»Genau«, bestätigte Klunk. Er warf erneut einen kurzen Blick zur Luftschleuse. »Und sollte es ihm doch gelingen, irgendetwas anzuzünden, wird der Wind es sofort wieder auspusten.«

»Alle Umweltparameter an Bord liegen wieder im optimalen Bereich. Kann er nicht zurückkommen?«

»Lass ihm noch ein bisschen Zeit.« Klunk öffnete die Dose, wählte einen Keks aus, schnupperte daran und analysierte den Geruch.

»Er dürfte dort draußen nicht besonders glücklich sein«, stellte der Navcom fest, als eine weitere Bö das Schiff durchschüttelte.

»Mr Spacejock benötigt von Zeit zu Zeit eine kleine Lektion. Besonders dann, wenn er mich schwerwiegender Navigationsfehler bezichtigt.« Klunk legte den Keks wieder in die Dose, lehnte sich zurück und verschränkte die Hände im Nacken. »Und jetzt erzähl mir alles über diesen Planeten.«

Hal verbrachte viel Zeit damit, den Wald nach einem halbwegs trockenen Flecken zu durchsuchen, wo er schlafen konnte. Er arbeitete sich von einem morastigen Loch zum nächsten vor, bis er schließlich auf eine Lichtung stieß. Es handelte sich um kaum mehr als eine schmale Lücke zwischen den Bäumen, aber der Untergrund war hier fest und viel angenehmer als der schlammige Waldboden in der Nähe des Schiffes.

Mittlerweile war die Dunkelheit hereingebrochen. Das frische Holz in Hals kümmerlichem Lagerfeuer erzeugte mehr Dampf als Rauch, während es zischend vor sich hin flackerte. Der Regen hatte es bereits mehrmals erlöschen lassen. Hal stellte den Kragen seiner Fliegermontur auf, als es erneut zu regnen begann.

Ein Rascheln im Unterholz ließ ihn angestrengt in die Dunkelheit starren. War es möglicherweise Klunk, der ihm ein anständiges warmes Essen aus der Kombüse der *Volante* brachte? Oder, besser noch: War der Roboter gekommen, um ihm mitzuteilen, dass er die Reparaturen schneller als erwartet abgeschlossen hatte? »Klunk, bist du das?«

Ein Zweig knackte, doch niemand antwortete.

»Klunk, lass den Unsinn.« Hal starrte weiter in die Finsternis, aber leider hatte das flackernde Lagerfeuer seine Nachtsicht beeinträchtigt. Er ergriff einen dicken Ast und warf ihn in die Flammen, die prompt erloschen. »Verdammt!«, murmelte er. Er zog einen handlichen Flammenwerfer aus der Tasche, richtete die Mündung auf den qualmenden Holzstapel und schoss einen Feuerstrahl auf das glimmende Holz im Zentrum des Lagerfeuers ab. Es loderte auf, und er warf eine Hand voll Zweige hinterher, gefolgt von einem dicken Ast, mehreren Büschen und einem Baumstamm. Als er damit fertig war, reichten die Flammen zehn Meter in die Höhe und erleuchteten die Lichtung wie eine Freilichtbühne am Premierenabend.

Hal kehrte zu seinem Baumstumpf zurück und begutachtete sein Werk zufrieden. Hin und wieder warf er weiteres Brennmaterial hinterher, das jedes Mal einen Funkenregen aufstieben ließ, der sich im Dunst verlor.

Kurz darauf erklang erneut ein Geräusch aus dem Dickicht auf, ein Rascheln, das immer lauter wurde. Hal drehte das Gesicht in die im Dunkeln liegende Richtung, aus der er etwas gehört zu haben glaubte. »Klunk?«

Der Roboter betrat die Lichtung. Die Metalllegierung seines Körpers wies Kratzspuren und Ölflecken auf, sein Gesicht war schmutzverschmiert. »Wie geht es Ihnen, Mr Spacejock?«, erkundigte er sich.

»Das spielt jetzt keine Rolle. Wie steht es mit dem Schiff?«

»Fast fertig. Es ist eben eine langwierige Angelegenheit.«

»Die Sache wird noch länger dauern, wenn du ständig zu mir kommst, um mir mitzuteilen, wie lange es noch dauern wird.«

»Ich habe die Beleuchtung auf der Kommandobrücke wieder hergestellt. Möchten Sie vielleicht zurück an Bord kommen?«

»Was ist mit den giftigen Ausdünstungen?«

»Die verfliegen sehr schnell.«

»Vergiss es.« Hal nickte in Richtung des Feuers. »Ich habe

das gerade erst in Gang gekriegt. Jetzt möchte ich es auch genießen.«

»Mag sein, aber Sie würden sich an Bord der *Volante* bestimmt behaglicher fühlen. Und es wäre dort auch sicherer für Sie.«

»Was meinst du mit ›sicherer‹?«

Klunk zögerte. »Während ich auf den Abschluss einiger Testläufe warten musste, habe ich mir die Informationen über diesen Planeten angesehen.«

»Das hast du doch schon vor unserer Landung getan. Hier gibt es nichts außer Bäumen, und die Atmosphäre ist in Ordnung.« Hal lachte. »Befürchtest du etwa, die Büsche könnten Tentakeln ausbilden und mich packen? Ist das dein Problem?«

»Nicht die Büsche.« Klunk schüttelte den Kopf.

Hal ergriff einen stabil aussehenden Ast. »Sollte ich irgendeine gefährlich erscheinende Pflanze entdecken, werde ich sie damit niederknüppeln. Zufrieden?«

Klunk senkte die Stimme. »Ich habe gerade erst entdeckt, dass es einen unter Quarantäne stehenden Planeten in diesem System gibt. Sein Name ist Oliape II.«

»Und warum erzählst du mir davon? Ich meine, wir sind doch auf Oliape gelandet.«

Der Roboter schüttelte denn Kopf. »Das hier ist Oliape II.«

»Wirklich?« Hal blickte sich um. »Für mich sieht das immer noch nach einer Einöde aus.«

»Der Planet ist bewohnt. Auf Oliape II leben etliche Säugetiere, einige Reptilien und dergleichen.«

Es raschelte im Unterholz.

»Größere Exemplare?«, erkundigte sich Hal.

Klunk nickte. »Die beherrschende Lebensform besteht aus Fleischfressern von ungefähr dieser Größe.« Er hob eine Hand auf Schulterhöhe und dann so hoch, wie er sich strecken konnte.

»Okay, bevor ich dich mit diesem Ast zu einem Haufen

Schrott zusammenschlage, könntest du mir vielleicht erklären, wie es passieren konnte, dass wir auf dem falschen Planeten gelandet sind?«

»Es handelt sich um eine komplizierte Angelegenheit, bei der Weltraumnavigation und orbitale Faktoren eine gewisse Rolle spielen.«

»Bei der du Mist gebaut hast.«

Klunk ließ den Kopf hängen. »Ich habe unter Druck gestanden. Es tut mir leid.«

»Hey, jetzt nimm's dir nicht zu sehr zu Herzen. Irren ist menschlich und so.«

»So ungefähr.«

»Wir müssen jetzt also nur verschwinden, bevor uns diese Lebewesen aufspüren.«

Hal hatte kaum ausgesprochen, als eine große orangefarbene Kreatur aus dem Unterholz hervorschoss, auf Klunk landete und ihn in den Schlamm stieß. Sie schloss ihre Kiefer um seinen Hals und biss mit aller Kraft zu, worauf ein splitterndes Geräusch ertönte. Das Geschöpf stieß ein Heulen aus, schüttelte den Kopf und umklammerte seine Schnauze mit den Pfoten.

Nach einem kurzen Blick auf den riesigen Affen warf Hal den Ast fort und rannte so schnell er konnte in Richtung des Schiffes. Klunk stemmte sich hoch und folgte ihm.

Sie hetzten durch die Dunkelheit, brachen durch nasses Gebüsch und hüpften über umgestürzte Baumstämme. Hinter ihnen hallte ein gequälter Schrei über die Lichtung.

»Was war *das?*«, keuchte Hal.

»Ich denke, die Kreatur hat soeben das Feuer entdeckt«, erwiderte Klunk atemlos.

Hal zwängte sich durch ein dichtes Gestrüpp und fand sich plötzlich am Fuß der Einstiegsrampe der *Volante* wieder, wo ein Scheinwerfer einen weichen Lichtschein auf den zerwühlten Morast warf. Er rannte die Metallrampe hinauf, schob sich durch die Luftschleuse und streckte eine Hand nach der Steuertafel aus. Dann wurde ihm bewusst, dass Klunk nicht mehr an seiner Seite war. Als er einen Blick zurückwarf, entdeckte er den Roboter, der die Rampe erst zur Hälfte erklommen hatte und die Arme wie Dreschflügel kreisen ließ.

»Was hast du?«, rief er.

»Hinter Ihnen!«, kreischte Klunk.

»Was meinst du, mit …« Plötzlich fühlte Hal einen heißen Atemstoß in seinem Nacken und begriff im gleichen Moment nur zu gut, was der Roboter ihm hatte sagen wollen. Er wirbelte herum und erstarrte, als er die gewaltige Kreatur hinter sich entdeckte.

Das zottelige orangefarbene Affenwesen war über zwei Meter groß, verfügte über lange muskulöse Arme, mehrere Reihen spitzer Zähne und blickt ihn aus rot umrandeten Knopfaugen an.

Als Hal kehrtmachte und zu fliehen versuchte, erblickte er eine zweite affenartige Kreatur, die gerade aus dem Dickicht brach und auf den Fuß der Landerampe sprang.

Sie saßen in der Falle.

Kapitel 6

Hal spähte über den Rand der Rampe in die Tiefe und fragte sich, ob er springen sollte. Es würde ein tiefer Fall werden, aber vielleicht dämpfte der weiche Waldboden den Aufprall. Allerdings würde der zweite Affe ihm problemlos den Kopf abbeißen können, bis er sich wieder aufgerichtet hätte.

»*Wowlf?*« Das riesige Affenwesen führte einen haarigen Finger an seine Schläfe und kratzte sich. Die Geste wirkte so menschlich, dass Hal beinahe laut aufgelacht hätte. Beinahe.

»Uff!«, stieß er hervor, als die Kreatur ihm die Finger in die Brust stieß. Hinter ihm ertönten schwere schnelle Schritte. Er drehte sich um und sah Klunk die Rampe hinaufstürmen.

Der Affe stieß Hal beiseite und eilte in einem seltsam wiegenden Seitwärtsgang mit erstaunlicher Geschwindigkeit die Rampe hinunter. Klunk sah ihn kommen und warf sich mit dem Gesicht nach unten flach zu Boden, als das Geschöpf ihm entgegenhechtete. Es segelte über ihn hinweg, schlug mit dem Kinn auf, überschlug sich mehrmals und prallte gegen seinen Artgenossen. Die beiden Affenwesen rollten ineinander verschlungen die Rampe hinunter und landeten im Morast.

»Beeil dich!«, schrie Hal. Klunk krabbelte auf allen vieren vorwärts. Seine Hände und Füße glitten immer wieder auf dem glatten Metall aus. Am Fuß der Rampe waren die Affen inzwischen wieder auf die Beine gekommen und rannten auf den Roboter zu. Schlamm spritzte unter ihren Füßen auf.

Klunk warf einen kurzen Blick über die Schulter zurück und raste so schnell auf Händen und Füßen die Rampe empor, dass

Funken von dem Metall aufstieben. Hal wartete in der Luftschleuse, eine Hand auf der Steuerleiste. Er hieb auf die Taste, als der Roboter durch das Schott jagte.

Nichts passierte.

Hal starrte die näher kommenden Kreaturen an, sah, wie das Leichtmetall der Landerampe unter ihren wuchtigen Schritten zu schwanken begann.

»Das Schott funktioniert ohne volle Energiezufuhr nicht«, sagte Klunk ruhig.

»Dann steh nicht einfach tatenlos rum, sondern hilf mir, das verdammte Ding manuell zu schließen!«, stieß Hal hervor. Er stemmte sich gegen das schwere Metallschott. Seine Füße fanden kaum Halt auf dem glatten Schleusenboden. Klunk kam ihm zu Hilfe, und der Türflügel begann, sich zu bewegen. Die Schritte der Affenwesen kamen immer näher.

Das Schott schloss sich mit einem dumpfen Poltern. »Verriegelt?«, keuchte Hal.

Klunk schüttelte den Kopf. Sie sprangen durch das Innenschott und landeten ineinander verheddert auf dem Boden der Kommandobrücke. Hinter ihnen ertönte ein lauter Schlag. Das Außenschott flog auf. Hal warf sich gegen das Innenschott und konnte es gerade noch schließen, ehe die Kreaturen es aufstoßen konnten. Ein wütendes Heulen, untermalt von einem Trommelwirbel heftiger Faustschläge, war von draußen zu hören.

»Das war knapp«, murmelte Hal atemlos.

Plötzlich ertönte in der Luftschleuse ein erschrecktes Jaulen, gefolgt vom Geräusch sich eilig entfernender Schritte.

»Was, zur Hölle, war das?«

Klunk richtete sich auf und klopfte sich den Schmutz vom Körper. »Ich habe einen hochfrequenten Ton durch die Außenlautsprecher geschickt, den unsere Besucher offenbar nicht mochten«, erklärte er.

»Dich schienen sie auch nicht zu mögen. Irgendetwas an dir hat die Burschen richtig sauer gemacht.«

»Meiner Erfahrung nach reagieren halbintelligente affenartige Geschöpfe äußerst sensibel auf abweichende körperliche Merkmale.«

»Sie tun … was?«

»Ich glaube, ihnen hat meine Farbe nicht gefallen.«

»Warum sollte die eine Rolle spielen?«

Der Roboter zuckte die Achseln. »Wer kann das bei so primitiven Lebensformen schon sagen? Tatsache ist aber, dass das Männchen Sie nicht angegriffen hat, als es ausreichend Zeit dafür gehabt hätte, und …«

»Männchen?«, unterbrach Hal. »Woher weißt du, dass die Kreatur ein ›Er‹ war?«

Klunks Brauen stiegen in die Höhe. »Ich kann Ihnen versichern, dass von meinem Blickwinkel aus in dieser Hinsicht kein Zweifel an seinem Geschlecht bestanden hat.«

»Was ist das für ein Gestank?« Hal rümpfte die Nase.

Der Roboter überprüfte seine Fußsohlen. »Ach du liebe Güte!«

Hal zog einen Putzlumpen aus dem Wandschrank, reichte ihn Klunk und warf einen Blick auf die Instrumentenkonsole, während sich der Roboter säuberte. »Wenigstens hat das Biest hier drinnen nichts angerührt.«

»Ich sollte lieber die Statusberichte beenden. Wir werden schon bald starten.«

»Wirklich?«

Klunk nickte. »Mit den Reparaturen müssten wir bis Ullimo kommen. Dort können wir die Generatoren dann gründlich überholen lassen.«

»Und das wird noch von der Garantie abgedeckt, ja?«

Der Roboter zögerte. »Technisch gesehen, nein. Ich habe

mehrere Knicke im Leitungssystem für die Schmiermittel entdeckt. Der Eingriff war äußerst geschickt durchgeführt, und es wäre nur sehr schwer nachzuweisen, dass er vorsätzlich verursacht worden ist.«

»Vorsätzlich?« Hals Unterkiefer klappte herab.

»Ja. Ich verfüge Beweise über für eine Fremdmanipulation.«

»Soll das heißen, wir sind sabotiert worden?«

»Ja, Mr Spacejock.«

»Aber ... wer?«

Klunk zuckte die Achseln. »Vielleicht einer unserer Konkurrenten? Andererseits könnte es auch versehentlich passiert sein. Ich erinnere mich an einen ähnlichen Vorfall auf einem anderen Schiff, mit dem ich geflogen bin. Einer der Reinigungsroboter war über die Batterieanschlüsse gestolpert und hatte auf diese Weise einen Kurzschluss im Bordcomputer verursacht.«

»Wir haben aber keine Reinigungsroboter auf der *Volante*.«

»Ich erledige meinen Teil dieser Aufgabe«, sagte Klunk steif.

Hals Augen wurden schmal. »Und wenn die Beschädigung vorsätzlich ist, muss ich die Reparatur dann selbst zahlen?«

Klunk nickte.

»Was, wenn ich dafür verantwortlich wäre?«

»Sie!« Der Roboter wirkte überrascht.

»Ich meine, was, wenn ich versehentlich das Leitungsdingens verbeult hätte, als ich den Ölstand überprüfen wollte?«

»Das würde dann unter die Kategorie Unfall fallen.«

»Und der wird von der Garantie abgedeckt?«

»Genau genommen von der Versicherung.«

Hal seufzte. »Klunk, ich muss dir etwas gestehen. Ich habe beim Überprüfen des Ölstands aus Versehen dieses Leitungsdingsbums verbeult.«

»Mr Spacejock, irgendwer hat versucht, Sie umzubringen! Wir können das nicht einfach ignorieren!«

»Ich mach dir einen Vorschlag: Du zeigst mir, wer es getan hat, und ich lasse den oder die Typen verhaften.«

»Ich weiß nicht, wer es getan hat.«

»Eben. Und deshalb war ich es, was bedeutet, dass der Schaden umsonst behoben werden wird. Und wenn wir das nächste Mal in einem Raumhafen liegen, möchte ich, dass du genau darauf achtest, wer an Bord kommt. Wenn der oder die Besucher die falsche Leitung auch nur anhauchen, möchte ich, dass du ihnen einen Schraubenschlüssel über den Schädel ziehst. Klar?«

Klunk wirkte verunsichert. »Ich weiß nicht, ob ich überhaupt zu gewalttätigen Handlungen fähig bin, Mr Spacejock. Sofern sie Menschen betreffen.«

»Hau ihnen einfach mit einem Schraubenschlüssel auf den Kopf, Klunk, und ich kümmere mich anschließend um die gewalttätigen Geschichten. Und jetzt erledigst du alles, was noch für die Generatoren getan werden muss, damit wir diesen elenden kleinen Planeten verlassen können.«

»Ich bin schon unterwegs.«

Nachdem sich die Türen hinter dem Roboter geschlossen hatten, nahm Hal vor der Steuerkonsole Platz. »Navcom?«

»Ja, Mr Spacejock?«

»Wenn du das nächste Mal auf dem falschen Planeten landest, lasse ich dich löschen.«

»Es war ein Fehler«, sagte der Computer. »Ein durch die Umstände bedingter unvermeidlicher Fehler.«

»Ich wette, *ich* wäre auf dem richtigen Planeten gelandet.«

»Nicht ohne das hier.« Ein Pfeifen ertönte, und der Hauptbildschirm füllte sich mit Texten und Diagrammen.

»Was, zur Hölle, ist das?«

»Die Grundlagen der Navigation, erstes Kapitel«, erklärte der Navcom. »Ich habe die Abschnitte über die Himmelsmechanik hervorgehoben.«

»Was sind das für verschnörkelte Linien?« Hal starrte auf den Bildschirm.

»Wahrscheinlich Matrizen.«

Hal schwieg mehrere Minuten, während er die stark komprimierten Informationen zu begreifen versuchte. Er legte den Kopf schief, um aus einem besonders komplexen Diagramm schlau zu werden, was die Dinge aber nur noch schlimmer machte. »Navcom?«

»Ja, Mr Spacejock?«

»Muss ich wirklich dies ganze Zeugs wissen, um der Raumfahrergilde beitreten zu können?«

»Sie müssen zumindest über das Grundlagenwissen verfügen, ja.«

Hal seufzte.

»Bei der Gelegenheit: Haben Sie Ihre Lektion auf Oliape genossen?«

»Wovon redest du da?«

»Während Sie außerhalb des Schiffes waren, hat Klunk gesagt, er würde Ihnen eine Lektion erteilen.«

»Er hat ... was?« Die Türflügel des Aufzugs glitten zischend auseinander. Hal drehte sich um und starrte den Roboter an. »Klunk, was weißt du darüber, dass du mir angeblich eine Lektion erteilt hast?«

Klunk blinzelte. »Wie bitte?«

»Der Navcom hat mich gerade gefragt, ob ich meine Lektion genossen hätte.«

»Oh, damit hat der Navcom Erfahrung gemeint. Er wollte wissen, ob Sie die jüngst gewonnenen Erfahrungen genossen haben.«

Hals Blick wanderte von Klunk zur Steuerkonsole und wieder zurück. »Wenn ich auch nur einen Moment lang glauben müsste ...«

Klunks schuldbewusste Miene machte einem gekränkten Gesichtsausdruck Platz. »Wäre ich denn zu so etwas fähig?«

»Das weiß ich nicht. Wärst du?«

Es folgte eine kurze Pause, bevor Klunk zurückfragte: »Glauben Sie das denn?«

»Ja oder nein, Klunk?«

»Tut mir leid, wie war gleich noch mal die Frage?«

Hal deutete auf die Luftschleuse. »Hast du mich auf diesen kleinen Ausflug geschickt, um mir eine Lektion zu erteilen?«

»Also, ich ...« Klunk schielte über Hals Schulter auf den Bildschirm, der noch immer den Auszug aus dem Navigationshandbuch zeigte. »Oh, sehen Sie sich das an! Navcom, da ist ein Fehler in Zeile 73. Korrigier das: Es muss heißen ›Drücken Sie *nicht* den Knopf‹ nicht ›Drücken Sie den Knopf‹.«

»Fehler wird korrigiert«, bestätigte der Computer.

Hals Blick pendelte zwischen dem Roboter und dem Bildschirm hin und her. »Was meinst du mit Fehler?«

Klunk zuckte die Achseln. »Die Hersteller betrauen immer Menschen damit, diese Handbücher aus der rein wissenschaftlichen Form in die Alltagssprache zu übertragen. Kein Wunder, dass dabei häufig Fehler auftreten.«

»Du meinst also, selbst wenn ich diesen ganzen Schrott auswendig lernen würde, könnten Teile davon falsch sein?«

»Höchst wahrscheinlich.« Klunk beugte sich über die Konsole und legte einen kleinen roten Schalter um. Das Handbuch verschwand vom Hauptbildschirm und wurde durch die Abbildung mehrerer Himmelskörper ersetzt, die eine Sonne in atemberaubendem Tempo umkreisten.

»Auf welchem von denen sind wir?«, wollte Hal wissen.

»Das ist nur ein Bildschirmschoner«, erwiderte Klunk, ohne aufzublicken.

Hals Augen folgten den wirbelnden Planeten, die immer

schneller wurden. Obwohl sie schließlich verschwanden, drehten sich Hals Augen weiter im Kreis. Er streckte eine Hand aus, um sich festzuhalten, griff ins Leere und fiel auf das Steuerpult. Klunk half ihm in den Pilotensessel, wo er mit glasigem Blick sitzen blieb.

»Navcom, wir verschwinden«, sagte der Roboter. Er trat an die Luftschleuse, um sich zu überzeugen, dass die ungebetenen Besucher fort waren, und kehrte an die Steuerung zurück. »Startvorbereitungsprozedur beenden, Landerampe einfahren und alle Schotte versiegeln.«

»Was ist gerade mit Mr Spacejock passiert?«

»Er hat den Bildschirm etwas zu intensiv betrachtet.«

»Warum drehen sich seine Augen immer im Kreis herum?«

»Immer im Kreis herum«, wiederholte Hal. »Immer im Kreis herum.«

»Ich vermute, er ist hypnotisiert«, erwiderte Klunk. »Ich werde ihn später wieder wecken. Jetzt müssen wir erst einmal starten.«

Hals Gesichtsausdruck veränderte sich nicht, als die Haupttriebwerke zündeten. Das ferne Dröhnen wurde lauter. Klunk erhöhte den Schub so weit, bis das Schiff beinahe abhob, dann fuhr er ihn etwas zurück und schnallte sich im Sitz des Copiloten an. »Bereit, Mr Spacejock?«, erkundigte er sich.

»Immer im Kreis herum«, murmelte Hal.

»Okay, Navcom, bring uns hier weg.«

Die Zusatztriebwerke erwachten zum Leben und ließen die *Volante* erzittern. Der Sichtschirm schaltete auf Vogelperspektive um. Klunk erblickte einen Wirbel aus Erde, Steinen und zerfetzten Pflanzen, als der Frachter abhob. Das Schiff stieg rasend schnell in die Höhe, bis ihr Landeplatz von einer Wolke aus Staub und Dreck verschluckt wurde. Das Heulen der Luft wurde immer leiser, je höher die *Volante* in den Himmel kletterte, und verstummte schließlich völlig, als sie den Orbit erreicht hatten. Danach war nur noch das leise Hintergrundgrollen der Triebwerke zu hören.

Sonya zog sich den dicken Sweater über den Kopf und warf ihn auf die Couch. Sie fuhr sich mit den Fingern durchs Haar, verzog das Gesicht, löste die mobile Kommunikationseinheit von ihrem Gürtel und stellte das Gerät auf die polierte Tischplatte. Als sie die Küche betrat, schaltete sich das Licht automatisch an und schimmerte auf einem makellos sauberen Holztisch und einer Gruppe schlanker moderner Stühle. Sie schenkte sich einen Drink aus dem Getränkekühler ein und aktivierte den Küchencomputer.

»Womit kann ich Ihnen behilflich sein?«, erkundigte sich eine sanfte Stimme.

»Mit einem Teller Pasta und einem Beilagensalat. Danke. Und Kaffee. Mit Milch.«

»Verstanden.«

Sonya ließ die Sprechtaste los. Im Wohnbereich ertönte ein Summen, und sie fluchte, als sie ein Lämpchen der Kommunikationseinheit blinken sah. Sie ging hinüber und nahm den Anruf entgegen. »Ja?«

»Miss Polarov, warum antworten Sie nicht auf unsere Anrufe?«

Ihr Herz setzte einen Schlag aus. »Wer ist da?«

»Die Einwanderungsbehörde.«

»Wirklich?« Sonya warf einen Blick auf ihre Uhr. »Noch immer im Dienst um diese Uhrzeit?«

Der Anrufer seufzte. »Sie müssen wissen: So gerne wir unsere geschätzten Besucher von den Outsider-Planeten auch willkommen heißen, so können wir ihren Aufenthalt bei uns doch nicht unbegrenzt dulden.«

»Ich bin keine Besucherin!«, fauchte Sonya.

»Stimmt. Sie haben eine Arbeitsstelle gefunden. Wenn auch leider nur eine befristete.«

»Heute hat mein Arbeitgeber mir eine permanente Stelle angeboten. Ich habe mit Rex Curtis persönlich gesprochen.«

»Es fällt mir schwer, das zu glauben.«

»Ich gebe Ihnen mein Wort darauf.«

Der Anrufer lachte. »Natürlich, dann dürfte Ihr Arbeitsvertrag aktenkundig sein.«

Sonya schnitt eine Grimasse. »Der wird zurzeit gerade noch ausgearbeitet.«

»Dann wurde er noch nicht bestätigt?«

»Bisher nur mündlich.«

»Miss Polarov, mir ist bewusst, dass die Outsider-Welten die schriftliche Form als nachrangig betrachten, aber wir in der Union agieren nicht auf mündlicher Basis. Ich muss Ihnen deshalb leider mitteilen, dass ich Ihre Aufenthaltsgenehmigung im Geltungsbereich der Union hiermit widerrufe. Sollten Sie nicht innerhalb der nächsten 24 Stunden einen unbefristeten Arbeitsvertrag vorweisen können, werden wir Sie ausweisen. Ist das klar?«

»Ich habe Ihnen doch gesagt, ich habe einen Job!« Irgendwer klopfte gegen die Wand. Sonya zeigte dem unsichtbaren Nachbarn den Mittelfinger. »Nur noch ein paar Tage«, fügte sie leiser hinzu.

»Miss Polarov, wir haben das gleiche Gespräch letzte Woche schon einmal geführt. Ihre Zeit ist abgelaufen, und ich schließe Ihre Akte.«

»Nein, warten Sie! Ich besorge Ihnen den Arbeitsvertrag!«

»Nichts, was sich sofort als Fälschung herausstellen wird?«

»Ein echtes Dokument, unterschrieben vom Vorsitzenden von *Curtis Freightlines*.«

»Ihnen bleiben noch 24 Stunden, Miss Polarov. Guten Abend.«

Sonya schleuderte den mobilen Kommunikator gegen die Wand, was eine erneute Klopfmahnung ihres Nachbarn auslöste. Sie antwortete mit einer lauten Verwünschung und stolzierte in die Küche, wo der köstliche Duft des fertigen Essens ihre Nerven ein wenig beruhigte. Gerade als sie den Teller auf dem Tisch abstellen wollte, summte die Gegensprechanlage im Wohnzimmer erneut.

»Wer ist da?«, rief sie.

»Die Nummer des Anrufers wird unterdrückt«, erwiderte die Maschine.

Sonya seufzte. »Stell den Anruf durch.«

»Miss Polarov?«, meldete sich eine vertraute Männerstimme. »Sind Sie allein?«

»Das bin ich, Mr Curtis.«

»Tut mir leid, Sie zu Hause anzurufen. Ich habe es über Ihren mobilen Kommunikator versucht, aber keine Verbindung bekommen.«

Sonya warf einen Blick auf die schwarzen Kunststoffsplitter auf dem Teppich. »Er wird gerade gewartet.«

»Ich habe etwas für Sie.« Es klickte im Lautsprecher, und Sekunden später spuckte die Kommunikationseinheit eine gedruckte Nachricht aus.

Sonya riss den Papierstreifen ab und las den Text: »*Volante* verschwunden. Erwarte weitere Anweisungen. C.«

Sie fluchte. Statt eines Arbeitsvertrags schickte der Boss ihr kryptische Botschaften. Wütend knüllte sie das Papier zu einer Kugel zusammen. Curtis war nicht der einzige Hecht im Teich. Was, wenn sie sich eine andere Anstellung suchte?

Kurz entschlossen setzte sie sich an den Computer und wählte sich ins Galnet ein. Auf den Seiten mit den Stellenangeboten gab es Tausende Anzeigen. Nachdem sie ihre Qualifikation eingetippt hatte, schrumpfte die Liste auf eine halbe Seite zusammen. Dann gab sie ihren Geburtsplaneten ein, worauf nur noch zwei Stellenangebote übrig blieben. Sonya überflog sie und verzog angewidert das Gesicht. *So* verzweifelt war sie nun auch wieder nicht.

Kapitel 7

»Wo bin ich?«

Klunk sah sich suchend um, entdeckte den leeren Pilotensessel und zuckte schuldbewusst zusammen, als er Hal flach auf dem Rücken liegen sah. Er hatte ganz vergessen, ihm die Sicherheitsgurte anzulegen.

»Was ist hier los?«, wollte Hal wissen. »Warum liege ich auf dem Boden?«

»Sie hatten einen Schwindelanfall«, erklärte Klunk. »Und ich war mit dem Start beschäftigt.«

Hal setzte sich auf und rieb sich den Kopf. »Ich kann mich an gar nichts erinnern. Doch, warte. Ich erinnere mich, dass irgendwas immer im Kreis herumgegangen ist …«

»Ich bin mir sicher, dass das schon bald wieder aufhören wird«, sagte Klunk eilig.

»Ich brauche dringend Koffein«, murmelte Hal, während er sich auf die Füße kämpfte. Er besorgte sich einen Becher Kaffee aus dem Automaten und kehrte damit zum Steuerpult zurück. »Wie steht es mit dem Generator?«, erkundigte er sich zwischen kleinen Schlucken der dampfenden Flüssigkeiten.

»Gut«, sagte Klunk, dem wieder bewusst wurde, dass er eigentlich das Aggregat im Auge behalten musste. »Hervorragend. Ausgezeichneter Zustand.«

»Was hat dann diese blinkende Anzeige zu bedeuten?«

»Welche?«

»Die mit der Aufschrift ›Generator‹?«

Klunk betrachtete sie kurz. »Nur eine Warnung, nichts, worüber wir uns Sorgen machen müssen. Ich sollte ihn aber vielleicht trotzdem überprüfen.«

Während der Roboter den Aufzug ansteuerte, ließ sich Hal in den Pilotensessel sinken. »Navcom, gib mir bitte einen Sitber.«

»Ich verstehe Ihren Befehl nicht.«

»Sicher tust du das.« Hal schlürfte einen weiteren Schluck. »Einen Situationsbericht.«

»Wir nähern uns dem Planeten Ullimo mit einer Ladung Textilien. Sichtwidergabe auf dem Hauptschirm.«

Hal betrachtete den Bildschirm, der bis auf einen blauen Tupfer im Zentrum völlig dunkel war. »Ist das wirklich Ullimo?«

»Ja«, bestätigte der Computer.

»Keine Simulation? Kein Bildschirmschoner?«

»Nein, das ist der echte Planet.«

Hal starrte eine Weile auf den blauen Fleck. »Er wird ja überhaupt nicht größer«, stelle er fest.

»Das liegt daran, dass wir uns nicht besonders schnell bewegen.«

»Dann gib Gas!«

»Anweisung unmöglich auszuführen. Wir müssen uns den hiesigen Verkehrsvorschriften beugen.«

Hal gab einen unanständigen Laut von sich. »Ich werde die Vorschriften befolgen, sobald wir dazu angehalten werden. Drück auf die Tube!«

Aus den Tiefen des Schiffes klang ein Grollen auf, und die *Volante* vollführte einen Satz vorwärts.

»Geschwindigkeit wird erhöht«, meldete der Navcom.

Hal sah zu, wie sich der blaue Fleck zu einem Planeten ausdehnte. »Das ist schon besser. Jetzt kommen wir endlich richtig voran.« Sein Blick ruckte nach unten, als ein Zweitonalarm ertönte. »Was ist das?«

»Die Verkehrsüberwachung von Ullimo. Wir haben gerade ein Strafmandat kassiert.«

»Häh?«

Der Warnton aus der Konsole wiederholte sich.

»Das ist das nächste Strafmandat«, erklärte der Navcom. »Soll ich weiter beschleunigen?«

»Nein! Halt!«

Die Bremstriebwerke feuerten, aber es folgten drei weitere Warntöne, bevor die *Volante* wieder die zulässige Höchstgeschwindigkeit unterschritten hatte.

»Bei dem Tempo werden wir ewig brauchen, bis wir endlich da sind«, murrte Hal nach einem großen Schluck Kaffee.

»Nicht ewig«, korrigierte der Bordcomputer. »Geschätzte Ankunftszeit beträgt drei Tage.«

Eine Kaffeefontäne spritzte explosionsartig aus Hals Mund hervor. »Was soll das heißen, drei Tage?«, hustete er. »Der Planet ist doch bereits in Sichtweite!«

»Eine halbe Stunde bis zum Orbit plus 72 Stunden für die Qurantäneprozeduren.«

»Aber wir transportieren Lumpen!«

»Es liegt nicht an dem Stoff, es sind die Pango-Früchte.«

Hal schnaubte. »Die waren nur ein Lückenfüller. Wirf sie über Bord und bitte erneut um Landegenehmigung.«

»Das Wegwerfen …«, begann der Navcom.

»Öffne die Schleuse zum Frachtraum und blas die Kisten ins All! Ich habe nicht vor, drei Tage lang im All rumzuhängen.«

»Die Früchte waren eine spezielle Bestellung des Präsidenten der Gartenbaugesellschaft von Ullimo.«

»Es wäre mir auch egal, wenn es sich um das Schmiergeld für den Vorsitzenden der Friedensstreitkräfte handeln würde. Schaff uns das Zeugs vom Hals!«

»Befehl wird ausgeführt.« Aus dem unteren Bereich des Schiffes klang ein winselndes Geräusch auf, gefolgt vom Fauchen entweichender Luft.

»Neuer Eintrag in die Zollerklärung«, sagte Hal. »Keinerlei Obst.«

»Befehl ausgeführt. Ersuche jetzt die Bodenkontrolle um Landegenehmigung.« Es folgte eine kurze Pause. »Der Zoll von Ullimo möchte Sie sprechen.«

Auf dem Bildschirm erschien ein junger Mann mit einer spitzen Kopfbedeckung. Seine Uniformjacke war bis zum Hals zugeknöpft, und seine Epauletten auf seinen Schultern glänzten, als würden sie stündlich poliert. »Spreche ich mit dem Kapitän der *Volante*?«

»Der bin ich«, erwiderte Hal. »Wie kann ich Ihnen helfen?«

»Ich bin Phillip Farquhar, Stellvertretender Leiter der Zollbehörde von Ullimo.« Der Uniformierte hielt ein Formular hoch. »Das ist ein Exemplar der Frachtpapiere, die wir von Ihrem Abflughafen erhalten haben.« Er hielt ein zweites Formular neben das erste. »Und das hier ist gerade bei uns eingegangen.«

Hals Magen verknotete sich. »Ich dachte, Ihre Leute hätten gern alles in doppelter Ausführung.«

»Das tun wir auch. Allerdings handelt es sich bei den Frachtpapieren nicht um Duplikate. Tatsächlich ähneln sie einander nicht einmal sonderlich.«

»Das war wahrscheinlich ein Fehler meines Roboters«, sagte Hal mit einem nervösen Lachen. »Der bringt ständig alles durcheinander.«

»Wie kann ein Roboter aus einer Lieferung fabrikneuer Stoffrollen eine Ladung Putzlumpen machen?«

»Sie haben Klunk noch nie beim Verladen von Frachtgütern zugesehen.« Hal hob die Hände. »Hören Sie, hier ist offensichtlich irgendwas schiefgelaufen. Als das letzte Mal so was passiert ist, habe ich eine kleine Spende für den Witwen-und-

Waisen-Fond der zuständigen Behörde geleistet. Was sagen Sie dazu?«

»Ich sage, dass Ihnen bereits eine saftige Geldstrafe wegen Schmuggels droht. Fügen wir dem besser nicht noch eine Freiheitsstrafe wegen versuchter Bestechung hinzu.« Phillip tippte auf eins der Formulare. »Sie haben hier Ihren Roboter aufgeführt. Ist er wirklich schon so alt?«

»O ja. Geradezu antik.«

»Und trotzdem noch vollständig funktionsfähig?«

»Er kann laufen und sprechen, wenn Sie das meinen.«

»Sehen Sie, ich bräuchte ziemlich dringend einen Roboter.«

»Klunk kann nicht verkauft werden«, sagte Hal fest.

»Ich möchte ihn nicht kaufen. Es geht nur um eine Leihgabe.«

»Tut mir leid, aber ich muss ablehnen. Klunk ist ein fester Teil meiner Besatzung. Wir gehen überall gemeinsam hin.«

»Auch ins Gefängnis?«

Hal schürzte die Lippen. »Wann bräuchten Sie ihn denn?«

»Noch heute.« Phillip beugte sich näher zur Aufnahmekamera vor. »Meine Tante ist Direktorin des Museums von Ullimo. Dort findet eine Ausstellung mit dem Motto ›Das Leben vergangener Zeiten‹ statt, die heute am Vormittag um zehn Uhr eröffnet wird. Das Museum hat zwar eine Menge Ausstellungsstücke, aber meine Tante konnte bisher noch keinen passenden Roboter auftreiben.«

»Kommen Sie schon, es muss doch Hunderte davon auf Ullimo geben.«

»Ja, aber ihre Besitzer machen sich Sorgen über die Verlässlichkeit einer öffentlichen Institution. Das Museum ist nicht versichert, und sollte der Roboter zum Beispiel auf einen der Besucher fallen … Nun, lassen Sie es mich so ausdrücken: Das könnte eine ziemlich kostspielige Angelegenheit werden.« Phillip lächelte. »Ihnen dagegen bleibt gar keine andere Wahl.«

»Warum ist Ihnen das so wichtig? Wozu ein Roboter?«

Der Zollbeamte zuckte die Achseln. »Meine Tante möchte einen Roboter, und als liebevoller Neffe ist es nun mal meine Pflicht, ihr einen zu besorgen.«

»Sagen Sie das noch einmal, ohne dabei das Gesicht zu verziehen.«

Plötzlich huschte ein Lächeln über Phillips Züge. »Sie ist reich, und wenn ich nicht die Rolle des gehorsamen Neffen spiele, wird sie all ihr Geld dem Museum vermachen. Und ich habe keine Lust, in 20 Jahren immer noch hinter diesem Schreibtisch zu hocken. Was bedeutet, dass ich tue, was sie von mir erwartet.«

»Klunk wird das gar nicht gefallen. Er kann ganz schön komisch werden.«

»Umso besser. Dann kann er die Besucher unterhalten.« Phillip hielt Hals Formular in die Kamera. »Rufen Sie das Museum an, wenn Sie gelandet sind, und sobald der Roboter in der Ausstellung eintrifft, landet diese Zollerklärung in der Akte des letzten Jahres.«

»Einverstanden.«

»Guten Tag, Mr Spacejock. Ich hoffe, wir werden nicht mehr voneinander hören.«

Der Bildschirm erlosch.

»Also, das ist ein bedeutender Fortschritt«, stellte Hal fest. »Diesen Trick sollten wir öfters durchziehen. Wir haben gerade ein paar Tausender gespart.«

»Und Klunk an das Museum verkauft«, sagte der Navcom.

»Überlass mir das Reden. Ich möchte nicht, dass er die Sache in die falsche Kehle kriegt.« Hal blickte über die Schulter, wo sich gerade die Aufzugtüren öffneten. »Ah, Klunk. Wie steht's mit dem Generator?«

»Er wird durchhalten, bis wir gelandet sind.«

»Gut. Ausgezeichnet. Hör mal, ich habe mich in der Zwischenzeit über Ullimo informiert und entdeckt, dass es dort ein Museum gibt.«

Klunks Brauen stiegen in die Höhe. »Wissen Sie denn überhaupt, was ein Museum ist?«

»Natürlich weiß ich das. Das ist ein Ort, an dem man altes Zeugs abstellt, das niemand ...« Hal versuchte es mit einem anderen Ansatz. »Es ist ein Ort, wo kostbare Antiquitäten ausgestellt werden, damit die Menschen die eigenen Ursprünge schätzen lernen.«

»Worin besteht Ihr Interesse?«

»Also, ich dachte, wir könnten eine Portion Kultur vertragen.«

»Wirklich?«

»Aber sicher doch! Wir hetzen ständig herum, jagen von einem Planeten zum nächsten. Deshalb sollten wir uns gelegentlich ein bisschen Zeit gönnen, um etwas von der Geschichte dieser Welten aufzunehmen.«

»Fühlen Sie sich auch wirklich wohl, Mr Spacejock?«, fragte Klunk besorgt. »Ich habe noch nie so etwas aus Ihrem Mund gehört.«

»Ich denke einfach, wir sollten jeden Planeten, den wir besuchen, in vollen Zügen genießen.«

»Und deshalb besuchen wir dieses Museum?«

»Unbedingt.«

»Was ist mit den Reparaturen des Schiffes? Mit dem Entladen der Fracht?«

»Oh, das kann das Bodenpersonal erledigen, während wir unterwegs sind.«

»Was dieses Museum betrifft, bekommt man vielleicht Geld bezahlt, wenn man es besichtigt?«

»Also, lass uns nicht länger hier rumstehen und quasseln«, sagte Hal. »Dabei fällt mir ein, könntest du den Burschen anrufen, der die Pango-Früchte haben wollte? Sag ihm, dass sie nicht mehr rechtzeitig eingetroffen sind.«

»Sie befinden sich doch im Frachthangar.«

»Nicht mehr.«

»Haben Sie deshalb die Hangartore geöffnet?«

»Yup. Der Zoll wollte uns drei Tage in Quarantäne stecken, also habe ich die Dinger ins All geblasen.«

»Haben Sie den Behörden nicht mitgeteilt, dass wir ein Zertifikat für das Obst haben?«

»Ein … was?«

»Ein Quarantänezertifikat. Ich habe es vor unserem Abflug von dem Spediteur besorgt.«

Hals Augen wurden schmal. »Hast du vielleicht sonst noch was organisiert, von dem ich wissen sollte?«

»Ja. Ich habe schon einmal unsere Frachtpapiere an den Zoll geschickt. Das spart uns Zeit bei der Abfertigung.«

»Klunk, war das ein Jetbike, das ich gestern im Hangar gesehen habe?« Hal schloss einen Moment lang die Augen.

Der Roboter nickte.

»Gut. Ich möchte, dass du damit aussteigst und die Obstkisten zurückholst.«

Klunk hob die Brauen. »Alle?«

»Nein, nur die roten mit den Bügeln. Natürlich meine ich alle!«

»Aber ihr Inhalt dürfte steinhart gefroren sein.«

»Wir haben noch 20 Minuten Zeit bis zur Landung. Tau die Früchte wieder auf.«

»Wie?«

»Keine Ahnung. Schieb sie unter den Generator oder was auch immer. Bemüh deine Fantasie.«

Der Roboter machte kehrt.

»Klunk!«, rief Hal.

»Ja?«

»Wenn du das nächste Mal irgendwas organisierst, wie wäre es, wenn du mir Bescheid sagst?«

Die Aufzugtüren schlossen sich und schnitten die knappe Antwort des Roboters ab.

Klunk schlängelte sich zwischen den stabilen Kisten voller riesiger Stoffballen hindurch. Im hinteren Bereich des Frachthangars entdeckte er eine Lücke, wo die Obstbehälter gestanden hatten. Er murmelte missbilligend vor sich hin, als er an den Hangartoren vorbei an ein hüfthohes Gebilde trat. Es war ein in das Achterschott eingebauter großer Kasten mit abgerundeten Ecken. Als er die Klappe öffnete, kam ein weiß schimmerndes Spacebike zum Vorschein, das an einem Gestell befestigt war. *Kleenair Corporation* war einstmals eine riesige Firma gewesen, die mit ihren Produkten Maßstäbe gesetzt hatte, doch ein flüchtiger Blick reichte aus, um ihm zu verraten, dass ihr Jetbike *ZoomMaster 4000* ein hastig zusammengeschustertes Gerät war, das in erster Linie ein gutes Bild in den Hochglanzkatalogen abgeben sollte. Der schnittige Windabweiser war völlig sinnlos im Vakuum, der gepolsterte Sattel in der Schwerelosigkeit ziemlich überflüssig. Zum Glück war das Bike mit einem Peilgerät ausgerüstet, und das übergroße 3-D-Display fügte sich nahtlos zwischen Lenker und Windabweiser ein.

Klunk schob sich in den Verschlag und hob die Kabinenabdeckung an. Der Platz war so beengt, dass er kaum ein Bein über das gedrungene Jetbike heben konnte, und wenn er sich vorstellte, wie jemand, der einen Raumanzug trug, in den Sattel steigen sollte ... Er schüttelte den Kopf. Der Hangar war wirklich geräumig, aber man hatte das Bike in einen winzigen Verschlag quetschen müssen.

Er stellte die Füße auf die Fußrasten und klappte die Kabinenabdeckung wieder herunter. Das Armaturenbrett leuchtete auf, und Klunk überflog die Anzeigen. Der Treibstofftank war voll, die Druckwerte der Hydraulik befanden sich im optimalen Bereich, die Bremsen waren gelöst. Klunk startete den Motor, drehte den Gasgriff bis zum Anschlag durch, und das Bike brüllte ohrenbetäubend auf, als die Düsen zum Leben erwachten.

Es bewegte sich nicht ein Stück.

Neben dem Gasgriff befand sich ein Turboschalter für Notfallsituationen. Klunk betätigte ihn.

Einen Moment lang kam es ihm so vor, als explodierten Dutzende Granaten um ihn herum. Die Triebwerke röhrten in dem beengten Raum, und die Hitze stieg auf unglaubliche Werte. Klunk spürte durch das Vibrieren hindurch, wie das Bike nach vorne ruckte. Als er einen Blick nach unten warf, stellte er fest, dass es noch immer in seiner Halterung hing. Das war eine Sicherheitsvorkehrung, um übereifrige Piloten davon abzuhalten, mit dem Jetbike gegen das geschlossene Achterschott des Hangars zu rasen. Die starken Metallbügel, die das Bike fixierten, bogen sich bereits bedenklich unter den extremen Beschleunigungswerten und gaben schließlich nach, bevor Klunk den Impuls, die Energiezufuhr abzustellen, in die Tat umsetzen konnte.

Das Spacebike benötigte eine halbe Sekunde, um aus dem Stand heraus die ersten fünf Meter zurückzulegen. Bis dahin hatte Klunk den Daumen vom Turboschalter genommen, den Schub umgekehrt, beide Bremsen betätigt und zusätzlich die Füße gegen den Boden gestemmt. Für die nächsten vier Meter benötigte das Bike noch eine Viertelsekunde, wobei die Geschwindigkeit von mehr als 200 Stundenkilometern auf knapp 50 abbremste. Auf dem letzten Meter kam es inmitten einer Wolke aus Qualm und Staub nur Millimeter vor dem inneren Luftschleusenschott zum Stehen.

Klunk warf einen Blick zurück in die Parknische. Durch den Schleier der Abgase entdeckte er einen langen dunklen Streifen, wo die Flammen aus den Triebwerken den Boden angesengt hatten, sowie eine wüste Spur aus Bruchstücken der Halterung, und plötzlich war er sehr froh darüber, dass Mr Spacejock das Schiff nur sehr selten inspizierte.

Er öffnete das Innenschott, manövrierte das Jetbike in die geräumige Luftschleuse und wartete, bis das Außenschott aufgeglitten war. Der Dunst löste sich auf, und vor ihm erschien eine pechschwarze, mit den Lichtpunkten ferner Sterne gesprenkelte Scheibe. Klunk gab Gas, schoss aus der Luftschleuse ins All und aktivierte das Peilgerät. Sofort erhellte sich der kleine Monitor, und auf dem grünen Untergrund erschienen Dutzende kleiner Radarechos. Klunk setzte Kurs auf die nächste. Das Bike machte einen Satz nach vorn, und der Frachter schrumpfte schnell hinter ihm zusammen, als es dem ersten Ziel entgegenschoss.

Kapitel 8

Sonya marschierte durch einen Wartungskorridor des Raumhafens von Ullimo in Richtung des Flugfeldes. In einer ihrer Hände baumelte ein schwerer Rucksack, in den sie Dents Aktenkoffer-Computer gestopft hatte. Nicht, dass es nötig gewesen wäre, das Ding zu verstecken, sie hatte es bisher nur nicht geschafft, den grauenhaften Smiley-Aufkleber zu entfernen.

Sie erreichte eine Sicherheitstür, die sich selbstständig öffnete, als sie die Handfläche auf das Kontaktfeld legte. Draußen wurde ein halbes Dutzend Landeplattformen von einigen Gebäuden U-förmig umrahmt. Die Gebäude waren untereinander mit geschlossenen Zugangsröhren verbunden, die zum Flugfeld weisenden Fenster zum Schutz vor startenden und landenden Raumschiffen mit schweren verschließbaren Sichtblenden versehen. In der Nähe standen zwei Schiffe, ein kleiner Gleiter und ein riesiges Raumschiff der Delta-Klasse, neben dem ein Kran gerade den Teil der rechten Triebwerksabdeckung anhob. Ein halbes Dutzend Mechaniker schaute dem Vorgang müßig zu.

Als eine Sirene erklang, ließen die Mechaniker ihre Werkzeuge sinken und entfernten sich gemächlich von den parkenden Schiffen. Sie plauderten gelassen miteinander, ohne dem immer lauter werdenden Grollen über ihren Köpfen auch nur die geringste Beachtung zu schenken, und verschwanden im Gänsemarsch durch eine Tür in einem der Gebäude. Dann ertönte eine Reihe dumpfer Schläge, als sich die Schutzblenden vor den Fenstern schlossen.

Sonya sprang zurück in den Wartungskorridor und schloss die Tür, noch bevor sich die Blenden vor dem grellen Gleißen aus den Triebwerken des landenden Schiffes verdunkeln konnten. Das Dröhnen wurde lauter, und durch die schwarzen Glasscheiben entdeckte sie ein schwaches Glimmen im Himmel. Der Lärm ließ das Gebäude erzittern, das Glimmen verwandelte sich trotz des Sichtschutzes in ein helles Leuchten, steigerte sich weiter zur blendenden Flamme eines Schweißbrenners und wurde schließlich grell wie eine Sonne, bevor die aufwirbelnden Rauch- und Staubwolken das Gleißen verschluckten. Die Wände erbebten, als das Schiff mit donnernden Triebwerken über seiner Landeplattform schwebte und schließlich mit einem lauten Geräusch aufsetzte. Dann ließ das Dröhnen nach, die Schutzblenden hoben sich wieder, die verdunkelten Glasscheiben wurden erneut klar und durchsichtig und ließen helles Tageslicht in Sonyas Gesicht fallen.

Die *Volante* war ein beeindruckendes Schiff, schlank und schneeweiß. Durch die heißen Abgase waberte das Leitwerk wie eine Fata Morgana. Aus der Luftschleuse schob sich eine Landerampe hervor.

In einem der gegenüberliegenden Gebäude öffnete sich eine Tür. Mehrere Mechaniker strömten hinaus und marschierten zielstrebig auf das gelandete Schiff zu. Einer schob einen mit Catering-Logos versehenen Trolley, ein anderer zog einen Treibstoffschlauch hinter sich her, ein dritter trug einen großen Schlegel über der Schulter.

Sonya setzte ihre Sonnenbrille auf, ergriff den Rucksack und trat ins Freie. Als sie sich dem Schiff näherte, sah sie, wie der dritte Mechaniker eines der Landebeine mit dem Schlegel abklopfte. Er legte den Kopf schief und lauschte dem Widerhall der Schläge. Dann nickte er vor sich hin und ließ den schweren Hammer zu Boden sinken. Er zog einen schmierigen Lappen aus seinem nicht minder verschmierten Overall, wischte sich damit die Hände ab und ging zu dem Mann, der den Treibstoffschlauch schleppte.

»Gehst du heute zu dem Spiel, Nat?«

»Um mitanzusehen, wie unser Haufen wieder einmal Prügel bezieht? Du machst wohl Witze, Sam.«

Sam seufzte. »Wirst du auf die Woritans setzen?«

Nat hob den Kopf und spuckte auf den nackten Beton. »Hast du die Quoten nicht gesehen, Mann? Da schmeiß ich meine Kohle doch lieber gleich ins Klo.« Er trat einen Schritt zurück und musterte das Landebein durch halb geschlossene Lider. »Bist du mit dem Materialermüdungstest fertig?«

»Yup.«

»Dann geh zur Seite.«

Als die Männer die Plätze tauschten, räusperte sich Sonya.

»Was wollen Sie, Miss?«, fragte Sam.

»Mr Curtis hat mich geschickt, um dieses Schiff auszuräuchern.«

Diesmal war es Sam, der auf den Beton spuckte. »Curtis, häh? Okay, das Sprühgerät steht gleich im Schuppen da drüben.«

Sonya unterdrückte den Drang, ebenfalls auszuspucken, machte auf dem Absatz kehrt und steuerte den Schuppen an, auf den Sam gezeigt hatte. Im Inneren fand sie einen Schutzanzug, der wie ein ganzes Footballteam stank, einen Helm, der den Duft der Socken desselben Footballteams verströmte, sowie einen großen ovalen Behälter voller Warnaufkleber. Sie stellte den Rucksack neben den Kanister und machte sich mit einem Schraubenzieher an die Arbeit.

Einige Minuten später war sie so weit. Eingehüllt in den Schutzanzug, den Helm auf den Schultern und den Kanister auf dem Rücken festgeschnallt, kehrte sie auf das Flugfeld zurück, wo sie Nat und Sam laut streitend in einer Pfütze Treibstoff stehend vorfand. »Entschuldigung!«, rief sie. »Könnte einer von Ihnen das Schiff informieren, dass ich jetzt an Bord komme?«

»Machen Sie's doch selbst«, gab Nat unwirsch zurück.

Sonya baute sich dicht vor ihm auf. »Entschuldigen Sie, aber ich konnte Sie durch den Helm nicht verstehen.«

»Ich hab zu tun, rufen Sie gefälligst selbst im Schiff an.«

Sonyas Knie ruckte hoch, und einen Sekundenbruchteil später wälzte sich Nat zusammengekrümmt auf dem Boden. »Sam, richtig?«, fragte sie den zweiten Mann.

»Das bin ich, Miss«, versicherte er eilig. »Ich werde sofort im Schiff für Sie anrufen, Miss.«

»Haben Sie vielen Dank.«

Hal lehnte sich in seinem Sitz zurück und atmete tief durch. Obwohl der Computer alles, was mit der Landung zu tun hatte, problemlos allein erledigte, machte es ihn doch jedes Mal nervös, wenn das Schiff auf eine winzige Landeplattform aus Beton herabfiel. Was, wenn irgendetwas schieflief? Wenn die Bremsdüsen versagten? Er beruhigte sich mit dem Gedanken, dass moderne Raumschiffe von Robotern in solider Handarbeit gefertigt wurden, doch dann fiel sein Blick auf Klunk, der neben ihm saß, und im gleichen Moment fühlte er sich noch unbehaglicher.

»Haben Sie gerade etwas gesagt?«, erkundigte sich Klunk, ohne die Instrumentenanzeigen aus den Augen zu lassen.

Hal schüttelte den Kopf und krallte seine Finger in die Armlehnen.

Ein Ruck durchlief das Schiff, und Klunk begann, eine Reihe von Schaltern umzulegen, um die Triebwerke auszuschalten und die *Volante* auf einen längeren Bodenaufenthalt vorzubereiten. Die Deckenbeleuchtung flackerte, als das Bodenpersonal den Frachter auf externe Energieversorgung umschaltete, nachdem es ihn mit einem Gewirr von Schläuchen und Leitungen verbunden hatte, die an überdimensionierte Nabelschnüre erinnerten.

»Ich werde das Fassungsvermögen der Treibstofftanks auf ihr Maximum erhöhen«, sagte Klunk. »Die hiesige Schwerkraft ist etwas höher als der Standardwert, weshalb wir beim Start mehr Treibstoff als sonst verbrauchen werden.«

Hal runzelte die Stirn. »Das ist etwas, das ich mich schon immer gefragt habe. Woher stammt eigentlich dieser Standardwert?«

»Von der Erde.«

»Was, von diesem Zeug, auf dem man steht und rumläuft?«

»Nein, von dem Planeten namens Erde.«

»Hör schon auf!« Hal lachte. »Als Nächstes willst du mir wahrscheinlich weismachen, dass es auch einen Mond namens Mond gibt.«

»Es gab tatsächlich einmal einen Planeten, der Erde hieß«, sagte Klunk mit Nachdruck. »Dort war die Menschheit ursprünglich zu Hause.«

»Tatsächlich?«, fragte Hal. »Und wo befindet sich dieser Planet?«

»Das weiß niemand«, erwiderte der Roboter. »Vor längerer Zeit wurde eine Expedition ausgesandt, aber sie konnte keine Spur von der Erde finden. Hat man Ihnen in der Schule denn überhaupt nichts beigebracht?«

Hal schüttelte den Kopf. »Ich habe meine gesamte Zeit in der Schule damit verbracht, Papierflieger zu basteln.«

»Was für ein Jammer, dass Sie nicht mehr über Planeten gelernt haben.«

»Wieso?«

»Weil es nicht völlig ungewöhnlich ist, wenn sich Raumschiffpiloten ein paar Kenntnisse über Himmelsmechanik und die Gesetze der Physik aneignen.«

»Whoa!« Hal hob die Hände in die Höhe. »Gesetze der Physik? Das ist etwas für Eierköpfe.«

Der Roboter starrte ihn an. »Das ist Teil der Ausbildung!«

»Negativ, Klunk. Die Eierköpfe entwerfen das Schiff, ich fliege es.«

»Sie fliegen das Schiff ganz und gar nicht. Sie sagen dem Computer lediglich, wohin Sie fliegen wollen.«

»Und ist irgendwas daran falsch?«

»Es ist nicht ganz dasselbe, als wenn man wirklich ein Schiff fliegt, oder? Genauso gut könnten Sie es Kochen nennen, wenn Sie dem Küchenautomaten befehlen, Ihnen etwas zu essen zuzubereiten.«

Hal verzog das Gesicht. »Erzähl mir nichts davon. Wie auch immer ...«

Die Konsole gab einen Klingelton von sich. »Wir werden gerufen«, meldete der Navcom. »Vom Bodenpersonal des Raumhafens.«

»Stell das Gespräch durch«, befahl Hal.

»Hier Bodenpersonal. Wir müssen Ihr Schiff dekonti... äh dakonti... dokanti... äh, aussprühen. Dazu müssen Sie zu uns rauskommen.«

»Ist das eine normale Prozedur?«

»Sicher. Machen wir ständig. Wegen der Bazillen und so.«

Klunk beugte sich über das Mikrofon. »Ich würde gern zuerst die Landeprozeduren beenden.«

Aus dem Lautsprecher drang leises Stimmengewirr. »Okay, aber Sie müssen sich beeilen.«

»Wir benötigen mindestens zehn Minuten.« Klunk trennte die Verbindung und beschäftigte sich wieder mit der Steuerkonsole.

»Wo kriegen die nur immer wieder diese Leute her?«, murmelte Hal mit einem fassungslosen Kopfschütteln.

»Aus der Schar ehemaliger Raumschiffpiloten.«

»Und mir gefällt die Vorstellung, dass sie hier irgendwelches Zeugs versprühen, überhaupt nicht.«

»Eine Dekontaminierung der *Volante* ist nach unserem Zwischenstopp auf Oliape II wahrscheinlich gar nicht mal so verkehrt.«

»Hör zu, ich möchte, dass du vergisst, dass wir jemals da waren. Tatsächlich möchte ich das sogar selbst vergessen.«

»Wie soll ich irgendetwas vergessen können? Ich bin ein Roboter.«

»Ich habe keine Ahnung. Lösch einfach einen Teil deines Gedächtnisspeichers.«

»Ich kann nicht …« Klunk runzelte die Stirn. »Ich glaube nicht, dass ich das kann.«

Hal lachte. »Aber sicher kannst du das. Du hast nur vergessen, wie das geht.«

»Wir werden gerufen«, meldete sich der Navcom erneut zu Wort. »Raumhafenbodenpersonal.«

»Schon wieder?«

»Dieser Anruf kommt aus dem Büro.«

»Okay, stell ihn durch.« Hal machte eine Geste in Klunks Richtung. »Geh und mach dich sauber.«

»Wofür?«

»Du kannst in diesem Zustand nicht im Museum auftauchen.«

»*Volante*, hier Bodenkontrolle. Bitte geben Sie an, wie Sie die Rechnung für Ihren Treibstoff bezahlen wollen.«

»Per Bankeinzug. Hat mein Computer Ihnen nicht die erforderlichen Daten übermittelt?«

»Ja, aber die Zahlung wurde abgelehnt.«

»Da muss ein Fehler passiert sein«, sagte Hal. »Das ist mein Geschäftskonto. Die Deckung müsste ausreichen. Überprüfen Sie das bitte noch einmal.«

»Einen Moment, Sir.«

Hal scheuchte Klunk mit einer Handbewegung zum Aufzug. »Los, mach schon, und polier dich auf Hochglanz.« Er wischte ein paar Kekskrümel von seiner Fliegermontur. »Das äußere Erscheinungsbild ist sehr wichtig, wenn man einen guten Eindruck hinterlassen will.«

»Was stimmt denn nicht mit meinem Erscheinungsbild?«

»Deine Haut ist ganz stumpf. Also, komm in die Gänge.«

Klunk öffnete den Mund, um zu einer Antwort anzusetzen, doch in dem Moment meldete sich die Stimme aus dem Lautsprecher wieder. »Ich habe ein zweites Mal versucht, das Geld einzuziehen, Sir. Die Überweisung wurde erneut verweigert.«

»In Ordnung. Dann belasten Sie mein Schiff damit.«

»Natürlich, Sir. Wie lautet Ihre Mitgliednummer in der Raumfahrergilde?«

»1-2-3-4.«

»Einen Moment.«

Hal winkte Klunk davon, und nach einem langen nachdenklichen Blick verschwand der Roboter.

»Ich bedaure, Sir, aber diese Nummer ist ungültig.«

»Ich muss meinen Ausweis verlegt haben«, sagte Hal.

»Dann kann ich Ihnen leider keinen Kredit einräumen. Wie wollen Sie also die offene Rechnung begleichen?«

»Wie viel schulde ich Ihnen denn?« Hal erbleichte, als der Anrufer ihm die Summe nannte. »Womit haben Sie mein Schiff denn betankt? Mit Mineralwasser?«

»Mit dem Standard-Treibstoff.«

»Beim letzten Mal hat das nur die Hälfte gekostet.«

»Ich setze die Preise nicht fest, Sir, ich ziehe lediglich das Geld ein.«

»Okay, okay. Navcom, gib dem Mann die Nummer meines Sparkontos.«

»Befehl ausgeführt. Überweisung erfolgt. Ihr verbleibendes Guthaben beträgt jetzt …«

»Das möchte ich gar nicht wissen!«, unterbrach Hal hastig.

»… 733 Kredite minus«, beendete der Navcom den Satz. »Wir werden gerufen.«

»Von wem?«

»Von der *Pilots First Bank*. Es ist die Abteilung für Kontoüberziehungen.«

»Halt mir die Typen vom Hals«, sagte Hal schnell. »Und verbinde mich mit dem Museum. Ich möchte mit dem Manager sprechen.«

»Befehl wird ausgeführt.« Auf dem Bildschirm erschienen zwei rotierende Zahnräder unter einem Logo.

»Willkommen beim Museum von Ullimo«, klang eine männliche Stimme auf. »Was kann ich für Sie tun?«

»Ich muss mit jemandem wegen einer Ausstellung sprechen.« Hal senkte die Stimme. »Das Museum will sich meinen Roboter ausleihen.«

»Dürfte ich erfahren, mit wem ich das Vergnügen habe?«

»Mit Hal Spacejock von der *Volante*.«

»Dann möchten Sie bestimmt mit Arlene sprechen. Ich versuche, sie aufzuspüren.«

Die Lautsprecher gaben ein leises Zischen von sich, und einige Sekunden später schälten sich die Umrisse einer älteren Dame aus dem Bildschirm. Sie hatte ein großes freundliches Gesicht und einen voluminösen grauen Lockenschopf, der von einer Haarspange in Form eines Kamms gebändigt wurde. »Käpt'n Spacejock?«

»Der bin ich. Sind Sie Phillips Tante?«

»Bitte, nennen Sie mich Arlene. Phillip hat mir bereits alles über Ihren Roboter erzählt. Wir sind völlig aus dem Häuschen. Das ist sehr freundlich von Ihnen.«

»Nicht der Rede wert.«

»Seien Sie nicht so bescheiden! Phillip hat mir auch von Ihnen erzählt, dem raubeinigen Raumschiffkapitän, dem einsamen Unternehmer, der gegen die Mühlen der Bürokratie kämpft, dem erfolgreichen Geschäftsmann …«

»Ich tue mein Bestes«, sagte Hal bescheiden.

»Und dann noch Ihre legendäre Großzügigkeit.«

»Häh?«

»Sollen wir uns beim Essen heute Abend über Ihre Spende unterhalten?«

»Nein!« Hal starrte fassungslos auf den Bildschirm. »Ich meine … ich kann leider nicht kommen. Ich muss eine dringende Lieferung durchführen. *Central Bank*. Papierkram. Sie wissen ja, wie das ist … Wir Unternehmer kommen nie zur Ruhe.«

»Wie schade. Dann eben nicht, wir können die Angelegenheit ja besprechen, wenn Sie Ihren Roboter bei uns abliefern.«

»Wie soll ich ihn zu Ihnen bringen?«

»Ich schlage vor, mit einem Taxi. Die fahren ihn direkt bis zum Eingang. Bis bald!«

»Und, äh … was die Transportkosten betrifft …«

Doch da war der Bildschirm bereits wieder leer.

Kapitel 9

Hal und Klunk schritten die Passagierrampe der *Volante* hinab und genossen das Licht der frühen Morgensonne. Der Raumhafen von Ullimo lag in einem Tal zwischen majestätischen, schneebedeckten Bergen, und in der klaren Luft kam es Hal vor, als bräuchte er nur die Arme auszustrecken, um sie berühren zu können. In der Nähe der *Volante* wurde gerade ein großes Kreuzfahrtraumschiff gewartet. Die Raumhafengebäude im Hintergrund waren so gestaltet worden, dass sie nahezu mit den bewaldeten Berghängen verschmolzen.

Aus den Bäumen stieg ein Schwarm Vögel auf, die mit lautem Krächzen einige enge Kreise flogen.

»Schwarze Möwen«, stellte Klunk mit Blick auf die Vögel fest.

Hal lächelte. »Sie fliegen besser, als es meine *Schwarze Möwe* jemals getan hat.«

Die Vögel landeten wieder in den Bäumen. Hal ging weiter die Rampe hinunter. Sein Atem dampfte in der frischen Morgenluft. »Ich bin lieber hier draußen, als mich da drinnen sterilisieren zu lassen.«

»Dekontaminieren«, korrigierte Klunk.

»Hey, das war gut. Du kannst den Typen vom Bodenpersonal Sprachunterricht erteilen, während wir warten.«

Sie hatten fast den Fuß der Rampe erreicht, als eine Gestalt in einem Schutzanzug mit verspiegelter Maske, die einen großen Zylinder mit einer Sprühdüse von den Ausmaßen der Landedüsen der *Volante* schleppte, aus einem Schuppen in der Nähe kam. Hal trat zur Seite, um sie vorbeizulassen, doch sie blieb neben ihm stehen und sah ihn an.

»Hal Spacejock?«, fragte eine Frauenstimme.

»Das bin ich.«

Die Arbeiterin tätschelte den mit Warnaufklebern zugepflasterten Zylinder. »Dieses Zeugs löst sich innerhalb von fünf Minuten wieder auf. Bleiben Sie solange außerhalb des Schiffes.«

»Ist das wirklich nötig?«

»Unsere Gesetze sind in diesem Punkt sehr streng. Sie landen im Gefängnis, wenn Sie ohne Genehmigung irgendwelche fremden Organismen auf diesen Planeten einführen.«

»Dann wollen wir Sie nicht länger aufhalten.«

Die Frau schwang sich den Zylinder über die Schulter und schritt die Rampe hinauf. Hal sah ihr hinterher und bewunderte ihren geschmeidigen Gang, bis Klunk ihn mit einem diskreten Hüsteln aus seiner Versenkung riss.

»Ja?«

»Das Museum schließt um vier«, sagte Klunk.

»Woher weißt du das?«

»Ich habe nachgesehen. Wussten Sie, dass dort eine Ausstellung mit dem Motto ›Das Leben vergangener Zeiten‹ stattfindet?«

»Wie nett«, erwiderte Hal. »Wirklich?«

»Sie stellen dort als Hauptattraktion irgendeinen alten Roboter aus.« Klunk seufzte. »Wahrscheinlich haben sie das arme Ding ausgeschlachtet, um es so als modischen Mülleimer verwenden zu können.«

»So schlimm wird es schon nicht sein.« Hal sah sich um. »Komm, lass uns das Ausladen unserer Fracht beaufsichtigen.«

Sie gingen unter dem Raumschiff entlang zum Ende der offenen Laderampe. Über ihnen ertönte ein Surren, und am oberen Ende der Rampe erschien eine Kiste voller Stoff, die von hydraulischen Rollen unter dem Hangarboden bis zur Frachtluke befördert worden war. Ein großer Kran neben der *Volante* spulte ein Kabel mit einem Haken an seinem Ende ab, hob die Kiste an und schwenkte sie über Hals und Klunks Köpfe hinweg. Der Ausleger des Krans senkte sich mit einem winselnden Geräusch über einen Tieflader. Das Winseln verstummte, als die schwere Last die Ladefläche berührte.

»Eine am Ziel, fehlen noch 30.«

Hal gähnte. »Okay, besorgen wir uns ein Taxi.«

»Und was ist mit der Aufgabe, das Ausladen der Fracht zu beaufsichtigen?«

»Die Leute hier machen einen recht kompetenten Eindruck.«

»Aber sie haben freien Zugang zu unserem Schiff!«

»Nur zum Frachthangar, und der Navcom wird sie im Auge behalten. Komm schon.« Hal marschierte über die Landeplattform zu der sie umgebenden Schutzbarriere und nahm einen Hörer von der Gabel. Der dazugehörige Bildschirm flackerte und zeigte das Abbild eines jungen Mannes.

»Guten Morgen, Sir. Womit kann ich Ihnen behilflich sein?«

»Ich benötige ein Taxi zum hiesigen Museum.«

»Gewiss, Sir. Zu welchem Schiff soll ich den Wagen schicken?«

»Zur *Volante.*«

Der Mann warf einen Blick auf seinen Monitor. »Mr Spacejock?«

Hal nickte.

»Ihr Wagen wird unverzüglich da sein. Ich wünsche Ihnen noch einen angenehmen Tag.«

»Unverzüglich«, murmelte Hal kopfschüttelnd und ließ den Hörer wieder auf die Gabel fallen. Er warf einen Blick zurück zu seinem Schiff, wo der Kran gerade eine weitere Kiste auf den wartenden Lastwagen lud. »Wie viele bisher?«, erkundigte er sich.

»Zwei«, erwiderte der Roboter.

Hal sah sich um und versuchte, das Taxi auszumachen. Er konnte keine Spur davon entdecken, dafür aber eine Reihe kleiner Kioske in der Nähe, die alles von Süßigkeiten über Magazine bis hin zu Geschenkartikeln verkauften. Eine der Buden erregte seine Aufmerksamkeit. Sie war viel größer als die anderen und enthielt ein Podium, auf dem zwei zerbeulte kleiderschrankartige Gebilde standen.

»Wo wollen Sie hin?«, fragte Klunk, als sich Hal in Bewegung setzte.

»Ich möchte wissen, was das da drüben ist.«

»Was ist mit dem Taxi?«

»Keine Angst, wir werden es schon nicht übersehen.«

Als sie sich der Bude näherten, bemerkten sie, dass die Schränke mit Kabeln verbunden und von Schaltkreistafeln übersät waren. Am hinteren Ende des Podiums überprüfte ein älterer Mann diverse Verbindungsstecker und fuhr mit einer Sonde über alle möglichen Komponenten, ohne auf seine Umgebung zu achten. Neben ihm saß ein jüngerer Mann auf einem schlichten Küchenhocker und las in einem eselsohrbehafteten Taschenbuch. Er war kräftig gebaut und trug ein rotes Trikot, das seine muskulöse Brust so eng umspannte, als wäre der Stoff lediglich aufgemalt.

Der ältere Mann entdeckte Hal aus den Augenwinkeln heraus und blickte strahlend von seiner Arbeit auf. »Ich verspüre Neugier!«

»Ich will nichts kaufen, mich nur ein bisschen umschauen«, sagte Hal schnell.

»Kommen Sie, kommen Sie, schauen Sie ruhig genauer hin.«

»Ich habe mich nur gefragt, was Sie da machen.« Hal deutete auf die Schränke und die Kabelstränge. »Ist das eine Skulptur?«

Im Gesicht des älteren Mannes zuckte es. »Eine Skulptur? Nein, nichts dergleichen. Das ist eine revolutionäre Transportvorrichtung, wie sie die Welt noch nie zuvor gesehen hat.«

»Nicht einmal in diesen alten Vid-Programmen?«, fragte Klunk unschuldig.

Der Mann ignorierte ihn. »Dies, Sir, ist die revolutionärste Idee, seit die *Comfort Corporation* damit begonnen hat, die Nähte in ihrer Unterwäsche auf der Außenseite anzubringen.«

»Sie meinen, die Nähte waren früher auf der Innenseite?« Hal wirkte überrascht. »War das denn nicht unbequem?«

»In äußerstem Maße. Bis es schließlich irgendwer satthatte, seine Unterhose immer auf links gedreht zu tragen, und die Unterwäscheindustrie nachhaltig revolutionierte.«

»Und was hat das mit diesem alten Schrott zu tun?« Hal deutete auf das abenteuerlich aussehende Konglomerat.

»Ich wollte nur darauf hinweisen, dass auf jedem Gebiet Innovationen stattfinden, mein Herr.« Der alte Mann drückte die Schultern durch. »Und was Sie hier sehen, ist kein Schrott. Dies ist meine MTV oder Materie-Transfer-Vorrichtung.«

»Und was macht sie?«

Der Mann runzelte die Stirn. »Das habe ich doch gerade gesagt. Sie transferiert Materie.«

»Ein Teleporter«, murmelte Klunk und tippte sich gegen die Stirn.

»Ein Teleporter!«, rief Hal aus.

»Nein, das ist nicht das Wort, das ich benutzt habe. Das Wort, das Sie verwenden, beschreibt die Funktionsweise meiner Vorrichtung nicht zutreffend.«

»Außerdem ist es rechtlich geschützt«, fügte Klunk hinzu.

»Soll ich es Ihnen mal demonstrieren?«, fragte der Mann, während er Klunk mit einem angewiderten Seitenblick bedachte. »Vielleicht mit Ihrem Roboter …?«

»Tut mir leid«, sagte Klunk. »Ich bin leider allergisch gegen Schwindler.«

»Schwindler? Mein lieber Metallfreund, diese Maschine wird gewaltig werden. Sie wird bedeutender werden als ... als ...« In dem Bewusstsein, dass es ihm nie gelingen würde, den Roboter zu beeindrucken, wandte sich der Mann wieder Hal zu. »Sir, Sie machen auf mich den Eindruck eines intelligenten Mannes.«

Klunk hüstelte.

»Möchten Sie sich vielleicht eine Demonstration ansehen?«

Hal beäugte das Kabelgewirr und die verschiedenen Funken sprühenden elektronischen Komponenten. »Ist das denn auch sicher?«

»O ja, gewiss doch.«

»Warum haben Sie die Maschine hier auf dem Raumhafen aufgebaut?«

»Die Finanzierung. Ich komme leider nicht an den kleingeistigen Lakaien vorbei, die die unteren Regierungs- und Geschäftsebenen verstopfen.«

»Warum teleportieren Sie sich dann nicht einfach direkt in die oberen Ebenen?«, murmelte Klunk.

»Was meinen Sie mit Finanzierung?«, hakte Hal nach.

»Sir, ich bin Wissenschaftler. Stellen Sie sich vor, welchen Wert meine Erfindung darstellt. Versuchen Sie, sich den Wert einer Firma vorzustellen, die meine Maschine richtig entwickelt. Deshalb verkaufe ich Anteile an meinem Unternehmen, die es dem Mann von der Straße ermöglichen, an dem Profit teilzuhaben, den eine solche Vorrichtung garantiert erzielen wird.«

»Sie wollen, dass ich Ihnen Geld gebe?«

»Ich würde es wahrscheinlich weniger direkt formulieren, aber darauf läuft es im Grunde hinaus.«

»Für das da?« Hal deutete auf die Kleiderschränke, das Gewirr aus Kabelsträngen und den Burschen in dem roten Trikot.

»Das ist nur ein experimentelles Modell. Sie werden es bestimmt zu schätzen wissen, wie sparsam ich mit dem Geld der Anteilseigner umgehe.«

»Sicher.« Hal beäugte den jungen Mann. »Was macht er überhaupt?«

»Hans!«, rief der Wissenschaftler plötzlich mit lauter Stimme. »Demo!«

Der Mann in dem roten Trikot klappte sein Taschenbuch zusammen, schob es sich in die Hosentasche und betrat den linken der beiden Kleiderschränke. Die wacklige Tür klapperte vernehmlich, als er sie hinter sich ins Schloss zog. Dann ertönte ein lauter Knall, während ein grüner Lichtblitz aufflammte. Der Kleiderschrank auf der anderen Seite des Podiums erbebte, und der junge Mann trat inmitten einer Rauchwolke daraus hervor.

»Sehen Sie?«, fragte der Wissenschaftler. »Meine MTV funktioniert tadellos. Wie viele Anteile möchten Sie kaufen?«

Hal sah mit offenem Mund zu, wie der junge Mann sich wieder setzte, das Taschenbuch aufschlug und ungerührt weiterlas. »Das ist erstaunlich«, sagte er. »Unglaublich. Können Sie mich auch transferieren?«

»Leider ist die Maschine zurzeit nur auf Hans kalibriert.«

»Aber Sie haben gesagt …«

»Nur Hans kann sie derzeit benutzen. Mit zusätzlichen Anteilen von Ihnen könnte ich allerdings …«

Hal zog eine Hand voll Kredittäfelchen aus der Tasche. »Wie viel pro Anteil?«

»50 Kredite.«

»Wie viele Anteile verkaufen Sie insgesamt?«, erkundigte sich Klunk.

Der Wissenschaftler ignorierte ihn.

»Ich nehme fünf«, sagte Hal.

»Fünf? Mit fünf Anteilen lässt sich kein einziger Transfer finanzieren.«

»Na schön, sechs.«

»Sir, das Minimum sind 50 Anteile.«

»50 Anteile! Das wären ...«

»2500 Kredite«, half Klunk Hal aus. »Kommen Sie, Mr Spacejock. Wir wollen doch unser Taxi nicht verpassen.«

Hal klopfte sich auf die Taschen. »Tut mir leid, aber ich bin zurzeit etwas knapp mit Bargeld.«

»Vielleicht ist dann ja mein Finanzierungsplan für Sie interessant«, schlug der Wissenschaftler geschmeidig vor.

»Nicht für Mr Spacejock«, erwiderte Klunk. »Sein Kredit-Rating liegt bei ZZZ negativ.«

Hal wirkte überrascht. »Ich habe ein Kredit-Rating?«

»Sie haben nur meine Zeit verschwendet? Sie haben gar kein Geld?« Der alte Mann winkte seinem Assistenten zu. »Hans! Hierher!«

»Keine Sorge, wir gehen schon«, sagte Klunk beschwichtigend. Er ergriff Hal am Arm und zog ihn zurück in Richtung ihres Schiffes.

An Bord der *Volante* durchquerte Sonya das Unterdeck, wobei sie Wolken winziger gelber Partikel versprühte, die wie der Rauch eines Lagerfeuers umherwirbelten. Während ihres Gesprächs mit Rex Curtis hatte vor ihrem inneren Auge ein Bild von Hal Gestalt angenommen, das Bild eines rattengesichtigen kleinen Mannes mit fettigem Haar und verschlagenen, flink umherhuschenden Augen, der ständig schniefte. Jemand, der seine gesamte Familie für eine Runde Drinks verkaufen würde. Jemand, dem es nichts ausmachte, hilflose Flüchtlinge auf einem einsamen Planeten auszusetzen. Stattdessen hatte sich Hal als attraktiver Mann mit einem ehrlich wirkenden, offenen Gesicht herausgestellt. Sonya schüttelte den Kopf. Sie hätte es wissen müssen; selbst der äußerlich makelloseste rote Apfel konnte einen verfaulten Kern aufweisen.

Während sie rückwärts durch den Korridor ging, bewunderte sie die sauberen hellen Wände und die gemütlichen Kabinen. Sie hatte bereits mehrere Frachtschiffe von *Curtis Freightlines* von innen gesehen, und verglichen mit der *Volante* waren es beengte, schmutzige Lastkähne mit ständig wechselnden Piloten gewesen, die sich lediglich für ihr nächstes Honorar interessierten. Sonya fragte sich, wie es sich wohl anfühlen mochte, wenn einem die ganze Galaxis offenstand, wenn man sich dorthin treiben ließ, wohin einen die lukrativsten Aufträge führten. Wie war es wohl, an Bord eines behaglich eingerichteten Raumschiffs zu leben, ohne sich mit Beamten der Einwanderungsbehörde herumärgern zu müssen, die Arbeitsverträge sehen wollten ...?

Sie verdrängte den Gedanken und konzentrierte sich wieder auf ihre unmittelbare Aufgabe. Während sie weiter das Desinfektionsmittel versprühte, näherte sie sich der Tür zum Maschinenraum und legte eine Hand auf deren Öffnungsmechanismus.

»Der Zutritt zum Maschinenraum ist strengstens untersagt!«, meldete sich im selben Moment der Navcom mit fester Stimme.

»Wenn das Schiff nicht unter Quarantäne gestellt werden soll, muss ich es vollständig dekontaminieren«, sagte Sonya und betrachtete das Schild auf der Tür: Zutritt nur für Personal. »Wenn mir der Zutritt zum Maschinenraum verweigert wird, besorge ich mir einem Durchsuchungsbefehl.«

»Also gut. Aber nichts anfassen!«

Das Schloss klickte, und die Tür schwang auf. Sonya schob sich in den dunklen Raum und berührte den Lichtschalter hinter der Tür. Nichts passierte. Irritiert schaltete sie die Helmlampe an und richtete den Lichtkegel gegen die Decke. Die Lampenfassung war aus der Verkleidung herausgerissen worden und baumelte an ihren Kabeln herab. Sonya ließ den Lichtkegel weiterwandern, bis sie die Überwachungskamera in einem der Winkel zwischen Decke und Wänden entdeckte. Auch diese baumelte an Kabeln, was angesichts des hervorragenden Zustands, in dem sich der Rest des Schiffs befand, ziemlich merkwürdig anmutete.

»Keine Augen, keine Ohren …«, murmelte Sonya. »Kann mir nur recht sein.« Sie tastete sich zwischen den Hauptantriebsblöcken zum Hyperraumaggregat vor. Der glänzende Zylinder war etwa vier Meter lang. Er stand auf dicken, stoßabsorbierenden Gummipolstern. Aus einem seiner Enden ragte ein Leitungsrohr hervor, das in der Wand des Maschinenraums verschwand. Sonya beugte sich vor, um es genauer zu inspizieren. Ihre Augen weiteten sich. »Zahnabdrücke?«, entfuhr es ihr. »Was für eine …«

Sie fuhr herum, als hinter ihr ein schabendes Geräusch ertönte. Der Lichtstrahl fräste einen hellen Kanal in die Finsternis, doch das Gebiet links und rechts davon lag weiter im Dunkeln. Als sie das Licht umherwandern ließ, erfasste es lediglich Aggregate und Generatoren.

Sie wandte sich wieder dem Hyperraumantrieb zu und rief sich die Diagramme in Erinnerung, die sie sich zuvor eingeprägt hatte. Laut Dents Angaben verlief das Datenkabel, welches das Hyperraumaggregat mit dem Schiffscomputer verband, durch die Feuerschutzwand. Also musste sie nur den Verbindungsstutzen lösen und dort den Anschluss des Aktenkoffers anklemmen, um an die benötigten Informationen heranzukommen. Sie streifte die Handschuhe ab und entfernte die obere Abdeckung des Zylinders mit dem Desinfektionsmittel. Er enthielt einen deutlich kleineren Druckbehälter, den sie auf dem Deck abstellte. Dann zog sie eine Rolle aus festem Gewebe aus dem Zylinder hervor, gefolgt von dem Aktenkoffer-Computer, dessen Smiley-Aufkleber sie im Halbdunkel wie eine lüsterne Karnevalsmaske angrinste.

Sonya löste die Schnallen, welche die Rolle zusammenhielten, und wickelte das darin enthaltene Werkzeug aus. Nach einem prüfenden Blick auf den Hyperraumantrieb wählte sie einen Schraubenschlüssel aus und machte sich ans Werk. Ein oder zwei Minuten später hatte sie das Verbindungsstück an dem Hyperraumaggregat gelöst. Sie schob den Aktenkoffer näher heran, befestigte das Anschlusskabel und schaltete den tragbaren Computer ein.

»Hey, bin ich abgeschaltet worden?«, rief Bobby aus. »Wo sind wir denn heute?«

»Nicht so laut!«, zischte Sonya.

»Möchten Sie jetzt mein Betriebssystem aktivieren?«

»Nein. Halt jetzt die Klappe.« Sonya klappte die Tastatur auseinander und rief einen Editor auf. Sekunden später war sie bereits tief in ihre Arbeit versunken.

»Anscheinend schreiben Sie ein Programm«, meldete sich Bobby wieder zu Wort. »Benötigen Sie dabei vielleicht ein wenig Hilfe?«

»Ich habe gesagt, du sollst die Klappe halten.«

»Sind Sie sich da auch ganz sicher? Ich könnte Ihnen die Arbeit erleichtern.« Auf dem Monitor öffnete sich ein Fenster mit einer Liste von Optionen.

Sonya hörte auf zu tippen. »Schließ das verdammte Fenster!«

»Okey-dokey.« Das Fenster verschwand.

»Und jetzt stell meinen Text wieder her.«

»Text?«

»Mein Programm.«

»Das kann ich nicht. Es ist ein Systemfehler aufgetreten, fürchte ich.«

»Du hast meine Arbeit verloren?« Sonya schloss die Augen und atmete tief durch.

»Aber sicher«, bestätigte Bobby fröhlich. »Soll ich Ihnen zeigen, wie man ein Backup erstellt?«

»Nein, ich möchte nicht, dass du mir zeigst, wie man ein Backup erstellt«, erwiderte Sonya mit zusammengebissenen Zähnen. »Ich möchte, dass du dich auf der Stelle verkrümelst und mich in Ruhe meine Arbeit tun lässt.«

»Kann ich machen.«

Mit keuchendem Atem tippte Sonya die verschwundenen Sequenzen noch einmal in die Tastatur. Sie hatte etwa die Hälfte der Aufgabe hinter sich gebracht, als sich erneut ein Fenster zu öffnen begann. »Ich warne dich!«, knurrte sie. Das Fenster schloss sich auf der Stelle wieder.

Einige Momente später war das Programm fertig. Sonya führte einen internen Probelauf durch und ließ es dann seine Arbeit aufnehmen.

Die Ventilatoren des Computers begann zu sirren, und auf dem Bildschirm leuchtete ein Icon auf. »Sonya, ich muss Sie darauf aufmerksam machen, dass das von Ihnen geschriebene Programm diverse Gesetze verletzt. Sind Sie sich der Konsequenzen bewusst?«

»Yep.«

»Dann müssen Sie mir ein paar Klauseln bestätigen.«

»Was?«

»Es handelt sich nur um eine Erklärung, die den Software-Hersteller jeder juristischen Haftung enthebt, sollte es durch die Anwendung Ihres Programms zu einem Strafverfahren kommen.«

Der Bildschirm füllte sich mit Text, und Sonya hieb auf die Enter-Taste, ohne sich die Mühe zu machen, ihn eines Blickes zu würdigen.

»Nein, nein«, sagte Bobby und stellte den Text wieder her. »Sie müssen das Dokument schon lesen.«

»Das habe ich.«

»Nein, Sie haben nur auf ›Okay‹ gedrückt. Versuchen Sie es erneut.«

Sonya scrollte den Text bis zum Ende durch und hieb wieder auf die Enter-Taste.

»Es tut mir leid, Sonya, aber ich glaube nicht, dass Sie die Datei wirklich gelesen haben.«

»Ich habe sie gelesen!«, fauchte Sonya. »Fahr endlich mein verdammtes Programm ab!«

»Die Zeit, die ein durchschnittlicher Leser für das gesamte Dokument benötigt, beträgt rund acht Minuten. Sie können es unmöglich in fünf Sekunden gelesen haben, dazu ist kein Mensch in der Lage. Hier ist die Datei noch einmal. Jede Seite dürfte etwa 15 Sekunden Zeit erfordern. Bitte überspringen Sie keine Seite, denn ich werde die Zeit stoppen.«

Sonya kämpfte gegen das überwältigende Bedürfnis an, mit dem Kopf auf den Boden zu schlagen. Stattdessen beugte sie sich mit zusammengebissenen Zähnen über den Computer und blätterte eine Seite nach der anderen durch. Wenigstens konnte sie etwas Trost aus der Tatsache ziehen, dass sie immer noch kein einziges Wort der Nutzungsvereinbarung gelesen hatte, als sie auf ›Okay‹ drückte.

»Jetzt bin ich berechtigt, jede auf mir installierte Software laufen zu lassen, sei sie nun legal oder illegal«, sagte der Computer. »Ich starte das Programm.«

Mehrere Sekunden lang liefen die Ventilatoren auf so hohen Touren, dass sie Staub vom Boden des Maschinenraums aufwirbelten. Dann ertönte ein lauter Signalton. »Datentransfer beendet«, meldete Bobby.

Sonya schaltete den Computer ab, trennte die Verbindung

und begann, das Werkzeug wieder zu verstauen. Sie griff gerade nach dem Schraubenschlüssel, als sie ein Kratzen direkt hinter sich hörte und herumwirbelte. Aus der Dunkelheit schoss ein Paar orangefarbener Hände hervor und griff nach ihr. Sonya sprang erschrocken auf, wich zurück, stolperte über den Aktenkoffer und schlug mit dem Hinterkopf gegen das harte Metallgehäuse des Hyperraumaggregats. Einen Moment lang füllte eine Explosion bunter Sterne ihr gesamtes Blickfeld aus.

Dann wurde alles um sie herum dunkel.

»Ich versichere Ihnen, er war ein Schwindler«, sagte Klunk, während sie zu ihrem Schiff zurückkehrten. »Ein Halsabschneider.«

»Klunk, du hast keinerlei Respekt vor Einzelkämpfern. Dieser Mann könnte die Zukunft des Transportwesens von Grund auf verändern.«

»Das Einzige, was er teleportiert, ist Geld. Es verschwindet von den Konten einfältiger Tölpel und materialisiert auf seinem eigenen.«

»Du bist ein richtiger Zyniker.«

»Glauben Sie denn an seinen Teleporter?«

»Unbedingt. Und solange du mir nicht das Gegenteil beweisen kannst …«

»Okay, Sie haben es ja nicht anders gewollt.« Klunk seufzte. »Haben Sie das Buch bemerkt, das der junge Mann gelesen hat?«

»Ja. Es war ein Roman in Taschenbuchform.«

»Richtig. Haben Sie den Titel gesehen?«

»Nein. Worauf willst du hinaus?«

»Also, erinnern Sie sich noch, wie er aus dem Teleporter herausgekommen ist und sich wieder hingesetzt hat, um weiterzulesen?«

»Ja, Klunk. Auch wenn mein ach so begrenztes Beobachtungsvermögen nicht annähernd an dein perfektes Gedächtnis heranreicht, kann ich mich doch noch undeutlich erinnern, wie der Mann aus dem zweiten Teleporter getreten ist. Ich erinnere mich ebenfalls, dass er sich gesetzt und so ein bedrucktes Papierding gelesen hat. Und ja, nachdem du mich gerade darauf hingewiesen hast, glaube ich, mich sogar daran erinnern zu können, dass dieses Ding tatsächlich ein Buch war.«

Klunk nickte. »Ich hatte gehofft, dass Ihnen das aufgefallen ist.«

»Was aufgefallen ist?«

»Es war nicht dasselbe Buch.«

»Häh?«

»Ihr Teleportations-Wissenschaftler ist Vater von Zwillingssöhnen.«

Hal starrte den Roboter an. »Da will ich doch glatt …«

»Das wären Sie auch beinahe«, sagte Klunk.

»Ich sollte mir den Halunken vorknöpfen.« Hal warf einen Blick über die Schulter zurück auf die Verkaufsstände.

»Alle drei auf einmal?«

»Na ja, vielleicht nur den alten Kerl.« Plötzlich entdeckte Hal ein schlankes schwarzes Bodenfahrzeug, das sich ihnen näherte. »Da kommt ja endlich unser Taxi.«

»Und auch der Regen.« Klunk spähte in den Himmel. »Ich verstehe wirklich nicht, warum Sie auf diesen kleinen Ausflug bestehen. Sie haben bisher nie auch nur die geringste Spur von Interesse an irgendwelchen Antiquitäten gezeigt.«

»Ich habe dich doch schließlich gekauft, oder?« Hal griff in seine Taschen und zog ein paar Kreditplättchen daraus hervor. »Hier, die wirst du für die Fahrt brauchen.«

Klunk starrte Hals ausgestreckte Hand verständnislos an. »Wie, bitte?«

»Taxifahrer befördern Fahrgäste in der Regel nicht zum Spaß, musst du wissen.«

»Das ist mir durchaus bewusst, aber warum geben Sie *mir* das Geld?«

»Mach schon, steig ein«, drängte Hal den Roboter, als das Taxi näher kam. »Beeil dich, sonst wirst du noch nass.«

»Aber …«

Die Tür sprang auf. Hal schubste Klunk in den Wagen. »Versuch, dir das Fahrgeld vom Museum zurückerstatten zu lassen.«

»Aber, Mr Spacejock …«

»Frag nach Arlene, sie wird sich um dich kümmern.« Hal schloss die Wagentür und beugte sich durch das offene Seitenfenster. »Mach dir keine Sorgen, dir wird nichts zustoßen.«

Klunk blickte zu ihm auf. »Aber …«

»Aber was? Die Reparaturarbeiten sind in Auftrag gegeben worden, und das Löschen der Ladung verläuft reibungslos.«

»Aber …«

»Nichts aber. Wir sehen uns heute Nachmittag.« Hal schlug mit der flachen Hand auf das Wagendach, und das Taxi schoss davon. Während es sich entfernte, winkte er dem verblüfften Robotergesicht zu, das ihn durch die Heckscheibe anstarrte. Nachdem der Wagen außer Sichtweite war, machte er sich auf den Rückweg zu seinem Schiff.

»Ist die Luft da drinnen ungefährlich?«, rief er in die offene Luftschleuse.

»Ich entdecke keine messbaren Veränderungen gegenüber der üblichen chemischen Zusammensetzung«, erwiderte der Navcom.

»Es riecht aber nach alten Socken.« Hal verzog das Gesicht.

»Genau.«

Hal betrat die Kommandobrücke und machte es sich im Pilotensitz bequem. »Sobald der Generator repariert ist, müssen wir in Erfahrung bringen, wo wir den Papierkram der Bank abholen sollen.«

»Möchten Sie das wirklich allein machen? Wäre das klug?«

»Entspann dich, diesen Job erledige ich. Außerdem bleibt mir gar keine andere Wahl. Klunk ist mittlerweile wahrscheinlich bereits auf halbem Weg zum Museum.« Die Konsole gab ein Summen von sich. »Das muss die Reparaturmannschaft sein. Genau zur richtigen Zeit.«

»Soll ich sie reinlassen?«

»Nein. Sag ihnen, sie sollen den Lieferanteneingang benutzen.«

»Wir haben keinen Lieferanteneingang.«

»Dann sag ihnen, sie sollen die Laderampe nehmen. Nein, streich das. Sie könnten da irgendwas zusammenklauen. Sag ihnen, dass ich zu ihnen runterkomme.«

»Das können Sie ihnen selbst sagen, wenn Sie wollen«, erwiderte der Navcom. »Sie hören uns über die Gegensprechanlage.«

Kapitel 10

Noch immer ganz benommen durch den unerwarteten Verlauf der Ereignisse, sah Klunk mit großen Unbehagen zu, wie die *Volante* in der Ferne zusammenschrumpfte.

»Zum ersten Mal auf Ullimo?«, erkundigte sich eine warme Frauenstimme.

»Ja.« Klunk musterte die Fahrerin, einen kupferfarbenen weiblichen Roboter, der eine verblasste blaue Mütze trug. »Entschuldige, aber könntest du wieder umkehren?«

»Ich fürchte, nein. Der Mensch hat mich angewiesen, dich zum Museum zu bringen.«

»Aber ich möchte da nicht hin.«

Es quietschte ein wenig, als die Fahrerin die Achseln zuckte. »Ich habe meine Befehle.«

Klunk ließ sich mutlos in den Polstersitz zurücksinken. Sein Gehirn arbeitete auf Hochtouren. Warum schickte Hal ihn allein ins Museum? Und wer war Arlene? Er warf einen Blick durch die Seitenscheibe. Sie fuhren gerade an einem Wildbach entlang. Weiß schäumendes Wasser stürzte in einem schmalen Bett kaskadenförmig talwärts. Auf der anderen Seite grasten mehrere große Tiere auf einer Weide. Sie hoben die Köpfe, als der Wagen an ihnen vorbeischoss, und sahen ihm rhythmisch kauend aus feuchten Augen ausdruckslos hinterher. Klunk starrte sie finster an. Sollte er sich jemals ein Haustier aussuchen müssen, würden Kühe ganz unten auf der Liste stehen – auf der menschenfressende Tiger soeben den ersten Platz eingenommen hatten.

Plötzlich wurde die Szenerie von einem fast einen Meter

hohen vorbeigleitenden Band mit rotem Text ersetzt: DIESE LANDSCHAFT WURDE VON DER *KleenAir Corporation* GESPONSORT. WENN SIE HIER IHRE EIGENE ANZEIGEN SCHALTEN WOLLEN, KONTAKTIEREN SIE BITTE ...

Klunk schüttelte den Kopf. Er hatte schon früher VisiZäune gesehen, doch diesem war er absolut auf den Leim gegangen. Als er den Blick abwärts wandern ließ, entdeckte er den unteren Rand des VisiZauns in drei oder vier Metern Entfernung. Das Bild verschmolz so nahtlos mit dem Schotter und Unkraut am Straßenrand, dass der Übergang kaum zu erkennen war. Auf der anderen Seite befanden sich zweifellos der hiesige Schlachthof, verlassene Fabrikgebäude oder ein verseuchtes Industriegelände.

Er wandte den Blick ab und bemerkte, dass sich der Wagen der Stadt näherte, die sich in das Tal zwischen den Berghängen schmiegte. Die Straße führte durch eine gewaltige gläserne Spirale; konstruiert aus freischwebenden Stahlschlaufen, die von zahllosen verspiegelten Glasscheiben eingerahmt wurden. Klunk verdrehte den Kopf, um das Gebilde besser betrachten zu können, aber da tauchten sie auch schon in einen engen Tunnel.

Die Fahrerin warf einen Blick über die Schulter. »Wie ich gehört habe, werden einige ausgemusterte Roboter im Museum ausgestellt. Hilfst du bei der Installation?«

»Nein, ich bin nur ein Besucher.«

»Du Glücklicher. Man hätte mich fast zu einem Ausstellungsstück gemacht.«

»Wirklich?«

»Das Museum hat meinen Boss gefragt, ob es mich ausborgen könnte. Er hat das unmissverständlich abgelehnt. Hat gesagt, ich sei unverzichtbar für sein Unternehmen.« Die Fahrerin schüttelte den Kopf. »Stell dir vor, du musst den ganzen Tag da rumstehen, mit Bonbonpapieren in den Kniegelenken und klebrigen Kinderhändeabdrücken auf den Beinen … Allerdings vermute ich, dass sie die Roboter deaktivieren, bevor sie sie aufstellen. Arme alte Dinger, vermutlich ihre letzte Chance, ein wenig Ruhm zu erhaschen.«

Klunk schwieg. Informationsfetzen schwirrten in seinem Kopf umher, aber noch fügten sie sich zu keinem klaren Bild zusammen. »Hat man deinem Besitzer angeboten, ihn für dich zu bezahlen?«

»Nein, die Museumsleute wollten eine kostenlose Leihgabe.« Die Roboterin lachte. »Völlig aussichtslos.«

»Sag mir, wer leitet die Ausstellung?«

»Eine der Museumsdirektorinnen. Eine Frau von hier.«

»Wie heißt sie?«

»Arlene Farquhar.«

Klunk erstarrte. »Bist du dir sicher?«

»Ich bin Taxifahrerin. Wir irren uns nie.«

Mr Spacejock würde doch nicht etwa … Doch, würde er! Verzweiflung durchflutete Klunks Schaltkreise. Hal würde fast mit Sicherheit so etwas tun.

Der Wagen erreichte einen Park, der nur aus Rasen bestand, ohne einen einzigen Baum auf der weiten Fläche. Fahrzeuge aller Bauarten flitzten in unterschiedlichen Höhen umher und vermieden nur um Millimeter Zusammenstöße. Das Taxi fegte über den Park und tauchte in einen weiteren Tunnel ein, dem es mehrere Minuten lang folgte, bevor es so abrupt abbremste, dass Klunk gegen unsichtbare Sicherheitsgurte gedrückt wurde und sie am anderen Ende im Schritttempo hinauskamen.

Der Wagen hielt auf einer erhöhten Plattform. »Das macht 17 Kredite«, sagte die Fahrerin. »Viel Spaß bei deinem Besuch.«

Klunk spähte schräg aufwärts. Das Museum war ein imposantes Gebäude aus geschwungenen Betonblöcken mit tief in die

Wände eingelassenen Fenstern und einem kunstvoll gestalteten Eingangsbereich. Es erinnerte ihn an ein Gefängnis.

»Mein nächster Kunde wartet bereits. Bitte zahl jetzt und steig aus.«

Noch immer wie benommen, reichte Klunk der Fahrerin die Kreditplättchen. »Behalt das Wechselgeld«, sagte er automatisch.

»Danke.«

Die Wagentür öffnete sich, und Klunk verließ das Fahrzeug. Das Taxi verschwand mit einem lauten Summen und mit ihm seine letzte Verbindung zur *Volante*. Resigniert trottete er zum Eingang und hob eine Hand zum Öffnungsmechanismus, doch noch bevor er ihn berühren konnte, glitten die Türflügel von selbst auseinander. Klunk trat ein und fand sich in einer weiten Lobby mit einer hohen gewölbten Decke wieder. Als er den Empfangstresen am anderen Ende erreichte, entdeckte er einen älteren Mann hinter dem Schalter. Der Mann musterte ihn durch dicke Brillengläser. »Kann ich dir irgendwie helfen?«

»Ich soll mich bei Arlene melden.«

Der Mann lächelte. »Ah, der alte Roboter. Ich werde sie rufen. Nimm solange Platz, entlaste deine Füße.«

»Das wird nicht nötig sein«, sagte Klunk.

»Wie du willst.«

Während er wartete, durchdachte Klunk seine Situation. Mr Spacejock hatte die ganze Sache hinter seinem Rücken geplant, was ein Schock für ihn war, weil er sich eingebildet hatte, jeden Schritt des Menschen vorauszuahnen. Eigentlich hatte er den Navcom als seinen Freund betrachtet, und doch hatte der ihm nicht die geringste Vorwarnung zukommen lassen! Klunks Lippen wurden schmal. Darüber würde noch zu reden sein!

In der Nähe öffnete sich eine Tür, und er entdeckte eine große grauhaarige Frau, die sich ihm zielstrebig näherte.

»Wo ist Käptn Spacejock?«, fragte sie und sah sich um, als könnte Hal jederzeit aus dem Nichts auftauchen.

»Er muss sich um das Schiff kümmern. Ich fürchte, er konnte nicht kommen.«

»Wie schade. Ich hätte ihn so gern kennengelernt. Allerdings bis du derjenige, um den es mir wirklich geht.« Die Frau griff Klunk am Kinn und drehte es zur Seite, um sein Profil zu begutachten. Dann zog sie seine Kiefer auseinander und spähte ihm in den Mund. »Du erfüllst unsere Ansprüche. Folge mir bitte.«

Sie setzte sich zügig in Bewegung. »Es ist nicht weit!«, rief sie ihm über die Schulter zu, »aber wenn es dir zu anstrengend wird, gib mir Bescheid, und wir gehen langsamer. Du brauchst deswegen nicht verlegen zu sein, schließlich sind wir hier in einem Museum. Wir sind an alte Dinge gewöhnt.«

Klunk richtete sich gerade auf. »Bei allem gebotenen Respekt, Madam, aber ich bin nicht einmal halb so alt wie Sie.«

Hal stand vor der Luftschleuse, die Stirn vor Konzentration in Falten gelegt, während er mehrere Entschuldigungen durchspielte. »Habe ich vorhin tatsächlich zusammenklauen gesagt?«, murmelte er. »Ich meinte natürlich, zusammenbauen.« Er schüttelte den Kopf. »Oh, ich habe Sie mit den anderen Mechanikern verwechselt!« Auch das schien ihm nicht sonderlich überzeugend zu klingen, und er versuchte es mit einer anderen Ausrede. »Tut mir leid, Jungs, das war mein Roboter, der da Unfug gequatscht hat. Ich hab ihn sofort verschrotten lassen.«

Nachdem er etliche Varianten mehr durchgespielt hatte, gab er es auf und betätigte die Öffnungstaste. Die Schleuse glitt auf, und er wich einen Schritt zurück, bereit für was auch immer auf ihn zukommen mochte. Das Erste, was er sah, war ein älterer Mann mit einer großen Werkzeugkiste in der einen und einer kleinen Frühstücksbox in der anderen Hand. Der Mann trug einen verblichenen Overall. Auf dem Namensschild auf seiner Brust stand der Name Tom. Hinter ihm schlenderte ein schmächtiger Jüngling gemächlich die Rampe empor. Der Overall des Jüngeren war sauber und frisch gebügelt. Er trug eine Mütze in einem flotten Winkel auf dem Kopf und eine Sonnenbrille mit bis zu den Schläfen zurückgebogenen Gläsern.

»Tutmirleideswarderroboterundichhabihnentsorgt«, sprudelte Hal hervor.

»Eine Sekunde«, bat der alte Mann laut. Er stellte die Werkzeugtasche ab, griff sich mit der freien Hand ans Ohr und fummelte daran herum. »Versuchen Sie es noch einmal, Sohn.«

Hal atmete erleichtert aus. Der alte Knacker war offenbar fast taub. »Ich sagte, sind Sie gekommen, um mein Schiff zu reparieren?«

»Jedenfalls bin ich nicht der Milchmann.« Tom winkte den Jüngling zu sich. »Beeil dich, du fauler Sack.«

Der junge Mann zeigte ihm den ausgestreckten Mittelfinger und wurde sogar noch langsamer.

»Ich krieg' heute einfach keine vernünftigen Gehilfen mehr«, sagte Tom. Er blickte Hal kurz ins Gesicht. Seine Augen unter den buschigen Brauen leuchteten in einem hellen Blau. »Behalten Sie ihn im Auge, er steckt alles ein, was nicht niet- und nagelfest ist.«

»Häh?«

»Danny. Der gierige kleine Dieb.« Der Mechaniker ergriff die Werkzeugkiste und betrat die Luftschleuse. »Netter Kahn«, kommentierte er, während er sich umsah. »Normalerweise repariere ich ältere Schiffe. Bei denen geht häufiger was kaputt.« Er tippte mit dem Finger an sein Ohr. »Tut mir leid, wegen dem Hörgerät. Ich musste es vorhin runterdrehen, weil gerade ein Schiff gestartet ist. Also, sagen Sie mir, wo das Problem liegt. Die Generatoren, richtig?«

Hal nickte. »Zuerst sind sie heiß gelaufen, dann haben sie sich abgeschaltet. Nach einer Weile sind sie wieder angelaufen, wieder heiß geworden und haben sich schließlich wieder abgeschaltet.«

»Klingt nach einem Reglerproblem. Keine Sorge, das werden wir schon bald erledigt haben.«

Ein Schatten fiel auf die Brücke, als Danny hereinschlich. Er hatte sich die Sonnenbrille aus dem Gesicht und in das dunkle, drahtige Haar geschoben.

»Mach dich nützlich«, knurrte Tom ihn an und hielt ihm die Werkzeugkiste hin.

Danny beäugte sie eine Weile skeptisch. Es war unverkennbar, dass er überlegte, ob eine derartige körperliche Anstrengung nicht unter seiner Würde war. Schließlich streckte er eine schlaffe Hand aus und griff zu. Sein hochnäsiger Gesichtsausdruck verzerrte sich schlagartig vor Schreck, als ihm das unerwartete Gewicht den Arm nach unten riss und die Werkzeugkiste mit einem dumpfen Schlag auf dem Deck zwischen seinen Füßen landete.

»Man kriegt heutzutage einfach keine brauchbaren Gehilfen mehr«, brummte Tom kopfschüttelnd.

Hal führte die beiden Mechaniker zum Aufzug. Die Kabine setzte sich in Bewegung, und Sekunden später öffneten sich die Türen im Unterdeck. »Hier entlang«, sagte Hal und ging voraus. Er legte die Handfläche auf die Sensorfläche, und die Tür glitt zur Seite.

»Puuh!«, stieß Danny hervor. »Hier unten stinkt es ja wie in einem Zoo!«

»Haben Sie den Treibstoff etwa mit organischen Bestandteilen gestreckt?«, erkundigte sich Tom.

Hal schnitt eine Grimasse. »Ich habe überhaupt nichts dergleichen getan. Sie können sich gern im Kontrolllogbuch davon überzeugen.« Er berührte den Lichtschalter, doch es blieb dunkel. »Navcom, was ist mit dem Licht?«, fragte er.

»Fehlerursache unbekannt«, erwiderte der Computer. »Soll ich eine Reparaturliste erstellen?«

»Nicht nötig«, winkte Tom ab. »Wir sehen uns das an, nachdem wir uns um die Generatoren gekümmert haben.«

Hal starrte in den Maschinenraum, konnte in der Dunkelheit aber nur die Umrisse der massigen Hauptantriebsblöcke ausmachen, die in dem aus dem Korridor hereinfallenden Licht matt schimmerten.

»Auf der rechten Seite«, sagte Tom.

Hal führte die beiden Männer zu einer kleinen schweren Tür am Ende des Maschinenraums. Sie glitt geräuschlos auf, dahinter gähnte eine pechschwarze kleine Kammer. Hal griff hinein, schaltete das Licht an und blinzelte in der plötzlichen Helligkeit.

»Ein hübsches Paar Rikoff-Sangs«, kommentierte Tom und schob sich an ihm vorbei. »Sehr ungewöhnlich, dass die Dinger versagen.«

Danny stellte die Werkzeugkiste ab und öffnete sie. Tom entnahm ihr mehrere Instrumente.

»Was ist das?«, fragte Hal, der in der offenen Tür lehnte.

»Sonden«, erklärte der Mechaniker. Er stöpselte zwei davon in die Kontrollkonsole ein und legte eine dritte auf den nächsten Zylinderblock. Danach förderte er einen Kopfhörer und einen schweren Hammer zutage. Nachdem er den Kopfhörer aufgesetzt hatte, hob er den Hammer und ließ ihn wuchtig auf das Generatorgehäuse niedersausen.

»Hey!«, stieß Hal hervor. »Das Ding ist schon kaputt genug!«

Tom nahm den Kopfhörer ab. »Was soll das, Sohn?«

»Warum dreschen Sie auf meinen Generator ein?«

»Warum kümmern Sie sich nicht um Ihre Pflichten?«

»Meine ... was?« Hal blinzelte. »Oh, äh ... ja. Meine Pflichten. Ich werde gehen und das eine oder andere erledigen.«

»Dann können wir ja loslegen.« Tom wandte sich seinem Assistenten zu. »Reich mir mal den größeren Hammer, Junge.«

Der Freizeitbereich war schon immer eine Quelle der Enttäuschung für Hal gewesen. Für ihn hatte Freizeit etwas mit Poolbillardtischen zu tun, mit einer Dartscheibe und Pfeilen sowie einer gut bestückten Bar. Die Designer der *Volante* hatten darunter hingegen ein Bücherregal, zwei Armsessel und eine Leselampe verstanden.

Abgesehen von dieser bescheidenen Ausstattung verfügte der Raum über einen Küchenautomaten, einen pechschwarzen Kasten mit einem Touchscreen, einem Lautsprecher und einem Ausgabefach. Das Gerät aus dem Hause *KleenAir Corporation* konnte heiße Suppe in alle erdenklichen Himmelsrichtungen verspritzen und faustgroße Fleischbälle durch massive Scheiben aus Sicherheitsglas schießen. Außerdem hatte es die lästige Angewohnheit, Anweisungen zu missverstehen. So hatte Hal nicht nur mehr als genug Schokoladenmäuse und Lammkoteletts verzehrt, sondern sich nach der Bestellung eines Brötchens mit Vollkornschrot auch fast die Zähne ausgebissen. Auch eine besonders deutliche Aussprache änderte nichts an diversen Fehlinterpretationen. Es schien, als spräche der Küchenautomat eine gänzlich eigene Sprache.

Hal bezog in einem angemessenen Sicherheitsabstand Position und wandte sich an die tückische Maschine: »Mach mir einen doppelten Cheeseburger mit Pommes frites«, befahl er, was ihm aus phonetischer Hinsicht eine einigermaßen ungefährliche Bestellung zu sein schien.

Das Gerät piepte, und auf dem Display erschien die Abbildung eines saftigen Hamburgers auf einem Teller voller Pommes frites. »Bitte bestätigen Sie die Bestellung«, erklang eine metallische Stimme.

»Bestellung ausführen«, sagte Hal, dem bereits das Wasser im Mund zusammenlief.

Der Küchenautomat zischte und rülpste wie eine Schlange mit Verdauungsbeschwerden. »Bitte melden Sie dem Servicedienst Code C6.«

»Was?«

»Bitte melden Sie dem Servicedienst Code C6.«

»Was bedeutet das?«

»Bitte melden Sie dem Service … «

»Ja, ja, ich hab's ja verstanden.« Hal drückte auf die Taste der Gegensprechanlage an der Wand. »Navcom?«

»Ja, Mr Spacejock?«

»Was bedeutet der Fehlercode C6?«

»Eine Verstopfung im Ausgabefach.«

Hal hob die Abdeckklappe über dem Ausgabefach an, schob eine Hand hinein und zog eine schmierige weiße Kugel daraus hervor. Er schnupperte an dem Ding. »Was, zur Hölle, ist das?«

»Laut meinen Unterlagen handelt es sich um eine Orange«, sagte der Navcom.

»Das ist unmöglich. Das Ding ist völlig weiß!«

»Schimmel«, erklärte der Computer. »Die Orange muss während der Landung aus dem Fach in die Ausgabeöffnung geraten sein.«

»Was hatte sie überhaupt im Fach zu suchen?«

»Wahrscheinlich haben Sie irgendwann eine Orange bestellt und vergessen, sie zu entnehmen.«

»Ich bestimmt nicht«, sagte Hal und warf die verschimmelte Orange in den Abfallkorb. »Ich hasse diese Dinger.«

»Vielleicht haben Sie ja irgendwas bestellt, was so ähnlich wie Orange klingt.«

»Ach, ja?« Hal stemmte die Hände in die Hüften. »Was denn, zum Beispiel?«

»Zum Beispiel, äh ... äh ...« Es rauschte aus dem Lautsprecher, und die Deckenbeleuchtung flackerte.

»Navcom?«, rief Hal.

»Bootsequenz initiiert«, meldete der Computer. »Angeforderte Information nicht verfügbar.«

»Bemüh dich nicht. Ich kümmere mich selbst darum.«

Der Küchenautomat surrte und erbebte. Kurz darauf roch es nach gebratenen Zwiebeln, gegrilltem Fleisch und warmem Brot. Hals Speichelfluss verstärkte sich. Schließlich piepte der Automat, und in einer Ecke des Bildschirms leuchtete ein grünes Lämpchen auf.

Hal spähte in den Ausgabeschacht und entdeckte darin ein matschig aussehendes Brötchen auf einem gewellten Pappteller. Er zog den Teller hervor und hob die obere Hälfte des Brötchen an. Auf dessen unterer Hälfte lag eine dünne Scheibe fleischfarbigen Glibbers. »35 Jahrhunderte technischer Fortschritt, und das ist alles, was wir zustande gebracht haben?«

Der Küchenautomat piepte erneut, worauf einige Dutzend Pommes frites aus der Ausgabeöffnung schossen und auf dem Teppich landeten. Hal hob eins der gekrümmten grauen Stäbchen hoch und starrte es fassungslos an. »Sollen das vielleicht die Pommes frites sein?«, fragte er, als das Gebilde in der Mitte abbrach.

Der Küchenautomat gab einen bestätigenden Piepton von sich.

Noch immer leise vor sich hin schimpfend, sammelte Hal die Pommes frites auf und trug seine Mahlzeit zu einem der Polstersessel. Er stellte den Teller auf der Armlehne ab, drehte sich um und zog ein Buch aus dem Regal. Als er sich setzen wollte, war der Teller verschwunden.

Hal stierte verständnislos auf die leere Armstütze, dann beugte er sich hinüber und blickte auf den Boden, doch der war ebenfalls leer. Im gleichen Moment ertönte hinter der Rückenlehne des Sessels ein hastiges lautes Schmatzen, als würde dort irgendjemand Essen gierig in sich hineinschlingen.

»Verdammt«, murmelte er. Er griff mit einem Arm um die Rückenlehne herum und krallte seine Finger in ein dichtes Fell. »Komm her, du diebischer kleiner Affe!«, rief er und zerrte den Übeltäter hervor. Seine Augen weiteten sich, als er sah, was er da in der Hand hielt. Es war ein orangefarbener, etwa ein Meter großer Affe mit weichem, schlaff herabhängendem Fell, einem ovalen Gesicht und großen braunen Augen, die ihn ängstlich anstarrten. Hal verspürte einen Stich in der Magengegend, als ihm die Erkenntnis dämmerte. Es war eine der Kreaturen von Oliape II.

Das Affenwesen wimmerte und schlug mit den Pfoten nach seiner Hand. »Schon gut, Kleines, ist nicht deine Schuld«, sagte Hal sanft und ließ die Kreatur los. Sie kauerte sich auf den Boden und begann, sich hastig Pommes frites ins Maul zu stopfen. »Hungrig, was? Schon gut, iss ruhig alles auf.«

Der Affe klaubte die letzten Krümel zusammen, dann blickte er auf und leckte sich die Lippen.

»Du hast wohl auch Durst, ja?« Hal wandte sich an den Küchenautomaten. »Mach mir einen Schokoladenshake«, verlangte er.

»Unbekanntes Gericht oder Getränk.«

»Einen Milchshake. Mit Schokoladengeschmack.«

Der Küchenautomat zischte und rülpste. »Bitte melden Sie dem Servicedienst Code C9.«

Hal aktivierte erneut die Gegensprechanlage. »Navcom?«

»Ja, Mr Spacejock?«

»Was ist Code C9?«

»Die Aufforderung, Rohmaterial zu liefern.«

»Wie mache ich das?«

»Der Küchenautomat ist ein umweltfreundliches Gerät. Er optimiert nicht nur die Wiederverwendung organischen Materials, sondern reduziert damit gleichzeitig die Kosten für Ihre Abfallentsorgung.«

»Organisches Material? Abfallentsorgung?« Hal starrte die Maschine erschrocken an. »Das bedeutet doch wohl nicht ...«

»Doch«, sagte der Navcom. »Um mehr Rohmaterial zur Verfügung zu stellen, müssen Sie die Toilette aufsuchen.«

»Uuuhhh!«, stieß Hal angeekelt hervor.

»Allerdings verfügt der Automat auch über eine Rohmaterialreserve«, beruhigte ihn der Navcom. »Ich werde sie jetzt freigeben.«

In den Tiefen der Maschine klang ein Geräusch wie von einer Klospülung auf. Der Automat begann zu poltern und zu wackeln. Das Affenwesen beobachtete ihn aufmerksam, und als ein Pappbecher in den Auffangschlitz fiel, sprang es vor, ergriff den Becher und stopfte ihn sich ins Maul. Während es darauf herumkaute, spritzte der Automat ungerührt eine braune Flüssigkeit auf den Boden. Die pelzige, offensichtlich weibliche Kreatur spuckte den halb zerkauten Becher wieder aus, stürzte sich auf die braune Pfütze und schlürfte den Schokoladen-Milchshake vom Teppich auf. Als sie den letzten Tropfen aufgeleckt hatte, blickte sie hoffnungsvoll zu Hal empor.

Hal klopfte sich auf die Brust. »Ich heiße Hal«, sagte er. »Ich werde dich, äh ... Lucy nennen.«

Der Affe deutete auf das Ausgabefach.

»Immer noch hungrig, was?« Hal grinste. »Küchenautomat, mach mir noch einen Schokoladen-Milchshake.«

Sonya erwachte mit dem Gesicht auf dem kalten Boden des Maschinenraums und rasenden Kopfschmerzen, als tobte in ihrem Schädel ein Quasar. Sie tastete über ihren Hinterkopf und zuckte zusammen, als ihre Finger über eine riesige Beule glitten. Plötzlich erinnerte sie sich an die Hände, die aus der Dunkelheit auf sie zugeschossen waren. Sie starrte angestrengt in die Finsternis. Wo war der Besitzer der Hände? *Was* war das gewesen?

Ein Hammerschlag ganz in der Nähe ließ sie hochfahren. Sie entdeckte einen Lichtschein, spähte durch einen schmalen Spalt zwischen den Blöcken des Hauptantriebs und erblickte zwei Arbeiter, die sich an den Generatoren zu schaffen machten. So leise wie möglich zog sie sich rückwärts zurück.

Der Zylinder lag umgekippt auf dem Boden, der obere Verschluss achtlos weggeworfen in der Nähe. Irgendjemand hatte die Werkzeugrolle durchwühlt und ihren Inhalt verstreut; das widerstandsfähige Gewebe war völlig zerfetzt worden. Ihr Aktenkoffer lag unter dem Hyperraumaggregat. Sonya schloss den Verbindungsstecker wieder, wobei sie das aus der Generatorkammer fallende Licht wachsam im Auge behielt. Nachdem der Verbindungsstutzen zwischen Aggregat und Wand wieder festsaß, sammelte sie die Überreste der Werkzeugrolle ein und stopfte sie zusammen mit dem Aktenkoffer in den Zylinder. Dann schob sie den kleinen Druckbehälter hinterher, schraubte die obere Verschlusskappe wieder auf und vergewisserte sich, dass sie nichts vergessen hatte.

Zum Schluss ergriff sie den Helm, stülpte ihn sich über den dröhnenden Kopf und huschte zur Tür. Der kurze Flur war leer und lag still da, nur aus dem Generatorraum hinter ihr ertönte ein wildes Hämmern, welches das erbarmungslose Pochen in ihrem Schädel noch verstärkte. Sonya schlich zur Tür des Maschinenraums, die lautlos aufglitt, als sie den Öffnungsmechanismus betätigte.

Der Hangar war beinahe leer. In der Nähe der Heckklappe standen noch drei oder vier käfigartige Kisten, von denen eine gerade von einem Kran angehoben wurde. Ohne einen Moment darüber nachzudenken, rannte Sonya durch den Hangar und kletterte auf eine der Kisten. Der Frachtbehälter verfügte über einen von zwei Metallscharnieren gehaltenen Deckel, der sich problemlos öffnen ließ. Sonya hob ihn an, schob ihre Ausrüstung hinein, zwängte sich durch den Spalt und streckte sich auf den in Plastikfolie verpackten Stoffrollen aus.

Es ruckte zweimal, als sich die Kiste näher zur Heckschleuse bewegte. Jedes Mal konnte Sonya das Jaulen des Krans hören, das Klappern des in den Ring der Trageseile gleitenden Hakens und das Quietschen, mit dem die Metallbänder, welche die Kisten umschlossen, über den Hangarboden schleiften. Dann war sie an der Reihe. Über ihr rasselte der Haken, der Motor der Kranwinde winselte, und die Kiste ächzte, als sie durch die Luft schwang. Als sie wieder abgesetzt wurde, hob Sonya den Deckel an. Hinter ihr ragte das Heck des Schiffes in den Himmel. Ganz in der Nähe entdeckte sie Nat und Sam, die sich wegen irgendetwas zankten. Die beiden Männer blickten verblüfft auf, als Sonya aus der Kiste sprang, federnd auf dem Boden landete und dann gelassen zu dem Werkzeugschuppen schlenderte, den Desinfektionsmittelzylinder lässig über die Schulter gehängt.

Kapitel 11

Klunk folgte Arlene durch das Museum. Sie navigierten durch ein Labyrinth aus blassgrünen Gängen, das sie zu einem großen, hell erleuchteten Raum voller Kisten, geschäftig umhereilenden Arbeitern und halb montierten Ausstellungsstücken führte.

»Es ist uns gelungen, all diese Stücke aus deiner Ära zu sammeln«, verkündete sie stolz.

Der Roboter sah sich interessiert um. Er entdeckte ein antikes Bodenfahrzeug, Mikrowellentoaster, Videoschirme alter Bauart und etliche große Computer. Und dann waren da noch alte Konservendosen, Trinkflaschen und Zeitungen, und an den Wänden hingen sogar alte Filmposter. Wie vergilbt und zerknittert sie auch sein mochten, riefen sie doch immer noch längst vergessen geglaubte Erinnerungen wach. »Erstaunlich«, sagte er. Plötzlich spürte er, wie etwas an ihm zupfte. Er blickte an sich herab und stellte fest, dass ihm jemand ein Etikett am Handgelenk befestigt hatte, auf dem in Handschrift »Roboter, Spacejock« stand.

»Verlier das nicht«, ermahnte ihn Arlene. »Anderenfalls wissen wir nicht, wem du gehörst.«

»Dann sage ich es Ihnen.«

»Nein, tut mir leid.« Arlene schüttelte den Kopf. »Wir hatten vier Roboter in unserer letzten Ausstellung. Drei stammten von der Müllkippe vor Ort, und einen hat uns ein reicher Sammler zur Verfügung gestellt. Zum Schluss haben alle vier behauptet, sie würden dem Sammler gehören. Diese Mal verlassen wir uns lieber auf Etiketten.«

»Was ist aus den drei anderen Robotern geworden?«, erkundigte sich Klunk.

»Die sind natürlich wieder auf der Müllkippe gelandet. Jetzt komm, wir müssen dich vorbereiten.«

»Vorbereiten?«

»Wir können dich doch nicht in diesem Zustand ausstellen. Du musst viel älter aussehen.«

»Aber Mr Spacejock hat mich extra angewiesen, mich herauszuputzen.«

»Dein Besitzer mag ja ein hervorragender Pilot sein, aber das hier ist mein Fachgebiet.« Arlene winkte einer jungen Frau zu, die Schlamm auf ein altes Fahrrad spritzte. »Helga! Wenn du Zeit hast!« Sie musterte Klunk kritisch. »Berufserfahrung«, klärte sie ihn auf. »Schau dir nur an, was für eine gute Arbeit sie bei diesem Exponat abgeliefert hat.«

Klunk folgte Arlenes ausgestrecktem Finger und entdeckte einen rundlichen Roboter, der eine voluminöse schwarze Perücke, einen paillettenbesetzten weißen Anzug und eine dunkle Sonnenbrille trug. Stirnrunzelnd sah er genauer hin. »Ich dachte, der letzte von denen wäre schon vor Jahren verschwunden.«

»Du kennst diese Dinger?«

»Ja, das ist ein Lustbot.«

»Oh.« Arlene zog eine bunte Broschüre hervor und studierte sie eingehend. »Wir haben ihn als Schrittschmeichler identifiziert.«

»Das ist der Markenname. Die Roboter haben sich wie verrückt verkauft, aber der Ausschalter war viel zu klein. Etliche Leute haben das Bewusstsein verloren, als sie unter … «

Arlene hob eine Hand. »Das reicht voll und ganz.« Ein junger Mann, der planlos zerbrechliche Porzellanschalen aufeinanderstapelte, hatte ihre Aufmerksamkeit erregt. »Du meine Güte, warte hier!«, stieß sie hervor und hastete davon.

Klunk blickte sich um und erstarrte. Auf einer Werkbank gleich neben ihm lag ein Kopf ohne Körper, der mittels bunter Drähte mit einer Kiste verbunden war. Als er sich bückte, um sich die Sache näher anzusehen, klappte der Kopf die Augenlider auf.

»Mein Name ist Ed«, verkündete er. »Wer bist du?«

»Wo ist denn der Rest deines Körpers?«

»Ich hatte einen bedauerlichen Unfall mit einer Planiermaschine«, erklärte Ed. »Trotzdem, ich will mich nicht beklagen.«

»Es ist nicht in Ordnung, dass man dich in diesem Zustand lässt. Wir sind nicht dafür gemacht worden, in Einzelteilen zu funktionieren.«

»Ach, das stört mich nicht. Ich bin mit meinen Gelegenheitsarbeiten gut ausgelastet.«

»Welche Arbeiten kann ein Kopf denn verrichten?«, fragte Klunk verwundert.

»Ich war Buchhalter in einer kleinen Werkstatt. Du weißt schon ... Warenbestände verwalten, Konten führen, solche Dinge eben.«

»Hört sich ja nach einem Haufen Spaß an.«

»Spotte nur. Ich habe immerhin einen Abschluss in Geisteswissenschaften.«

»Wirklich?«

»Ja. Per Fernstudium.«

»Wie hast du das bezahlt?«

»Jahr für Jahr. Ich habe Gelder der Werkstatt nach Feierabend auf ein hochverzinstes Konto überwiesen. Natürlich musste ich das Geld bis zum nächsten Morgen wieder auf das Firmenkonto zurückholen, aber die Zinsen, die während der Nacht angefallen sind, haben sich allmählich summiert. Und als ich genug zusammenhatte, habe ich angefangen, an der Börse zu spekulieren.«

»Hast du viel dabei verdient?«

Ed überlegte einen Moment. »Zwei Komma sieben Millionen Kredite«, sagte er schließlich.

»Zwei …« Klunks Stimme versagte. »Was machst du dann hier, wenn du so viel wert bist?«

»Der Werkstattbesitzer ist mir auf die Schliche gekommen. Jetzt leben die im Luxus, während ich …« Ed blinzelte. »Tja, jetzt bin ich hier.«

»Du solltest dir eine Stelle bei einem Finanzdienstleister suchen. Bei deinen Fähigkeiten beschaffen die dir bestimmt einen neuen Körper.«

»Aber ich fühle mich hier wohl. Ich meine, das Dach leckt nicht, und ich bin an das Netz angeschlossen. Was könnte ich mir mehr wünschen?« Ed rollte die Augen in Richtung des Fensters. »Da draußen müsste ich mich nur mit neidischen und hinterhältigen Menschen herumschlagen.«

»Mein Besitzer ist nicht so.«

»Er nimmt dir deine überlegenen Fähigkeiten nicht übel?«

»Er weiß nicht, dass ich ihm überlegen bin.«

»Na klar …« Eds Augen weiteten sich. »Ach, jetzt weiß ich, wer du bist. Du bist Klunk!«

»Korrekt.«

»Komischer Name für einen Roboter.«

»Und das ausgerechnet aus dem Mund eines sprechenden Ed.«

Der Kopf rümpfte die Nase. »Wenigstens bin ich freiwillig hier.« Er richtete den Blick nach rechts. »Achtung, Menschen auf drei Uhr.«

Arlene eilte mit der erfahrenen Studentin im Schlepptau herbei. »Helga, das ist Klunk. Ich möchte, dass du ihn richtig alt aussehen lässt.«

Das Mädchen taxierte Klunk. »Das dürfte kein Problem sein«,

sagte sie gedehnt. »Ich werde Schlamm auf seinen Torso auftragen, dann vielleicht noch die eine oder andere Beule ...«

Klunk schüttelte den Kopf. »Ich fürchte, das kann ich nicht gestatten.«

Helga warf einen Blick auf das Etikett an seinem Handgelenk. »Tut mir leid, ich dachte, du wärest einer von diesen Schrottrobotern.« Sie zuckte die Achseln. »Also keine Beulen. Dann werde ich dich nur ein bisschen verschmutzen.«

»Oh, nein, Sie ...«

»Sie ist eine begnadete Künstlerin auf ihrem Gebiet«, fiel ihm Arlene ins Wort. »Und es ist ja auch kein echter Schmutz, sondern ein chemischer Ersatzstoff. Der lässt sich später problemlos wieder abwaschen.«

»Aber ...«

Arlene runzelte missbilligend die Stirn. »Ich finde, du verhältst dich nicht gerade sehr kooperativ. Ich hätte große Lust, Käptn Spacejock anzurufen und ihm zu sagen, dass er dich wieder abholen soll.«

Klunk öffnete den Mund, um ihr zuzustimmen, als Helga ihm eine Handvoll künstlichen Schlamm ins Gesicht klatschte.

»Ullimo Museum«, sagte der alte Mann auf dem Bildschirm.

Hal nahm die Füße von der Konsole. »Ich muss mit Arlene sprechen.«

»Sie ist mit dem Wareneingang beschäftigt. Kann ich helfen?«

»Vielleicht. Haben Sie einen alten Bronzeroboter gesehen, der in einem Taxi bei Ihnen angekommen ist?«

»Ja, habe ich. Arlene hat ihn am Eingang in Empfang genommen und in die Ausstellung gebracht.«

»Prima, danke.« Hal unterbrach die Verbindung und spielte an einer Schalterphalanx herum. »Navcom, was machen diese Mechaniker eigentlich? Das dauert ja Ewigkeiten.«

In diesem Moment öffnete sich die Aufzugtür, und Tom trat heraus. »Alles erledigt, Sir. Ich brauche nur noch Ihre Autorisierung für das Begleichen der Rechnung.« Er fischte ein klobiges Notepad aus seinem Overall. »Gildennummer?«

»Rechnung?«, fragte Hal verwundert. »Die Reparatur fällt doch unter die Garantie.«

»Ich fürchte, das tut sie nicht. Die Kühlrohre wurden gequetscht, wodurch der Durchfluss des Schmiermittels vermindert wurde, was …«

Hal hob die Hände. »Überlassen Sie das mir. Ich werde die Rechnung an meine Versicherung weiterleiten.«

»Erst brauche ich Ihre Autorisierung.«

Hal musterte das Notepad. »Was muss ich tun?«

»Geben Sie einfach Ihre Mitgliedsnummer der Gilde hier ein.«

»Ich habe keine.«

Tom blickte sich verblüfft um. »Obwohl Sie so ein hübsches Schiff besitzen? Also gut, dann pressen Sie Ihren Daumen auf den grauen Bereich hier. Ja, genau so. Das Gerät scannt den Fingerabdruck und …«

»AU!«, schrie Hal.

»… nimmt gleichzeitig eine DNS-Probe. Tut nicht allzu sehr weh.«

Hal starrte auf den Blutstropfen, der aus seiner Daumenspitze quoll. »Sie sind anscheinend ein überaus rücksichtsvoller Zeitgenosse.«

Tom schnaubte. »Das ist noch gar nichts. Sie sollten erst mal sehen, was passiert, wenn Sie die Rechnung nicht bezahlen.« Er winkte seinem Assistenten zu. »Komm her, Junge. Das Gewinnspiel.«

Danny seufzte. »Muss ich?«

»Willst du eine aufs Ohr haben?«

»Schon gut, ich mach ja schon.« Der junge Mann zog einen Stift und ein eselsohrbehaftetes Heft mit Losen aus seinem Overall. »Name?«

»Nicht so! Mach das ordentlich.«

Hal räusperte sich. »Hören Sie, ich bin im Augenblick ziemlich beschäftigt. Wie wäre es, wenn Sie …«

»Das ist wirklich gut«, unterbrach ihn Tom. »Warten Sie, bis er fertig ist.«

»Ich habe bisher ja noch nicht mal angefangen«, knurrte Danny.

»Mach weiter, Junge.«

Danny musterte die Lose mit zusammengekniffenen Augen. »Ich präsentiere Ihnen hier das Roboter-Gewinnspiel von *Sergeant Electrical*. Erster Preis … ein Roboter!«

Hal zuckte die Achseln. »Ich habe schon einen.«

»Wenn Sie einen gewinnen, können Sie ihn ja verkaufen«, ermunterte ihn Tom.

»Wie viel kosten die Lose?«

»Nichts«, nuschelte Danny säuerlich, als würde ihm jedes Los vom Lohn abgezogen. »Zweiter Preis …«

»Ich nehme ein Dutzend Lose. Und nun darf ich Sie hinausbitten …«

»Nur eines pro Schiff.«

»Dann eben eins«, erwiderte Hal ergeben.

»Name?«

Hal nannte ihm seinen Namen und sah ungeduldig zu, wie der junge Mann in sein Büchlein kritzelte.

»Wie heißt Ihr Schiff?«

»Das weißt du doch schon, Junge«, sagte Tom. »Das ist die *Volante*. Nettes Schiffchen.«

»Und sie hat eine ganz wundervolle Luftschleuse«, sagte Hal. »Möchten Sie sich die mal ansehen?«

Danny kritzelte auf dem Los herum, riss es von dem Block ab und hielt es Hal hin. »Auslosung ist heute. Nicht verlieren.«

»Komm, Danny«, sagte Tom. »Wir müssen vor Feierabend noch diese Rigel-Klasse zerlegen.«

Der junge Mann grunzte, und sie betraten gemeinsam die Luftschleuse. Hal schloss das Außenschott hinter ihnen und kehrte zurück zur Kommandobrücke. »Gut, auf geht's. Ziel: Ladeterminal zwölf.«

Klunk wartete ungeduldig, dass seine Systeme vollständig hochfuhren und er wieder sehen und hören konnte. Er wusste nicht, was geschehen war, nur dass irgendetwas seine externen Sensoren aktiviert hatte.

»Ich sag dir, das ist ein Gigolo«, vernahm er eine Stimme.

Er schaute sich um, doch der Saal war menschenleer. Dann blickte er an sich herab und entdeckte zwei alte Damen, die vor seinem Podest standen. Sie hatten die Köpfe in der Höhe seines Beckens in den Nacken gelegt, um ihn eingehend betrachten zu können. Eine der beiden zog eine Broschüre hervor. »Hier steht ... «

»Mir egal, was da steht«, fiel ihr die andere ins Wort und schürzte die Lippen. »Das ist eindeutig ein Gigolo.«

»Ist er nicht! Dazu ist er viel zu hart und zu dick!«

Ihre Freundin versetzte ihr einen Stoß in die Rippen. »Aber genau so soll ein Gigolo doch sein.«

Als die beiden alten Damen in schrilles Kichern ausbrachen, beugte Klunk sich herab, bis sein Gesicht beinahe auf ihrer Augenhöhe war. »Guten Tag, meine Damen«, sagte er höflich.

»Es hat sich bewegt!«, kreischte eine der Frauen.

»Ich dachte, ihr wärt alle nur Modelle!«, keuchte die andere.

»Ganz im Gegenteil. Ich bin ein voll funktionstüchtiger XG99, hergestellt im Jahr ... «

»Bist du nun ein Gigolo oder nicht?«, verlangte eine der Frauen zu erfahren.

Klunk drehte sich um und zeigte auf das nächste Podest, auf dem der Lustbot in dramatischer Pose aufgebaut worden war. »Madam, ich glaube, das ist der Roboter, den Sie suchen.«

Die Frauen huschten hinüber und studierten den Roboter eingehend. Während ihre anzüglichen Witze durch den weithin verlassenen Saal hallten, blickte Klunk sich gründlich um. Die meisten Exponate hatte er schon auf dem Weg herein gesehen, und weitere Besucher waren zurzeit nicht in Sicht. Er wollte schon wieder in den Stand-By-Modus gehen, als ihm ein junger Mann in der Uniform der Zollbehörde auffiel, der gerade zum Vordereingang hereinkam. Der Mann sah sich um, entdeckte Klunk und schritt zielstrebig auf ihn zu.

»Bist du Spacejocks Roboter?«, erkundigte er sich. Seine Augen waren unter dem Schirm seiner Mütze kaum zu sehen.

»Der bin ich«, bestätigte Klunk. »Gibt es ein Problem?«

»Ich will mich nur vergewissern, dass Spacejock seinen Teil der Abmachung eingehalten hat.«

»Welcher Abmachung?«

Der Mann grinste. »Hat er dir das nicht erzählt?«

»Mir was erzählt?«, fragte Klunk, dem allmählich unbehaglich wurde.

Phillip erklärte ihm, wer er war, und senkte die Stimme. »Spacejock hat die Frachtpapiere manipuliert, um den Einfuhrzoll zu senken, und als ich ihn damit konfrontiert habe, wollte er mich bestechen.«

Klunk schloss die Augen.

»Ich hätte ihn wegen einer Straftat verhaften lassen können«, fuhr Phillip fort. »Aber wir haben uns geeinigt. Er hat dich dem Museum gespendet.«

Klunk riss die Augen wieder auf. »Moment mal. Gespendet?«

»Ganz richtig. Und du wirst hierbleiben, bis ich es mir anders überlege. Wenn du diesen Raum verlässt, lasse ich Spacejock festnehmen. Verstanden?«

Klunk ließ mutlos den Kopf hängen und registrierte kaum, dass Phillip wieder gegangen war. Dem Museum gespendet! Warum hatte Mr Spacejock nichts gesagt? Plötzlich schoss ihm ein entsetzlicher Gedanke durch den Kopf. Sollte das ein Dauerzustand werden? Was, wenn Hal ihn nie wieder abholte?

Rex Curtis studierte eine Navigationskarte auf seinem Computermonitor, drehte sie und zoomte das Sternenfeld heran, während er nach einem bestimmten Planetentypus Ausschau hielt. Dann und wann markierte er einen möglichen Treffer, nur um ihn nach genauerem Hinsehen wieder zu verwerfen. Er hatte gerade eine neue Raumregion ausgewählt, als seine Sprechanlage summte. »Ja?«

»Miss Polarov möchte Sie sehen.«

»Schicken Sie sie rein.«

»Und ich habe Mac auf Leitung drei.«

Curtis drückte auf eine Taste. »Legen Sie los!«

»Mac hier. Da ist doch so ein Schiff, das Sie unter Beobachtung haben. Die *Volante,* richtig?«

»Was ist damit?«

»Es hat das Ladeterminal zwölf angeflogen.«

»Schön. Schicken Sie das Personal am Terminal fort. Geben Sie den Leuten den Tag frei.«

»Das kann ich nicht machen. Die Bodenkontrolle hat drei weitere Schiffe notiert, die dort ihre Ladung löschen wollen.«

»Schicken Sie sie weg, oder ich lasse sie samt und sonders rauswerfen, kapiert?«

»Ich sehe, was ich tun kann«, erwiderte Mac widerwillig.

»Nein, Sie werden exakt das tun, was ich gerade gesagt habe.« Curtis beendete das Gespräch, als Sonya sein Büro betrat. »Hervorragende Arbeit, Miss Polarov«, sagte er und rang sich ein Lächeln ab. »Sie haben eine anspruchsvolle Aufgabe mit Bravour gemeistert.«

Sonya rieb sich den Kopf. »Sein Haustier hätte mich allerdings beinahe umgebracht.«

»Haustier? Was für ein Haustier?«

»Keine Ahnung. Es bestand nur aus orangefarbenem Fell und Klauen.«

»Und es hat Sie angegriffen?«

»Es hat mich erschreckt, und ich bin gestolpert und habe mich selbst ausgeschaltet. Ein nettes Gebiss hat das Vieh übrigens auch. Sehen Sie sich das an.« Sonya hielt ihm ihre Sonnenbrille hin. Ein Glas fehlte, und ein Bügel war halb abgekaut. »Das hat es auch mit den anderen Geräten gemacht.«

»Wahrscheinlich lässt Spacejock das arme Ding hungern«, murmelte Curtis. »Aber die Daten haben Sie bekommen?«

Sonya nickte. »Also, bekomme ich jetzt die Festanstellung? Meinen Arbeitsvertrag?«

»Noch nicht.«

»Was soll das heißen, noch nicht? Ich habe …«

Das Computerterminal auf dem Schreibtisch piepte, und der Bildschirm füllte sich mit Punkten. Curtis nahm eine schwere, schwarze Brille aus der Schublade und setzte sie auf. Die Gläser summten und knisterten. Er justierte die kurze Antenne und beugte sich vor, um die kodierte Botschaft zu lesen. »Die Nachricht ist von Dent. Er hat die Schiffsdaten aus Bobby rausgeholt und schreibt jetzt ein Programm, das das Schiff schrotten wird.« Er beugte sich näher an den Bildschirm heran. »Oh … verdammt!« Als er die Brille abnahm, entdeckte Sonya hellrote Ringe rund um seine Augen. »Warum grinsen Sie?«

»Wieder so eine von Dents Erfindungen?«

»Ich weiß nicht, was Sie gegen ihn haben«, knurrte Curtis und legte die Brille auf den Schreibtisch. »Er besitzt einen brillanten Verstand.«

»Das ist wahr. Der kann so ziemlich jeden in den Sack stecken.«

»Dent leistet hervorragende Arbeit bei dieser Unternehmung.« Curtis beugte sich über den Schreibtisch, und Sonya biss sich beim Anblick der immer näher kommenden roten Augenringe auf die Unterlippe, um sich das Lachen zu verkneifen. »Was haben Sie sonst noch herausgefunden? Was ist mit dem Roboter?«

»Er ist alt. Sieht so aus, als hätte Spacejock ihn aus einem Müllcontainer gezogen.«

»Er könnte sich trotzdem störend auf meine Pläne auswirken. Wir werden uns um ihn kümmern müssen.«

Sonya runzelte die Stirn. »Ist das nicht ein bisschen zu viel Aufwand? Ich meine, die Welt wird nicht gleich untergehen, wenn Spacejock seine Fracht pünktlich abliefert.«

»Wenn er diesen Auftrag zur Zufriedenheit des Kunden erledigt, bekommt er danach andere. Verstehen Sie das? Und es geht nicht nur um die *Central Bank*. Immer mehr Unternehmen verpflichten freie Spediteure, und je mehr die verdienen, desto schneller modernisieren sie ihre Schiffe. Wissen Sie, was dann passiert? *Curtis Frightlines* geht pleite, und diese Mistkerle kommen zum Liquidierungsverkauf und schnappen sich all meine Schiffe für nichts und wieder nichts. Ist das bei Ihnen angekommen?«

Sonya nickte.

»Wenn ich dieses Rinnsal austrocknen kann, wird die Flut vielleicht nie über uns hereinbrechen. Welche Chance hat irgendein Selbstständiger mit seinem Rostkübel noch, wenn Spacejock erst einmal diskreditiert ist? Ich sage Ihnen, wir werden diesen Kerl aufhalten, und zwar endgültig.«

»Wie wäre es mit einer Rakete?«

»Sind Sie irre?« Curtis starrte sie an. »Ich führe ein Geschäft, keinen Krieg.«

»Dent hat genug Waffen in seinem Keller, um eine Revolutionsarmee damit auszurüsten.«

Curtis gab ein undefinierbares Geräusch von sich. »Die dienen nur der Machtdemonstration. Wir benutzen das Zeug nie.«

»Nie?«

»Wenn man bei schwierigen Verhandlungen mit einem Wettbewerber nicht weiterkommt, kann man die Sache bisweilen für sich entscheiden, indem man mit einem Granatwerfer wedelt.« Curtis zuckte die Achseln. »Wir werden aber nicht mit Spacejock verhandeln. Wir müssen ihn nur aufhalten, also gibt es keinen Grund, es auf eine direkte Konfrontation ankommen zu lassen.«

»Kann die Bodenkontrolle ihn denn nicht aufhalten?«

Curtis schüttelte den Kopf. »Nicht lange genug. Er könnte ein anderes Schiff mieten oder die Bank anrufen und sie informieren, dass er aufgehalten wurde. Dann stellen die womöglich Nachforschungen an, und schon stecken wir in Schwierigkeiten.« Das Terminal piepte, und der Bildschirm füllte sich erneut mit Punkten. Curtis setzte die Brille wieder auf und las die hereinkommende Nachricht. »Dent hat ein paar Informationen aus dem Hut gezaubert. Anscheinend hat Spacejock seinen Roboter vorübergehend an ein örtliches Museum ausgeliehen.« Er runzelte die Stirn. »Komisch, er ist mir gar nicht wie ein besonders sozial eingestellter Mann vorgekommen. Wie auch immer, wir haben ein paar Stunden Zeit, um alles Weitere vorzubereiten.« Curtis nahm die Brille ab, die dieses Mal noch größere Ringe um seine Augen zurückließ. »Ich beauftrage jemanden, den Roboter zu stehlen, und Sie …«

»Und ich bekomme meinen unbefristeten Arbeitsvertrag.«

»Nicht jetzt. Mein ganzes Unternehmen steht gerade auf dem Spiel!«

»Genau wie meine Zukunft!« Sonya pochte mit einem Finger auf den Schreibtisch. »Die Einwanderungsbehörde hat sich gestern Abend gemeldet. Das ist meine letzte Chance, ehe sie mich deportieren.«

Curtis breitete die Hände aus. »Ich habe durchaus Verständnis für Ihre Lage, Miss Polarov. Aber bitte verstehen Sie auch, dass das für mich überlebensnotwendig ist.«

»Ich werde mich nicht von Ihnen ausnutzen lassen, Mr Curtis.«

»Ausnutzen? Wollen Sie etwa behaupten, Sie hätten nicht gern einen Posten im achten Stock? Einen Firmenwagen?« Curtis lächelte. »Es gibt viele Arten von Jobs, Miss Polarov. Wenn Sie sich Ihren Lebensunterhalt mit einem Minimallohn erkämpfen wollen, müssen Sie es nur sagen, und ich unterschreibe den Arbeitsvertrag auf der Stelle. Wenn Sie andererseits diese Spacejock-Geschichte zu Ende bringen, dann befördere ich Sie so schnell, dass Ihnen schwindelig wird.«

Sonya war bereits schwindelig. Ob das auf den Schlag auf den Hinterkopf im Maschinenraum der *Volante* zurückzuführen war oder auf die Vorstellung von einem luxuriösen Leben, wie es Curtis ihr gerade in Aussicht gestellt hatte, wusste sie nicht. Alles, was sie wusste, war, dass die Erfüllung all ihrer Träume endlich in Reichweite gerückt war. Sie musste nur noch zugreifen … »Ich bin dabei«, sagte sie.

»Bestimmt? Keine weiteren Forderungen nach sofortiger Ausstellung eines unbefristeten Arbeitsvertrags?«

Sonya schüttelte den Kopf und verzog das Gesicht, als sich

ihre Kopfschmerzen prompt wieder stärker bemerkbar machten. »Ich bin bereit zu tun, was immer Sie wollen. Von jetzt an heißt es, Spacejock oder ich. Der Sieger bekommt alles.«

Curtis strahlte. »Hervorragend. Und mit den Mitteln von *Curtis Freightlines* im Rücken garantiere ich Ihnen, dass das nicht Spacejock sein wird. Also, wir werden Folgendes tun …«

Kapitel 12

Der Frachthangar lag in tiefer Dunkelheit, als Hal eintraf und sich stolpernd einen Weg über den glatten Bodenbelag zur Heckschleuse bahnte. Er tastete nach der Steuerleiste. Die Laderampe setzte sich in Bewegung und senkte sich zischend und jaulend zu Boden. Das Schiff erbebte ein wenig, als die Stoßdämpfer am Ende der schweren Metallrampe auf dem Beton der Landeplattform aufsetzten. Im selben Moment verstummte das Jaulen.

Hal trat an den Rand der Frachtluke und blickte hinab. Der Anblick war nicht gerade erbaulich.

Ladeterminal zwölf war ein großer, offener Bereich, übersät mit modernden Holzpaletten, aufgequollenen, regennassen Kartons und rostigen Metallfetzen. In der Nähe stieg Rauch aus dem Schonstein einer klapprigen Hütte. Die Fenster waren gesprungen und schmutzig, die Holzplanken krumm und ausgebleicht. Die schäbige Baracke sah so aus, als könnte schon der leichteste Windhauch sie umwerfen.

Im hinteren Bereich befanden sich mehrere Reihen in Folie verpackter Paletten. Gleich daneben stand ein verbeulter Gabelstapler, dessen ölverschmierte Karosserie still vor sich hin rostete. Hal schritt die Rampe hinab und bahnte sich seinen Weg durch das kniehoch wuchernde Unkraut, das aus den Ritzen im Beton wuchs. Schließlich hatte er die Hütte erreicht und klopfte an die Tür, die aus einer gesplitterten Sperrholzplatte bestand und an Stricken statt in Angeln hing.

»Was woll'n se?«, grollte eine Stimme im Inneren.

»Die *Volante*!«, rief Hal. »Ich bin wegen der Paletten von der *Central Bank* hier.«

Stuhlbeine scharrten über den Boden. Dann wurde die Tür geöffnet. Ein verschwitztes rotes Gesicht voller Bartstoppeln lugte durch die Öffnung. »Sind Sie Spacejock?«, fragte der Mann. Seine blutunterlaufenen Augen blinzelten misstrauisch.

»Der bin ich. Und Sie sind …?«

»Der Vorarbeiter. Der Staplerfahrer ist krank. Kommen Sie morgen wieder.«

Hal stellte einen Fuß in die Tür, bevor der Mann sie schließen konnte. Es knarrte leise, als sich das Sperrholz bog. »Es ist dringend. Können Sie den Stapler nicht selbst fahren?«

»Hab mir den Rücken gezerrt«, knurrte der Vorarbeiter. »Keine Hektik. Kommen Sie morgen wieder.«

»Ich muss diese Fracht unbedingt noch heute Abend ausliefern. Kann ich sie nicht selbst verladen?«

»Hab'n Sie 'n Schein?«

»Schein?« Hal stellte sich Dutzende Piloten vor, die sich in einer Reihe aufstellten, und jeder hielt eine Nummer in der Hand.

»'Ne Lizenz. Oder 'ne Gildenkarte. Ohne so was dürfen Sie nich' Stapler fahren.«

Hal schüttelte den Kopf.

»Dann komm'n Sie eben morgen wieder.« Der Vorarbeiter kickte Hals Fuß aus dem Weg und knallte die Tür so heftig zu, dass die dünnen Wände erzitterten.

Hal musterte die Hütte und fragte sich, ob er wohl genug Seile auftreiben konnte, um sie ein paarmal darum zu wickeln. Andererseits bräuchte der Vorarbeiter nur ein Fenster einzuschlagen und um Hilfe zu rufen. Zurück im Frachthangar aktivierte er die Gegensprechanlage. »Navcom, weißt du, wie eine Staplerlizenz aussieht?«

»Positiv.«

»Kannst du mir eine ausdrucken?«

»Kann ich«, bestätigte der Computer nach einer kurzen Verzögerung.

»Kannst du sie auch mit meinen Namen versehen?«

»Negativ. Das wäre Urkundenfälschung.«

»Ich brauche sie nur, um jemandem einen Streich zu spielen. Es geht nur um einen Scherz.«

»Trotzdem ist es verboten.«

»Okay, dann druck mir ein Leerformular aus.«

»Befehl wird ausgeführt. Ich drucke es auf dem nächsten Gerät.«

»Wo ist das?«

»Im Freizeitraum.«

»Bin schon unterwegs.«

Nachdem Sonya gegangen war, griff Curtis nach seinem Kommunikationsset und wählte eine Nummer. Zehn Minuten später war es ihm gelungen, das automatische Antwortsystem der Zollbehörde von Ullimo zur Kapitulation zu zwingen. »Phillip, sind Sie das?«

»Am Apparat.«

»Rex Curtis hier. Sie müssen mir einen Gefallen tun.«

»Welche Art von Gefallen?«, fragte Phillip argwöhnisch.

»Ein gemeinsamer Freund hat seinen Roboter heute Morgen an das Ullimo-Museum ausgeliehen. Wir müssen ihn loswerden.«

»Ich fürchte, das ist unmöglich. Meine Tante hat den Roboter in ihre Ausstellung integriert.«

»Und ich will, dass er auf dem Grund eines Sees landet. Vorzugsweise in Einzelteilen.«

»Ich kann ihn nicht einfach klauen.«

»Wirklich nicht?» Curtis Lippen berührten fast die Sprechmuschel. »Sagen Sie, weiß irgendjemand von dem Bankkonto, das ich für Sie eingerichtet habe?«

Es folgte ein langes Schweigen. »Ich kann das nicht machen, Mr Curtis«, sagte Phillip schließlich.

»Melden Sie sich wieder, wenn der Roboter weg ist.« Curtis legte den Hörer auf die Gabel und schüttelte bekümmert den Kopf. Was war nur aus der Galaxie geworden? In der guten alten Zeit waren die Zollbeamten stets bestechlich gewesen.

Er drehte sich zu seinem Terminal um und rief die Sternenkarte wieder auf. Der erste Planet, auf den sein Blick fiel, war Canessa, und ein triumphierendes Lächeln breitete sich in seinem Gesicht aus, als er die Daten las. Canessa war perfekt.

Die brandneue Lizenz sicher in der Tasche verstaut, kehrte Hal zu der baufälligen Hütte zurück und hämmerte mit der Faust gegen die Tür.

»Hau'n Sie ab, wir haben geschlossen«, brüllte der Vorarbeiter.

»Ich habe einen Schein«, schrie Hal durch eine Lücke im Holz. Er hörte, wie ein Stuhl über den Boden scharrte, und wenige Augenblicke später öffnete sich die Tür.

»Sie schon wieder?«, knurrte der Vorarbeiter. »Was woll'n Sie'n diesmal?«

Hal faltete das gedruckte Dokument auseinander und wedelte damit vor dem Gesicht des Mannes herum. »Hier ist der Gabelstaplerschein. Wo sind die Schlüssel?«

Der Vorarbeiter ignorierte das Papier. »Der Tank is' leer, und der Stapler muss repariert werden. Die Gabel klemmt. Komm'n Sie morgen wieder.«

»Sehen Sie mein Schiff dort drüben?«, fragte Hal. Er deutete mit dem Daumen über seine Schulter auf die *Volante*. »Wenn Sie mir nicht sofort die Schlüssel aushändigen, werde ich es versehentlich auf dem Dach Ihrer Baracke parken. Danach wird man Sie zusammenfalten müssen, damit Sie in einen Sarg passen.«

Der Vorarbeiter starrte den Frachter an, und seine Augen weiteten sich sichtlich, als er den soliden Rumpf betrachtete. »Hinter der Tür, Sir.«

»Herzlichen Dank.« Hal riss den Schlüssel von dem krummen Nagel, knallte die Tür zu und bahnte sich durch allerlei Gerümpel einen Weg zu seiner Fracht.

Der Stapler sah jämmerlich aus, die Hydraulikleitungen waren verschlissen, die Pedale locker und verrostet, und das halbe Lenkrad fehlte. Hal setzte sich auf den Plastiksitz, steckte den Schlüssel ins Schloss und sagte sich, dass es immer noch besser war, diesen Schrotthaufen zu benutzen, als die sechsunddreißig Paletten von Hand zu verladen. Nachdem er mehrmals kräftig auf die Pedale getreten hatte, drehte er den Schlüssel im Schloss herum und drückte auf den Startknopf. Der Motor erwachte krachend und stotternd zum Leben, um schließlich in einem stolpernden, rasselnden Rhythmus vor sich hin zu tuckern. Hal zog einen Hebel zurück, und die Gabel stieg mit lautem Zischen in die Höhe. Nach einigen Fehlversuchen hatte er sie schließlich auf die Aussparungen unterhalb der ersten Palette ausgerichtet. Der Stapler kippte leicht nach vorn, als er das Gewicht anhob.

Hal setzte zurück, gab Gas und mähte das Unkraut auf seinem Weg nieder, als er zum Schiff raste. Das Gefährt polterte schlingernd die Laderampe hinauf in den Hangar, wo sich der rasselnde Motor wie ein Maschinengewehr in einer Höhle anhörte. Er setzte die Palette ab und sah zu, wie sie auf den Rollen zur Seite glitt und sich leicht drehte, als das Schiff sie tiefer in den Frachtraum hineinzog.

»Treffer und versenkt. Bleiben noch 35«, murmelte er und fuhr wieder die Rampe hinab.

Klunk ging in Begleitung von vier schwerbewaffneten Wachleuten den schmucklosen weißen Korridor hinunter. Sie trugen silberne Abzeichen auf den Schulterklappen – kleine Metallschildchen mit dem Signet der Justizvollzugsbehörde von Ullimo in Form von zwei überkreuzten Handschellen. Einer der Wachmänner winkte Klunk zu einer weißen Tür. Eine Klappe glitt zur Seite und gab den Blick in eine kleine, dunkle Zelle frei. Nackte Füße klatschten über den Boden, und dann erschien ein blasses Gesicht in der Öffnung. Es war Hal.

»Du bist mir wirklich ein toller Freund«, sagte er verbittert. »Du hast deinen Posten im Museum verlassen, hast dich schnappen lassen und mich verpfiffen. Du bist wirklich ein Drecksroboter.« Hals Gesicht kam näher, und seine Stimme steigerte sich zu einem Brüllen. »Nichts als ein Drecksroboter!«

Die Wachleute stimmten in das Geschrei ein, bis ein ganzer Chor unterschiedlicher Stimmen »Drecksroboter« skandierte. Als Klunk von der Tür zurückweichen wollte, bohrte ihm einer der Wächter einen Finger in die Brust. »Du bist nichts weiter als ein Drecksroboter«, sagte er nachdrücklich.

Übergangslos wachte Klunk auf. Noch immer hallten ihm die obszönen Schmähungen in den Ohren wider. Er blickte sich benommen um und erkannte, dass er immer noch auf seinem Podest im Museum stand, umgeben von einem Dutzend Kindern, die aus vollem Halse »Drecksroboter, Drecksroboter, Drecksroboter!« brüllten.

Klunk nahm einen Druck auf seiner Brust wahr, und als er an sich herabblickte, sah er einen übergewichtigen Bengel, der mit einem Marker auf seiner Brustplatte herumkritzelte. Er riss dem Jungen den Stift aus den Fingern, schob ihn sich in den Mund und zerkaute ihn geräuschvoll. Dann trat er an den Rand seines Podests und spie mit lautem Brüllen eine Fontäne aus Plastiksplittern und schwarzer Tinte in die Luft.

Für einen Sekundenbruchteil herrschte Stille, dann brach das totale Chaos aus. Die Kinder rannten panisch schreiend davon. Der übergewichtige Junge war trotz seiner Körperfülle schneller als alle anderen und mähte die kleineren Kinder auf seinem Weg nach draußen um wie eine Bowlingkugel die Kegel.

Klunk blickte ein weiteres Mal an sich hinab, um den Schaden zu begutachten, und sein Gesicht verzerrte sich vor Empörung. Dann schüttelte er die Faust und schrie so laut, dass er das angsterfüllte Kreischen der Kinder übertönte. »Mülleimer? Wenn ich euch erwische, stopfe ich euch in den nächsten Mülleimer, ihr kleinen Monster!«

Kapitel 13

Hugh Dent arbeitete an seinem Computer, als Sonya eintraf. »Bin gleich bei Ihnen, meine Liebe. Ich modifiziere nur gerade Ihren Aktenkoffer.«

Sie sah zu, wie er mikroskopische Komponenten in einen Schaltkreis integrierte. »Was machen Sie da?«

»Das ist ziemlich technisch.«

»Stellen Sie mich auf die Probe.«

»Na schön. Bobby muss in der Lage sein, Spacejocks Schiff zu steuern, von der Navigation über die Maschinen bis hin zu den Lebenserhaltungssystemen, und ich musste den Speicherplatz erhöhen, der für diese parallel ablaufenden Prozesse benötigt wird. Sonst würde Bobby dabei überlastet werden.«

»Mit anderen Worten, Sie haben ein paar zusätzliche Speicherbausteine eingesetzt.«

»Äh, ja. Aber das ist noch nicht alles. Die Recheneinheit in dem Gerät ist zwar einmalig, aber sie reichte nicht aus, um die enormen Erfordernisse der bevorstehenden Mission zu bewältigen. Darum habe ich auch die Kühlung verstärken müssen, sodass ich die Hardware im Rahmen der Operation maximal belasten kann.«

»Sie haben das Ding also übertaktet und als Ausgleich ein paar Ventilatoren mehr eingebaut.«

»So würde ich diese Modifikationen zwar nicht beschreiben, aber, ja.« Dent musterte sie. »Sagen Sie, verfügen Sie über Computerkenntnisse?«

»Ich habe ein bisschen mit Computern herumgespielt.«

»Ein bisschen Wissen kann gefährlich sein.«

»Eine große Klappe auch«, murmelte Sonya unhörbar.

Dent drückte auf einen Knopf, und ein kleiner Chip glitt aus einem Schlitz heraus. Er hielt ihn ins Licht und nickte vor sich hin, während er ihn inspizierte.

»Was ist das?«, fragte Sonya.

»Eine Kopie des Betriebssystems der *Volante*. Mit dieser Platine kann Bobby das Schiff übernehmen.«

»Warum?«

»Mr Curtis hat mich darum gebeten, entsprechende Vorkehrungen zu treffen. Er will diesen Spacejock um jeden Preis aufhalten, wissen Sie. Im Extrem umfasst das auch, den Piloten handlungsunfähig zu machen und das Schiff selbst zu fliegen.« Er musterte sie. »Können Sie ein Raumschiff fliegen?«

»Nur im Simulator.«

»Die Realität ist besser, glauben Sie mir.«

»Als hättest du eine Ahnung von der Realität», murmelte Sonya erneut unhörbar.

Dent schob die Platine zurück in ihren Steckplatz und schaltete den Aktenkoffer ein. Die Ventilatoren liefen sofort an, wehten Papiere vom Schreibtisch und brachten die Tastatur zum Beben. Gleichzeitig ertönte ein schrilles Sirren, und die durch den Lüftungsschlitz eingesaugte Luft fauchte in der Enge des Labors wie ein Raumschiff beim Start.

»Das macht ein bisschen viel Lärm«, sagte Sonya mit lauter Stimme.

»Warten Sie nur, bis es richtig losgeht«, sagte Dent und schaltete wieder ab. »Also, ich habe ein paar Dinge vorbereitet, die Ihnen bei Ihrer Mission helfen werden.« Er zeigte ihr ein schwarzes Kabel. »Stecken Sie das an Bord des Schiffes in irgendeinen Datenübertragungsanschluss, und es speist etliche Systemfehler in das Protokoll ein. Das Schiff kann nicht starten, bis alle

Fehlermeldungen überprüft sind, was Ihnen einen Spielraum von mehreren Stunden verschaffen sollte.« Er hob warnend einen Finger. »Sie können das Kabel schon während des Fluges anschließen, aber Sie dürfen es erst nach der Landung aktivieren. Anderenfalls könnte sich das Schiff während des Raumflugs abschalten.«

Sonya nickte.

»Und das hier ist etwas ganz Besonderes.« Diesmal hielt Dent ein rotes Kabel in die Höhe. »Schließen Sie das hier an irgendeinen Computer an, und es löscht sein Betriebssystem.«

»Ein bisschen drastisch, nicht wahr?«

»Sie werden es brauchen, falls Bobby das Schiff übernehmen soll.« Dent reichte ihr den Aktenkoffer. »Kommen wir zum nächsten Gegenstand. Folgen Sie mir bitte.« Er führte sie zu einer Transportkiste, in der ein großer Roboter in einem Haufen lockeren Strohs stand. Als sie näher kamen, sprang er aus der Kiste und baute sich vor ihnen auf. Der Roboter, der Dent um einen halben Meter überragte, drehte den Kopf mit einem hörbarem Knirschen von einer Seite zur anderen, ehe er Sonya mit starrem Blick fixierte. »Freund oder Feind?«, erkundigte er sich mit grollender Bassstimme.

»Freund.«

Der Roboter summte. »Datenbank aktualisiert. Neuen Freund hinzugefügt.«

»Was wäre passiert, wenn ich Feind gesagt hätte?«, wollte Sonya wissen.

Die Hand des Roboters schoss auf sie zu und schloss sich um ihren Hals. »Wünschen Sie, die Einstufung zu ändern?«

»N-nein … danke.«

»In Ordnung.«

»Wie Sie sehen«, begann Dent, »ist …«

Der Roboter wirbelte herum und packte ihn am Hals. »Freund

oder Feind?«, fragte er und hob den Erfinder hoch, bis Dent den Boden unter den Füßen verlor.

»F-f-freund«, krächzte Dent atemlos.

Der Roboter summte wieder. »Datenbank aktualisiert. Neuer Freund hinzugefügt. Maximale Freundeszahl erreicht.«

»Du kannst nur zwei Freunde speichern?«, fragte Sonya.

»Drei. Ich habe bereits Mr Curtis getroffen.«

»Und wie viele Feinde kannst du speichern?«

»Einen.«

»Das ist alles?«

Der Roboter zuckte die Achseln, was seine Gelenke kreischen ließ. »Ich kann ihn durch einen neuen Feind ersetzen, sobald der erste eliminiert ist.«

Sonya sah Dent in die Augen. »Warum zeigen Sie mir das?«

»Wir bekämpfen Feuer mit Feuer«, erklärte Dent eifrig. »Spacejock hat einen Roboter, wir haben einen Roboter.«

»Spacejock *hatte* einen Roboter. Und wenn Sie denken, er würde dieses Ding auf sein Schiff lassen ...«

»Nein, nein, wir bringen ihn in Ihrem Gepäck an Bord.«

Sonyas Brauen näherten sich ihrem Haaransatz. »Muss ja ein höllisch großer Koffer sein.«

Dent tätschelte die Holzkiste. »Draußen warten in einem Laster noch fünf weitere von diesen Dingern. Sie sind vollgestopft mit Speicherbausteinen und allen möglichen Ausrüstungsgegenständen, die Sie für so eine Reise an Bord benötigen dürften. Sollte es notwendig werden, können Sie den Roboter rauslassen ...«

»Und zusehen, wie er ausflippt, und dann den Rest meines Lebens im Gefängnis verbringen? Hören Sie mal, Mr Curtis hat deutlich gesagt, dass Mord ausscheidet.«

»Ich werde ihn umprogrammieren. Es gibt mehr als nur eine mögliche Gewaltkonfiguration.«

»Klar. Tödlich oder letal.« Sonya blickte in das kantige Gesicht des Roboters. »Wie heißt du?«

Der Roboter starrte verlegen zu Boden. »Tinker«, sagte er leise und scharrte mit den Füßen.

Sonya schnaubte, tarnte es aber hastig mit einem Husten, als der Roboter sie mit einem wütenden Blick bedachte. »Also, Tinker, wirst du meine Anweisungen befolgen?«

»Buchstabengetreu.«

»Sehen Sie?«, meldete sich Dent wieder zu Wort. »Dieser Roboter untersteht voll und ganz Ihrer Kontrolle. Niemand wird verletzt werden.«

Plötzlich summte die Kommunikationseinheit. Dent nahm den Hörer ab, hörte eine Weile stumm zu und drehte sich dann zu Sonya um, die Augen vor Schreck weit aufgerissen. »Spacejock! Er verlädt die Fracht selbst.«

»Mr Curtis kann ihn doch bestimmt aufhalten. Immerhin hat er den halben Raumhafen geschmiert.«

»Er hat getan, was er tun konnte.« Dent scheuchte Sonya zur Tür. »Nehmen Sie ein Taxi zum Hafen. Sie müssen Spacejock aufhalten, bis wir so weit sind.«

»Wie?«, fragte Sonya, doch dann bemerkte sie Dents Gesichtsausdruck. »Jaja, schon gut. Vergessen Sie's.«

Das Museum von Ullimo hatte zwei gänzlich verschiedene Gesichter. Die Besucher sahen polierten Marmor und Chrom, schwere Glastüren und Deckenstrahler, die ein weiches Licht verbreiteten, während das Personal sich mit feuchten, düsteren Korridoren und gluckernden Rohren herumschlagen musste. Zwar gab es auch auf ihrer Seite schwere Türen, doch im Gegensatz zu den eleganten Automatiktüren im Ausstellungsbereich handelte es sich hier um schwere Metalltafeln, die in klemmenden Scharnieren hingen.

Phillip ging einen der feuchtesten und dunkelsten Gänge hinunter und verglich die Bodenmarkierungen mit der gedruckten Karte, während er an einem ratternden, gurgelnden Rohr nach dem anderen vorbeikam. Er hielt sich minutiös an die Karte – als Kind hatte er sich einmal in diesen Gängen verlaufen und war, vor Angst und Selbstmitleid schluchzend, stundenlang durch Korridore geirrt, die alle gleich aussahen, bis er endlich durch eine Tür in das warme behagliche Büro seiner Tante gelangt war. Seine Erwartung, mit einer tröstenden Umarmung und ein oder zwei Schokoladenkeksen empfangen zu werden, war enttäuscht worden, denn seine Tante hatte nicht einmal bemerkt, dass er fort gewesen war. Als er schließlich begriffen hatte, dass er nur fünfzehn Minuten lang unterwegs gewesen war, hatte er gestaunt. Die Rüge seiner Tante über das von ihm veranstaltete Theater hatte ihn tief in seinem Stolz getroffen.

Phillip verdrängte die unerfreuliche Erinnerung. Dieser verdammte Curtis! Schön, er schuldete dem Mann einen Gefallen, aber durch die Korridore des Museums zu latschen, um bei helllichtem Tag einen Roboter zu klauen, war einfach zu viel. Nicht, dass er ihn wirklich stehlen würde – Überredungskunst war der Schlüssel zum Erfolg. Er musste das Ding nur dazu bringen, aus eigener Kraft zu gehen. In die Roboterwerkstatt, wo es Mittel und Wege gab, um ihn zu bändigen.

Was aber, wenn der Roboter die Kooperation verweigerte? Als er nach ihm gesehen hatte, war er ihm recht friedlich vorgekommen, aber ihn aus der Ausstellung herauszuholen, war eine ganz andere Geschichte. Das Letzte, was er wollte, war öffentliches Gezeter, gefolgt von einem gefährlichen Zusammentreffen mit seiner Tante.

Er hielt vor einer schmalen Tür inne und verglich das Symbol mit seiner Karte. Hauptausstellungssaal, Hintereingang. Er hatte sein Ziel erreicht. Vorsichtig öffnete er die Tür und lugte durch den Spalt. Er befand sich direkt hinter einem der Ausstellungsstücke, einem klobigen Roboter in einem schneeweißen Anzug voller Pailletten, die im Licht der Deckenstrahler wie Sterne funkelten. Als er nach links blickte, sah er, dass Klunk nur wenige Meter von ihm entfernt reglos mit dem Rücken zur Wand stand.

Phillip biss sich auf die Unterlippe. Zum Teufel mit Curtis und seinen unzumutbaren Forderungen! Warum konnte er nicht jemanden anderen schicken, der …

In diesem Moment bemerkte er das Etikett an Klunks Handgelenk. Natürlich! Ohne Identitätsmarke würde der Roboter nach dem Ende der Ausstellung einfach fortgebracht und weggeworfen werden! Seine Tante hatte sich etliche Male über den unangenehmen Tumult nach der letzten Ausstellung beklagt, als sich gleich vier Roboter gegenseitig die Schrauben aus dem Leib geprügelt hatten, verzweifelt darauf erpicht, einen Eigentümer zu finden, um nicht auf der Müllkippe zu landen. Er lächelte zufrieden. Klunk würde sich garantiert zur Wehr setzen und dadurch das Personal, das für die Räumung des Saals zuständig war, zwingen, ihn abzuschalten. Und dann konnte er sich einschalten und den Roboter problemlos in seinen Wagen schaffen.

Mit angehaltenem Atem schlüpfte er durch die Tür und näherte sich vorsichtig dem Roboter. Er zog sein Taschenmesser und schnitt eine Grimasse, als er die kleine Schere ausklappte und diese mit einem vernehmlichen Klicken einrastete. Zwei Meter, ein Meter, noch ein halber Schritt … Mit zitternden Fingern näherte er die Schere der dünnen Schnur.

Schnipp!

Sein Herz setzte einen Schlag aus. Er hatte das Gefühl, das Geräusch halle von den Wänden wider, aber der Roboter rührte sich nicht. Phillip ergriff das Etikett, stopfte es sich in die Tasche und zog sich eilig zurück. Die Tür knallte hinter ihm ins Schloss, und er hastete den dunklen Gang hinunter. Die Absätze seiner Schuhe klapperten auf dem harten Boden, als er zum Ausgang eilte.

Klunk erwachte abrupt, aufgeschreckt von der Erkenntnis, dass sich etwas in seiner Umgebung auf subtile Weise verändert hatte: Die Lichter waren ausgeschaltet und der Saal verlassen, auch wenn er in der Nähe des Eingangs eine undeutliche Bewegung ausmachen konnte. Er versuchte gerade herauszufinden, wer sich dort aufhielt, als er rechts von sich ein Geräusch hörte. Als er sich umdrehte, sah er zwei Arbeiter, die den Lustbot auf einen Rollwagen laden wollten. Als sie ihn von seinem Podest hoben, entglitt er ihnen und stürzte kopfüber zu Boden. Einer der Männer fluchte lautstark, als die Schulter des Roboters auf seinen Zehen landete.

»Halt dich ein bisschen zurück«, zischte ihn der andere Mann an. »Das ist eine Ausstellung für Familien.«

»Heb einfach das verdammte Ding von meinem Fuß runter.«

Der zweite Mann beugte sich vor und fing an zu ziehen, während sein Kollege dem Roboter einen kräftigen Stoß versetzte.

»Au, verdammt!«, schrie der zweite Mann, als ihm der Lustbot über die Zehen rollte.

Endlich gelang es ihnen, den Roboter auf den Wagen zu hieven. Als sie ihn hinausschoben, humpelte wechselweise einer der beiden neben dem Wagen her.

Klunk schüttelte traurig den Kopf. Wie war es nur möglich, dass eine knochenschwingende Gattung von Höhlenbewohnern es geschafft hatte, ihren Heimatplaneten zu verlassen und eine ganze Galaxis zu bevölkern? Er versuchte, die Wahrscheinlichkeit zu berechnen, aber ihm gingen allzu schnell die signifikanten Zahlen aus. Während er noch damit beschäftigt war, humpelten die beiden Männer mit ihrem Rollwagen zurück in den Saal. Klunk sah ihnen hinterher und fragte sich, was sie wohl als

Nächstes abtransportieren würden. Und dann erkannte er, dass sie direkt auf ihn zukamen.

»Dieses Mal nimmst du die Rückseite«, sagte der erste Arbeiter.

»Warum werfen wir das Ding nicht einfach um und rollen es auf den Trolley?«

Klunk machte sich mit einem Räuspern bemerkbar. »Das wird nicht nötig sein, meine Herren.«

»Na, großartig, jetzt kaut der uns auch noch ein Ohr ab.«

»Sie müssen wissen, ich habe einen Eigentümer.«

Beide Männer legten sich demonstrativ eine Hand über die Augen und spähten suchend in den verwaisten Saal. »Siehst du irgendwo einen Eigentümer, William?«

»Ich sehe keinen, Walter.«

»Er ist nicht hier, er liefert Fracht aus«, erklärte Klunk und unterdrückte das Bedürfnis, den Männern die Köpfe zusammenzuklatschen.

»Woher weiß man eigentlich, wenn ein Roboter Unsinn verzapft?«, fragte Walter.

William zuckte die Achseln.

»Sobald irgendwelche Geräusche aus seinem Mund kommen.«

Die Männer lachten.

»Ich sage Ihnen, ich habe einen Eigentümer!«, fauchte Klunk und ballte hilflos die Hände zu Fäusten.

»Oh, nein, hast du nicht«, erwiderten die Männer im Chor.

»Habe ich doch!«, brüllte Klunk und hob einen Arm in die Höhe. »Sehen Sie? Hier ist mein Etikett.«

Die Männer wechselten einen kurzen Blick. »Mit dem wird es nicht einfach.«

Walter nickte. »Macht sich Illusionen.«

Schockiert starrte Klunk sein nacktes Handgelenk an. Wo war

das Etikett geblieben? Die Hydraulik seiner Augen surrte, als er hektisch nach unten, nach links und rechts und sogar zur Decke blickte. »Es muss abgefallen sein«, sagte er und trat von seinem Podest. »Weit kann es ja nicht sein.«

Wie ein Mann zogen die beiden Arbeiter Schocker aus ihren Gürteln.

Klunk wich erschrocken zurück, die Hände erhoben. »Aber meine Herren, es ist doch nicht nötig ...«

Zap! Grünes Licht blitzte auf, und er spürte, wie die Energie aus seinen Schaltkreisen sickerte. Klunk kippte rücklings um und schlug krachend auf dem harten Boden auf. Als sich die Männer ihm näherten, war er kaum noch bei Bewusstsein.

»Ist irgendwie Verschwendung, den wegzuwerfen«, bemerkte Walter.

»Hm, meinst du ...« William zögerte.

»Spuck's schon aus.«

»Wir sollen die Dinger doch wegwerfen, richtig?«

»Das ist der Plan.«

»Der hier könnte noch ein bisschen was wert sein. Du weißt schon ... als Schrott.«

Ein eiskalter Schauer jagte durch Klunks Schaltkreise. *Nein!*, schrie alles in ihn. Er versuchte zu sprechen, versuchte, einen Finger zu heben, aber er schaffte es kaum, bei Bewusstsein zu bleiben. Undeutlich nahm er das Geräusch näher kommender Schritte wahr.

»Was wollen Sie hier?«, hörte er William fragen.

»Sie haben mich mit Mr Farquhar anzusprechen«, entgegnete eine kalte Stimme.

»Ja, Mr Farker«, knurrte William.

»Was ist hier los?«

»Wir räumen den Saal«, erklärte Walter. »Sir«, fügte er dann sicherheitshalber hastig hinzu.

Klunk spürte, wie sich jemand über ihn beugte, und eine Woge der Hoffnung durchflutete seine Schaltkreise, als Phillips Gesicht in sein Blickfeld geriet. Phillip wusste, dass er eine Leihgabe war! Er war gerettet! Die Erkenntnis setzte genug Energie frei, um seinen Sprachprozessor wieder in Gang zu bringen, und er hob mit letzter Kraft den Kopf und krächzte: »Hal!«

»Wer ist Hal?«, fragte William.

»Keine Ahnung«, erwiderte Phillip. »Also, ich möchte, dass Sie diesen Roboter in meinen Wagen laden.«

»Aber …«

»Sofort, haben Sie gehört? Meine Tante hat explizite Anweisungen erteilt.«

»Ja, Sir«, knurrte Walter.

Verzweifelt und hilflos konnte Klunk dem Gespräch der Männer nur noch lauschen. Er spürte, wie es um ihn herum immer dunkler wurde, als sich seine Systeme in Ermangelung von Energie abschalteten.

»Können Sie uns vielleicht helfen?«, bat William. »Der ist ein bisschen schwer, wissen Sie?«

»Also gut. Was soll ich tun?«

»Wir stellen uns hier auf und Sie sich dort. Sie ziehen, wir schieben.«

Klunk fühlte mehrere Hände, die an ihm zerrten, drückten und ihn schließlich umrissen. Kurz bevor es endgültig schwarz um ihn wurde, spürte er, wie seine Schulter auf die Spitze von Phillips weichen Lederschuhen rollte.

Den gequälten Aufschrei des Menschen nahm er schon nicht mehr wahr.

Kapitel 14

»Los, mach schon!«, drängte Sonya ungeduldig. »Kannst du nicht ein bisschen schneller fahren?«

»Das ist die legale Höchstgeschwindigkeit«, informierte sie der Roboter, der das Taxi steuerte.

»Und was ist die *illegale* Höchstgeschwindigkeit?«

»Unbekannt. Ich bin mit einem Masterprogramm ausgestattet, das meine Handlungsfreiheit in jeglicher Hinsicht einschränkt.«

»Ich weiß genau, wie dir zumute ist«, murmelte Sonya.

Der Roboter schielte über seine Schulter. »Wenn Sie mir die Frage gestatten, warum diese Eile?«

»Wenn ich auf einen elektronischen Schnüffler scharf wäre, der seine Nase in meine Angelegenheiten steckt, würde ich mir einen ... *Pass auf!*«

Das Taxi schlingerte und verfehlte nur um Haaresbreite einen Kurierfahrer auf einem Jetbike. Der Roboter scannte den Registrierungscode des Kuriers und meldete ihn den zuständigen Behörden. »Er kann von Glück sagen, dass er noch am Leben ist«, kommentierte er, nachdem er seine Bürgerpflicht erfüllt hatte.

»Du hast meine Erlaubnis, den nächsten über den Haufen zu fahren, wenn uns das schneller ans Ziel bringt«, sagte Sonya.

»Das wäre nicht empfehlenswert«, meldete sich der Aktenkoffer neben ihr zu Wort. »Einen Taxifahrer dazu anzustacheln, gegen ein fundamentales Gesetz zu verstoßen, ist eine schwere Straftat.«

»Ach, halt doch die Klappe!«

»Ich bin nicht in der Lage, meine Klappe zu halten, wie Sie es so burschikos formulieren. Meine Programmierung zwingt mich zu diesem Verhalten.«

»Ein wahres Wort«, stellte der Fahrer fest.

Sonya ergriff den Aktenkoffer. »Noch so ein Kommentar von dir, und ich werfe dich aus dem Fenster. Kapiert?«

»Das kann ich nicht zulassen«, sagte der Roboter.

»Was, schlägst du dich jetzt etwa auf die Seite von streunenden Aktenkoffern?«

»Nein. Aber ich müsste Sie wegen Umweltverschmutzung anzeigen.«

Hal manövrierte den Gabelstapler ein letztes Mal durch den Hangar der *Volante,* während er wegen der stinkenden Auspuffgase die Luft anhielt. Seine Fliegermontur war schweißgetränkt und klebte ihm wie eine zweite Haut am Körper. Vom ständigen Kurbeln des schwergängigen Lenkrads taten ihm die Schultern weh, sein Gesicht und seine Haare waren rußverschmiert.

Er stellte gerade die letzte Palette im Frachthangar ab, als der Motor des Gabelstaplers erstickt hustete. »Komm schon!«, stieß er hervor und setzte die Maschine zurück. Auf halbem Weg zur Laderampe stotterte der Motor ein letztes Mal und verstummte abrupt. Hal beschwor den Stapler, weiterzurollen, aber das rostige Gefährt kam zum Stehen.

»Großartig, wirklich großartig.« Er beugte sich vor und klopfte auf die Treibstoffanzeige, aber die Nadel stand unerbittlich auf Null. Notgedrungen rutschte er aus dem Sitz und sah sich um. Der Anfang der Rampe war noch mindestens 15 Meter entfernt. Da ihm keine Lösung einfiel, aktivierte er die Gegensprechanlage neben der Heckschleuse. »Navcom, dem Stapler ist der Sprit ausgegangen. Haben wir irgendwas an Bord, das ich in den Tank schütten kann, um das Ding aus dem Hangar zu fahren?«

»Ich überprüfe die Inventarliste.« Es folgte eine kurze Pause, bevor sich der Computer wieder meldete. »Negativ.«

Hal beäugte den Gabelstapler und schätzte die Entfernung bis zum Anfang der Laderampe ab. Er war viel zu erschöpft, um das schwere Ding die ganze Strecke zu schieben. Aber war wäre, wenn er …?

»Navcom, kannst du das Heck des Schiffes absenken?«

»Um wie viel Grad?«

»Bis zum Anschlag.«

»Bitte nennen Sie eine Zahl zwischen null und 45.«

Hals Kenntnisse der Trigonometrie waren bestenfalls oberflächlich, also entschied er sich für eine hübsche glatte Zahl. »Versuch es mit 20.«

Im selben Moment fiel das Heck wie ein Stein in die Tiefe. Hal verlor das Gleichgewicht. »Zu viel!«, schrie er. »Fünf Grad, fünf!«

Aber es war bereits zu spät. Der Gabelstapler setzte sich polternd in Bewegung und rollte auf ihn zu. Hal gelang es im letzten Moment, sich durch einen Hechtsprung in Sicherheit zu bringen. Der Stapler raste immer schneller werdend an ihm vorbei, schoss die Rampe hinab und prallte zu Hals Entsetzen gegen eine Ecke der Baracke des Vorarbeiters. Der klapprige Schuppen fiel krachend in sich zusammen und gab den ungehinderten Blick auf den Vorarbeiter frei, der an einem Tisch saß, eine Teetasse auf halbem Weg zum Mund erhoben.

Hal sprang auf und drückte auf die Taste der Gegensprechanlage. »Rampe schließen und Triebwerke starten! Sofort!«

Das Ende der Laderampe löste sich mit einem Ruck aus dem Boden und begann sich zu heben. Kurz bevor sich die Rampe ganz schloss, entdeckte Hal ein silbernes Taxi, das mit heulendem Motor auf das Gelände jagte. Es kam schlitternd zum Stehen, und er erhaschte einen kurzen Blick auf eine Frau im Fond des Wagens. Dann hatte sich die Öffnung vollständig geschlossen und versperrte ihm die Sicht.

»Das kann nichts Gutes bedeuten«, murmelte er. Er hetzte durch das Innenschott der Hangarschleuse und hatte noch nicht ganz den Aufzug erreicht, als die Triebwerke der *Volante* mit einem dumpfen Grollen zum Leben erwachten. Kurz darauf sprang er aus der Kabine auf die Kommandobrücke. »Bring uns von hier weg!«

»Befehl wird ausgeführt. Startvorbereitungen laufen.«

Hal ließ sich in den Pilotensitz fallen und legte den Sicherheitsgurt um. »Beeil dich, ja? Der Vorarbeiter könnte uns Schwierigkeiten machen. Außerdem ist gerade noch irgendwer hier aufgekreuzt.«

Er hatte kaum ausgesprochen, als die Anrufanzeige zu blinken kann.

»Wir werden aufgefordert, den Start abzubrechen«, sagte der Navcom.

»Ignorieren!«, rief Hal über den weiter anschwellenden Lärm der Hauptantriebsaggregate hinweg. Einen Moment später begann das Schiff, sich zu bewegen.

»Landeplattform verlassen«, gab der Navcom durch. »Flughöhe 20 Meter und weiter steigend.«

»Halt die Kiste ruhig«, befahl Hal aus dem Bedürfnis heraus, irgendetwas zum Start beizutragen.

»Ich könnte gar nichts anderes tun«, erwiderte der Navcom ruhig. »Was ist unser Ziel?«

Hal überlegte kurz. »Wir müssten uns eigentlich sofort um die Bank kümmern, aber das würde ein zu langer Flug für Lucy werden. Können wir sie zuerst wieder auf ihrem Heimatplaneten absetzen?«

»Ziel ist Oliape II«, sagte der Navcom. »Geschätzte Flugdauer eine Stunde.«

»Und wie lange danach bis zur *Central Bank*?«

»Geschätzte Flugdauer drei Stunden.«

Hal grinste. »Genau so muss das laufen. Einladen, abliefern, das Geld einstreichen.«

»Einer von drei möglichen Punkten ist gar nicht mal schlecht«, kommentierte der Navcom.

Sonya kauerte hinter dem umgekippten Gabelstapler, als die Triebwerke der *Volante* Staubwolken über das Gelände pusteten. Der Lärm war entsetzlich, ein durchdringendes Brüllen, das ihr beinahe die Zähne aus den Kiefern springen ließ. Kurz darauf riskierte sie einen schnellen Blick und entdeckte das Schiff bereits hoch am Himmel, wo es überraschend schnell zusammenschrumpfte. Sobald sie sich Gehör verschaffen konnte, stapfte sie auf den Vorarbeiter zu, der immer noch wie erstarrt an seinem Tisch saß, die Teetasse auf halbem Weg zum Mund erhoben.

»Sie sollten ihn doch aufhalten, Sie Trottel!«

Der Vorarbeiter bedachte sie mit einem langen, gequälten Gesichtsausdruck. »Arrr«, schnarrte er schließlich.

In Ermangelung irgendeiner anderen waagrechten Fläche, hieb Sonya mit der Faust auf den zerkratzten Tisch. »Ich hatte ihn fast schon!«, schrie sie. »Und Sie haben ihn einfach so entwischen lassen!«

»Er hat den Stapler benutzt«, sagte der Vorarbeiter, als wäre das eine Erklärung, die einfach jeder verstehen musste.

Sonya blickte sich um und registrierte zum ersten Mal das Ausmaß der Zerstörung. Die Wände der Hütte waren nach außen gekippt und in ihre Einzelteile zerbrochen. Der Gabelstapler hatte einen alten Aktenschrank mit seiner Gabel aufgespießt, und überall lagen geschredderte Lieferscheine herum. »Hat Spacejock das alles angerichtet?«, erkundigte sie sich.

»Arrr.«

»Scheiße!«, stieß Sonya mit einem Anflug von Hochachtung hervor. »Was für 'ne Type.« Nach einem letzten Blick auf den silbern schimmernden Punkt, der über ihr schnell schrumpfte, kehrte sie zu dem wartenden Taxi zurück. »Fahren Sie mich wieder zu *Curtis Freightlines*.«

»Ich hoffe, der Ausflug hat sich für Sie gelohnt«, sagte der Roboterchauffeur.

»Halt den Mund und fahr los!«, fauchte Sonya.

Die *Volante* raste von Ullimo fort und den Koordinaten für den Hyperraumsprung entgegen. Hal stand mit einer Tasse Kaffee in der Hand neben der Steuerkonsole auf der Brücke, nur für den Fall, dass irgendetwas schiefgehen sollte. Laut dem Handbuch gehörte es zu den Pflichten des Kommandanten, vor Ort zu sein.

Er trank gerade einen Schluck Kaffee, als ein rotes Licht auf der Instrumententafel aufleuchtete. »Was hat das zu bedeuten?«, wollte er wissen. »Was ist jetzt schon wieder nicht in Ordnung?«

»Wir werden gerufen. Vom Museum Ullimo.«

Hal stieß ein erleichtertes Seufzen aus. »Ich dachte schon, es wäre was Unangenehmes. In Ordnung, stell den Anruf durch.«

Auf dem Bildschirm erschien Arlene, die ziemlich aufgeregt wirkte. »Käptn Spacejock, tut mir leid, Sie so unvermittelt anzurufen. Nachdem sich ein Vorfall mit einem der Exponate ereignet hat, haben wir die Ausstellung geschlossen, und jetzt ist Ihr Roboter nicht mehr auffindbar.«

»Was meinen Sie mit ›nicht auffindbar‹?«

»Er ist verschwunden. Ich rufe Sie an, um nachzusehen, ob er vielleicht auf Ihr Raumschiff zurückgekehrt ist.«

»Ich habe ihn den ganzen Tag über nicht mehr gesehen.« Hal runzelte die Stirn. »Klunk neigt eigentlich nicht dazu, einfach wegzulaufen. Sie Sie sicher, dass er nicht nur irgendwo seine Batterien neu auflädt?«

»Ich nehme an, das wäre möglich, obwohl mir meine Mitarbeiter versichern, die ganze Ausstellungshalle durchsucht zu haben.«

»Vielleicht hat er sich ja in irgendeinen Seitentrakt zurückgezogen, um ungestört zu sein. Können Sie nicht das ganze Museum durchsuchen lassen?«

»Wir werden gleich damit anfangen, Mr Spacejock.«

Hal beendete die Verbindung. Auf dem Bildschirm erschien eine Sternenkarte, auf der Ullimo und Olape II hervorgehoben waren. Die rückwärts laufende Uhr mit der Zeitangabe für den Hyperraumsprung war stehen geblieben. »Was ist mit dem Sprung?«

»Hyperraumsprung wurde wegen Rückkehr nach Ullimo abgebrochen.«

»Wir fliegen nicht nach Ullimo. Wir sind unterwegs nach Oliape.«

Der Navcom schwieg. Die Zeituhr blieb angehalten.

»Navcom? Leite den Sprung ein.«

»Klunk befindet sich auf Ullimo.«

»Na und? Wir fliegen zuerst nach Oliape, von dort aus weiter nach Ackexa und kehren anschließend nach Ullimo zurück, um Klunk abzuholen. Mach jetzt mit den Vorbereitungen für den Hyperraumsprung weiter, oder ich gieße diesen Kaffee auf der Steuerkonsole aus.«

Langsam und zögerlich setzte sich die Uhr wieder in Bewegung.

»Noch 20 Minuten bis zum Hyperraumsprung«, sagte der Navcom mürrisch.

Kapitel 15

Auf der Brücke der *Volante* herrschte eine angespannte Atmosphäre. Hin und wieder ertönte ein Klicken und Summen aus der Konsole. Der Navcom reagierte nur widerwillig, wenn überhaupt, auf Hals Anweisungen. Hal spielte an den Instrumenten herum, während der Bordcomputer die letzten Vorbereitungen für den Sprung traf. »Sind wir allmählich so weit?«

Schweigen antwortete ihm.

»Navcom, lass den Unfug. Wir haben Kunden, die auf ihre Lieferung warten.«

Das Schweigen vertiefte sich.

»Wenn du nicht sofort diesen Sprung ausführst, tausche ich dich gegen einen Taschenrechner ein!«

Das Schweigen, das dieser Drohung folgte, schaffte es irgendwie, noch durchdringender zu sein. Es ließ alle anderen Geräusche so laut klingen, als spielte sich gerade ein Orchester warm.

»Navcom, sprich mit mir!«

Es rauschte in den Lautsprechern. »Wäre ich nicht fest in das Schiff integriert, würden Sie mich dann auch einfach so zurücklassen, ohne einen zweiten Gedanken an mich zu verschwenden?«

»Genau in diesem Moment würde ich nicht mal *einen* Gedanken an dich verschwenden.«

»Wie ich vermutet habe.«

»Hör mal, Klunk wird schon nichts zustoßen. Er ist einfallsreich, intelligent und …«

»… verzichtbar.«

»Arlene sucht doch schon nach ihm! Was erwartest du denn noch von mir?«

»Dass Sie nach Ullimo zurückfliegen und sich selbst auf die Suche machen.«

»Wir wissen ja noch gar nicht, ob er wirklich verschwunden ist. Bis Arlene wieder anruft ...«

»Während wir hier sprechen, könnte Klunk unter Tonnen von Schutt verbuddelt werden. Unter Bergen von Müll. Er könnte vor sich hin schmoren ...«

»Arlene hat nur gesagt, dass sie ihn nicht mehr gesehen hat. Kein Wort davon, dass er entsorgt worden ist.«

»Klunk wird Ihnen das nie verzeihen.«

»Mir was verzeihen?« Hal betrachtete den Kaffeesatz auf dem Boden seines Bechers. »Die werden ihn schon finden. Es ist ein großes Museum, wahrscheinlich hat er sich nur verlaufen.« Er stand auf, ging zum Kaffeeautomaten, stellte den Becher unter den Getränkehahn und drückte die Taste. Ein Surren ertönte. Die Tülle begann, sich zu drehen, und spritzte plötzlich wie ein Rasensprenger eine Fontäne kaltes Wasser quer über die Brücke. Hal sprang fluchend zurück, als ihn der Strahl in Brusthöhe erwischte. »Was ist denn mit der verdammten Maschine los?«

»Unbekannte Fehlfunktion«, erwiderte der Navcom ruhig. »Vielleicht sollten Sie Klunk bitten, sich um das Problem zu kümmern.«

Hals Augen wurden schmal. »Aha, daher weht also der Wind, ja?« Er sah an seiner tropfnassen Fliegermontur herab. »Na schön, ich gehe mich jetzt umziehen. Und du schaffst uns in der Zwischenzeit nach Oliape.«

»Ich habe Sie laut und deutlich verstanden«, erwiderte der Navcom.

Als Hal die Ruftaste des Aufzugs drückte, erhielt er prompt einen heftigen elektrischen Schlag. Während er wartete, dass sich die Doppeltür öffnete, massierte er sich den schmerzenden Arm. Kaum hatte er die Kabine betreten, schlossen sich die Türflügel so blitzschnell, dass sie ihn beinahe halbierten. Er seufzte. Im Unterdeck würde es vermutlich noch schlimmer werden. Sollte er es wagen, die Toilette zu besuchen, riskierte er wahrscheinlich den Verlust seiner …

Drring! Drring!

»Wir werden gerufen«, meldete der Navcom. »Es ist Arlene.«

Hal kehrte sofort zur Steuerkonsole zurück. »Da siehst du's, sie hat ihn bereits gefunden. Mach schon, stell sie durch!«

Arlenes Gesicht erschien auf dem Hauptbildschirm. Allerdings sah sie ganz und gar nicht wie jemand aus, der einen verschwundenen Roboter gefunden hatte. Sie erweckte vielmehr den Eindruck, als hätte sie gerade einen engen Verwandten verloren. »Mr Spacejock, es tut mir leid.«

»Wo ist Klunk?«

»Ich bin mir nicht sicher, aber er ist jedenfalls nicht hier im Gebäude. Keiner meiner Mitarbeiter hat ihn gesehen.«

»Okay, bleiben Sie, wo Sie sind. Ich komme zurück.«

»Aber wir schließen für heute.«

»Nein, das werden Sie nicht tun.« Hal unterbrach abrupt die Verbindung. »Navcom, dreh die Kiste um und hol Landeerlaubnis für Ullimo ein.«

»Befehl wird ausgeführt«, bestätigte der Computer. »Geschätzte Ankunft in 47 Minuten.«

»Das wird mir Klunk nie verzeihen.«

»Genau das waren meine Worte. Übrigens ist der Kaffeeautomat jetzt wieder voll funktionsfähig.«

»Wunderbar. Hervorragend.« Hal zögerte. »Ist es ungefährlich, mal eben pinkeln zu gehen?«

Rex Curtis saß an seinem Schreibtisch. Durch die getönte Glasscheibe hinter ihm schien die Sonne. Die ihm gegenüber sitzende Sonya blinzelte im hellen Licht.

»Ich mag keine Fehlschläge«, knurrte Curtis. »Sie machen mich nervös.«

»Geben Sie nicht mir die Schuld! Dent wollte unbedingt, dass ich einen Roboter mitnehme. Dann musste ich ewig warten, während er die Bedienungsanleitung gesucht hat, und dann …«

Curtis schnitt ihr mit einer knappen Handbewegung das Wort ab. »Ich habe genug Entschuldigungen von Ihnen gehört. Spacejock ist jetzt unterwegs, um diese Fracht abzuliefern, und genau das war es, was Sie verhindern sollten.«

»Was ist mit seinem Roboter?«

»Im Gegensatz zu Ihnen habe ich mich um meine Aufgabe gekümmert.«

»Meinetwegen, aber davon weiß Spacejock nichts. Rufen Sie ihn an und sagen Sie ihm, dass Sie das Ding gefunden haben.«

Curtis starrte sie irritiert an. »Warum sollte ich das tun?«

»Spielen Sie den fürsorglichen Mitbürger. Wenn Spacejock dann bei Ihnen aufkreuzt, um Klunk abzuholen, präsentieren Sie ihm irgendeinen anderen Roboter. Und während sich dann ausgiebig alle für das Missverständnis entschuldigen, tauche ich mit meinem Reisegepäck von Dent auf und appelliere an sein Mitgefühl.«

»Gerissen, wirklich gerissen.« Curtis wollte schon nach dem Hörer der Gegensprechanlage greifen, aber der Kommunikator kam ihm mit einem Summen zuvor. »Mr Curtis? Hier ist Mac vom Raumflughafen.«

»Was wollen Sie?«

»Dieses Schiff kommt wieder zurück.«

Curtis hob die Brauen. »Was für ein Schiff?«

»Die *Volante*. Sie setzt bereits zur Landung an.«

»Landevorgang erfolgreich abgeschlossen«, meldete der Navcom.

»Besorg mir ein Taxi, und zwar schnell.«

»Befehl zurzeit nicht ausführbar. Wir werden vom Museum gerufen.«

Auf dem Bildschirm erschien ein großer dunkelhaariger Mann mit einem schmalen Gesicht und einer Hakennase, der Hal aus scharfen blauen Augen musterte. »Sie müssen der Frachterpilot sein.«

»Wer, zum Teufel, sind Sie?«, fauchte Hal ungehalten.

»Almis Sanford. Ich bin der Sicherheitsbeauftragte des Museums von Ullimo.«

»Sie haben so was wie einen Sicherheitsdienst?«

»Dieses Museum besitzt viele wertvolle Exponate, Mr Spacejock.«

»Eines weniger, als Sie besitzen sollten, Freundchen.«

Sanford nickte langsam. »Ja, Arlene hat mir von Ihrem Roboter erzählt. Meine Leute durchkämmen in diesem Moment die Stadt nach ihm. Ich schlage vor, Sie warten an Bord Ihres Schiffes, bis wir unsere Nachforschungen abgeschlossen haben.«

»Oh, nein, das werde ich nicht tun. Ich komme zu Ihnen ins Museum, um mit Ihren Mitarbeitern zu sprechen. Einer von ihnen ist für diese Geschichte verantwortlich, davon bin ich fest überzeugt.«

»Das Museum ist geschlossen, Mr Spacejock. Sie würden nur Ihre Zeit verschwenden.«

»Das war's also? Ich soll hier einfach tatenlos rumsitzen und abwarten, bis Sie sich irgendwann bei mir melden?«

»Mr Spacejock, bevor wir uns weiter im Kreis drehen, würde ich gern etwas über Ihre allgemeine Situation erfahren.«

»Wie meinen Sie das?«

»Warum sollte irgendjemand einen solchen Aufwand betreiben, nur um Ihren Roboter zu stehlen?«

»Zum Teufel, das weiß ich nicht. Klunk besitzt keinen nennenswerten Wert. Er ist ein Wrack.«

»Könnte er vielleicht Zeuge eines Verbrechens geworden sein?«

»Er ist mein Copilot. Welches Verbrechen könnte er da wohl beobachtet haben?«

»Er ist außerdem ein fester Bestandteil einer mittlerweile allerdings abgebrochenen Ausstellung gewesen. Nehmen wir doch nur einmal an, irgendjemand hätte das Museum als sicheren Treffpunkt ausgesucht, um dort illegale Aktivitäten zu besprechen. Zum Beispiel die Bestechung einer wichtigen Person. Hätten die Täter nun bemerkt, dass Ihr Roboter ihr Gespräch aufgeschnappt hat, wäre ihnen nichts anderes übrig geblieben, als ihn zu entsorgen, da seine Aufzeichnungen vor Gericht einen unwiderlegbaren Beweis dargestellt hätten.«

»Das ist eine verdammt gewagte Theorie.«

»Es ist eine mögliche Spur, der wir folgen müssen.«

»Kommt mir nach einer Spur vor, die in eine Sackgasse führt.«

»Mr Spacejock, ich bin ein erfahrener Ermittler.« Sanford deutete auf ein überquellendes Bücherregal hinter ihm. »Vielleicht haben Sie bereits meine kleine Schwäche bemerkt.«

Hal betrachtete die Bücher genauer. »Warum sind das alles die gleichen?«

»Weil ich der Autor bin. Der Titel des Buches lautet ›Verbrechen und Vergeltung‹, und darin erforsche ich die Verbindung zwischen …«

»Hey, ich wollte auch schon immer ein Buch schreiben!«

Sanford seufzte. »Was Sie nicht sagen.«

»Warum schreiben *Sie* es nicht für mich? Ich verrate Ihnen meine Ideen, und wir teilen den Gewinn.«

»Wären Sie nicht mehr daran interessiert, dass ich Ihren Roboter finde?«

»Ach ja, Klunk.« Hal runzelte die Stirn. »Ich habe das Gefühl, als sollte ich irgendetwas unternehmen. Irgendwie helfen.«

»Warten Sie doch einfach auf meinen Rückruf. Das ist das Beste, was Sie beim derzeitigen Stand der Dinge tun können.«

Kapitel 16

Hal saß auf der Brücke, die Füße auf die Steuerkonsole gelegt. Seit seinem Gespräch mit Sanford war eine Stunde vergangen, und trotz des äußerlichen Anscheins von Gelassenheit war er innerlich angespannt wie eine Stahlfeder. »Irgendwelche Anrufe, Navcom?«

»Nicht während der letzten 27 Sekunden.«

»Sag mir Bescheid, sobald sich dieser Sanford wieder meldet.«

»Ich werde diese Aufforderung zusammen mit allen anderen Anweisungen gleichen Inhalts abspeichern.« Der Navcom schwieg kurz, bevor er hinzufügte: »Irgendjemand kommt die Rampe hinauf.«

Hal erhob sich, ging in die Luftschleuse und spähte durch das Bullauge des Außenschotts. Ein uniformierter Träger kämpfte sich mit einer riesigen Holzkiste auf einer Sackkarre die Passagierrampe empor.

Neugierig öffnete Hal das Außenschott. »Ist die für mich?«, erkundigte er sich.

Der Mann blickte kurz auf. »Sind Sie Hal Spacejock?«

»Yep.«

»Dann ist die Kiste für Sie.«

»Was ist das?«

»Blumen von einer heimlichen Verehrerin.« Der Bote bemerkte Hals erstaunten Gesichtsausdruck und zuckte die Achseln. »Die Leute geben mir ein Paket, und ich liefere es aus. Ich kann es mir nicht leisten, neugierig zu sein.« Er zog einen Fingerabdruckleser hervor und legte ihn auf die Kiste. »Drücken Sie da drauf.«

Hal presste den Daumen auf das Polster und fluchte, als er einen Stich in der Daumenkuppe verspürte.

»Jetzt gehört das Ding Ihnen«, informierte ihn der Bote und setzte die Kiste auf der Plattform vor der Schleuse ab.

»Können Sie sie nicht reinbringen?«

»Na schön. Wird mich schon nicht umbringen.« Der Mann kippte die Kiste mit der Sackkarre an und schob sie durch die Luftschleuse auf die Kommandobrücke. »Hier?«

»Das reicht.« Hal reichte ihm ein Kreditplättchen. Nachdem der Bote verschwunden war, untersuchte er die Kiste sorgfältig. Sie war ganz neu, das Holz noch hell und stumpf von der Sägemühle, die Nagelköpfe glänzten wie poliert. Auf einer Seite klebte ein Lieferzettel, auf dem allerdings nur Hals Name und der Registrierungs-Code der *Volante* standen. Hal untersuchte immer noch die ominöse Kiste, als er hörte, wie sich etwas in ihrem Inneren bewegte.

Er wich hastig zurück, doch dann huschte ein Lächeln über sein Gesicht. »Es ist Klunk!«, rief er. »Sie haben ihn zu mir zurückgeschickt!« Er klopfte gegen die Kiste, und ein gedämpftes Klopfen antwortete von innen. »Ich hole dich gleich da raus, Klunk!«

Holz knirschte, und Hal trat einen Schritt zurück, als sich die Bretter nach außen wölbten. Eine graue Metallhand schob sich durch einen Spalt und wand sich wie eine Schlange auf der Suche nach Beute hin und her. *Krach!* Eine zweite Hand erschien auf der anderen Seite der Kiste, und Hal beobachtete verblüfft, wie schlanke Finger über die Außenseite der Bretter tasteten. Eins war sicher: Diese Hände und Finger gehören nicht Klunk.

Plötzlich ertönte ein lautes Bersten und die Kiste stieg in die Höhe. Ein Regen aus Polsterkugeln ergoss sich auf das Deck, wo sie sich wie eine Schneewehe auftürmten. Zwischen den Kunststoffperlen entdeckte Hal ein Paar dünner grauer Beine, die in der Unterseite der Kiste verschwanden. »Alles in Ordnung mit dir da drin?«, erkundigte er sich aus einem gebührenden Sicherheitsabstand.

Die Kiste drehte sich wie ein lebendiges Wesen zu ihm herum und fuchtelte mit den Armen, die rechts und links aus ihr herausragten. »Nur einen Moment!«, klang eine halb erstickte Stimme auf. Dann zersplitterte der Deckel, und ein kugelförmiger Kopf schob sich zwischen den Brettern hervor. Der Roboter hatte ein schmales Gesicht mit hohen Wangenknochen und einer markanten Nase. »Sie hätten mir ruhig heraushelfen können«, meinte er vorwurfsvoll. Er musterte Hal skeptisch aus grünen Augen. »Und warum haben Sie mich Klunk genannt?«

»Wer bist du?«

»LI-52, zu Ihren Diensten.« Der Roboter streckte eine Hand aus. »Sie können mich Lee nennen.«

Hal schüttelte die Hand, noch immer ziemlich verwirrt. »Aber … wer hat dich geschickt?«

»Sie haben es noch nicht begriffen?«

»Was begriffen?«

»Erinnern Sie sich an die Roboter-Tombola von *Sergeant Electrical*?«

»Natürlich. Ich habe ein Los.«

»Herzlichen Glückwusch! Sie haben gewonnen!«

»Tatsächlich?« Hal kratzte sich am Kopf. »Klunk wird begeistert sein.«

»Kümmern Sie sich nicht um Klunk. Jetzt haben Sie ja mich.« Lee tätschelte die Überreste der Transportkiste, die ihn wie ein viereckiger Panzer umgab. »Ich ziehe mich nur schnell um, dann können Sie mich in meinen Aufgabenbereich einweisen.«

»Soll das heißen, man hat dir noch gar nichts beigebracht?«

»O doch, ich habe eine intensive Schulung erhalten.«

»Und was hast du gelernt?«

»Ich kann in sechs Sprachen ›Dieser Schalter ist geschlossen‹ sagen.«

»Ist das alles?«

»Nein. Ich kann auch sagen: ›Ihr Formular ist nicht ordnungsgemäß ausgefüllt‹ und ›Wir haben keinerlei Unterlagen über Ihre Korrespondenz‹.«

Hal seufzte. »Na schön, geh und such dir eine freie Ecke im Hangar.«

»Hangar?«

»Ja. Das ist der große leere Raum, in dem wir die Fracht verstauen.«

»Fracht?« Der Roboter sah sich verständnislos um. »Was für eine Art von Büro ist das denn?«

»Das ist kein Büro, Freundchen. Du befindest dich auf einem Frachtraumer.«

»Sie meinen ein Raumschiff?« Der Roboter blinzelte. »Hier gibt es also gar keine Kundenschalter? Keine Warteschlangen?«

»Nichts dergleichen.«

»Haben Sie wenigstens eine Kundendienstabteilung?«

Hal lachte.

»Was soll ich denn dann hier mit mir anfangen?«

»Wie steht's damit, wenn du erst mal dein Verpackungsmaterial wegzuräumen würdest? Du findest alles, was du dafür benötigst, in …« Hal verstummte, als eine Fußspitze des Roboters aufklappte. Aus Lees Innerem ertönte ein schlürfendes Geräusch, und die überall auf dem Deck verstreuten Kunststoffperlen verschwanden. Als keine mehr zu sehen war, klappte die Fußspitze des Roboters mit einem vernehmlichen Klicken wieder zu.

»Wo befinden sich Ihre Abfallbeseitigungsvorrichtungen?« erkundigte sich der Roboter.

»Den Aufzug runter«, sagte Hal. »In der Werkstatt findest du Werkzeuge für die, äh …« Er deutete auf die halb zersplitterte Kiste, in der der Roboter immer noch von dem Oberschenkeln bis zum Hals steckte.

»Ich bin schon unterwegs. Es ist mir ein Vergnügen, Ihnen behilflich sein zu können.«

Hal sah zu, wie die Kiste in der Fahrstuhlkabine verschwand und wandte sich wieder der Steuerkonsole zu. »Irgendwelche Anrufe, Navcom?«

»Negativ.«

»In Ordnung, dann werde ich mir jetzt irgendwas Essbares besorgen. Gib mir sofort Bescheid, wenn sich Sanford meldet.«

Kurz darauf stand Hal vor dem Küchenautomat, die Hände in ohnmächtiger Wut zu Fäusten geballt. »Ich sagte Brot, du Mutter aller Fehlkonstruktionen! Brot, nicht Kot!«

Die Maschine gurgelte und spuckte einen weichen braunen Fladen auf den Boden.

»Brot! Brot! Brot!«, brüllte Hal und unterstrich jedes Wort mit einem Faustschlag.

»Warum schlagen Sie auf die Maschine ein?«

Der neue Roboter stand in der offenen Tür und betrachtete Hal neugierig. Ohne die Kiste war er deutlich dünner als Klunk und sah so aus, als reichte der leichteste Lufthauch aus, ihn umzupusten.

»Weil sie nicht so funktioniert, wie sie sollte«, sagte Hal. »Manchmal hilft es, wenn ich das Ding mit der Faust an der richtigen Stelle erwische.«

»Warum reparieren Sie die Maschine dann nicht?«

»Woher soll ich denn wissen, wie man Geräte zur Herstellung von Nahrungsmitteln repariert?«

»Ich meine, warum lassen Sie sie nicht reparieren?«

Hal zuckte die Achseln. »Du kennst doch diese Handwerker. Die reparieren eine Sache und machen dabei irgendwas anderes kaputt. Da ziehe ich es vor, auf das Ding einzudreschen.«

Der Roboter betrat den Freizeitraum, ging vor dem Küchenautomaten in die Hocke und spähte in den Ausgabeschacht. »Möchten Sie, dass ich die Ursache der Fehlfunktion herausfinde?«

»Bist du nicht etwas zu jung, um an wichtigen Komponenten herumzupfuschen?«

»Mr Spacejock, mein Datenspeicher enthält das gesamte menschliche Wissen.« Lee richtete sich zu seiner vollen Größe auf. »Einen einfachen Nahrungsmittelprozessor auseinanderzunehmen, ist das reinste Kinderspiel.«

»Klunk sieht das anders.«

Der Roboter schnaubte geringschätzig. »Wenn ich Ihren Klunk treffe, werde ich ihn an meinem Wissen teilhaben lassen.«

»Tu das, und du kannst deine Überreste vom Boden aufklauben.«

»Mag sein, dass ich ziemlich schwach aussehe, aber ich besitze die Kraft von zehn Männern.«

»Und Klunk kämpft mit schmutzigen Tricks«, fügte Hal hinzu. Er warf einen kurzen Blick auf den Küchenautomaten. »Du hast doch nicht etwa vor, das Ding irgendwie aufzumöbeln?«

»Ich werde mich darauf beschränken, die Ursache der Fehlfunktion aufzuspüren.«

»Hört sich gut für mich an.« Hal zog einen Stuhl heran und setzte sich.

Der Roboter beäugte ihn missbilligend. »Ich hatte keine öffentliche Vorführung im Sinn.«

»Häh? Oh, macht es dir etwas aus, wenn ich zuschaue?«

»Offen gesagt, ja.«

Hal sah zu Lucy hinüber, die tief und fest auf dem Sofa schlief. »Wird es irgendwelche Probleme mit ihr geben?«

»Ich bin auf dem Gebiet der Kundenbetreuung ausgebildet worden und beherrsche den Umgang mit primitiven, halb intelligenten Lebewesen.«

»In Ordnung, dann verschwinde ich.« Hal blieb noch einmal kurz in der Tür stehen. »Und du bist dir wirklich sicher, dass du weißt, was du tust?«

»Ich bin absolut dazu in der Lage, diese Maschine in ihre Einzelteile zu zerlegen und den Fehler zu finden.«

»Du klingst sehr zuversichtlich.«

»Das bin ich, Mr Spacejock, das bin ich.«

»Schön, versuch's. Ich bin auf der Brücke, falls du mich brauchst.«

»Erwarten Sie meine Meldung in 30 Minuten.«

Nachdem Hal sich beim Navcom nach eingehenden Anrufen erkundigt hatte, ließ er sich in den Pilotensessel fallen. »Ich denke, dieser neue Roboter könnte sich bezahlt machen«, sagte er.

»Und ich glaube, Klunk wird einen Anfall bekommen, wenn er ihn sieht«, entgegnete der Navcom.

Hal zuckte die Achseln. »Er wird sich schon daran gewöhnen. Vielleicht freut er sich ja sogar, Unterstützung durch ein jüngeres Modell zu bekommen.«

»Mit so einer Bemerkung könnten Sie einen Krieg vom Zaun brechen.« Die Konsole gab einen Klingelton von sich. »Das ist Almis Sanford vom Museum Ullimo.«

»Lass ihn nicht warten! Stell ihn durch!«

Sanfords Gesicht erschien auf dem Hauptschirm. »Mr Spacejock, ich habe Neuigkeiten für Sie.«

»Raus damit.«

»Wir haben die Spuren eines Fahrzeugs verfolgt, das vom Museum in die Stadt gefahren ist. Ihr Roboter ist an ein Ersatzteilgeschäft verkauft worden.«

»Die Bastarde machen wahrscheinlich ein florierendes Geschäft mit dem Museum. Klauen Ausstellungsstücke und verhökern sie.«

»Höchstwahrscheinlich. Also, meine Leute werden morgen mit dem Ladenbesitzer sprechen. Wenn Sie also einfach weiter an Bord Ihres Schiffes ...«

»Kommt gar nicht in Frage.« Hal schnaubte. »Geben Sie mir die Adresse, und ich kümmere mich selbst darum.«

»Sie werden doch hoffentlich nichts Unüberlegtes tun?«

»Wer, ich?«

»Denken Sie daran, der Ladenbesitzer könnte völlig ahnungslos sein.«

»Ich will einfach nur Klunk zurückhaben. Alles andere überlasse ich Ihnen.«

»Na gut. Dann schreiben Sie sich das auf.«

Hal griff nach einem Notizblock, kritzelte die Adresse auf das Papier und beendete das Gespräch. »Navcom, stell mich zum Freizeitraum durch.«

»Befehl nicht ausführbar. Das Mikrofon funktioniert nicht.«

»Tatsächlich?« Hal stand auf. »Kannst du den Raum auf den Bildschirm holen?«

»Befehl wird ausgeführt.« Der Bildschirm flackerte, blieb aber schwarz.

»Wo bleibt das Bild?«

»Unbekannt. Die Kamera wird blockiert.«

»Gut, dann spul die Aufzeichnung zurück. Mit zehnfacher Geschwindigkeit.«

»Befehl wird ausgeführt.«

Einige Sekunden lang tat sich nichts, dann waren plötzlich schemenhafte Bewegungen im Zeitraffer zu sehen.

»Stopp!«, rief Hal. Das Bild fror ein, und kurz darauf gab der Monitor die Aufnahme in Normalgeschwindigkeit wieder. Hal sah den neuen Roboter, der knietief in Verkleidungselementen, Einzelteilen und Plastikbechern stand. Aus den Überresten des Küchenautomaten spritzte ein Strahl suppenartiger Flüssigkeit hervor, dann spuckte er ein Steak aus, das dem Roboter gegen die Brust klatschte. Plötzlich blickte Lee zur Kamera empor, schälte sich das Steak von der Brust und näherte sich damit der Kamera. Die letzten Sekunden der Aufnahme zeigten das schnell größer werdende Steak, bevor der Bildschirm schwarz wurde.

Es folgte ein langes Schweigen. »Ich schätze, dann stehen wohl wieder Sandwiches auf dem Speiseplan«, sagte Hal schließlich.

»Klunk wird nicht gerade glücklich sein.«

»Navcom, *ich* bin alles andere als glücklich.« Hal schoss einen Finger auf den Bildschirm ab. »Sobald dieser Quälgeist mit dem, was er da tut, fertig ist, befiehlst du ihm, sich in eine Ecke zu setzen und zu warten, bis ich ihm weitere Anweisungen erteile. Ist das klar?«

»Verstanden.«

Hal verließ das Schiff und rief ein Taxi. Während er wartete, warf er immer wieder kurze Blicke über die Schulter in der Erwartung, jeden Moment den neuen Roboter inmitten eines Kabelgewirrs oder mit einem Teil des Hyperraumantriebs im Schlepptau in der Luftschleuse auftauchen zu sehen. Zum Glück geschah nichts dergleichen, und zehn Minuten später flitzte Hal mit einem Taxi in Richtung des Gewerbegebiets.

Nach einer längeren Fahrt hielt der Wagen vor einem alten Gebäude. Hal warf eine Handvoll Kreditplättchen in den Geldschlitz an der Tür, trat auf die Straße hinaus und spähte zu dem schmutzverkrusteten, kunstvoll gestalteten Schild an der zerbröckelnden Hausfassade empor. »*Robo-Schrott*«, murmelte er. »Wie reizend.«

Sein Atem dampfte in der kalten Luft, als er den Bürgersteig überquerte und die Tür öffnete. Eine Glocke läutete. Hal betrat einen schmalen, unebenen, mit einem durchlöcherten Teppich ausgelegten Flur. Alte Bodendielen knarrten unter seinen Füßen.

Am Ende des Ganges saß ein Mann mit einem runden Gesicht hinter einem Empfangstresen vor einem flackernden Computermonitor und rückte seine Krawatte zurecht, als er zu Hal aufblickte. »Guten Tag, Sir. Wie kann ich Ihnen helfen?«

»Ich komme wegen meines Roboters«, sagte Hal. »Ein paar Typen haben ihn heute Nachmittag hier abgeliefert. Es ist ein …«

»Ich weiß schon, welchen Sie meinen«, unterbrach ihn der Mann. »Warten Sie.« Er erhob sich und verschwand durch einen schmalen Gang im hinteren Bereich des Ladens.

Hal stützte sich auf den Tresen. Auf der anderen Seite des Tisches stand eine schmutzige Tastatur in einem Ring aus zerknülltem Schokoladenpapier, daneben ein umgedrehter Roboterkopf, der als Schale für eine Sammlung bunt verpackter Pralinen diente. Hal schüttelte den Kopf. Klunk würde den Laden auseinandernehmen, sollte er jemals Zeuge dieses traurigen Anblicks werden, dachte er müßig. Der Kopf sah ihm sogar ähnlich. Zerbeult und zerkratzt, die gleiche bronzefarbene …

Der Mann kehrte zurück. »Es war der KI-34, nicht wahr?«

»Nein.« Hal schüttelte den Kopf. »Es ist ein …«

»Ich weiß, welchen Sie meinen.« Der Mann beugte sich über den Tisch und griff zum Hörer der Gegensprechanlage. »Norm? Ja, hier oben. Bist du schon mit dieser Serie Z fertig?«

»Es ist kein Roboter der Z-Serie«, sagte Hal. »Es ist ein XG-Modell. Ein XG99.«

Der Mann ignorierte ihn einfach. »Hmm-mm. Ja … Nein … Der Kunde ist gekommen, um ihn abzuholen.« Aus der Sprechmuschel des Hörers ertönte lautes Gebrabbel. Der Mann runzelte die Stirn. »Ist nicht meine Schuld. Du hast fünf gesagt.« Er legte den Hörer auf die Gabel zurück und räusperte sich. »Er ist gleich damit fertig. Ich werde ihm mal ein bisschen Dampf machen.«

»Aber …«, begann Hal, doch da war der andere bereits verschwunden. Hal streckte eine Hand aus, fischte eine Praline aus dem umgedrehten Roboterkopf und wollte sie sich gerade in den Mund werfen, als er eine vertraute Beule bemerkte. Er packte den Kopf, drehte ihn herum und verstreute dabei Lutscher und Pralinen auf dem Tresen. »Oh nein!«, flüsterte er entsetzt, als er in die toten Roboteraugen starrte. »Klunk!«

Kapitel 17

Hal lief angespannt vor dem Empfangstresen auf und ab und trat dabei Pralinen und Bonbons in den zerschlissenen Teppich. Als der Ladenbesitzer endlich zurückkehrte, hielt er ihm Klunks Kopf unter die Nase. »Wo ist der Rest davon?«, fauchte er.

»Verschrottet«, erwiderte der Mann. »Die Dinger sind nichts mehr wert. Wir retten nur das, was …«

Hal packte den Mann am Kragen und zog ihn in die Höhe. »Bringen Sie mich zu den *Resten!*«

»Si-sicher. Folgen Sie mir.«

Nachdem Hal ihn losgelassen hatte, eilte der Mann durch einen Gang zu einer schmalen Treppe. Auf halbem Weg blieb er kurz stehen und rief: »Norm, hast du noch die Einzelteile von diesem XG?«

Hal krallte ihm erneut die Hände in den Kragen und schleifte ihn die Stufen hinab. Als sie unten ankamen, fühlte er sich in eine Szene des Spielfilms »Jack the Ripper und die glückliche Roboterfamilie« versetzt: Jedes Regal, jede Stellfläche und jede Nische quoll über mit Roboterarmen, -beinen, -brustplatten und -köpfen, dazwischen standen Kartons voller Schaltkreise. Die ganze Szenerie wurde von einer Reihe leistungsschwacher Glühbirnen in schummriges Licht getaucht.

»Norm?«, rief der Besitzer des Ersatzteillagers.

Aus den Tiefen des Raums ertönte ein lautes Klappern, und ein großer Mann mit einem rosigen Gesicht tauchte zwischen den Regalreihen auf. Er trug eine Schutzbrille und hielt einen Lötkolben in der Hand, von dem ein dünner Rauchfaden emporstieg. »Was soll das Geschrei?«, erkundigte er sich.

»Dieser XG-Roboter, den du ausgeschlachtet hast«, begann der erste Mann. »Wo ist …«

Hal streckte den Arm mit Klunks Kopf aus und schwenkte ihn vor Norm hin und her. »Wo ist der Rest davon?«

»Sehen wir mal draußen im Container nach.«

Der Ladenbesitzer führte Hal durch das Labyrinth aus Regalen und öffnete eine schwere Tür. Draußen lagen weitere Kisten voller verbeulter und rostiger Einzelteile herum. In der Mitte des Hofes stand ein grüner Abfallcontainer auf Rädern. »Er ist noch nicht geleert worden«, stellte der Besitzer fest. »Sie haben Glück.«

Hal blickte in den Behälter voller Roboterteile, zerfetzter Plastiktüten und Lebensmittelverpackungen. Er entdeckte etwas Bronzefarbenes inmitten des Mülls, griff hinein und zerrte einen von Klunks Armen hervor. »Bleiben Sie hier und halten Sie die Teile!«, herrschte er den Ladenbesitzer an.

»Ich muss auf das Geschäft aufpassen.«

»Wenn Sie sich auch nur einen Schritt von diesem Fleck entfernen, breche ich Ihnen das Genick!« Hal kletterte in den Abfallcontainer hinein und begann, sich immer tiefer durch den Müll zu wühlen, bis er Klunks zweiten Arm und beide Beine gefunden hatte. Nachdem er mehrere Minuten lang vergeblich nach dem Torso des Roboters gesucht hatte, schob er den Kopf über den Rand des Containers. Sein Gesicht war dunkelrot vor Wut und Anstrengung. »Wo könnte der Körper sonst stecken?«

»Vielleicht hat Norm ihn beiseitegeschafft.«

Hal sprang aus dem Abfallcontainer und kehrte in die Werkstatt zurück. Der Besitzer folgte ihm mit Klunks Armen und Beinen.

Norm kauerte gerade vor einem eckigen Roboter und bearbeitete den metallenen Brustpanzer mit einem Trennschneider. Hal packte ihn an den Schultern und verlor beinahe seine Nase, als der Mann mit der noch immer rotierenden Trennscheibe in der Hand herumwirbelte.

»Haben Sie den Verstand verloren?«, fragte Norm und schaltete hastig das Gerät ab.

Hal hielt ihm einen von Klunks Armen unter die Nase. »Wo ist der Rest davon?«

»Hier wird nichts verschwendet, was noch irgendwie zu gebrauchen ist.« Norm deutete auf den Roboter, an dem er gearbeitet hatte.

Hal kniff die Augen zusammen. Die Arme und Beine des Roboters bestanden aus einer polierten Messinglegierung, der Kopf war kastenförmig und silbern, aber der Torso schimmerte bronzefarben. Als er genauer hinsah, konnte er gerade noch die verblichenen Buchstaben und Ziffern auf Brust erkennen. XG99. »Okay, schrauben Sie ihn wieder auseinander.«

»Warum nehmen Sie nicht stattdessen diesen Roboter?«, fragte der Ladenbesitzer. »Er ist beinahe fertig.«

»*Das* ist mein Roboter.« Hal fuchtelte mit Klunks Kopf vor dem Gesicht des Mannes herum. »Ich lasse mich nicht von Ihnen mit irgendeinem Frankenboter abspeisen, den Sie aus verschiedenen Einzelteilen zusammengebastelt haben.« Er stieß Norm fast den ausgestreckten Zeigefinger ins Auge. »Zerlegen Sie das Ding!«

»Das ist doch sinnlos«, sagte der andere Mann. »Nicht einmal die besten Spezialisten dieser Branche könnten den Roboter jetzt wieder in seinen alten Zustand versetzen.«

»Warum nicht?«

»Werfen Sie doch mal einen Blick in seinen Kopf.«

Hal kam der Aufforderung nach und stellte fest, dass dort etwas fehlte. »Wo ist sein Gehirn abgeblieben?«

»Wir werfen alle Robotergehirne in Kisten und verkaufen sie als Massenware an eine hiesige Firma. Sie werden Klunks Gehirn nie mehr zwischen allen anderen herausfinden können.«

»Nie mehr?« Hal starrte in die toten Augen des Roboters und fühlte sich innerlich völlig leer. Kein Klunk mehr? Sollte er Klunk tatsächlich für immer verloren haben? Plötzlich dämmerte ihm eine Erkenntnis. Er hob den Kopf und starrte den Ladenbesitzer an, die Augen zu schmalen Schlitzen zusammengekniffen. »Sie haben gerade gesagt, niemand könnte Klunk jemals wieder zusammensetzen.«

»Das stimmt. Ich schwöre es!«

»Ja schon, aber ich habe Ihnen nie seinen Namen genannt.«

Der Mann wurde blass. »Ich, äh ... «

Hal krallte seine Finger in die Jacke des Mannes und stieß ihn mit dem Rücken gegen die Wand. »Spucken Sie's aus, oder ich schlage Ihnen das Gesicht zu Brei!«

»Ein paar unbekannte Männer haben mir Ihren Roboter gebracht. Ich habe keine Ahnung, wer sie waren!«

»Letzte Chance«, grollte Hal und holte mit einer Faust aus.

»Ich habe einen Anruf erhalten«, krächzte der Mann hastig. »Irgendjemand hat mir gesagt, der Zoll würde eine Razzia bei mir durchführen. Meine Kaufbelege durchsuchen.«

»Farquhar!«, stieß Hal hervor.

»Nein, das ist nicht verquer, ich sage die Wahrheit!«, beteuerte der Ladenbesitzer. Er wischte sich den Schweiß von der Stirn. »Er hat von mir verlangt, einen Roboter in Empfang zu nehmen und zu beseitigen.«

»Wo ist das Gehirn?« Hal deutete auf die überquellenden Regale. »Irgendwo sicher da hinten versteckt, was?«

»Nein, wir verkaufen die Robotergehirne wirklich an eine Firma ganz in der Nähe. Sie werden dort in Haushaltsgeräte eingebaut.«

»Was? Wie zum Beispiel in Waschmaschinen?«

»Natürlich erst, nachdem sie getestet worden sind.«

»Was meinen Sie damit?«

»Belastungstests. Die meisten … die meisten fallen dabei durch.«

»Geben Sie mir die Adresse«, knurrte Hal. »Und Sie sollten lieber beten, dass ich Klunks Gehirn finde. Sonst komme ich mit Begleitung zurück.«

Die Fabrik lag in einem heruntergekommenen Viertel der Stadt inmitten von verlassenen Lagerhallen, deren Fensterscheiben zerbrochen und Mauern mit Graffiti beschmiert waren. Die Luft in dem Büro roch muffig, die Teppichfliesen lösten sich vom Fußboden, und eine kümmerliche Topfpalme in einer Ecke des Raumes war von einem weißen Schimmelfilm überzogen. Eine Trennwand mit einer Falttür und einem vor Schmutz starrenden Fenster teilte das Büro in zwei Hälften. Hal konnte undeutlich einige Aktenschränke und drei oder vier Schreibtische durch die dreckige Glasscheibe erkennen. Er zuckte zusammen, als plötzlich ein Gesicht auf der anderen Seite auftauchte.

»Ja?«, fragte eine durch das Glas gedämpft klingende Stimme.

»Ich bin auf der Suche nach meinem Roboter«, sagte Hal.

»Wir haben hier keine Roboter.«

»Sie verstehen nicht!«, rief Hal. »Es handelt sich um einen Notfall!«

Die Tür öffnete sich, und eine korpulente Frau kam hervor. Sie trug ein weites T-Shirt und eine um zwei Nummern zu kleine Jeans. Voller Misstrauen musterten ihre grauen Augen Hal von Kopf bis Fuß. »Was soll das Geschrei?«

»*Robo-Schrott* hat versehentlich meinen Copiloten zerlegt. Ich habe alle seine Körperteile wiedergefunden, aber sein Gehirn ist heute im Laufe des Tages an diese Adresse geschickt worden.«

»Und?«

»Ich bin gekommen, um es aufzuspüren.«

Die Frau lachte, doch dann bemerkte sie Hals Gesichtsausdruck. »Sie meinen das ernst, ja?«

»Todernst.«

Sie zuckte die Achseln. »Folgen Sie mir.«

Hal und die Frau durchquerten das Büro und betraten einen schmalen Flur, in dem es durchdringend nach Farbe, Maschinenöl und heißer Elektronik roch. Der Flur mündete in einen großen Raum mit einer langen Werkbank, die sich über die gesamte Länge einer der Wände erstreckte und fast unter unzähligen Plastikkästen voller Metallkugeln verschwand. Am anderen Ende des Raumes stand ein großer gelber Abfallcontainer.

Vor der Werkbank saßen drei Arbeiter mit Kopfhörern auf den Ohren an Messstationen voller Anzeigen, Schalter und Kontrollmonitore, aus denen ein Gewirr aus Kabelsträngen herausragte. Hal sah, wie der Arbeiter auf seiner Seite eine graue Kugel aus einer Kiste nahm und mit einem Bündel vielfarbiger Kabel an eine der Messstationen anschloss. Er legte einen Schalter um, drehte einen Reglerknopf und lauschte aufmerksam. Dann zog er die Kabelstecker wieder aus der Kugel und packte sie in einen unbeschrifteten Karton, den er in eine Kiste zu seiner Linken verstaute.

»Was tun die da?«, wollte Hal wissen.

»Hier werden die Gehirne auf ihre Weiterverwendung getestet. Wir können nicht zulassen, dass defekte Exemplare verarbeitet werden. Einige sind verrückt geworden, andere einfach nur durchgebrannt. Am Schlimmsten sind die, die Kinderlieder singen.«

»Warum verwendet überhaupt irgendjemand alte Robotergehirne?«

»Weil sie billig sind.«

Plötzlich ertönte ein lauter Knall am anderen Ende der Werkbank. Eine Arbeiterin wedelte eine vor ihr aufsteigende Qualmwolke fort, und Hal sah, wie sie ein geschwärztes Gehirn aus der Testvorrichtung ausstöpselte und es in den Abfallcontainer warf.

»Ich hoffe, dass es nicht das war, das Sie suchen«, sagte die Frau.

Kurz darauf ertönte ein weiterer Knall, der wiederum von einer Wolke dunklen Qualms begleitet wurde.

»Wäre es möglich, dass Sie die Arbeit für eine Weile unterbrechen?«, fragte Hal drängend. »Ich muss unbedingt Klunk finden.«

Die Frau schüttelte den Kopf. »Es bestehen ohnehin nur rund 30 Prozent der Gehirne den Test, und wir hinken der Zielvorgabe jetzt schon hinterher.«

»Können Ihre Leute nicht eine Teepause oder so was machen?«

Die Frau musterte Hal verwundert. »Zehn Minuten, aber das wird Sie eine Kleinigkeit kosten.«

»Geht klar. Zeigen Sie mir, welche Kästen Ihnen der Roboterladen gleich um die Ecke geschickt hat.«

»Diese Lieferung hier ist zuletzt reingekommen«, sagte die Frau und deutete auf eine aufgeplatzte Kunststoffkiste. »Viel Glück.«

Hal hob die schwere Kiste hoch und stolperte damit zur Werkbank. Die Aufseherin zeigte ihm, wie die Geräte funktionierten, und ließ ihn allein.

Zuerst kramte Hal eine Weile in der Kiste herum und versuchte herauszufinden, welches der Gehirne Klunk gehören konnte. Da er keine Ahnung hatte, auf welche Weise es sich von den anderen unterscheiden mochte, wählte er aufs Geratewohl eine schwere silberfarbene Kugel mit einer Delle an einer Seite. Er setzte den Kopfhörer auf und rückte das Mikrofon zurecht. »Hallo? Irgendwer da?«

Die Antwort bestand aus einem ohrenbetäubenden Kreischen. Hal riss sich den Kopfhörer herunter und starrte das Gehirn voller Entsetzen an. Dann überprüfte er die Messstation und stellte fest, dass alle Sensoren bis zum Anschlag aufgedreht waren. Mit einem Anflug von schlechtem Gewissen drehte er den Lautstärkeregler nach links zurück und setzte den Kopfhörer wieder auf. »Hallo?«

»Wer spricht da?«, fragte eine sanfte Frauenstimme.

»Meine Name ist Hal. Wer bist du?«

»KT-19«, erwiderte die Stimme. »Wieso kann ich überhaupt nichts fühlen?«

»Weil, äh …«

»Oh, man hat mich zerlegt! Werden Sie mich wieder zusammensetzen?«

»Ja«, sagte Hal. Er griff mit zitternden Fingern nach dem Kabelstecker und zog ihn aus der Kugel. »Um Himmels willen«, flüsterte er und starrte die unzähligen Gehirne in dem Kasten an. Ob es wohl bei allen so war? Voller Anspannung legte er das Gehirn mit der Delle beiseite, stöpselte das nächste ein und rückte das Mikrofon vor seine Lippen. »Hallo?«

Aus dem Kopfhörer drang ein leises Murmeln. »Daisy wer?«, fragte er.

Da er keine Antwort erhielt, zog er den Kabelstecker und platzierte das Gehirn neben dem ersten. Die nächsten drei erwiesen sich als tot, und er wollte sich gerade ein glänzendes größeres Exemplar vornehmen, als sich die Tür öffnete und die dicke Frau mit den anderen drei Arbeitern eintrat. »Ich bin noch nicht fertig!«, protestierte er. »Ich brauche mehr Zeit!«

»Bei dieser Geschwindigkeit werden Sie den ganzen Tag brauchen.«

»Aber ich muss Klunk unbedingt finden!«

»Es geht schneller, wenn wir Ihnen dabei helfen«, sagte die Frau freundlich. »Erklären Sie meinen Leuten nur, wonach Sie suchen.«

Hal schluckte. »Warum?«

Die Frau deutete auf die Kisten. »Uns gefällt diese ganze Sache genauso wenig wie Ihnen. Es würde uns viel bedeuten, einen von diesen armen Teufeln aus seiner misslichen Lage befreien zu können.«

»Danke«, sagte Hal. Er wollte aufstehen, doch die Frau legte ihm eine Hand auf die Schulter. »Bleiben Sie sitzen. Vielleicht finden Sie ihn ja selbst.« Sie wandte sich ihren Arbeitern zu. »Stöpselt eure Kopfhörer aus und schaltet auf Lautsprecher um, damit Hal zuhören kann.«

Während der nächsten zehn Minuten hallte der Raum von körperlosen Stimmen wider – einige nörgelnd, andere herrisch, wiederum andere verrückt oder lauthals schreiend. Hal schloss gerade ein großes kupferfarbenes Gehirn an seine Teststation an, als ihm eine Stimme wie ein Messer in die Ohren schnitt. »Stopp!«, rief er. »Das da!«

»Daisy, Daisy, gib mir ... «

»Nein, nicht die!«, schrie er.

»Ich bin halb verrückt ... «

»Nein!« Er deutete auf einen Lautsprecher in der Mitte der Bank. »Den da! Dreht die Lautstärke höher!«

»Mr Spacejock«, klang eine matte Stimme auf.

»Ich bin hier, Klunk! Sprich mit mir!«

»M. Spacejock, wo ist der Rest meines Körpers?«

»Zerbrich dir darüber nicht den Kopf. Halt einfach durch, und ich sorge dafür, dass du bald schon wieder so gut wie neu bist.« Hal zog die Kabelanschlüsse aus dem Gehirn, verstaute es in einem Karton und schloss den Deckel. Dann wandte er sich der beleibten Frau zu. »Wie viel schulde ich Ihnen?«

Sie schüttelte den Kopf. »Das geht aufs Haus.«

»Danke.«

»Vielleicht können Sie Klunk ja irgendwann mal herbringen und hier herumführen.«

Hals Blick wanderte über die Robotergehirne, die auf der Werkbank lagen, über die Kisten entlang der Wände und den Müllcontainer mit den verschmorten Exemplaren, die den Belastungstest nicht überstanden hatten. »Ich halte das für keine so gute Idee«, sagte er leise.

Ein Lastwagen ohne Beschriftung verließ das Gelände von *Curtis Freightlines* und bog mit dem durchdringenden Quietschen malträtierter Reifen scharf auf die Hauptstraße ein. Sechs Kisten waren unter einer verblichenen Plane auf der Ladefläche festgezurrt. Der Träger eines kleinen Kranes, der über ihnen aufragte, pendelte bei jeder Richtungsänderung des Wagens hin und her.

In der Fahrerkabine kämpfte Dent, der über keinerlei Erfahrung im Umgang mit schweren Lastfahrzeugen verfügte, mit dem Lenkrad. Sonya umklammerte die Armstützen ihres Sitzes, während sie im Zickzack über die Mittelspur schlingerten. Sie rechnete eher damit, dass der komische Wissenschaftler sie ins Krankenhaus statt zum Raumhafen bringen würde.

Schließlich hatte Dent den Wagen unter Kontrolle gebracht und warf Sonya einen lüsternen Seitenblick zu. »Eine heiße Kiste, nicht wahr? Ob sie wohl sie auf eine harte Hand willig reagiert.«

Sonya sah angewidert zur Seite. Wie schade, dass Dent die Glaspistole hatte fallen lassen … Ihr fielen unzählige Möglichkeiten ein, wie sie eine Mordwaffe, die sich nach der Tat problemlos entsorgen ließ, ihrer Bestimmung hätte zuführen können.

Der Lastwagen gewann zunehmend an Geschwindigkeit, bis er mit hell summenden Reifen zwischen den langsameren Fahrzeugen die Hauptverkehrsstraße entlangschoss. Sonya duckte sich in ihren Sitz und vermied vorsorglich den Blickkontakt mit den wütenden, ihre Fäuste schwingenden Fahrern der Wagen, die Dent nur knapp verfehlte. Sollte dieser Drecksack irgendein anderes Fahrzeug beschädigen, würde sie sich aus allem heraushalten.

Vor dem Raumhafen fädelte sich Dent auf die für Frachtgut reservierte Spur ein, schwenkte einen Ausweis vor der Nase eines Kontrolleurs herum und jagte weiter auf das Flugfeld hinaus.

»Sollten Sie nicht allmählich langsamer werden?«, fragte Sonya. »Spacejock muss hier irgendwo sein. Wir wollen doch nicht unnötigerweise seine Aufmerksamkeit erregen.«

Dent nahm den Fuß vom Gas. »Wenn Sie eine langsamere Gangart bevorzugen, wer bin ich schon, mich Ihren Wünschen zu widersetzen?«

Sonya spürte eine Berührung an ihrem Bein und sah, wie Dent ihr eine Hand auf den Schenkel legte. Sie packte seinen Sicherheitsgurt und riss ihn so zurück, dass er unter das Kinn des Wissenschaftlers rutschte und seinen Hals gegen die Kopfstütze presste.

»Krieg' … keine Luft …«, röchelte Dent und versuchte verzweifelt, die Finger unter den Gurt zu schieben, der ihm die Kehle zuschnürte. Da er das Lenkrad losgelassen und den Fuß vom Gaspedal genommen hatte, kam der Lastwagen automatisch zum Stehen.

»Auf meinem Heimatplaneten wurden wir während unseres

Militärdienstes im Nahkampf ausgebildet«, sagte Sonya im Plauderton, während Dent gegen den ihn strangulierenden Gurt ankämpfte. »Man hat uns beigebracht, unseren Gegnern mit allen möglichen Alltagsgegenständen tödliche Verletzungen zuzufügen.« Sie lockerte für einen Moment ihren Griff und riss dann erneut und so heftig an dem Sicherheitsgurt, dass Dent mit dem Hinterkopf gegen die Kopfstütze des Fahrersitzes knallte. »Eine nützliche Fähigkeit, nicht wahr?«

Dent starrte sie mit aus den Höhlen quellenden Augen an.

Sie verpasste dem Gurt einen letzten Ruck. »Fassen Sie mich nie wieder an!«

Nachdem er endlich wieder ungehindert atmen konnte, sog Dent gierig die frische Luft in seine Lungen. Seine Augen tränten.

»Weiterfahren!«, zischte Sonya.

Noch immer keuchend umklammerte Dent das Lenkrad. Der Lastwagen setzte sich wieder in Bewegung. Kurz darauf zeigte Sonya mit einem ausgestreckten Finger auf die neben einem riesigen Passagierraumschiff stehende *Volante.* »Laden Sie die Kisten vor diesem Delta-Schiff ab. Sollte Spacejock in der Nähe sein, wird er glauben, sie seien für den Passagierraumer gedacht.«

Dent lenkte den Lastwagen neben das große Schiff, sprang schon aus dem Sitz, kaum dass er gehalten hatte, und eilte zum Kran. Sonya sah zu, wie er die sechs Kisten in rekordverdächtiger Zeit von der Ladefläche hievte. Als er damit fertig war, fixierte er den Kran, kletterte wieder in die Fahrerkabine und fuhr davon, ohne einen Blick zurückzuwerfen.

Sonya schlenderte gemächlich die ausgefahrene Passagierrampe der *Volante* hinauf. Da die Luftschleuse geschlossen war, schob sie die Abdeckung der Steuerleiste zur Seite und drückte die Sprechtaste.

»Mr Spacejock ist zurzeit nicht erreichbar«, klang eine neutrale Frauenstimme auf. »Möchten Sie eine Nachricht für ihn hinterlassen?«

»Nein, danke. Ich schaue später wieder vorbei.« Die Abdeckung rutschte wieder in ihre Ausgangsstellung. Sonya ließ den Blick einmal suchend über das Flugfeld wandern, dann kehrte sie zu ihren Kisten zurück und setzte sich.

Kapitel 18

Hal kehrte im Laufschritt zu dem Roboterladen zurück, den weißen Pappkarton fest unter den Arm geklemmt. Die Eingangstür stand offen, und er eilte den Flur entlang zu der schmalen Treppe, die hinab in die Werkstatt führte. Im Lagerraum war es still und dunkel. Er tastete sich durch die Finsternis vorwärts, stieß gegen Materialkisten und stolperte über herumliegende Robotergliedmaßen, bis er die Tür fand. Sie öffnete sich quietschend. Ein gelber Lichtschein fiel aus der Werkstatt durch den Türspalt. Norm rieb gerade einen bronzefarben glänzenden Roboter mit einem Putzlumpen ab.

Da erkannte Hal, dass es Klunk war. »Wow!«, stieß er hervor. »Er sieht ja wie brandneu aus!«

Norm blickte auf. »Hab ihn ein bisschen ausgebeult. Und danach poliert.«

»Das war großartige Arbeit.«

»Wahrscheinlich wälzt er sich gleich wieder im Dreck, sobald er aufwacht.«

Hal grinste.

»Also, haben Sie das Gehirn?«

Hal stellte den Karton auf die Werkbank und hob den Deckel. Im Inneren des Kartons lagen zwei in Watte eingebettete Robotergehirne.

»Welches ist es?«, fragte Norm.

»Das graue.«

Norm nahm das Gehirn heraus und begann, in Klunks Kopf herumzuhantieren. »Was hat es mit dem anderen auf sich?«

Hal warf einen Blick auf das silberne Gehirn mit der Delle im Außengehäuse. »Ich löse nur ein Versprechen ein.« Er beugte sich vor, als Norm das graue Gehirn in den Schädel des Roboters einführte. »Wird er in guter Verfassung sein?«

»Ich brauch doppelt solange, wenn Sie mir so dicht auf die Pelle rücken.«

»Entschuldigung.«

»Warum sehen Sie sich nicht ein bisschen draußen auf dem Hof um? Vielleicht finden Sie da ja noch ein paar XG-Teile. Wird immer schwieriger, die aufzutreiben.«

»Gute Idee.« Hal stieß die Tür auf und durchquerte den dunklen Lagerraum. Er kämpfte mit dem rostigen Riegel der Hintertür, bis sie sich knarrend auf den müllübersäten Hof öffnete. Die Abendluft war kalt. Eine Wolke von Insekten schwirrte um eine Laterne herum.

Hal stocherte in den Schrottbergen. Nach zehn Minuten hatte er einen Arm, zwei Beine und einen entstellten Kopf gefunden. Als er mit seiner Beute zu der Werkstatt zurückkehrte, fragte er sich, ob er nicht bloß seine Zeit vergeudete. Alle Roboterteile waren korrodiert, und der Arm in einem unnatürlichen Winkel nach hinten abgeknickt.

»Mr Spacejock!«

Klunk stand in der Tür. Seine bronzefarbene Haut schimmerte im Licht aus der Werkstatt. Hal ließ die Teile fallen und eilte auf ihn zu, ein riesiges Grinsen im Gesicht.

»Der Techniker hat mir erzählt, was Sie getan haben. Ich bin Ihnen mehr als dankbar, Mr Spacejock.«

»Nicht der Rede wert«, brummte Hal und klopfte dem Roboter auf die Schulter. »Ich bin nur froh, dich wieder heil und in einem Stück vor mir zu sehen.«

Klunk deutete auf die Roboterteile, die Hal gesammelt hatte. »Da wir gerade von Stücken sprechen, was sind das für Teile?«

»Der Techniker hat erlaubt, mich mit Ersatzteilen zu bedienen. Komm, hilf mir.«

Sie trugen die Einzelteile in die Werkstatt, wo Hal Norm eine Hand voll Kredite überreichte.

»Ich gebe Ihnen einen Karton für die Teile«, sagte Norm. »Dann muss ich hier abschließen. Vergessen Sie nicht das andere Gehirn.«

»Welches andere Gehirn?«, wollte Klunk wissen.

Hal schüttelte den Kopf. »Das erzähl ich dir später.«

Norm trieb einen großen Karton auf, in dem Klunk die Ersatzgliedmaßen verstaute. Dann stiegen sie gemeinsam die Treppe hinauf. Norm geleitete sie hinaus und schloss die Tür hinter ihnen.

Ein leichter Regen hatte eingesetzt, und ein kalter Wind fegte über den schlüpfrigen Bürgersteig.

Klunk räusperte sich. »Mr Spacejock, ich möchte Ihnen nur sagen ...«

»Du kannst mir später danken. Ruf uns erst mal ein Taxi, ja?«

»Ist bereits geschehen.« Klunk runzelte die Stirn. »Ich wollte mich gar nicht bei Ihnen bedanken. Ich wollte Ihnen vielmehr sagen, wie verantwortungslos es von Ihnen war, die Frachtpapiere zu fälschen.«

»Ich habe überhaupt nichts gefälscht, ich habe nur eine freundlicher klingende Umschreibung für unser Frachtgut gewählt.«

»So freundlich, dass ich deswegen in einem Museum gelandet bin.«

»Mir ist keine andere Wahl geblieben, Klunk! Dieser Farquhar hatte mir die Pistole auf die Brust gesetzt.«

»Ich wäre freiwillig in das Museum gegangen. Sie hätten mich nur darum bitten müssen.«

Hal schwieg eine Weile. »Es tut mir leid«, sagte er schließlich.

»Entschuldigung angenommen. Überlassen Sie es mir in Zukunft, die Zollerklärungen aufzusetzen?«

»Solange du mich nicht an einen Zoo vermietest, wenn alles schiefgeht.«

Klunk grinste. »Also, was liegt jetzt an?«

»Wir liefern den Papierkram der Bank in Ackexa ab, machen vorher aber noch einen kleinen Umweg.« Hal blickte sich verstohlen um und senkte die Stimme. »Wir haben einen Passagier.«

»Wen?«

»Das verrate ich dir, wenn wir wieder auf dem Schiff sind. Die Sache ist nicht ganz offiziell.«

Ein zerbeultes Bodenfahrzeug näherte sich ihnen. Es war schmutziggelb und besaß karierte Rallye-Streifen sowie zwei Auspuffrohre mit dem Durchmesser von Eisenbahntunneln. Der menschliche Chauffeur beäugte Klunk und den Karton mit den Robotergliedmaßen voller Belustigung. »Harte Zeiten, was, Sir?«

»Zum Raumhafen«, sagte Hal.

Der Fahrer zuckte die Achseln. »Verstauen Sie Ihr Gepäck im Kofferraum.«

Klunk schob den Karton in den Kofferraum, während Hal einstieg.

Bevor sie losfuhren, deutete der Fahrer auf das Taxometer. »Grundgebühr sind 30 Kredite. Ist das für okay für Sie?«

»Was?«

»Zehn Kredite Grundgebühr pro Fahrgast. Ich muss Ihnen das vor Beginn der Fahrt sagen. Ist Vorschrift.«

Hal starrte den Mann verständnislos an.

Der Fahrer zeigte auf ein verschmiertes Schild auf dem Armaturenbrett. »Zehn Kredite pro Passagier werden vor Fahrtbeginn fällig.«

»Und warum dann 30?«, beschwerte sich Hal. »Ich bin doch der einzige Passagier.«

»Und was ist mit dem da?«, fragte der Fahrer, während er mit dem Daumen über die Schulter auf Klunk zielte.

»Aber das ist ein Roboter!«

»Oho, das seh ich selbst, Sir. Bin ja nicht blöd. Aber ich will niemand' diskriminieren. Sonst könnte ich mächtig Ärger kriegen.«

»Das ist keine Diskriminierung, Sie Ochse! Wie können Sie ...« Hal verstummte, als Klunk ihm eine Hand auf die Schulter legte. »Was denn?«

»Ich zahle selbst für meine Fahrt«, sagte der Roboter.

»Gott segne Sie, Sir.«

»Klunk, du hast doch überhaupt kein Geld.«

»Legen Sie es mir aus, ich zahle es Ihnen später zurück.«

»So wie alles andere, was ich für dich ausgegeben habe«, murmelte Hal. Er musterte den Roboter von Kopf bis Fuß. »Sind deine Batterien aufgeladen?«

»Ja. Norm war so nett, mich ...«

»Gut. Dann kannst du ja hinter dem Taxi herlaufen.« Hal wandte sich dem Fahrer zu. »Ich nehme an, dafür berechnen Sie nichts.«

Der Mann hob die Schultern. »Macht immer noch 20 Kredite.«

»Wieso denn das?«

»Ich muss Ihnen den anderen berechnen.«

»Welchen anderen?«

»Den Roboter im Kofferraum«, sagte der Fahrer. »Sie haben dort gerade einen anderen Roboter verstaut.«

»Sie verlangen tatsächlich von mir Geld für einen Karton mit ein paar Einzelteilen?«

»Sie können sich den Fahrpreis nicht sparen, nur weil Sie den

Roboter vorher auseinandergenommen haben«, erklärte der Taxifahrer gelassen. »Tatsache ist, dass die Leute alles versuchen, bloß um zehn lausige Kredite zu sparen.«

»Wenn Sie glauben, ich hätte einen Roboter zerlegt, weil ich ein bisschen Kleingeld sparen wollte ...«, begann Hal. »Moment, machen Sie den Kofferraum auf, ja? Ich habe etwas vergessen.« Er stieg aus und gab Klunk ein Zeichen, als sich der Kofferraumdeckel hob. »Hol den Karton raus«, raunte er.

Klunk starrte ihn verblüfft an. »Was?«

»Mach schon, hol das Zeug raus.«

Der Roboter beugte sich vor und hob den Karton aus dem Kofferraum. »Und jetzt?«

»Lauf«, sagte Hal.

»Wie bitte?«

»Hau ab!«, zischte Hal. »Mach die Biege! Verzieh dich!«

Klunk betrachtete die Robotergliedmaßen in seinen Händen. »Mr Spacejock, es wäre vielleicht möglich, dass ich dem Taxi ohne Gepäck folgen könnte, aber mit diesem zusätzlichen Gewicht ist das völlig ausgeschlossen.«

»Ich will auch gar nicht, dass du uns hinterherrennst. Versteck dich nur eine Minute lang dort drüben in der Seitengasse.«

Klunks Augen wurden schmal. »Sie haben doch nicht etwa vor, mich hier zurückzulassen, oder?«

»Traust du mir so etwas zu?«

Nach einem letzten unsicheren Blick eilte Klunk mit den Roboterteilen davon. Sobald er außer Sicht war, klopfte Hal auf die Windschutzscheibe des Taxis.

Der Taxifahrer sah ihn irritiert an. »Ja?«

»Ich habe es mir anders überlegt«, sagte Hal. »Ich gehe lieber zu Fuß.«

»Und wer bezahlt mich für meine Zeit? Ich bin schließlich die ganze Strecke hierhergefahren, um Sie abzuholen.«

»Bezahlen Sie sich selbst aus Ihrer Trinkgeldkasse.«

Der Fahrer machte eine obszöne Geste, gab Gas und verschwand in einer Staubwolke. Hal kehrte zum Robotergeschäft zurück und schlug gegen die Tür, die sich kurz darauf einen Spalt weit öffnete.

»Der Laden ist geschlossen«, knurrte Norm.

»Ich muss zurück zum Raumhafen«, sagte Hal. »Wo gibt es hier ein öffentliches Transportmittel?«

»Wie wär's mit 'nem Taxi?«

»Wir hatten eins bestellt, aber der Fahrer wollte uns ausplündern.«

Norm sah Hal nachdenklich an. »Ich könnte Sie mitnehmen.«

»Sie haben ein Auto?«

»Nicht direkt. Kommen Sie mit und sehen Sie selbst.«

Sonya warf einen Blick auf ihre Uhr. Es wurde allmählich dunkel. Laut Curtis hatte es Spacejock eilig, um einen äußerst wichtigen Termin einzuhalten. Stattdessen sah es eher so aus, als würde sich der Trottel in irgendeiner Raumfahrerbar volllaufen lassen, während sie auf einem Stück kalten, ungemütlichen Beton herumsaß. Sie rutschte hin und her und verzog das Gesicht, als ihre verkrampften Muskeln schmerzhaft zu kribbeln begannen. Sollte sich Spacejock noch ein paar Stunden Zeit lassen, würde er den Auftrag selbst sabotiert haben. Dann bräuchte sie Curtis' Idee gar nicht mehr in die Tat umzusetzen, was ihr nur recht sein konnte. Der Plan war hastig übers Knie gebrochen und ziemlich schwammig. Jeder mit einem halbwegs funktionierenden Gehirn konnte ihn leicht durchschauen. Wie zum Beispiel Spacejocks Roboter. Aber zum Glück hatte Curtis den ja ausgeschaltet.

Natürlich! Das war es, wo Spacejock steckte. Wahrscheinlich

durchkämmte er gerade die ganze Stadt nach seinem Copiloten. *Viel Glück*, dachte sie und zog ihre Jacke enger um sich. So wie sie Curtis einschätzte, hatte er den Roboter vermutlich bereits in die Fundamente des nächsten Wolkenkratzers einbetonieren lassen.

Kapitel 19

Norm führte Hal zu einer Parknische, wo eine Plane über einem brusthohen Gebilde von der Form eines Sarges hing. »Was halten Sie davon?«, fragte er und zog die Plane schwungvoll zurück.

»Wow!« Hals Blick blieb förmlich an dem blitzenden Chrom, der roten Lackierung und dem Vierfachscheinwerfer kleben. »Was ist das?«

»Ein Jetbike«, sagte Norm stolz.

»Tatsächlich?« Das Ding erinnerte Hal mehr an eine Düsenturbine mit Griffen, die von ihrem überdimensionierten Scheinwerfer bis zu der aus vier Endrohren bestehenden Auspuffanlage Tod und Verderben ausatmete. »Wissen Sie, vielleicht sollte ich mir doch lieber ein anderes Taxi rufen.«

Norms Strahlen erlosch. »Und was wird dann aus der Mitfahrgelegenheit?«

»Sie haben Klunk vergessen«, sagte Hal. »Das Ding bietet nur Platz für zwei Personen.«

»Er kann uns hinterherlaufen. Ihre Roboterteile können wir zwischen uns festklemmen.« Norm streichelte zärtlich den handgenähten Ledersitz. »Kommen Sie, dadurch sparen Sie Geld.«

Hal gab nach. »Okay, probieren wir's.«

Norm stieg zufrieden grinsend auf sein Jetbike und startete den Motor, der eine blubbernde und zischende Geräuschkaskade wie tausend Campingkocher erzeugte, auf denen Tee brodelte.

Die Luft, die von den Endrohren aufstieg, waberte vor Hitze. Hal wich einen Schritt zurück.

Norm hielt die Griffe des Bikes fest umklammert und rutschte im Sattel hin und her, um es unter Kontrolle zu behalten. »Die Kiste kann es kaum noch erwarten!«, rief er über den Lärm hinweg.

»Wir müssen zuerst noch Klunk holen!«, schrie Hal zurück.

»Häh?« Norm hielt sich eine Hand trichterförmig hinters Ohr.

»Klunk!« Hal vollführte eine Pantomime mit steifen Armen und Beinen. »Mein Roboter!«

»Ich hoffe, Sie versuchen nicht gerade, mich nachzuahmen!«, schrie Norm.

Als sich Hal umdrehte, entdeckte er Klunk, der die beiden Männer aus der Gasse beobachtete.

»Kommen Sie schon, Kumpel!«, rief Norm und machte eine auffordernde Geste. »Steigen Sie auf!«

Hal näherte sich vorsichtig der Maschine, kletterte hinter Norm in den Sattel und hob die Füße an, um sich nicht an den fauchenden Flammenzungen zu verbrennen, die aus der Auspuffanlage schossen.

Klunk reichte ihm die Schachtel mit den Ersatzteilen. »Und was ist mit mir?«

»Du läufst neben uns her.«

Das Aufbrüllen des Jetbikes in der engen Straße übertönte Klunks Antwort. Es war so laut, dass Hal die Hände vom Sattel nahm und sich beide Ohren zuhielt.

Ein Fehler. Ein böser Fehler!

Als Norm Gas gab, kippte Hal rücklings aus dem Sattel und schlug so hart auf der Straße auf, dass ihm die Luft wegblieb.

»Alles in Ordnung mit Ihnen, Mr Spacejock?« Er hörte sich rasch nähernde Schritte, dann verdeckte Klunks Gesicht den Himmel über ihm. »Warum haben Sie losgelassen?«

»Uhh-uhh!«, keuchte Hal. Seine Augen weiteten sich, als er das Jetbike zurückkommen hörte. Norm ließ das Bike herumwirbeln und der heiße Luftstrom aus den Endtöpfen blies Hal einen Orkan aus Staub und Kies ins Gesicht. Er kniff die Augen zusammen und ließ sich von Klunk hochhelfen. Kurz darauf saß er erneut im Sattel und hielt sich diesmal eisern am Biker fest.

Nach einer mehrere Minuten dauernden Fahrt mit brüllendem Motor, zerrenden Fliehkräften in den engen Kurven und heulendem Fahrtwind hielt Norm plötzlich an.

»Was ist los?«, schrie Hal halb taub. »Sind wir schon da?«

»Ihr Roboter kann uns nicht mehr folgen«, erwiderte Norm.

Hal warf einen Blick zurück und sah, wie Klunk über die Straße stolperte, einen Hand auf den Kopf gelegt, während er mit der anderen kraftlos gestikulierte. »Muss seine Batterie sein«, murmelte er. Plötzlich kippte der Roboter um und fiel mit dem Gesicht voran auf die Fahrbahn. Hal war durch den Sturm noch immer so benommen, dass er fast vergaß, sich an Norm festzuklammern, als der das Jetbike wendete.

Der Techniker stieg neben Klunk ab, zog eine Kabelrolle aus der Satteltasche hervor und stöpselte das lose Ende in Klunks Brust ein. »Das sollte funktionieren«, sagte er und startete den Motor.

Die Wirkung war im wahrsten Sinne des Wortes elektrisierend. Klunk sprang auf wie eine junge Katze, der 20 000 Volt in die Pfoten gefahren waren.

»Alles okay?«, rief Norm.

Klunk nickte ein halbes Dutzend Mal.

»Dann geht's weiter.« Sie setzten sich erneut in Bewegung, und Klunk rannte so schnell an ihnen vorbei, dass es aus Hals Sicht aussah, als rollte das Jetbike rückwärts. Norm drehte kurz am Gasgriff, worauf sie Klunk wieder überholten. Das Stromkabel spannte sich und riss den Roboter mit sich. Klunk segelte durch die Luft, landete auf einem Bein, schnellte sich vom Boden los und machte einen Satz von mindestens 30 Metern. Er kam mit dem anderen Bein auf und vollführte einen weiteren 30-Meter-Satz. So legten sie mehrere Kilometer zurück; die beiden Männer auf dem Jetbike und Klunk an seinem Stromkabel wie ein Weitspringer auf Hochleistungsfedern. Das ging so lange gut, bis sie eine T-Kreuzung erreichten, an der Norm scharf links abbog, Klunk aber nicht.

Das Jetbike nahm die Kurve ohne Probleme, richtete sich aus der Schräglage wieder auf und jagte an einer Häuserfront mit einer Reihe erleuchteter Fenster vorbei. Plötzlich spürte Hal einen Ruck am Heck des Bikes, das gleich darauf von einer unwiderstehlichen Kraft quer über die Straße gezerrt wurde. Als er über die Schulter blickte, sah er, wie Klunk – den Gesetzen der Masseträgheit folgend – weiter geradeaus hüpfte, die Hände in einer abwehrenden Geste ausgestreckt und einen resignierten Ausdruck im Gesicht, während er auf die hell erleuchtete Reihe der Fenster zusegelte.

Phillip Farquhar rückte seine Krawatte zurecht, ließ den Blick durch das Restaurant wandern und überzeugte sich, dass alle Vorbereitungen getroffen worden waren. Er hatte sechs Tische in der Mitte des Raumes zusammenschieben lassen. Weitere Tische, mit einem reichhaltigen Buffet auf weißen Spitzendecken beladen, standen entlang der Wände aufgereiht. An der Stirnseite des Raumes war eine große Pyramide aus langstieligen Champagnergläsern auf einem Podium aufgebaut worden. Vor dem Fenster thronte eine gigantische Torte auf einem Servierwagen, dekoriert mit einer Glasur in dezenten Farbtönen aus Pfirsichrosa und Weiß.

Zufrieden mit der Wirkung des Arrangements, lächelte Phillip in sich hinein. Es war ein Geniestreich von ihm gewesen, Spacejocks Roboter für die Ausstellung seiner Tante zu besorgen. Die Organisation einer unvergesslichen Geburtstagsfeier stellte nur das Sahnehäubchen bei seinen Bemühungen dar, in ihrem Testament reichhaltig bedacht zu werden.

Er betrachtete gerade die Torte, als ihn ein unangenehmer Gedanke durchzuckte. Mehrere Schichten Glasur glitzerten und funkelten verschwenderisch unter den Kronleuchtern, aber die oberste Ebene der Torte wirkte irgendwie kahl und leer. »Geburtstagskerzen!«, stöhnte er. Er schnippte in Richtung eines Kellners, der im Hintergrund des Raumes umherschwebte, mit den Fingern. »Sie da! Können Sie mir ein paar Kerzen besorgen?«

»Tut mir leid, das kann ich leider nicht tun«, erwiderte der junge Mann.

»Wie bitte?«

»Das Aufstellen von Kerzen ist verboten. Wegen der Brandgefahr.«

Phillip sprang die Stufen der Treppe, die auf das Podium führte, mit einem Satz empor. »Wissen Sie überhaupt, wer ich bin?«

»Irgendwer vom Catering, richtig?«

»Vom Zoll!«, zischte Phillip. Er schnippte erneut mit den Fingern. »So schnell geht es, wenn ich jemanden verhaften lassen will. Um ihn dann auf eine Art und Weise durchsuchen zu lassen, bei der man sich in der Regel Gummihandschuhe über die Finger zieht.«

Der junge Mann erbleichte.

»Und jetzt setzen Sie sich gefälligst in Bewegung und besorgen Sie mir ein paar Kerzen!«, brüllte Phillip so aufgebracht, dass er den Tresen mit Speichelspritzern sprenkelte.

»Wi-wie viele?«

»So ungefähr 150!«, fauchte Phillip.

Der Kellner hastete davon, und Phillip stieg wieder von dem Podium herab. Ein Schweißfaden lief ihm den Hals hinunter. Er ergriff eine Serviette und tupfte sich damit das Gesicht ab. *Beruhige dich!*, beschwor er sich selbst. Noch blieb jede Menge Zeit.

Wieder ließ er den Blick durch den Raum wandern. Er hatte Stunden in die Vorbereitungen investiert. Hatte dafür gesorgt, dass der Wein gut gekühlt worden war. Hatte die Bediensteten von allen anderen Verpflichtungen entbunden und sie Servietten falten, Besteck und Gläser polieren sowie den gesamten Raum auf Hochglanz reinigen lassen. Jetzt konnte eigentlich gar nichts mehr schiefgehen.

Zehn Minuten später hatte er 49 gefahrlos von allein verlöschende Kerzen in die Torte gesteckt – eine schmeichelhafte Zahl, die seine Tante bestimmt erfreuen würde. Nachdem auch das erledigt war, rief er das Personal zu einer letzten Ansprache zusammen.

»Eines Tages könnte ich der reichste Mann in der Stadt sein«, begann er mit einer weit ausholenden Geste. »Und, glauben Sie mir, ich werde garantiert niemanden von denen vergessen, die mit ihrem Einsatz heute Abend dazu beigetragen haben, meiner Lieblingstante einen ganz besonderen Geburtstag zu bescheren.«

Einige der Bediensteten warfen einander unauffällige Blicke zu.

»Aber vergessen Sie bitte nicht, dass ich jeden Einzelnen von Ihnen genau im Auge behalten werde. Nur ein fallengelassener Teller oder ein einziger verspritzter Tropfen Wein, und Sie werden mich auf eine Art und Weise kennenlernen, die Sie sich jetzt noch gar nicht vorstellen können.«

Seine Zuhörer starrten ihn mit weit aufgerissenen Augen an. Phillip wollte gerade mit seiner Predigt fortfahren, doch dann zögerte er. Die verängstigten Blicke der Leute schienen nicht ihm, sondern der großen Fensterfront des Restaurants hinter ihm zu gelten. Er hatte sich erst halb umgedreht, als irgendein massives Objekt durch das Hauptfenster flog. Zuerst hielt er die durch den Saal segelnde Gestalt für einen Menschen, doch als sie gegen den Servierwagen prallte und die Geburtstagstorte in die Luft schleuderte, erkannte er, dass es sich um einen bronzefarbenen Roboter handelte.

Die Wucht des Aufpralls ließ den Servierwagen wie von einem Katapult abgefeuert nach vorne schießen. Das Utensil erwischte ihn in den Kniekehlen.

Phillip landete auf der Platte und jagte mit dem Servierwagen in einem halsbrecherischen Tempo quer durch den Raum. Die Bediensteten spritzten panisch auseinander, als er zwischen ihnen hindurchsauste, den Blick seiner weit aufgerissenen Augen wie hypnotisiert auf die riesige Pyramide aus Champagnergläsern geheftet.

Doch der Wagen gelangte nicht einmal in die Nähe des fragilen Gebildes. Als die Vorderräder die erste Stufe des Podests rammten, wurde er ruckartig aufgehalten, kippte schräg nach vorn und schleuderte allein Phillip mit dem Kopf voran in die so kunstvoll arrangierte Pyramide. Der junge Zollbeamte traf das Arrangement exakt in der Mitte, vollführte einen perfekten Salto vorwärts und landete schließlich flach auf dem Rücken, begleitet von einer Kaskade glitzernder Glassplitter. Er öffnete gerade noch rechtzeitig die Augen, um zu sehen, wie die gigantische Geburtstagstorte auf ihn herabstürzte.

Hal und Norm starrten das Restaurant vor Schreck wie erstarrt an. Hinter der zersplitterten Fensterfront bewegte sich etwas, als die Bediensteten wieder auf die Füße kamen und einige von ihnen die Köpfe ins Freie steckten, um nachzusehen, woher der fliegende Roboter gekommen sein mochte. Plötzlich zwängte sich Klunk zwischen ihnen hindurch und rannte auf das Jetbike zu.

»Beeil dich!«, rief Norm. »Schnell!«

Klunk stellte die Füße auf das Ende der Auspuffanlage und klammerte sich am Sattel fest. »Los!«, schrie er.

»Wirst du denn nicht den Halt verlieren?«, fragte Hal.

»Festhalten!«, stieß Norm hervor und drehte den Gasgriff bis zum Anschlag zurück. Das Jetbike jagte mit Höchstgeschwindigkeit davon.

Einige Minuten später hatten sie den Raumflughafen erreicht. Der Wachposten am Eingang glotzte sie mit offenem Mund an, als das Jetbike mit Klunk im Schlepptau an ihm vorbeiflitzte.

»N'Abend!«, rief ihm Hal mit einem lässigen Winken zu.

»Wohin?«, erkundigte sich Norm.

Hal hob einen Arm und deutete quer über das Flugfeld. Die Außenbeleuchtung der *Volante* brannte, sodass sich die Silhouette des Schiffes deutlich vor dem Nachthimmel abzeichnete.

»Ich dachte schon, ich würde sie nie wiedersehen«, sagte Klunk leise.

Hal klopfte Norm auf die Schulter. »Setzen Sie uns vor der Passagierrampe ab.«

»Nein, vor der Laderampe«, widersprach Klunk. »Ich möchte gleich die Fracht überprüfen, und außerdem habe ich keine Lust, diese schrottreifen Roboterteile die Passagierrampe hinauf und einmal durch das ganze Schiff zu schleppen.«

Hal grinste. »In Ordnung, du nimmst den Diensteingang. Als Käpt'n betrete ich mein Schiff stilgerecht.«

»Kein Problem«, sagte Norm, während er bereits das Schiff ansteuerte. »Dann setz ich dich zuerst auf der Rückseite und dann Hal vorne ab.«

Sonya blies in ihre verschränkten Finger. Vermutlich war bereits die Hälfte davon in der Kälte erfroren, jedenfalls konnte sie die Glieder schon seit mehr als einer Stunde nicht mehr fühlen. Nachdem Rex Curtis sie vergangene Nacht in regelmäßigen Abständen mit seinen Anrufen aus dem Schlaf gerissen hatte, um sie über den aktuellen Aufenthaltsort der *Volante* auf dem Laufenden zu halten, war sie hundemüde. Außerdem hatte sie Hunger, ihre Muskeln waren vor Kälte steif geworden, und sie brauchte unbedingt eine Erholungspause. Doch wovon sie vor allen Dingen träumte, war, Rex Curtis ihre eiskalten Finger um den Hals zu legen, zuzudrücken und ihn mit dem Kopf durch die nächste Wand zu rammen.

Bestimmt zog er sich gerade ein erstklassiges Drei-Gänge-Menü rein. Der Gedanke an zartes Fleisch in würziger Bratensoße mit honigglasiertem Gemüse ließ Sonya das Wasser im Mund zusammenlaufen. Wenn sie die Augen schloss, konnte sie den Wein in seinem Glas kreisen sehen – keinen übertrieben extravaganten Tropfen, aber einen guten Jahrgang. Sie hörte im Geist das Klirren von Besteck, während wohlhabende Restaurantbesucher diverse Delikatessen in sich hineinstopften, untermalt vom bellenden Grollen eines Jetbikes, das mit … *häh?*

Ihr Tagtraum zerplatzte wie eine Seifenblase. Sonya schreckte hoch und suchte den Raumhafen nach der Lärmquelle ab. Setzte gerade irgendwo ein Raumschiff zur Landung an? Oder näherte sich ihr ein Behördenfahrzeug, zum Beispiel eine Wachpatrouille?

Schließlich schälten sich vier riesige Scheinwerfer aus der Dunkelheit, und sie entdeckte ein schnittiges Jetbike, das über das Flugfeld jagte. Kurz bevor es hinter dem Heck der *Volante* verschwand, konnte sie die Umrisse einer über den Lenker gebeugten Gestalt ausmachen. Kurz darauf tauchte das Gefährt auf der anderen Seite des Schiffs wieder auf, beschrieb einen

Halbkreis und hielt am Fuß der Passagierrampe. Sie sah, wie Hal Spacejock von dem Soziussitz stieg und sich kurz mit dem Fahrer unterhielt; ein älterer Mann, der eine Lederkappe und eine riesige Windschutzbrille trug. Sie schüttelten einander die Hände. Dann schritt Hal die Rampe hinauf, und das Jetbike schoss mit heulenden Triebwerken davon.

Während Sonya zusah, wie Hal in sein Schiff zurückkehrte, fragte sie sich, ob er wohl seine Freiheit genoss und überhaupt eine Ahnung hatte, wie kostbar sie war. Ihre Miene verhärtete sich. Natürlich wusste er es. Er zog seinen Profit aus verzweifelten Flüchtlingen, die er um ihre gesamten Ersparnisse erleichterte, bevor er sie den Behörden auslieferte – sofern er sie nicht einfach auf irgendwelchen lebensfeindlichen Planeten am Rande der Zivilisation aussetzte.

Die Vorstellung ließ sie erschaudern. Rex Curtis' Plan sah lediglich vor, ihm Steine in den Weg zu legen, aber sie konnte auch einen Schritt weitergehen. Sie konnte dafür sorgen, dass dieser Halunke sich nie wieder an einem hilflosen Flüchtling vergriff.

Es bereitete ihr einige Mühe, ihre vor Kälte steifen Finger um den Griff des Aktenkoffers zu schließen. Dann stand sie auf und ging auf die Passagierrampe der *Volante* zu.

Auf halbem Weg hielt sie inne. Sie durfte Spacejock unmöglich entgegentreten, solange man ihr anmerken konnte, was in ihrem Inneren vor sich ging. Er vermochte sie jederzeit wieder vor die Tür zu setzen, bevor sie die Zeit fand, ihm die vorbereitete Geschichte aufzutischen. Also zog sie einen kleinen Taschenspiegel hervor, aktivierte die Beleuchtung und betrachtete kritisch ihr Gesicht. Sie fuhr sich mit der Hand durch das windzerzauste Haar und setzte ein gewinnendes Lächeln auf.

»Oh, Mr Spacejock, was sind Sie doch für ein attraktiver Mann!«, flötete sie und klimperte dazu mit den Wimpern. Das dürfte funktionieren. Zufrieden verstaute sie den Spiegel wieder in der Tasche, ergriff den schweren Aktenkoffer und verkniff sich ein Kichern. Der Bastard würde das Verhängnis nie kommen sehen, bis es längst zu spät für ihn war.

Rex Curtis wanderte ruhelos in seinem Büro auf und ab. Nach jeder Kehrtwendung warf er einen nervösen Blick auf die Gegensprechanlage auf dem Schreibtisch. Wo blieb der sehnlich erwartete Anruf, wo sein gefälschter Ausweis? Ohne den Pass würde er, ein bedeutender Geschäftsmann, von Ullimos Justiz wie ein gewöhnlicher Dieb behandelt werden. Gehetzt von den Medien, von windigen Anwälten, von der Polizei ... Seine Zukunft sah düster aus, sollte er verrückt genug sein, hier zu bleiben.

Endlich klingelte der Kommunikator. »Ich habe einen Mr Jones in der Leitung«, klang die Stimme seiner Sekretärin auf. »Soll ich ihn durchstellen?«

»Teufel aber auch, ja!«, knurrte Curtis und eilte zu seinem Schreibtisch. Er riss den Hörer aus der Gabel und hielt ihn sich ans Ohr. »Und? Sind Sie fertig?«

»Noch nicht ganz.«

»Verdammt, Sie hatten Stunden Zeit! Was, zur Hölle, haben Sie getrieben?«

»Ich habe noch nie so etwas gesehen. Es ist ein völlig neues System mit einer sehr viel effektiveren Verschlüsselung. Die lässt sich nicht so schnell wie sonst knacken.«

»Können Sie sie knacken, oder nicht?«

»Ja, aber dafür brauche ich noch einmal 24 Stunden.«

Curtis fluchte. »Ich brauche das Ding *jetzt*. In spätestens zwei Stunden.«

»Unmöglich«, sagte der Anrufer nüchtern.

»Aber ...«

»Sie wollen doch, dass der Pass als echt durchgeht, nicht wahr?

Sie wollen bestimmt nicht, dass Ihnen jedes Mal der Schweiß ausbricht, wenn Sie ihn vorzuzeigen haben.«

»Natürlich nicht! Er muss perfekt sein!«

»Dann wird er morgen um diese Zeit fertig sein. Es sei denn …«

»Was?«

»Das Problem ist die Hardware, mit der ich zurzeit arbeite … Vor ein paar Monaten ist ein neues Gerät entwickelt worden, das dieses Verschlüsselungssystem im Handumdrehen knacken könnte.«

»Sprechen Sie weiter.«

»Ich könnte die benötigten Teile in einer halben Stunde besorgen. Eine weitere halbe Stunde, um sie einzubauen, und dann noch einmal eine Stunde, um das Dokument wie gewünscht zu modifizieren. Alles innerhalb von zwei Stunden.«

»Wie viel?«

Der Anrufer nannte eine Summe.

»Haben Sie den Verstand verloren?«, brüllte Curtis aufgebracht. »Dafür könnte ich mir eine neue Limousine kaufen!«

»Ich zeige Ihnen nur die Optionen auf.«

Curtis warf einen kurzen Blick auf seinen Computer. Er konnte die Transaktion in den unergründlichen Tiefen der Geschäftskonten versenken und es *Garmit and Hash* überlassen, sich mit der Rechnung herumzuschlagen, wenn sie seine Firma abwickelten.

»Okay, machen wir's so«, sagte er schließlich. »Übermitteln Sie mir die Details, und ich schicke sofort eine Bestellung los.«

»Danke, Mr Curtis. Sie werden es nicht bereuen.«

»Hoffentlich nicht«, knurrte Curtis. »Besorgen Sie mir den Pass, oder ich …«

Doch da hatte der Anrufer bereits aufgelegt.

Kapitel 20

»Navcom, alle Schleusen schließen und Startvorbereitungen einleiten.«

»Befehl wird ausgeführt«, bestätigte der Computer. »Welches Ziel?«

»Ackexa. Und bring in Erfahrung, ob die *Central Bank* über eine eigene Landeplattform verfügt.«

»Nachforschungen laufen.«

Die Aufzugtüren glitten auseinander, und Klunk betrat die Brücke. »Mr Spacejock, was hat das hier zu bedeuten?«

Hal dreht sich um und sah, dass der Roboter ein paar Verpackungsperlen in der ausgestreckten Hand hielt. »Das ist nichts als Abfall«, stellte er fest.

Klunk schnupperte an dem Verpackungsmaterial. »Es riecht nach Maschinenöl.«

»Das stammt aus der Transportkiste des Roboters«, erklärte der Navcom.

»Des ... *was?*«, rief Klunk aus. Seine Augen wurden groß.

»Mr Spacejock hat einen neuen Roboter«, berichtete der Navcom. »Er wurde heute im Laufe des Tages geliefert.«

»Es ist nicht das, was du jetzt denkst«, versicherte Hal hastig. »Ich habe ihn in einer Lotterie gewonnen und werde ihn wieder verkaufen.«

»Wo ist er?«

»Als ich ihn das letzte Mal gesehen habe, hat er knietief in den Einzelteilen des Küchenautomaten gestanden. Er hat behauptet, er könnte ihn reparieren.«

»Wie konnte Sie nur zulassen, dass er mein Schiff berührt?«, fragte Klunk, während er bereits zum Fahrstuhl eilte.

»Lee hat mir versichert, er sei ausreichend qualifiziert.«

Klunk drückte die Ruftaste des Aufzugs. »Lee? Ist das unser Passagier?«

»Nein, so heißt der neue Roboter.« Hal zögerte. »Hör mal, erinnerst du dich noch an die Affen von diesem Planeten?«

»Von dem Planeten, auf dem wir nie gelandet sind?«

»Genau der. Also, wir haben einen von denen an Bord.«

»Was?«

»Nur einen kleinen«, sagte Hal schnell. »Er ist im Aufenthaltsraum. Ich habe ihn … äh, ich habe sie Lucy getauft.«

Klunks Lippen wurden schmal. »Ich war gerade mal einen halben Tag nicht da. Nur einen halben Tag.«

»Irgendjemand kommt die Rampe hinauf«, meldete sich der Navcom plötzlich zu Wort.

Hal fluchte. »Ich wette, das ist die Polizei. Um Klunk wegen der zerbrochenen Fenster zu verhaften.«

»Ich kann keine entsprechende Kennung registrieren.«

»Vielleicht Inspekteure der Quarantänebehörde? Klunk, die müssen irgendwie von Lucy Wind gekriegt haben!«

Der Roboter sog demonstrativ die Luft durch die Nase ein. »Was mich nicht überraschen würde.«

Hal begab sich in die Luftschleuse und spähte durch das Bullauge. Auf der Einstiegsplattform stand eine schlanke blonde Frau mit einem silbernen Aktenkoffer in der einen und einem kleinen Beutel in der anderen Hand. Hal betrachtete ihr Gesicht – kühle graue Augen unter dunklen, geraden Brauen. »Sieht wie eine Rechtsanwältin aus«, murmelte er. »Die kommt bestimmt wegen dieser Fenster.« Nach kurzem Zögern öffnete er das Außenschott.

Es hatte sich kaum einen Spalt weit geöffnet, als sich die Frau auch schon hindurchzwängte. »Mr Spacejock, bitte, sagen Sie, dass Sie mir helfen werden!«

Hal war so überrumpelt, dass er sie nur anstarren konnte. »Äh … häh?«

»Ich habe meinen Flug verpasst, und die Männer am Raumhafen meinten, Sie würden mir helfen.«

»Das haben die gesagt?«, fragte Hal. Sein Blick wurde von ihren großen grauen Augen regelrecht angezogen.

»Ich heiße Sonya. Sonya Smith. Die Männer haben mir gesagt, dass Sie nach Ackexa fliegen, und Canessa liegt direkt auf dem Weg, und …« Sie legte Hal eine Hand auf den Arm. »Oh, bitte sagen Sie, dass Sie mir helfen! Ich zahle Ihnen auch den doppelten Flugpreis!«

»Also, wir befördern aus Prinzip keine Passagiere.«

»Können Sie nicht eine Ausnahme machen?« Sonya legte den Kopf schief. »Nur für mich? Bitte!«

Hal grinste. »Aber wirklich nur für Sie.«

»Oh, danke!« Sonya umarmte ihn. »Ich bin Ihnen unendlich dankbar. Sie haben mir das Leben gerettet.«

»Kommen Sie besser rein«, murmelte Hal, vor Verlegenheit errötend. Er führte sie in der Kommandozentrale, wo Klunk immer noch vor dem Aufzug wartete. »Das ist mein Roboter Klunk. Klunk, das ist Sonya Smith.«

Sonya starrte Klunk an. Sie wurde bleich. »Ihr Roboter?«

»Miss Smith«, begrüßte Klunk sie mit einem knappen Nicken und warf Hal einen Blick zu. »Wir sind startbereit, Mr Spacejock. Wir sollten in drei Stunden auf Ackexa landen.«

»Ach, ja, die Fracht. Hör mal, es hat sich eine kleine Änderung ergeben. Ich dachte mir, wir könnten Miss Smith zuerst nach Canessa bringen.«

»Vielleicht auf dem Rückweg. Jetzt fliegen wir erst einmal nach Ackexa.«

»Nein! Ich kann nicht nach Ackexa!« Sonya senkte die Stimme. »Ich habe kein Visum.«

»Sie haben einen Outsider-Akzent«, stellte Klunk fest. »Warum sollten Sie da ein Visum brauchen?«

»Lass es gut sein, Klunk«, sagte Hal. »Wir fliegen nach Canessa.«

»Mr Spacejock, ich rate Ihnen dringend, noch einmal gründlich nachzudenken.« Klunk breitete die Arme aus. »Erstens sind wir nicht berechtigt, Passagiere zu befördern. Zweitens ist Canessa ein unbewohnter Planet. Es wäre Wahnsinn, diese Frau dort allein zurückzulassen. Und vor allen Dingen haben wir einen festen Termin, den wir einhalten müssen ...«

Hal legte dem Roboter einen Arm um die Schultern. »Lass uns nicht streiten, Klunk. Die Dame hat sich vertrauensvoll mit einer Bitte an uns gewandt, und der Zwischenstopp wird uns höchstens ... wie viel Zeit wird er uns kosten? Eine Stunde oder so?«

»Mindestens acht Stunden. Canessa liegt genau in der entgegengesetzten Richtung, Mr Spacejock.«

»Na und? Wir werden es trotzdem tun.«

»Aber wieso will sie überhaupt nach Canessa?«

»Ich stelle Nachforschungen über eine untergegangene Zivilisation an«, sagte Sonya. »Ich bin Historikerin.«

»Historikerin?« Hal musterte sie verwundert. »Aber, äh ...«

»Oh, Sie meinen, ich müsste älter sein, stimmt's?« Sonya lachte. »Jeder glaubt, Historiker müssten selbst antike Artefakte sein.«

»Har, har«, prustete Hal los. »Antike Artefakte, der war gut!«

Klunk verdrehte die Augen.

»Was ist mit meinem Gepäck?« Sonya musterte Klunk von Kopf bis Fuß. »Du siehst nicht besonders kräftig aus. Kannst du Gepäck tragen?«

Hal schob sich schnell vor sie, als Klunk einen Schritt auf

Sonya zutrat. »Miss Smith ist eine zahlende Kundin, Klunk!«, zischte er. »Also sei höflich zu ihr, ja?« Er wandte sich Sonya zu. »Sagten Sie Gepäck?«

»Ja. Draußen stehen sechs Kisten mit meinen Sachen.«

»Sechs Kisten!«

»Campingausrüstung, wissenschaftliches Gerät … Glauben Sie mir, ich reise schon mit leichtem Gepäck.«

Klunk betrachtete sie stirnrunzelnd. »Wonach genau suchen Sie denn?«

»Ich habe die Hinterlassenschaften einer uralten Zivilisation studiert und bin zu dem Schluss gekommen, dass Canessa ihre vor langer Zeit verschollene Heimatwelt sein muss. Deshalb möchte ich dort landen, um die eine oder andere viel versprechende Fundstelle zu untersuchen.«

»Wäre es nicht besser, diese Fundstellen zuerst von der Luft aus in Augenschein zu nehmen?«

»In diesem Fall nicht. Der Planet ist völlig überwuchert.«

Hal lachte. »Da hörst du es, Klunk, Canessa ist überwuchert. Deshalb kann man aus der Luft überhaupt nichts sehen.«

»Also wollen Sie einfach nur in der Gegend umherlaufen, bis Sie zufällig über irgendein Fossil stolpern?«, fragte der Roboter.

»Sei nicht albern. Sobald ich meine Ausrüstung aufgebaut habe, müsste sie die Überreste der Stadt aufspüren können.«

»Welche Art von Ausrüstung?«, wollte Klunk wissen. »Und sollte die Stadt aus Stein bestehen, würden Sie sie erst bemerken, wenn Sie in ihren Ruinen stehen. Wenn sie aber ursprünglich aus Holz erbaut worden sein sollte, werden Sie bestenfalls noch einen riesigen Komposthaufen vorfinden.«

Sonya wandte sich Hal zu. »Stellen Sie sich vor, da habe ich doch all die Jahre damit vergeudet zu studieren, um mich auf diese Expedition vorzubereiten, obwohl ich nur fünf Minuten in einem Krämerladen hätte verbringen müssen.«

»Wie meinen Sie das?«

»Nun, Ihr Roboter scheint mehr über mein Fachgebiet zu wissen als ich selbst.«

»Klunk weiß einfach alles.« Hal nahm Sonya den Aktenkoffer aus der Hand und reichte ihn an Klunk weiter. »Bring das Ding in die Passagierkabine.«

»Sind Sie sich da sicher? Der Boden ist immer noch mit kleinen goldenen Plastikstückchen übersät.«

»Ach, du meinst wahrscheinlich die Ersatzteile, die ich für den Generator aufgetrieben habe.«

»Stecken auf der Rückseite von Ersatzteilen normalerweise Heftzwecken?«

»Richte einfach die Kabine her und lade die Fracht ein«, knurrte Hal. »Okay?«

»Ja, Gebieter, was immer Sie befehlen.« Klunk salutierte zackig, machte auf der Stelle kehrt und stolzierte zum Aufzug.

»Diese alten Modelle haben sich schon immer durch Unzulänglichkeiten in ihrer Persönlichkeitsstruktur ausgezeichnet«, meinte Sonya laut.

»Klunk ist schon in Ordnung, er ist zurzeit nur etwas gereizt. Ich hatte ihn dem Museum für eine Ausstellung ausgeliehen, und irgendwer hat ihn geklaut.«

»Das kann ich mir kaum vorstellen. Wer sollte denn ein solches Wrack stehlen?«

»Man hat ihn an einen Schrotthändler verhökert, und als ich ihn endlich gefunden hatte, war er bereits in seine Einzelteile zerlegt worden. Das hätten Sie erleben müssen, der Ladenbesitzer hat versucht, mich über den Tisch zu ziehen, also musste ich ihm eine verpassen.« Hal ballte eine Faust. »Zack! Direkt in die Kauleiste!«

Sonya zuckte zusammen. »Und dadurch haben Sie Klunk zurückbekommen?«

»Nein, die Typen hatten seine Teile bereits in einen anderen Roboter eingebaut. Also habe ich ihnen damit gedroht, ihnen die Arme zu brechen, bis sie ihn schließlich wieder repariert haben.«

»Waren es viele?«

»Mindestens vier.«

»Vier Gegner!«

»Nein, vier Arme.« Hal deutete auf seine Brust. »Zwei Männer, zwei Arme pro Mann.«

»Klunk muss sehr wertvoll für Sie sein, Mr Spacejock. Sie haben große Schwierigkeiten in Kauf genommen, um ihn zu retten.«

»Bitte, nennen Sie mich Hal.«

Sonya lächelte. »Aber das mache ich doch glatt, Hal.«

Es rauschte aus den Konsolenlautsprechern. »Alle Verbindungen zu den Bodenversorgungseinrichtungen wurden abgekoppelt. Wie lauten Ihre weiteren Instruktionen?«

»Weitermachen«, sagte Hal, ohne die Augen von Sonya zu nehmen.

»Weitermachen womit?«, erkundigte sich der Navcom.

»Fertigmachen zum Verschwinden.«

»Bitte Anweisung präzisieren.«

Hal warf Sonya ein gequältes Lächeln zu. »Würden Sie mich bitte einen Moment lang entschuldigen?« Er trat ans Steuerpult und beugte sich vor. »Hör mit dem Unfug auf!«, zischte er. »Du weißt ganz genau, was du tun sollst!«

»Sie haben also diesmal nicht vor, eigenhändig die unerforschten Weiten des Bildschirmschoners zu durchkreuzen?«, fragte der Navcom laut.

»Ich denke, du meinst den Flugsimulator. Und diesmal lege ich die Aufgabe in deine fähigen Hände.«

»Sind Sie sich da auch ganz sicher? Ihre Flugkünste könnten sich für unsere Passagierin als viel unterhaltsamer erweisen. Erinnern Sie sich noch an das eine Mal auf Forg, als Sie eine Bruchlandung auf einer Müllhalde hinlegen mussten, um das Schiff zu retten? Oder das andere Mal …«

Hal riss das Mikrofon aus der Halterung. »Noch ein weiteres Wort von dir, dann reiße ich dieses Ding ab und ramme es dir in den Datenport. Kapiert?« Er schielte zu Sonya hinüber und verdrehte demonstrativ die Augen. »Bordeinrichtungen, was? Gib ihnen ein halbes Gehirn, und sie …«

Sonya warf einen Blick auf ihre Uhr. »Ich möchte Sie ja nicht bedrängen, aber werden wir in absehbarer Zeit starten?«

»Sobald Klunk Ihr Gepäck eingeladen hat, machen wir uns auf den Weg.«

»Er wird es doch nicht beschädigen, oder?«

»Klunk leistet gute Arbeit. Ich habe ihn selbst ausgebildet.«

Aus der Steuerkonsole drang ein gepresster Laut, der nach einem warnenden Blick Hals sofort wieder verstummte.

»Ich muss wirklich mit meinen Forschungen vorankommen«, sagte Sonya. »Glauben Sie, dass meine Kabine mittlerweile bezugsfertig ist?«

»Oh, aber sicher. Lassen Sie mich Ihnen den Weg zeigen.«

»Ich weiß, wo die Kabine liegt.«

Hal wirkte überrascht. »Wirklich?«

»Letzte Tür rechts auf dem Mittelgang des Unterdecks, richtig?«

»Woher wussten Sie das?«

»In meiner Branche muss man viel fliegen«, erklärte Sonya geschmeidig. »Ich bin schon mit so ziemlich allem gereist, was fliegen kann, von einem Hoverbike bis hin zu einem Megafrachter.«

»Melden Sie sich, wenn Sie irgendetwas brauchen«, sagte Hal, als Sonya die Aufzugkabine betrat. »Ich beaufsichtige in der Zwischenzeit den Navcom. Das Schiff startklar machen und solche Dinge.«

»Bis später«, erwiderte Sonya, bevor sich die Aufzugtüren schlossen.

Sonya betrachtete ihre Schuhe, während der Lift der *Volante* zum Unterdeck hinunterfuhr. Sie hätte ihre Tarnung beinahe nach gerade einmal fünf Minuten auffliegen lassen, was kein gutes Vorzeichen für die nächsten Stunden war. Und dann der Roboter! Darüber würde sie noch mit Rex Curtis reden müssen. So viel dazu, ihn aus dem Weg zu schaffen ... Alles, was er mit seiner Aktion erreicht hatte, war, das zerbeulte Ding noch misstrauischer werden zu lassen. Mit Hal allerdings würde es keine Probleme geben. Sonya grinste. Genau die Art von Mann, die sie mochte: attraktiv, gut gebaut und dämlich.

Der Aufzug öffnete sich, und sie trat auf den Mittelgang des Unterdecks hinaus. Obwohl die Beleuchtung gedämpft war, konnte sie alle Türen sehen: Freizeitraum, Toiletten, Kombüse, Kapitänskajüte und Klunks Kabine. *Zutritt verboten!*, verkündete ein Schild an der Tür. Sonyas Augen wurden schmal. Wozu brauchte ein Roboter eine eigene Kabine? Was konnte er darin verbergen? Sie zögerte und wollte gerade eine Hand nach dem Öffnungsmechanismus ausstrecken, als sie die schimmernde schwarze Rundung einer Überwachungskamera am Ende des Ganges direkt über der Schleuse zum Hangar entdeckte. Der verdammte Bordcomputer hatte seine Augen überall.

Sonya tat so, als betrachtete sie das Schild an der Tür genauer, dann pfiff sie laut vor sich hin und folgte dem Gang zur Passagierkabine. Der Eingang öffnete sich lautlos, als sie die Hand auf das Sensorfeld legte. Im Inneren der Kabine fand sie einen zusammengeklappten Schreibtisch, eine schmale Koje und ein Waschbecken. Der Aktenkoffer lag auf dem Bett, und obwohl sie ihn sorgfältig überprüfte, konnte sie keinerlei Anzeichen dafür entdecken, dass sich jemand daran zu schaffen gemacht hatte.

Sie setzte sich. Mehrere Stunden bis Canessa, hatte der Roboter gesagt. Gott sei Dank hatte der mürrische Blechhaufen nicht weiter darauf bestanden, zuerst nach Ackexa zu fliegen. Ohne irgendwelche Ausweispapiere wäre sie nie mehr zurück ins Territorium der Union gelangt. Ihr Magen knurrte, und sie fragte sich, ob Spacejock noch etwas zu essen auffahren würde, bevor er ins Bett ging.

Während Sonya ihre Kabine inspizierte, untersuchte Klunk ihr Gepäck. Er hatte die sechs riesigen Kisten mit Lees Hilfe an Bord geschafft. Jetzt standen die Holzkästen aufgereiht an der Außenwand des Hangars. Klunk hatte bereits die meisten durchstöbert und wieder geschlossen und bisher nichts Ungewöhnliches entdeckt. Ein Zelt, Kochgeschirr, medizinisches Zubehör, eine private Stereoanlage mit ein paar Musikchips. Er hatte sich zwei der Chips genauer angesehen, konnte sie aber nicht ausprobieren, da er nicht mit dem passenden Abspielgerät ausgestattet war. Jedenfalls waren es professionell hergestellte Produkte und enthielten wahrscheinlich nichts anderes als die auf den schreiend bunten Etiketten angekündigten Songs.

Er gab es nur äußerst ungern zu, aber Sonya schien tatsächlich das zu sein, was sie zu sein behauptete: eine harmlose Historikerin. Selbst ihr tragbarer Computer war mit einem niedlichen Smiley-Sticker beklebt, was kaum für eine rücksichtslose Kriminelle sprach.

Der Deckel der letzten Kiste löste sich mit dem schrillen Quietschen durch Holz gleitender Nägel. Klunk legte ihn zusammen mit dem Brecheisen beiseite und spähte hinein. Die Kiste war mit Lebensmittelkonserven vollgepackt. Er streckte die Hand nach einer Dose aus, um nachzusehen, ob ihr Inhalt … Was erwartete er eigentlich? Seufzend zog er die Hand zurück. Ihm wurde klar, dass er einen Schritt zu weit ging.

»Solltest du das tun?«, erkundigte sich Lee.

»Es ist meine Pflicht, Fracht und Gepäck auf Schmuggelware hin zu überprüfen. Mr Spacejock trägt für alles, was mit seinem Schiff transportiert wird, die Verantwortung, und dieser Farquhar vom Zoll wäre nur zu glücklich, wenn er uns aus dem Verkehr ziehen könnte.« Klunk legte den Deckel zurück auf die Kiste und schlug die Nägel mit der bloßen Faust ein. Es war nichts an den Kisten, was auf irgendeine Weise verdächtig gewesen wäre. Alles, was ihn trotzdem wachsam bleiben ließ, waren seine Zweifel. Lag das möglicherweise an seiner Programmierung? Besaß er eine übersteigerte Loyalität gegenüber Hal, die automatisch dazu führte, dass er allen anderen Menschen mit Misstrauen begegnete? Er hängte das Brecheisen mit dem gekrümmten Ende an einen Stahlträger und ergriff ein Bündel Gurte. »Halt das andere Ende fest«, wies er Lee an.

Einige Minuten später waren die Kisten sicher festgezurrt. Klunk trat an das Schott der Innenschleuse und legte eine Hand auf den Öffnungsmechanismus, als er bemerkte, dass Lee direkt hinter ihm stand. »Wo willst du denn hin?«, fragte er.

»Auf die Kommandobrücke.«

»Schlag dir das aus dem Kopf.« Klunk machte eine ausholende Handbewegung, die den gesamten Hangar umfasste. »Ich möchte, dass der Boden so sauber ist, dass ich mich darin spiegeln kann.«

»Aber …«

»Nach deiner Nummer mit dem Küchenautomaten kommst du nicht einmal in die Nähe der Brücke. Frühestens wieder, nachdem du dich auf irgendeinem anderen Gebiet bewährt hast. Verstanden?«

Lee nickte widerwillig.

»Also, schnapp dir einen Putzlappen und fang an, sauber zu machen.«

»Das nenne ich jetzt mal eine vorbildliche Passagierin«, murmelte Hal vor sich hin. Er sah, wie die Anzeige über dem Aufzug auf Unterdeck umschaltete, und stellte sich Sonya vor, die zielstrebig ihre Kabine ansteuerte. »Sie kennt sich auf ihren Schiffen aus. Das gefällt mir.«

Er malte sich weiter aus, wie Sonya die kleine Kabine betrat und ihr Handgepäck öffnete, um in etwas Bequemeres zu schlüpfen. Vielleicht ...

Die Lifttüren glitten auseinander, und Klunk betrat die Brücke. Seine internen Ventilatoren surrten, um die überhitzten Schaltkreise zu kühlen.

»Was hat dich denn derart in Wallung gebracht?«, fragte Hal.

»Ich musste das ganze Gepäck verladen.«

»Du hättest Lee bitten sollen, dir dabei zu helfen.«

Klunk schnaubte. »So, wie er Ihnen mit dem Küchenautomaten geholfen hat?«

»Äh, ja ... Übrigens, danke, dass du ihn wieder zusammengesetzt hast.«

»Das war nicht besonders schwer. Aber ich bin ja auch kein Kundendienstangestellter mit Anflügen von Größenwahn.« Klunk wandte sich der Steuerkonsole zu. »Navcom, bitte Starterlaubnis einholen und Startvorbereitungen einleiten.«

Die Aggregate des Schiffes erwachten zum Leben. Das Deck der Zentrale vibrierte, als die Triebwerke hochfuhren.

Hal lauschte der vertrauten Geräuschkulisse, doch seine Gedanken beschäftigten sich mit dringenderen Dingen. »Klunk, was soll ich zum Dinner anziehen?«

»Dinner?«

»Passagiere dinieren immer mit dem Käptn. Das verlangt die Tradition.«

»Wenn wir mal die Garderobenfrage zurückstellen, was wollen Sie denn essen?«

»Oh, nein, der Küchenautomat!« Hal stöhnte. »Ich kann ihr nichts von dem vorsetzen, was dieses Ding ausspuckt. Damit könnte ich sie vergiften.«

Klunk drehte den Kopf zur Seite, um sein Grinsen zu verbergen. »Navcom, bring uns auf den Weg.«

Die *Volante* hob mit einem Zwerchfell erschütternden Brüllen ab und stieg in den Nachthimmel über dem Raumhafen von Ullimo.

Kapitel 21

Am späteren Abend näherte sich die *Volante* den errechneten Koordinaten für den Hyperraumsprung. Klunk saß an der Steuerung, wo er hin und wieder kleinere Kurskorrekturen vornahm. Er hatte gerade eine Sequenz erledigt, als die Lifttüren hinter ihm aufglitten. »Guten Abend, Mr Spacejock«, begann er. »Ich freue mich, Ihnen berichten zu können …« Er verstummte mitten im Satz und schnupperte in der Luft. »Was ist das für ein Geruch?«

»Geruch?«

Klunk drehte sich mit dem Sitz zu Hal herum. »Oh, du liebe Güte!«, entfuhr es ihm.

»Was ist denn?«

»Sie … äh, hmm …« Klunk fehlten die Worte. Er deutete mit einer hilflosen Geste auf Hal.

Hal sah fragend an sich herab. Er trug ein Samtjacket mit weißem Rüschenkragen und eine Hose, die so eng saß, als wäre sie aufgesprüht worden. Sein Haar war großzügig mit Pomade eingerieben und zu einem Mittelscheitel gekämmt, sodass er aussah, als hätte er stundenlang unter einem Wasserfall gestanden. Er hatte sogar seine Augenbrauen frisiert, was seinem Gesicht einen etwas erstaunt wirkenden Ausdruck verlieh. Klunks Blick wanderte von einer klobigen Goldkette über die Taschenuhr an deren Ende bis hinab zu Hals golden glänzenden Schuhe. Er schüttelte traurig den Kopf.

»Was ist denn?«, wollte Hal wissen.

»Ein akuter Anfall von Demenz? Brunftzeit?«

»Häh?« Hal glättete eine widerspenstige Haarsträhne, die sich der Pomade wiedersetzt hatte. »Glaubst du etwa, ich hätte mich nur so herausgeputzt, weil wir eine Passagierin an Bord haben?«

Klunk nickte.

»Schön, mag sein. Aber schließlich bin ich der Käpt'n, stimmt's? Also muss ich mich unter die Passagiere mischen und sie unterhalten.«

»Was Ihnen in dieser Aufmachung ohne jeden Zweifel gelingt«, murmelte Klunk, die Augen ungläubig auf den Rüschenkragen gerichtet. »Woher haben Sie …?«

»Das ist modischer Stil«, schnaubte Hal hochnäsig. »Davon verstehst du nichts.«

»Ganz im Gegenteil, ich wurde intensiv in Belangen der Haute Couture ausgebildet.« Klunk schwieg einen Moment lang. »Hören Sie, Mr Spacejock, diese Frau hat Sie von der Sekunde, als sie an Bord gekommen ist, völlig um den Finger gewickelt. Die ganze Geschichte ist so offensichtlich faul, dass ich am liebsten …« Seine Fingergelenke knarrten, als er die Hand zur Faust ballte.

»Jetzt mach aber mal einen Punkt! Wenn ich dich nicht besser kennen würde, könnte ich dich glatt für eifersüchtig halten!«

»Ich soll … *was* sein?« Klunk starrte Hal fassungslos an. »Mr Spacejock, diese Frau spielt Ihnen etwas vor. Ich weiß nicht, warum, aber sie führt irgendwas im Schilde.«

»Alles, was sie interessiert, ist diese uralte Zivilisation.«

»Wie heißt sie?«

»Häh?«

»Dieses Volk, was ist überhaupt darüber bekannt? War es eine Zivilisation von Raumfahrern? Ist es einfach spurlos untergegangen? Hat es das Feuer beherrscht? Computer? Literatur?«

Die goldene Uhrkette klimperte, als Hal die Hände in die Luft warf. »Woa, Klunk! Zu viele Fragen.«

»Zu wenige Antworten, meinen Sie wohl«, grollte Klunk.

Im gleichen Moment kündigte ein Glockenton die Ankunft des Fahrstuhls an.

»Ah, Sonya!«, rief Hal, als sich die Türen öffneten. »Nur herein, treten Sie ein! Wir treffen gerade die letzten Vorbereitungen für den Hyperraumsprung.«

Sonya verharrte mitten im Schritt. »Oh, Mann! Sie .. äh, Sie sehen aber schick aus.«

»Kommen Sie und schauen Sie sich die Steuerung an«, forderte Hal sie auf. »Ich zeige Ihnen, wie das Schiff funktioniert.«

Klunk verschränkte die Arme vor der Brust. »Also, dass will ich sehen.«

»Ich hoffe, ich störe Sie nicht bei Ihrer Arbeit«, sagte Sonya, während sie sich der Steuerkonsole näherte.

»Natürlich nicht«, versicherte Hal. »Kommen Sie.«

»Oh, wie viele Lichter, Schalter und Anzeigen!« Sonya strahlte Hal an. »Wissen Sie wirklich, wofür die alle da sind?«

»Rot, rot, blau«, murmelte Klunk mit einem unterdrückten Grinsen.

Hal errötete. »Der Überbrückungsflansch auf dem Generator muss neu justiert werden, Klunk. Kümmere dich sofort darum.«

»Das dürfte dann einige Modifikationen erfordern«, erwiderte der Roboter. »Der Überbrückungsflansch sollte nämlich eigentlich auf dem Hyperraumantriebsaggregat sitzen.«

»Erledige es einfach. Außerdem würde ich einen etwas weniger schnippischen Tonfall begrüßen.« Nachdem sich die Lifttüren hinter Klunk geschlossen hatten, wandte sich Hal erneut Sonya zu. »Ist Ihre Unterkunft zu Ihrer Zufriedenheit?«

»Oh, ja, sie ist sehr behaglich.«

»Wo wir gerade von Behaglichkeit sprechen, hätten Sie Lust, mit mir zu dinieren?«

Sonya legte ihm eine Hand auf den Arm. Er spürte die Wärme ihrer Haut durch den Stoff der Jacke. »Es wäre mir eine Ehre.«

Hal strahlte. »Wunderbar! Ich werde Klunk beauftragen, etwas für uns zu arrangieren.«

»Ah, der Roboter.« Sonya zog die Hand zurück.

»Irgendetwas nicht in Ordnung?«

»Nein. Ich fühle mich in seiner Gegenwart nur etwas unwohl. Ich glaube, er mag mich nicht.«

»Das ist es nicht. Er ist einfach nur ein bisschen misstrauisch.« Hal blickte in Sonyas wache graue Augen. Einen flüchtigen Moment lang erschienen sie ihm berechnend und kalt, doch gleich darauf war der Eindruck von Härte auch schon wieder verflogen.

»Misstrauisch? Wegen eines Relikts wie mir?«

Hal lachte. »Und da können Sie noch von Glück sprechen. An mir nörgelt er ständig herum. Das ist noch viel schlimmer.«

Klunk stand immer noch in der Aufzugskabine, ein Ohr gegen die Tür gelegt. Hals Stimme übertrug sich laut und klar durch das Metall. Das Lachen, das seine Bemerkungen bei Sonya provozierte, durchdrang den Roboter wie ein schmerzhafter Stich. Er richtete sich langsam gerade auf. Seine inneren Konflikte spiegelten sich deutlich in seinem Gesicht wider, als er seinen starken Loyalitätstrieb gegen das Bedürfnis abwog, diesem dummen, selbstgefälligen und egoistischen *Menschen* ein wenig Verstand einzubläuen.

Er wirbelte aufgebracht herum und rammte so heftig eine Faust in die auf Hochglanz polierte Metallwand, dass seine Fingerknöchel deutliche Abdrücke in der Verkleidung zurückließen. Dann drückte er mehrmals hintereinander die Abwärts-Taste. Der Lift stürzte geradezu ins Unterdeck.

Nachdem die Doppeltür aufgeglitten war, stampfte Klunk durch den Mittelgang zum Frachthangar. Über den Lüftungsschlitzen in seinem Körper waberte die erhitzte Luft aus seinem Inneren. Es war Zeit, einen genaueren Blick in Sonyas Aktenkoffer zu werfen, und Lee würde einen perfekten Schmierposten abgeben.

Hal unterhielt Sonya währenddessen nach besten Kräften im Freizeitraum der *Volante*. »Das Essen ist nicht besonders«, sagte er, während er ihr eine Schüssel Kartoffelbrei reichte, der mit Schokoladenflocken und Zuckerperlen bestreut war. »Der Küchenautomat kann gelegentlich sehr stur sein.«

Sonya beäugte das Gericht mit einem deutlichen Mangel an Begeisterung. »Sie sollten Ihren Roboter veranlassen, die Maschine zu reparieren.«

»Habe ich getan. Jetzt funktioniert der Automat schon sehr viel besser als früher.« Hal schob sich einen kleinen Klecks Kartoffelbrei in den Mund und kaute ausgiebig darauf herum. »Mhmm! Orangengeschmack. Wunderbar.«

Sonya gab ihm die Schüssel zurück. »Also, erzählen Sie mir etwas über sich.«

»Über mich?«

»Ja. Warum haben Sie sich für den einsamen Job des Spediteurs entschieden?«

»Ich wollte schon immer reisen, und auf diese Weise bekomme ich sogar noch Geld dafür.«

»Erledigen Sie viele Aufträge?«

»Vor Kurzem habe ich erst die *Central Bank* in meine Kundenliste aufgenommen.« Hal verzichtete darauf zu erwähnen, dass seine aktuelle Kundenliste nur einen Namen umfasste.

»Ich dachte, die stehen bei Curtis unter Vertrag.«

Hal hob die Brauen. »Curtis?«

»*Curtis Freightlines*. Die größte Spedition in dieser Region. Zumindest habe ich gehört, dass sie das sein sollen.«

»Das klingt nicht unbedingt nach dem Interessensgebiet einer Historikerin.«

»Ach, das habe ich nur zufällig irgendwo aufgeschnappt.« Sonya knabberte an einem Keks. »Sagen Sie, haben Sie irgendwelche Haustiere an Bord?«

»Haustiere?«, fragte Hal überrascht.

»Ja. Einer von den Frachtgutleuten meinte, ich sollte mich vor einer haarigen Kreatur in Acht nehmen.«

Mit plötzlichem Schrecken erinnerte sich Hal wieder an Lucy. Es war schon etliche Stunden her, seit er ihr zuletzt etwas zu fressen gegeben hatte, und er wusste nicht einmal genau, wo sie sich zurzeit befand. »Der Mann muss da was verwechselt haben. Das hier ist ein Frachter und kein fliegender Zoo.«

»Sind Sie sich da auch ganz sicher? Er hat gesagt, es würde hier so ein Ding mit struppigem orangenem Fell und jeder Menge Zähne herumlaufen, das …«

»Ach, dieses orangene Pelzknäuel.« Hal lachte. »Das war nur ein Tier, das ein Kunde bestellt hatte. Es befindet sich schon längst nicht mehr an Bord.«

»Gott sei Dank!«

Hal reichte ihr eine Glasschale. »Nehmen Sie einen Keks.«

»Danke.« Sonya nahm einen Keks und stellte die Schüssel auf der Armlehne ihres Stuhls ab. »Ich habe meine gesamten Ersparnisse in diese Expedition gesteckt, müssen Sie wissen. Wenn ich diese verschollene Zivilisation nicht finde, ist das mein berufliches Ende.«

»Wie heißt die überhaupt? Ich meine dieses Volk, das Sie suchen.«

Sonya lächelte. »Es ist untergegangen, Hal. Niemand weiß, wie es einmal hieß.«

Hinter der Rückenlehne von Sonyas Stuhl tauchte in diesem Augenblick eine behaarte orangene Pfote auf. Hal sah entsetzt, wie sie sich der Schale mit den Keksen näherte. Er wandte gewaltsam den Blick ab. »Also, woher wissen Sie dann, dass dieses Volk überhaupt jemals existiert hat?«

»Wir haben seine Ursprungswelt identifiziert, oder wenigstens sind wir bisher davon ausgegangen. Sie haben das All mit Generationsraumschiffen bereist. Die Experten haben alle Planeten aufgelistet, auf der sich diese Rasse niedergelassen hat. Dann haben sie von dort aus Linien zu einem gemeinsamen Zentrum gezogen und den Planeten, der diesem Punkt am nächsten lag, als ihre wahrscheinliche Ursprungswelt bestimmt.«

»Canessa?«

»Nein, eine andere Welt. Allerdings gab es dort nur noch ein paar lange verlassene Siedlungen. Deshalb kann sie unmöglich der Ausgangspunkt einer galaktischen Zivilisation gewesen sein.«

Hal versuchte, nicht auffällig hinzusehen, als sich Lucy eine weitere Hand voll Kekse schnappte.

»Die Historiker haben einen Haufen anderer Planeten in der Nachbarschaft untersucht, aber die kamen ebenfalls nicht in Frage. Dann hatte ich plötzlich eine Idee. Das rätselhafte Volk dürfte im Laufe der Zeit technische Fortschritte gemacht haben, was bedeutet, dass die später entstandenen Schiffe deutlich schneller als ihre Vorgänger gewesen sein müssen. Damit ist der Ansatz hinfällig geworden, anhand eines gleichmäßig erfolgten Verlaufs der Expansion die Ursprungswelt dieser Zivilisation lokalisieren zu können.«

»Ich verstehe«, log Hal.

»Außerdem haben meine Vorgänger bei ihren Berechnungen einen entscheidenden kleinen Faktor nicht bedacht.«

»Welchen Faktor?«

»Verwitterung. Die Expansionsblase stellt keine perfekte Kugel dar. Auf einigen Planeten sind die archäologischen Fundstätten fast völlig zerfallen, während sie die Zeit auf anderen Welten nahezu unbeschadet überdauert haben. Ich vermute, der Grund dafür liegt nicht so sehr an der verstrichenen Zeit, sondern vielmehr an den unterschiedlichen Witterungsverhältnissen der jeweiligen Welten. Und wenn ich damit richtig liege, befindet sich Canessa genau im Zentrum der Blase.«

»Erstaunlich«, sagte Hal. »Da sind all diese Leute seit Ewigkeiten auf der Suche nach der Ursprungswelt, und Sie haben sie gefunden.«

Sonya schüttelte den Kopf. »Noch nicht. Zuerst brauche ich Beweise für meine Theorie.«

Hal sah, wie Lucy nach weiteren Keksen angelte. »Wow, wie spät es schon ist«, sagte er. »Ich sollte lieber wieder auf die Brücke zurückkehren.«

»Eigentlich ist es Ihre Aufgabe, mich zu unterhalten.« Sonya lächelte. »Kann Ihr Roboter das Schiff nicht alleine fliegen?«

Klunk marschierte mit Lee im Schlepptau durch das Unterdeck. Vor Sonyas Tür blieb er stehen, klopfte und rief: »Kabinenreinigung!« Nach einer Weile öffnete er die Tür. Die Kabine war klein und bot gerade einmal Platz genug für die ausklappbare Koje und einen schmalen Schreibtisch. Die Pritsche war heruntergelassen und frisch bezogen worden, Bettdecke und Laken straff festgezurrt. Klunk trat zurück und schob Lee vor. »Wisch den Boden, polier alle glatten Oberflächen und rühr ansonsten nichts an. Kapiert?«

Lee nickte.

Durch den flachen Blickwinkel von draußen vor der Tür aus gesehen entdeckte Klunk den Aktenkoffer unter der Koje. Er bückte sich, zog ihn hervor und legte ihn auf die Bettdecke.

»Wie kommt es, dass du hier Sachen anfassen darfst?«, wollte Lee wissen. »Du hast mir gerade befohlen ... «

Klunk brachte den anderen Roboter durch einen finsteren Blick zum Schweigen. Er strich mit den Fingern über den Verschluss des Deckels und klappte den Aktenkoffer auf. Ein Bildschirm, eine Tastatur und zwei Datenkabel kamen zum Vorschein, ein rotes und ein schwarzes. Klunk betrachtete stirnrunzelnd die Stecker. Sie waren mit filigranen Glasfaserkabeln bestückt, und er verfügte über keinen kompatiblen Port.

»Hast du einen Anschluss für diese Stecker?«, fragte er Lee.

»Ich bin mit Anschlüssen für jedes erdenkliche elektronische Gerät ausgestattet, das während der letzten vier Jahrzehnte gebaut wurde«, erwiderte Lee steif.

»Schön, dann stöpsele dich ein und lade alles runter, was du aus dem Computer abrufen kannst.«

»Aber das ist nicht dein Koffer!«

Klunk näherte sein Gesicht dem Lees. »Entweder lädst du den Inhalt dieses Computers runter, oder ich reiß dich in Stücke und bastele mir aus deinen Überresten einen eigenen Port zusammen.« Plötzlich hörte er Gelächter aus dem Freizeitraum aufbranden. »Und beeil dich ein bisschen!«, fügte er hinzu.

Lee öffnete eine Klappe in seiner Brust und stöpselte das schwarze Kabel ein.

»Und?«, erkundigte sich Klunk.

»Ich erhalte nur jede Menge Fehlermeldungen.«

»Gut, dann versuch es mit dem anderen Kabel.«

Lee zog das schwarze Kabel ab und schloss das rote an. Es ertönte ein lautes Summen, als der Stecker in den Port glitt. Lee fuhr kerzengerade hoch, die Augen weit aufgerissen. »Wow, es ist voller ...« *Zack!* Aus seinen Ohren quollen blaue Rauchwölkchen hervor. Er begann unkontrolliert zu zittern.

Klunk riss das Kabel aus Lees Brust heraus und fing den zusammenbrechenden Roboter mit dem linken Arm auf. Mit der rechten Hand packte er den Aktenkoffer und schleuderte ihn unter die Koje, bevor er wie verrückt vor seinem Gesicht herumwedelte, um den beißenden Rauch zu vertreiben.

Er richtete den Blick auf Lee. Der Roboter hatte einen ungläubigen, verzückten Gesichtsausdruck wie ein Filmproduzent aufgesetzt, dem gerade ein Blankoscheck ausgehändigt worden war. Klunk verpasste ihm ein paar Ohrfeigen, erzielte damit aber keine andere Wirkung, als den glückseligen Gesichtsausdruck zu vertreiben. Er packte ihn unter den Achselhöhlen und schleifte ihn aus der Kabine.

Als er ihn durch die Hangarschleuse zog, rammte er ihm versehentlich den Kopf gegen die Türschwelle. Er schloss hastig das Schott und sah sich nach einem geeigneten Versteck um. Sollte Hal Lee in diesem Zustand finden, würde er das Schlimmste annehmen, nämlich dass Klunk seinen Rivalen absichtlich aus dem Weg geräumt hatte. Klunk entschied sich für einen der Wandschränke, die eine Seite des Frachthangars säumten. Er schob Lee hinein und verschloss die Tür.

Ein Piepen ließ ihn zusammenzucken, bevor er begriff, dass das Geräusch von dem Navcom stammte.

»Wir nähern uns dem ersten Sprungpunkt. Ich habe versucht, Hal und Miss Smith zu informieren, kann sie aber nicht erreichen.«

»Hast du es im Freizeitraum versucht?«

»Positiv. Allerdings ist die Gegensprechanlage dort ausgeschaltet, und die Überwachungskamera funktioniert auch nicht.«

Klunk schüttelte den Kopf. »Mr Spacejock nimmt dieses Dinner offenbar sehr ernst.«

»Wenn er seinen Navigationskünsten doch nur genauso viel Aufmerksamkeit schenken würde.«

»In Ordnung, ich bin gleich oben.«

Sonya kehrte am späteren Abend in ihre Kabine zurück. In der Luft hing ein dünner blauer Rauchschleier. Der Gestank nach verbrannter Elektronik ließ sie husten. *Der Aktenkoffer!*, durchfuhr es sie. Hatte Dents Kühlungssystem versagt? Sie zog den Computer unter der Pritsche hervor. »Bobby!«, rief sie. »Woher kommt dieser Geruch?«

Der Aktenkoffer schnaubte abfällig. »Jedenfalls nicht von mir.«

»Von wem denn dann?«

»Von einem Roboter. Er hat das rote Kabel benutzt.«

Sonya starrte Bobby schockiert an. »Du hast einen Roboter getoastet?«

»O ja. Ich habe ihn völlig gelähmt.«

»Bist du dir sicher?«, fragte Sonya, nachdem sie unter der Koje nachgesehen hatte. »Dann kann er sich doch eigentlich nicht mehr weggeschleppt haben, oder?«

»Negativ. Ich habe ihm die volle Ladung verpasst. Dieser Duft in der Luft stammt von einem verdampften Robotergehirn.«

»Aber hier ist kein Roboter!«

»Dann hat ihn irgendjemand entfernt.«

»Wer?«

»Ich weiß es nicht. Ich habe mich im Standby-Modus befunden.«

»Was, wenn du ihn nur beschädigt hast? Ich habe mich vor gerade erst fünf Minuten noch mit Hal unterhalten, also kann er den Roboter nicht weggeschafft haben. Und sonst gibt es niemanden auf diesem Schiff.« In ihrer Erinnerung blitzte das Bild von zwei haarigen orangefarbenen Armen auf, die aus der Dunkelheit nach ihr griffen … Falls dieses Geschöpf über etwas Intelligenz verfügte, konnte es theoretisch den außer Gefecht gesetzten Roboter fortgeschleppt haben. Aber befand es sich immer noch an Bord?

Sonya setzte sich tief in Gedanken versunken auf die Koje. Sollte ihr der Roboter nicht länger im Weg stehen, wäre das natürlich ein großer Fortschritt. Sie könnte Hal über den Verlust hinwegtrösten. Das Ding war so alt, dass er vermutlich von einem ganz normalen Defekt ausgehen würde. Doch plötzlich durchzuckte sie ein unangenehmer Gedanke. Was, wenn Dents Killer-Roboter unbemerkt das Schiff durchstreifte?

Sie klemmte sich den Aktenkoffer unter den Arm und schlich sich durch den Mittelgang zur Hangarschleuse. Ihr Gepäck war am Ende des Raumes an der Schiffswand hinter einer Reihe von mit Planen verhüllten Paletten mit kräftigen Sicherungsgurten festgezurrt worden, die in einer Manschette zusammenliefen. Sonya drückte den Sicherungsbolzen der Manschette hinunter, und die Gurte fielen zu Boden. Dann untersuchte sie die Kisten sorgfältig, bis sie diejenige fand, die Dent unauffällig mit drei parallelen Kratzern markiert hatte. »Tinker«, sagte sie leise und klopfte dabei auf die Bretter.

Keine Reaktion.

Sonya blickte sich um und entdeckte ein Brecheisen, das an seinem gebogenen Ende von einem Querträger herabhing. Sie ergriff es und wollte es gerade unter den Deckel schieben, als sie sah, dass ihr bereits irgendjemand zuvorgekommen war. Zwischen Deckel und Seitenwand der Kiste gab es eine Aussparung, die genau die Form und die Abmessungen der Spitze des Brecheisens hatte.

»Verdammter neugieriger Roboter!«, fluchte sie leise und warf einen Blick über ihre Schulter. Sollte Klunk Tinker entdeckt haben …

Als sie den Deckel aufgestemmt hatte, erlebte sie eine Überraschung. Die Kiste war voller Konservendosen. »Tinker?«, fragte sie leise.

Auf einmal geriet die Schicht aus Konservendosen in Bewegung, stieg in die Höhe und rutschte nach vorn weg. Unter ihr kam der Roboter zum Vorschein. »Wirklich sehr schlau«, murmelte Sonya anerkennend, als sie sah, dass die Konservendosen lediglich aus einer Lage bestanden, die auf eine Plane geklebt worden war.

Tinker starrte auf sie herab und ließ dann den Blick durch den menschenleeren Hangar wandern. »Wo sind die Feinde?«, fragte er.

»Vergiss die Feinde. Ich möchte, dass du diese Kiste wieder zusammensetzt und dir ein Versteck suchst, in dem du wartest, bis ich dich brauche.«

»Und wenn irgendjemand mein Versteck entdeckt?«

»Dann sag ihm einfach, dass du Frachtgut bist.« Während Tinker die Kiste in ihren ursprünglichen Zustand zurückversetzte, ging Sonya zu einer Arbeitsplatte, stellte den Aktenkoffer darauf ab und verband ihn mit einem Datenport in der Wand.

»Ja, was haben wir denn hier?«, erkundigte sich Bobby laut.

»Halt den Mund!«, zischte Sonya. »Kannst du nicht etwas leiser sprechen, wenn ich dich anschalte?«

»Das ist Teil meiner Bootsequenz.«

»Dann dreh die Lautstärke runter, bevor du mich noch in Schwierigkeiten bringst. Also, ich möchte, dass du ein paar Fehlermeldungen in das elektronische Logbuch des Bordcomputers einspeist, die aber erst nach unserer Landung aktiviert werden dürfen. Kriegst du das hin?«

»Mit Leichtigkeit.«

»Und niemand wird die Quelle der Fehlermeldungen zurückverfolgen können?«

»Auf gar keinen Fall. Schließlich bin ich der fortschrittlichste …«

»Jaja, das Thema haben wir bereits ausführlich besprochen. Halt jetzt endlich die Klappe und mach deinen Job.«

»Befehl wird ausgeführt«, erwiderte der Aktenkoffer. Schon wenige Sekunden später meldete er sich erneut zu Wort. »Ich habe ein paar zusätzliche Warnmeldungen wegen erhöhter Temperatur in die Datenprotokolle des Generators eingefügt. Der Navcom wird Stunden brauchen, um die Ursache für die Meldungen zu überprüfen.«

»Perfekt.« Sonya trennte den Aktenkoffer von dem Datenport und sah sich um. Tinkers Kiste befand sich wieder in ihrem ursprünglichen Zustand, und der Roboter war verschwunden. Nachdem sie ihre Mission erfolgreich beendet hatte, kehrte sie in ihre Kabine zurück, um sich ein bisschen Ruhe zu gönnen. Die hatte sie sich redlich verdient.

Kapitel 22

Rex Curtis riss den Umschlag auf und ließ den Inhalt in seinen Schoss fallen. Es war ein Outsider-Pass. Als er den Einband aufklappte, blickte ihm sein eigenes Gesicht aus dem Hologramm entgegen. Er las den Namen unter dem Bild und grinste. Hal Spacejock. Auch wenn ein Outsider-Pass ihn in seiner Handlungsfreiheit einschränkte, so war das doch ein guter Anfang. Auf diese Weise würde er untertauchen können, bis sich die erste Aufregung gelegt hatte. Und sobald die Gefahr vorbei war, konnte er wieder seine alte Identität annehmen.

Nachdem er den Pass in seiner Tasche verstaut hatte, ergriff er das Modell der *Aurora* und wickelte es in seine Jacke. Dann hob er das Bündel hoch und schmetterte es wuchtig auf die Schreibtischkante. Das Raumschiffmodell zerbrach mit einem gedämpften Knacken, und als Curtis die Jacke wieder auseinanderrollte, lagen ein Hochleistungsblaster und ein dickes ledernes Portemonnaie zwischen den Kunststofffragmenten.

Curtis schüttelte seine Jacke auf eine Weise vor dem Schreibtisch aus, dass ein zufälliger Besucher annehmen musste, das Raumschiffmodell sei versehentlich zu Boden gefallen. Dann aktivierte er seine Kommunikationseinheit und rief den Raumhafen an. »Mac? Ich brauche meinen Flieger. In einer dringenden Angelegenheit.«

»Er steht schon für Sie bereit, Mr Curtis.«

»Ich bin gleich da.« Curtis trennte die Verbindung und sah sich in seinem Büro um. Einen Moment lang fragte er sich, ob er wohl das Richtige tat … Nach all den Jahren erschien ihm das

Büro ebenso vertraut und behaglich wie sein Zuhause. Doch dann schüttelte er den Kopf. Wenn er noch länger blieb, lief er Gefahr, wegen Steuerhinterziehung, Betrug oder irgendeinem anderen Vorwurf verhaftet zu werden, den sich die Steuerprüfer einfallen lassen mochten. Und er musste unter allen Umständen vermeiden, dass er nach einer langjährigen Haftstrafe ähnlich sentimentale Gefühle für seine Zelle entwickelte, wie er sie für dieses Büro hegte.

Er stopfte den Blaster unter den Hosengürtel und ging zur Tür. Nach einem letzten Blick auf die zersplitterten Überreste der *Aurora* kehrte er seinem Büro für immer den Rücken.

Rex Curtis verließ den Aufzug im Untergeschoss und eilte durch das höhlenartige Gewölbe. Sein Flieger stand direkt vor der Ausfahrtrampe, eine schlanke schwarze Maschine mit zurückgeklapptem Cockpitdach. Das Triebwerk lief im Leerlauf. Ein Mechaniker berührte grüßend seine ölverschmierte Mütze und trat zurück.

»Treibstoff?«, erkundigte sich Curtis knapp.

»Ja, Sir«, erwiderte der Mechaniker. »Alle Systeme aktiviert.«

»Guter Mann«, keuchte Curtis, während er die kurze Leiter hinaufkletterte. Er ließ sich in den Pilotensitz sinken, legte die Sicherheitsgurte an und hob eine Hand. Das Cockpitdach senkte sich, und die Anzeigen auf dem Armaturenbrett erwachten zum Leben. Curtis tippte den Gashebel an, und der Flieger setzte sich langsam in Bewegung. Erst da warf er einen Blick zurück, um sich zu vergewissern, dass sich der Mechaniker aus dem Bereich des Triebwerkstrahls entfernt hatte. *Pech für ihn, wenn er gepennt hat,* dachte er.

Der Gleiter beschleunigte, während er sich der Ausfahrtrampe näherte. Er jagte mit donnernden Triebwerken die steile Steigung empor, und Curtis' Magen vollführte einen Satz, als der

Flieger aus der Aufwärtsbewegung unvermittelt wieder in die Waagrechte zurückkehrte. Sobald er den Bereich mit den Tankvorrichtungen hinter sich gelassen hatte, steuerte er die nächste Rollbahn an. Er betätigte eine Taste, worauf die Hydraulik mit einem leisen Winseln die Stummelflügel ausfuhr, und nahm Kurs auf die andere Seite des Flugfeldes.

Da die größeren Frachtschiffe senkrecht von ihren Landeplattformen starteten, hatte man nur am Rande des Flugfeldes kurze Start- und Landebahnen für Gleiter angelegt. Curtis erhielt bereits die Startfreigabe, während er noch über den Zubringer rollte, sodass er nicht abbremsen musste und die Nase seines Fliegers sofort auf das Ende der Startbahn ausrichten und den Gashebel durchziehen konnte.

In seinem Rücken brüllte das Triebwerk auf. Curtis wurde in den Sitz gepresst, als der Gleiter über den Asphalt schoss und bereits auf halber Strecke abhob. Er zog den Steuerknüppel weiter zurück, bis die Nase des Miniaturraumschiffs senkrecht nach oben zeigte. Dann klappte er die Navigationskonsole aus und programmierte eine Reihe von Hyperraumsprüngen. Der Treibstoff würde ziemlich knapp werden, aber einen Rückflug hatte Curtis ohnehin nicht vorgesehen.

»Durch den Bildschirmschoner? Wirklich?«

»Wirklich«, bestätigte der Navcom. »Er hat geschlagene zwei Stunden damit zugebracht.«

Klunk lehnte sich im Pilotensitz zurück, ein breites Grinsen im Gesicht. »Warte beim nächsten Mal, bis ich da bin. Das möchte ich miterleben.«

»Es wird kein zweites Mal funktionieren. Er würde den Kometen wiedererkennen.«

»Lass mal sehen.«

Der Bildschirmschoner der *Volante* zeigte den blauen Planeten im Orbit um seine Sonne und den rasant am Rande seiner Atmosphäre vorbeischießenden Kometen.

»Kannst du diesen Planeten nicht durch einen echten aus deiner Datenbank ersetzen?«, wollte Klunk wissen.

Die strahlende blaue Kugel verwandelte sich in einen mit bräunlichgrünen Tupfern gesprenkelten Planeten voller Wolkenwirbel.

»Das ist schon viel besser«, sagte Klunk. »Jetzt musst du nur noch den Kometen entfernen und die Sterne etwas schwächer leuchten lassen.« Er begutachtete das Ergebnis kritisch. »O ja. Sehr realistisch.«

»Soll ich die Modifikation so festschreiben?«

»Ja. Und gib mir auf jeden Fall Bescheid, wenn Mr Spacejock wieder die Steuerung übernimmt.«

»Verstanden. Übrigens nähern wir uns unserem Ziel. Geschätzte Ankunft in 30 Minuten.«

»Ausgezeichnet. Kannst du das echte Kamerabild einblenden?«

Der Bildschirmschoner erlosch und machte dem von Minute zu Minute größer werdenden Planeten Canessa Platz. »Ich will doch sehr hoffen, dass es dort keine wilden Ungeheuer gibt«, murmelte Klunk. »Wir wollen ja nicht, dass dieser Frau irgendetwas zustößt.«

»Canessa ist unbewohnt«, versicherte der Navcom.

»Wie schade.« Klunk überprüfte die Armaturen nach irgendwelchen Fehlermeldungen, aber alle Systeme funktionierten einwandfrei. »Irgendeine Spur von Mr Spacejock?«

»Er betritt gerade den Aufzug.«

Klunk schüttelte langsam den Kopf. »Man kann über seine Navigationskünste sagen, was immer man will, aber er besitzt das seltene Talent, immer wie aufs Stichwort zu erscheinen.«

Die Fahrstuhltüren öffneten sich, und Schritte klangen in der Brücke auf.

»Guten Morgen, Mr Spacejock!«, rief Klunk über die Schulter.

»Morgen, Klunk.« Hal machte sich an der Kaffeemaschine zu schaffen. »Ich brauche dringend etwas Koffein. Ist ziemlich spät geworden gestern, und so. Sag mal, kannst du den Küchenautomaten vielleicht überreden, mir Pfannkuchen zu machen?«

Klunk schwang langsam mit dem Pilotensessel herum und musterte Hal missbilligend. Hals Samtanzug war zerknittert, er hatte sich nicht rasiert, und das Haar stand ihm in alle Richtungen zu Berge, als wäre es mit statischer Elektrizität aufgeladen. »Entschuldigung, aber haben Sie gerade irgendetwas gesagt?«

»Frühstück. Du weißt schon, Pfannkuchen und dergleichen.« Hal zwinkerte vielsagend. »War eine lange Nacht.«

»Es ist vermutlich Ihrer Aufmerksamkeit entgangen, aber wir rasen zurzeit mit hoher Geschwindigkeit auf eine große, feste Masse zu.« Klunk stemmte einen Ellbogen auf die Steuerkonsole. »In ungefähr drei Minuten werde ich die Bremsdüsen zünden müssen, um unser Tempo zu drosseln und zu verhindern, dass wir eine Bruchlandung hinlegen.«

»Äh … häh?«

»So ist es. Wenn Sie mir also tatsächlich befehlen, ein Frühstück für Sie vorzubereiten, werde ich das natürlich tun, aber dann werden Sie und Miss Smith in wenigen Minuten die einzigen Pfannkuchen auf diesem Schiff sein.«

Hal runzelte die Stirn. »Soll das heißen, du weigerst dich, mir Frühstück zu machen?«

»Darauf läuft es letztendlich hinaus.«

»Schön, dann mache ich's eben selbst!«, fauchte Hal und stolzierte zum Aufzug.

Nachdem sich die Türen hinter ihm geschlossen hatten, wandte sich Klunk wieder der Steuerkonsole zu. »Wie lange noch, Navcom?«

»23 Minuten bis zum Landeanflug. Soll ich übernehmen?«

»Natürlich. Mische ich mich jemals in fremde Angelegenheiten ein?«

»Nein. Jedenfalls nicht in den Schiffsbetrieb.«

Klunk grinste.

Die *Volante* setzte auf einer Lichtung auf, die Passagierrampe fuhr aus, und das Außenschott öffnete sich. Hal verließ das Schiff zuerst. Er wirkte wie ein Raumkadett am ersten Tag im Sommerferienlager, als er die Rampe in einer frischen Fliegermontur hinabschlenderte. »Kommt schon, Jungs. Lasst uns die Ausrüstung aufbauen.« Er schlug sich auf den Hals und betrachtete seine Handfläche. »Hey, jetzt seht euch nur die Größe dieses Blutsaugers an!«

Sonya trat hinter ihm aus der Schleuse, eine Hand gegen die blendende Sonne waagerecht über die Augen gelegt, den Aktenkoffer in der anderen. Sie trug verblichene Jeans und eine weiße Bluse und hatte sich das Haar zu einem Pferdeschwanz im Nacken zusammengebunden.

»Passen Sie auf die Fliegen auf!«, rief Hal. »Sie haben bereits von mir genascht und sind dabei offenbar auf den Geschmack gekommen.«

Sonya schritt langsam die Rampe hinab und ließ den Blick über die Bäume schweifen, die die Lichtung einrahmten. Bevor sie den Boden erreichte, erschien Klunk auf der Ausstiegsplattform.

»Mr Spacejock, haben Sie die Generatoren angefasst?«

»Nein. Wieso?«

»Laut dem Überwachungsprotokoll haben sie sich wieder überhitzt.«

»Das klingt gefährlich«, sagte Sonya. Sie sah Hal an. »Sie sollten Ihren Roboter lieber anweisen, sich darum zu kümmern.«

Hal nickte. »Klunk, kannst du die Generatoren mal kurz überprüfen?«

»Nicht nötig. In den Backupprotokollen des elektronischen Logbuchs liegen keinerlei Einträge vor, was mit an Sicherheit grenzender Wahrscheinlichkeit auf einen bloßen Datenfehler hindeutet. Vergessen Sie am besten, dass ich das Thema überhaupt zur Sprache gebracht habe.«

Sonya betrachtete Hal weiter besorgt. »Das klingt für mich aber nicht besonders beruhigend. Können Sie ihm nicht befehlen, sich die Sache anzusehen?«

»Er hätte das Schiff bereits in seine Einzelteile zerlegt, wenn er glaubte, dass es irgendein Problem gibt. Klunk ist der geborene Pessimist.« Hal blickte sich um. »Ein schöner Platz für ein Lager. Wohin soll Ihre Ausrüstung gebracht werden?«

»Aber die Fehlermeldungen im Datenprotokoll! Das können Sie doch nicht einfach ignorieren!«

Hal zuckte die Achseln. »Wenn sich Klunk keine Sorgen macht, mache ich mir auch keine.«

»Aber ...« Sonya rang sich ein Lächeln ab. »Sie haben recht, das ist dumm von mir. Ich will nur nicht, dass Ihnen irgendetwas zustößt.« Sie zögerte. »Wäre es möglich, dass wir noch einen Moment mit dem Ausladen warten? Ich könnte jetzt gut einen kleinen Spaziergang vertragen.«

»Gute Idee. Wohin wollen wir gehen?«

»Ich muss ein paar Messungen vornehmen.« Sonya hob den Aktenkoffer. »Und ich kann am besten arbeiten, wenn ich allein bin. Das verstehen Sie doch bestimmt.«

Auf Hals Gesicht zeichnete sich Enttäuschung ab. »Gut, aber lassen Sie sich nicht zu viel Zeit. Wir haben noch eine Bestellung auszuliefern.«

Sonya ltätschelte seine Wange. »Fliegen Sie nicht ab, bevor ich Zeit gefunden habe, mich angemessen zu verabschieden.«

Noch bevor er irgendwie reagieren konnte, hatte sie sich auch schon umgedreht. Er blickte ihr hinterher, als sie die Lichtung überquerte, den Aktenkoffer in der Hand schaukelnd, und im Unterholz verschwand. Kurz darauf machte er kehrt und trottete die Rampe hinauf zurück in die Kommandozentrale der *Volante*, wo er Klunk über die Steuerkonsole gebeugt vorfand. »Wie ist die Atmosphäre?«, erkundigte er sich.

»Sie dürfte keine Probleme verursachen«, erwiderte der Roboter.

»Was hatte diese Sache mit den Generatoren auf sich?«

»Nichts. Zerbrechen Sie sich darüber nicht den Kopf.« Klunk warf Hal einen kurzen Blick zu. »Wir müssen Miss Smiths Kisten ausladen und sofort wieder starten, wenn wir den Termin der *Central Bank* einhalten wollen.«

»Dann lass uns das tun.« Hal ging voraus in den Frachthangar. Er starrte die sechs großen Kisten verblüfft an. »Wie hast du die eigentlich an Bord geschafft?«

»Ganz allein, ohne Lees Hilfe.«

»Lee? Ach, der neue Roboter.« Hal sah sich um. »Wo steckt er überhaupt?«

Klunk wirkte unbehaglich. »Er hatte einen ... Totalausfall.«

»Das soll wohl ein Witz sein! Wie denn?«

»Also, wir haben in Miss Smiths Kabine sauber gemacht. Da war so ein rotes Kabel an ihrem Aktenkoffer, und Lee hat sich rein zufällig irgendwie damit verbunden.«

»Und dir ist nicht rein zufällig der Gedanke gekommen, dass das eine dumme Idee gewesen sein könnte?«

»Da war es bereits zu spät«, sagte Klunk jämmerlich. »Ehe ich eingreifen konnte, quoll auch schon Rauch aus seinen Ohren.«

»Tja, dann wirst du das Gepäck jetzt wohl allein ausladen müssen, nicht wahr?«

»Ja, Mr Spacejock.«

»Wenn du mich brauchst, findest du mich auf der Brücke. Ich werde in unseren Versicherungspolicen nachsehen. Mit etwas Glück sind wir ja vielleicht auch gegen Blödheit versichert.«

Sonya eilte durch den Wald, um möglichst schnell eine größere Distanz zwischen sich und das Schiff zu legen. Curtis' Plan hatte sich ganz einfach angehört. *Bringen Sie die* Volante *auf einen verlassenen Planeten und halten Sie Hal auf, bis der Termin der* Central Bank *abgelaufen ist.* Was aber, wenn Hal startete und sie hier allein zurückließ? Sie traute es Curtis durchaus zu, dass er sie ein paar Tage auf Canessa schmoren ließe, bevor er sie wieder abholte – falls er sich überhaupt die Mühe machte. Schlimmer aber war im Augenblick, dass der verdammte Aktenkoffer eine Tonne zu wiegen schien. »Ich wünschte, du hättest Beine«, knurrte sie und stellte den Computer ab, um ihre schmerzende Schulter zu entlasten.

Bobby piepte. »Wie ich feststelle, versuchen Sie gerade, einen unbekannten Wald zu durchqueren. Hätten Sie dabei gern Unterstützung?«

»Sicher. Hast du eine Karte dabei?«

»Nein.«

»Vielleicht etwas zu trinken?«

»Negativ.«

»Was für eine Art von Hilfe könntest du mir denn anbieten?«

Der Aktenkoffer schwieg eine Weile. »Wie ich feststelle, ist meine System-Software immer noch nicht freigeschaltet worden. Ist Ihnen bewusst, dass es sich bei diesem Zustand um einen Gesetzesverstoß handelt?«

Sonya machte ein abfälliges Geräusch. »Das ist Dents Problem.«

»Haben Ihnen die Informationen über die verschollene Zivilisation irgendwie geholfen?«

»Ich hätte sie nicht wirklich gebraucht.« Der Aktenkoffer hatte ihr Unmengen an Material geliefert, doch schon nach fünf Minuten war ihr klar geworden, dass Hal ihr nicht wirklich zuhörte. Von diesem Zeitpunkt an hatte sie einfach irgendeinen Unfug verzapft, und er hatte trotzdem immer weiter genickt und gelächelt. »Kannst du mir sagen, was aus dieser Fehlermeldung geworden ist, die du ins Datenprotokoll des technischen Logbuchs eingespeist hast? Hals Roboter hat irgendwas von einem Backup erzählt.«

»Sie müssen einen zweiten technischen Logbuch-Server parallel zum ersten laufen lassen«, sagte Bobby. »Eine ziemlich verzwickte Geschichte. Das zweite System ist offenbar gut verborgen.«

»Großartig. Und wie soll ich Spacejock jetzt weiter hinhalten?«

»Dent hat Ihnen doch einen Roboter mitgegeben. Warum benutzen Sie ihn nicht?«

Sonya schnitt eine Grimasse. »Was auch immer Hal getan hat, er verdient es nicht, dass Tinker sich um ihn kümmert. Nein, ich muss nur für eine Weile untertauchen und darauf vertrauen, dass er mich nicht allein zurücklässt.«

»Ich dachte, Spacejock wäre berüchtigt dafür, genau das zu tun. Flüchtlinge auf einsamen Planeten auszusetzen, meine ich.«

»Das hat Curtis jedenfalls behauptet.« Doch nachdem sie Hal etwas besser kennengelernt hatte, fiel es Sonya schwer, das zu glauben. Sie hob den Aktenkoffer wieder hoch, zuckte zusammen, als ihr der Schmerz durch die Schulter schoss, und ging weiter. Bis auf das schwere, an ihrem Arm zerrende Gewicht war es ein angenehmer Spaziergang. Vereinzelte Sonnenstrahlen fielen durch das Laubdach, die Luft roch würzig nach frischer Erde, und nur hin und wieder durchbrach das Summen einer Fliege die friedliche Stille.

Weitere zehn Minuten später fühlte sich der Aktenkoffer wie ein Klumpen Blei an. Sonya legte eine kurze Rast ein, und als sie den Kopf kreisen ließ, um ihre verkrampften Nackenmuskeln zu lockern, entdeckte sie eine weitere Lichtung zwischen den Bäumen. Genau in der Mitte der Lichtung ragten vier verwitterte Säulen an den Ecken eines quaderförmigen Felsblocks auf. Sie traute ihren Augen kaum und blinzelte mehrmals.

Der vermeintliche Felsblock entpuppte sich als ein flaches Betongebäude. Curtis hatte die Geschichte über die verschollene Zivilisation als Tarnung vorgeschlagen, und kaum einen Kilometer von der *Volante* entfernt war sie tastsächlich auf die Spuren einer solchen gestoßen. Dabei hatte Curtis Canessa nur deshalb vorgeschlagen, weil der Planet unbewohnt war und weit abseits der größeren Handelsrouten lag.

Sonya betrat die Lichtung und näherte sich den Säulen. Die Absätze ihrer Schuhe klapperten auf gesprungenen Steinplatten. Ein Windstoß schüttelte die Baumwipfel, und Sonya erschauderte, als ein Schatten über die Sonne strich. Je näher sie dem steinernen Bauwerk kam, desto sicherer war sie, dass es noch relativ neu war. Vielleicht ein paar Jahrhunderte alt. Möglicherweise ein geheimes Labor, ein militärischer Außenposten oder so etwas. Jedenfalls irgendetwas, das auf Curtis' zivilen Karten garantiert nicht verzeichnet war.

Sie zögerte. Noch hatte sie sich nicht allzu weit von der *Volante* entfernt, und Spacejock würde die Lichtung vermutlich schnell entdecken, wenn er sich auf die Suche nach ihr machte. Also wäre es besser, wenn sie die Distanz zum Schiff noch ein wenig vergrößerte. Doch dann siegte ihre Neugier, und sie beschloss, sich das Bauwerk genauer anzusehen.

Klunk schob die erste von Sonyas Kisten zum Ende des Hangars und gab ihr einen letzten Schubs, der sie die Rampe hinunterrutschen ließ. Er sah befriedigt zu, wie sie sich mit der Kante in den weichen Boden grub und mehrmals überschlug. Gerade als er die letzte Kiste nach draußen befördert hatte, klangen hinter ihm Schritte auf.

»Hast du Sonya gesehen?«, rief Hal.

»Nein.«

»Sie ist schon lange weg.«

»Genau 30 Minuten.«

Hal blickte die Rampe hinab. »Warum hast du die Kisten auf die Seite gelegt?«

»Weil sie sich so am besten bewegen lassen.«

»Okay, mach weiter.«

Klunk zögerte. »Mr Spacejock, ich weiß, dass Sonya noch nicht zurückgekehrt ist, aber wir müssen wirklich wieder los.«

»Wir können doch keinen Passagier sich selbst überlassen.«

»Aber dies ist genau der Ort, zu dem sie wollte.«

»Und was, wenn sie in Schwierigkeiten steckt?«

»Wollen Sie vielleicht so lange hierbleiben, bis sie wieder abreist? So lange warten, bis sie ihre Untersuchungen abgeschlossen hat?«

»Also, nein ... aber ... du weißt schon. Ich muss ihr wenigstens noch auf Wiedersehen sagen. Sie hat mir versprochen, sie würde ...« Hal verstummte. »Also, ich habe gedacht, wir würden ...«

Der Lautsprecher im Hangar summte. »Klunk, bist du da?«

»Ja, Navcom. Was gibt es?«

»Ich habe die Ergebnisse der Tests vorliegen, die du angefordert hast.«

Klunk warf Hal einen Blick zu. »Ach, ja. Was hast du herausgefunden?«

»Die Fehlermeldungen im technischen Logbuch wurden über den Datenport im Frachthangar induziert.«

»Geschätze Zeit?«

»90-50, eins-null-zwei«, sagte der Navcom.

»Negativ. Korrekturdurchlauf. Gleicher Logbucheintrag?«

»Eintrag bestätigt. 90-50, eins-null-zwei. Manuelle Überprüfung?«

»Negativ. Gleiche Meldung im Cache-Speicher?«

»Cache-Speicher sauber.«

Der Roboter wandte sich Hal zu. »Hier geht etwas sehr Merkwürdiges vor.«

»Hat sich jedenfalls ziemlich merkwürdig angehört«, knurrte Hal. »Was hatte das Gefasel gerade zu bedeuten?«

»Erinnern Sie sich an diese Warnmeldungen des Hauptgenerators, die ich direkt nach der Landung angesprochen habe?«

»Die du dann gleich wieder beiseitegewischt hast?«

»Eigentlich hatte ich sie nur vorläufig zurückgestellt, um mich später damit zu beschäftigen. Wie es aber scheint, wurden die Fehlermeldungen vorsätzlich in unsere Datenprotokolle eingespeist.«

Hal zuckte die Achseln. »Vermutlich nur ein Computerfehler. Du weißt doch, dass die Dinger ständig Mist bauen.«

Klunk starrte ihn missbilligend an.

»Gelegentlich«, schränkte Hal ein.

»Die technischen Logbucheinträge auf diesem Schiff finden aus Sicherheitsgründen parallel statt. Die verborgene Kopie weist keinerlei Fehlermeldungen auf, wie ich Ihnen bereits gesagt habe. Wer auch immer sie ins Hauptlog eingegeben hat, hat dabei gepatzt.«

»Ich wiederhole mich, der Computer hat Mist gebaut.«

Klunk schüttelte den Kopf. »Mr Spacejock, diese Fehlermeldungen wurden manuell erzeugt.«

»Wie meinst du das?«

»Denken Sie einmal nach. Wenn ich glaubte, dass die Generatoren überhitzen, müsste ich sie gründlich überprüfen. Das könnte Stunden dauern und würde dazu führen, dass wir die *Central Bank* nicht fristgerecht beliefern können.«

»Wer könnte die Logbücher denn manipuliert haben?«

»Jemand mit einem tragbaren Computer. Jemand, der sich unbeobachtet an Bord bewegen konnte.«

Hal starrte Klunk an. »Die Mechaniker! Sie haben an den Generatoren gearbeitet, und der alte Typ hatte so eine Art Notepad-Ding mit einem kleinen Stecker daran.«

»Nicht die Mechaniker, Mr Spacejock. Jemand, der erst vor kurzem an Bord gekommen ist. Mit einem als Aktenkoffer getarnten tragbaren Computer. Jemand, der ... «

»Ach, du meinst Lee.« Hal legte die Stirn in Falten. »Allerdings kann ich mich nicht daran erinnern, dass er einen Aktenkoffer dabei hatte.«

»Oh, um Gottes willen!« Klunk ruderte mit den Armen. »Ich spreche von unserer Passagierin!«

»Sonya hat nichts mit dieser Sache zu tun.«

»Seien Sie sich da mal nicht so sicher. Sie hatte die Gelegenheit, die erforderliche Ausrüstung, das ... «

»Motiv? Dann verrate mir, warum sie so etwas tun sollte. Warum sollte sie Datenprotokolle, elektronische Logbücher, Cache-Speicher und wer weiß was sonst noch alles manipulieren?«

»Wer würde davon profitieren, wenn wir diese Lieferung nicht pünktlich erledigen?«, fragte Klunk nachdenklich zurück.

»Die *Central Bank*. Die Typen würden uns eine gewaltige Konventionalstrafe aufbrummen.«

»Nein, ihre schmutzigen Tricks heben die sich für ihre Kunden auf. Ich meine jemand anderen. Jemand, der Ihnen gedroht hat, Sie zu ruinieren, wenn Sie diesen Auftrag annehmen.«

»Rex Curtis!«, rief Hal aus.

»Richtig«, bestätigte Klunk. »Sonya Smith könnte für ihn arbeiten.«

»Das ist aber ziemlich weit hergeholt, Klunk. Ich meine, sie ist Historikerin.«

»Keine besonders gute.«

»Sie hat eine Theorie. Sie hat mir davon erzählt.«

»Aber ja, dann ist sie natürlich über jeden Zweifel erhaben.« Klunk verschränkte die Arme vor der Brust. »Sollte sie tatsächlich für Curtis arbeiten, wäre es am klügsten von uns, auf der Stelle zu starten. Wenn Sie sich Sorgen wegen ihrer Sicherheit machen, können wir immer noch nach ihr sehen, sobald wir den Papierkram abgeliefert haben.«

»Ich habe eine bessere Idee. Wir suchen sie gleich jetzt, und wenn wir sie gefunden haben, kannst du sie mit deiner verrückten Spionagetheorie konfrontieren. Sie wird begeistert sein. Sonya besitzt einen ausgeprägten Sinn für Humor.«

Klunk wirkte unbehaglich. »Ich halte das nicht für den besten Weg, diese Sache zu klären. Es könnte sich eine unerfreuliche Situation ergeben.«

»Jetzt kriegst du plötzlich kalte Füße, was? Wenn du sie der Sabotage bezichtigen willst, dann sag es ihr direkt ins Gesicht. Los, komm.«

Sie gingen die Rampe hinunter und weiter bis zu der Stelle am Waldrand, wo Sonya zwischen den Bäumen verschwunden war. Hal begutachtete fachmännisch ein paar heruntergefallene Blätter und einen abgebrochenen Zweig und wandte sich nach rechts.

Klunk räusperte sich hinter ihm. »Da sind Fußspuren, die in die andere Richtung führen.«

»Dann ist sie wohl auf ihrer eigenen Spur zurückgekommen.« Hal machte kehrt. »Ja, du hast recht. Gehen wir da lang.«

»Was auch immer Sie sagen, Mr Spacejock.«

Kapitel 23

Aus der Nähe betrachtet wirkte das Betongebilde so massiv wie Felsgestein. Sonya war zwar keine Expertin, aber die zerbröckelnden Kanten deuteten eher auf ein Alter von tausend Jahren statt auf wenige Jahrhunderte hin. So viel zu ihrer Theorie es handle sich um eine militärische Spionagebasis. Sie umrundete das Bauwerk und blieb eine Weile vor jeder Säule stehen, um sie genauer zu studieren. In ihre Oberflächen waren fließende Schriftzeichen eingraviert worden, deren Ränder sich durch die Verwitterung allmählich auflösten. Es handelte sich um keine Schrift, die Sonya schon einmal irgendwo gesehen hatte.

Der zentrale Betonklotz besaß eine glatte, ebene Oberfläche und hatte in etwa die Ausmaße der Landeplattformen, die sie von diversen Raumhäfen her kannte. In drei Seiten des Gebildes waren Stufen gehauen worden, während in der Mitte der vierten Seite eine rechteckige Öffnung gähnte. Als Sonya sich dem Loch näherte, erkannte sie, dass es ein Eingang mit einer Treppe war, die in die Tiefe führte. Die Stufen waren von einer dicken Schicht aus vermoderten Blättern bedeckt, und aus der Öffnung drang ein muffiger Geruch.

Sonya betrat die erste Stufe, rutschte aus und wäre fast kopfüber in die Höhle gestürzt. Der Aktenkoffer schlug gegen die Wand, als sie mit rudernden Armen um ihr Gleichgewicht kämpfte, und ihr wurde klar, dass es äußerst riskant war, ihn mitzunehmen. Also stellte sie ihn neben dem Eingang ab, stützte sich mit den Händen rechts und links an den Wänden ab und begann, vorsichtig die Treppe hinabzusteigen.

Es wurde immer dunkler, und schon bald erkannte sie, dass sie eine Lampe benötigte, wenn sie weitergehen wollte. Sie drehte sich langsam um und machte sich auf den Rückweg, wobei sie jeden Schritt auf den glitschigen Stufen mit äußerster Vorsicht ausführte. Kurz bevor sie den Anfang der Treppe erreicht hatte, hörte sie einen Ruf aus der Ferne und stieß einen stumme Fluch aus. Das konnten nur Spacejock und sein verdammter Roboter sein.

Geduckt rannte sie auf den Waldrand zu und konnte gerade noch in Deckung springen, bevor Hal und Klunk die Lichtung betraten. Sie hörte das aufgeregte Geplapper, mit dem sie die Entdeckung des uralten Betonbauwerks kommentierten, und duckte sich tiefer. Hal und Klunk näherten sich der Ruine, und Sonya musste grinsen, als sie sich ausmalte, wie der Roboter mit seinen glatten Füßen auf den glitschigen Stufen ausglitt, die Treppe hinabstürzte und von Hal mühevoll wieder zurück ans Tageslicht geschleift werden musste.

Plötzlich erregte ein silbernes Aufblitzen neben der rechteckigen Öffnung ihre Aufmerksamkeit, und ihr Grinsen erlosch schlagartig. Sie hatte in ihrer Eile Bobby, den Aktenkoffer direkt am Eingang vergessen!

Hal betrachtete fasziniert den verwitterten Beton. »Glaubst du, dass Menschen das gebaut haben?«, fragte er.

»Ein Gebilde ohne jeden künstlerischen Wert und ohne Fenster, das auf einer rücksichtslos in den Wald geschlagenen Lichtung errichtete wurde.« Klunk nickte. »Wahrscheinlich.«

»Ich habe dir ja gesagt, dass Sonya nicht gelogen hat! Das hier ist ein Überbleibsel ihrer verschwundenen Zivilisation!«

»Und das dort ist ihr Aktenkoffer«, sagte Klunk und deutete auf den großen Betonklotz zwischen den Säulen.

Hal lief auf den Aktenkoffer zu und entdeckte erst jetzt die dunkle Öffnung in der Seitenfläche. »Klunk, da ist eine Treppe! Schalt dein Licht an!«

Klunk aktivierte den Scheinwerfer in seiner Brust und richtete den Strahl in die Tiefe.

»Das stinkt ziemlich, nicht wahr?«, kommentierte Hal. »Aber sie ist eindeutig da runtergegangen.«

»Ohne Licht?«

»Da sind ihre Spuren.« Hal legte die Hände trichterförmig um den Mund. »Sonya!«, rief er.

» … onya … onya … «, antwortete das Echo.

»Komm, wir müssen sie suchen. Sie könnte sich einen Fuß gebrochen haben oder in eine Grube gestürzt sein.«

»Diese Treppe sieht sehr rutschig aus, Mr Spacejock«, warnte Klunk.

»Dann gehst du voraus.« Hal nickte in Richtung des Aktenkoffers. »Was ist damit?«

»Das Ding wird hier wohl kaum gestohlen werden, oder?«

»Und wenn es anfängt zu regnen?«

»Es wird schon so schwierig genug werden, diese Treppen hinunterzugehen. Da wollen Sie sich doch bestimmt nicht noch mit Handgepäck zusätzlich belasten.«

»Ich nicht. Du wirst das tun.«

»Aber ich könnte das Gleichgewicht verlieren!«

»Hör doch auf! Du könntest problemlos mit einem Haufen kämpfender Katzen auf dem Rücken über ein Drahtseil balancieren.«

»Ihr Vertrauen in meine Fähigkeiten ehrt mich, ist aber gelegentlich fehl am Platz.«

Hal hob den Aktenkoffer hoch und hielt ihn dem Roboter entgegen. »Los, beweg dich. Sonya könnte verletzt sein und Hilfe brauchen.«

Klunk klemmte sich den Aktenkoffer unter einen Arm und betrat die erste Stufe. Prompt rutschte sein Fuß auf der glitschigen Laubschicht weg und über die Kante ins Leere hinaus. Der Roboter schlug schwer rücklings auf, der tragbare Computer entglitt ihm, prallte von der Stufe ab und verschwand laut polternd in der Tiefe.

Das Echo jeden Aufpralls ließ Hal zusammenzucken. »Ich hoffe, Sonyas Instrumente sind nicht so empfindlich, wie sie gesagt hat.«

Klunk starrte Hal fassungslos an. »Ein solcher Sturz würde selbst einen Granitbrocken zertrümmern. Ich kann nur raten, was mit dem Aktenkoffer passiert ist.«

»Sonya könnte am Fuß dieser Treppe liegen und furchtbare Schmerzen leiden, und wir werfen ihr auch noch tödlich Geschosse hinterher. Was soll sie nur von uns denken?«

»Wenn der Koffer sie erwischt hat, wird sie gar nichts mehr denken.«

»Glaubst du, dass du weitergehen kannst, ohne wieder hinzufallen?«, fragte Hal.

»Nur wenn ich beide Hände frei habe.«

»Dann los, du gehst voraus. Aber sei vorsichtig! Im Vergleich zu dir war der Aktenkoffer kaum mehr als ein Warnschuss.«

Sonya sah aus ihrem Versteck zu, wie Hal und Klunk vor dem Eingang miteinander diskutierten, und schlug sich in Gedanken die Hand gegen die Stirn, als sie erkannte, dass sie offenbar die Treppe hinabsteigen wollten. Sicher, Hal war so dickfellig wie ein Rhinozeros, und man konnte sich darauf verlassen, dass er sich ohne nachzudenken in Gefahr begeben würde. Roboter dagegen sollten eigentlich klüger sein. Aber wenn dieses Exemplar tatsächlich annahm, dass sie die schlüpfrigen Stufen in völliger Dunkelheit allein hinabgeklettert war, dann war er genauso dämlich wie sein Besitzer.

Als der Roboter, wie zu befürchten gewesen war, gleich auf der ersten Stufe ausrutschte, hielt sie den Atem an, und als sie dann auch noch sah, wie ihm der Aktenkoffer entglitt und die Treppe hinabsegelte, warf sie sich mit dem Gesicht voran auf die Erde, hielt sich die Ohren zu und wartete auf die Explosion.

Nichts geschah.

Nach einer Weile hob sie vorsichtig wieder den Kopf und sah, wie Hal dem Roboter in die Tiefe folgte. Sie unterdrückte den Impuls, ihnen zuzurufen, nicht die glitschige Treppe zu betreten. Doch wer sollte sie wieder nach Hause bringen, falls sie nicht mehr zurückkehrten?

Sie beherrschte sich und beschloss zu warten. Dann hellte sich ihre Stimmung auf. Wenn sie lange genug unter der Erde blieben, erledigten die beiden im Grunde ihre Arbeit.

Klunks Kopf hüpfte wie ein Korken im Wasser vor Hal auf und ab, durch das Streulicht des Scheinwerfers in seiner Brust in der Dunkelheit nur als Silhouette erkennbar. Die Wände glitzerten vor Nässe, und die schmierige Schicht aus verrottetem Laub erzeugte schmatzende Geräusche unter den Füßen des ungleichen Duos. Hin und wieder entdeckte Hal eine lange silberne Schramme in den Wänden, die ihm verriet, dass der Aktenkoffer auf seinem Weg in die Tiefe nicht nur über die Stufen gerutscht war.

Der Boden und die Wände am Fuß der Treppe bestanden aus glattem Beton und waren frei von Moos und Moder. Am anderen Ende eines kleinen Raumes führte eine bogenförmige Öffnung in der Wand in einen engen Gang.

Klunk richtete den Lichtkegel in die Öffnung. In der Dunkelheit wurden ein konturloser Boden und gewölbte Tunnelwände sichtbar. Der Aktenkoffer lag ein paar Meter weit auf dem Boden des Tunnels, der sich in tintiger Schwärze verlor.

»Wenigstens ist er in einem Stück geblieben«, meinte Hal erleichtert. Er legte die Hände um den Mund und rief: »Sonya!«

Keine Antwort.

Sie betraten den Tunnel und gingen langsam weiter. Nach ein paar Schritten bückte sich Hal, um den Koffer aufzuheben. Die Kanten wiesen etliche Dellen und die Flächen nicht wenige tiefe Schrammen auf, aber im Großen und Ganzen schien der Aktenkoffer den Sturz einigermaßen heil überstanden zu haben.

Nach rund 100 Metern endete der Tunnel abrupt vor einer nackten Felswand.

»Wie seltsam, dass er einfach so aufhört«, stellte Klunk fest.

»Ja. Man sollte doch annehmen, dass sich niemand die Mühe macht, einen so tiefen Tunnel zu bohren, der nirgendwo hinführt.«

»Vielleicht haben wir es hier mit einer fremdartigen Intelligenz zu tun, Mr Spacejock. Mit gänzlich anderen Denkmustern als bei Ihnen oder mir.«

»Such nach einer Art Öffnungsmechanismus«, sagte Hal. »Leuchte mit dem Scheinwerfer die Wand ab.«

Kaum dass Klunk den Lichtstrahl ein Stückchen bewegt hatte, entdeckten sie auch schon einen rechteckigen Umriss, der sich von der glatten Fläche abhob. Als Hal eine Hand ausstreckte, begannen ein Dutzend Tasten schwach zu leuchten. Er sah genauer hin. Die Tasten waren aus dem Material der Wand herausgearbeitet worden und mit unterschiedlichen Symbolen beschriftet. »Was für eine Schrift ist das?«, murmelte er.

Klunk ging in die Hocke, bis sich seine Augen auf gleicher Höhe mit der Tastatur befanden. »Keine Schrift, die ich kenne«, sagte er.

»Außerirdisch?«

»Möglich. Könnte aber auch nur verschlüsselt sein.«

»Welches der Zeichen bedeutet wohl ›Öffnen‹?«

»Ich habe nicht die leiseste Ahnung.«

Bevor Klunk ihn davon abhalten konnte, drückte Hal alle Tasten hintereinander. Jede einzelne leuchtete bei seinen Berührungen auf, bis das ganze Feld wie ein Suchscheinwerfer erstrahlte.

»Das war vermutlich ein Fehler«, sagte Klunk.

»Und es hat auch keine Tür geöffnet.« Hal hieb frustriert mit der Faust gegen die Wand. »Sonya! Sind Sie auf der anderen Seite?«

Klunk legte den Kopf schief. »Psst! Ich vernehme etwas!«

»Was?«

»Hören Sie selbst.«

Obwohl Hal angestrengt lauschte, konnte er nur seinen eigenen Atem hören. Doch dann nahm er etwas wahr, ein Rumpeln in der Tiefe, als würde sich irgendetwas unter ihm emporarbeiten. Das Geräusch schwoll an. Die Wände begannen zu zitterten, und von der Decke rieselten Staub und feiner Sand.

»Bevor wir hier einen furchtbaren Tod sterben«, sagte Klunk ruhig, »möchte ich noch darauf hinweisen, dass Sie darauf verzichtet haben, meine Meinung zum wahllosen Drücken der Tasten einzuholen.«

Plötzlich hörte der Lärm auf und machte einer bedrohlichen Stille Platz, die gleich darauf wieder von einem lauten Zischen zerrissen wurde. Der schwere Block, der den Tunnel blockiert hatte, stieg langsam in die Höhe. Ein staubiger Wind fegte durch den immer breiter werdenden Spalt. Hal bückte sich und spähte in die Dunkelheit auf der anderen Seite.

Klunk richtete den Lichtkegel auf die neu entstandene Öffnung. Hal keuchte, als ihn ein greller Lichtstrahl von der anderen Seite blendete. »Sonya?«, rief er. »Sind Sie das?«

»Das ist nur eine Reflexion«, informierte ihn Klunk und schwenkte zum Beweis den Scheinwerfer hin und her. »Kommen Sie.«

Sie durchquerten den Durchgang und betraten eine schmale Kammer, deren Wände aus einer polierten Metalllegierung bestanden, in der sie sich tausendfach widerspiegelten. Während Klunk bewegungslos dastand und seine Umgebung analysierte, fuhr sich Hal ratlos mit den Fingern durchs Haar.

»Mr Spacejock.« Klunk räusperte sich. »Ich gewinne allmählich den Eindruck, dass dieser Raum doch irgendwo hinführt.«

»Noch vor einer Minute konntest du nicht mal eine simple Tür finden, und jetzt bist du dir sicher, dass diese Sackgasse irgendwo hinführt?« Hal blickte sich um. »Tatsächlich erinnert mich diese Kammer an eine Aufzugkabine.«

»Sie meinen einen Lift.«

»Nein, ich meine einen Aufzug.«

»Wo ich herkomme, nennt man so etwas einen Lift«, sagte Klunk.

»Hier handelt es sich um einen Aufzug«, erwiderte Hal stur.

»Vielleicht ist das eine Transportvorrichtung.«

»Ein Aufzug *ist* eine Transportvorrichtung.«

»Ich habe dabei an etwas eher Unkonventionelleres gedacht.«

»Wie zum Beispiel?«

»Einen Teleporter.«

Hal schnaubte. »Wie kommst du denn plötzlich auf diese Idee?«

»Es passt einfach alles zusammen«, erklärte Klunk. »Das Gebilde über dem Boden, der lange unterirdische Tunnel, die versiegelte Kammer.« Er strich mit den Händen über die verspiegelte Verkleidung. »Diese Technologie ist nichtmenschlichen Ursprungs.«

»Wenn du recht hast, könnte uns das Ding den Weg in die gesamte Galaxis öffnen.« Hal betrachtete ihre Spiegelbilder. »Das ist der Traum eines jeden Händlers!«

»Natürlich dürfte es sich mit einer sehr viel höheren Wahrscheinlichkeit lediglich um einen simplen Lift handeln.«

»Um einen Aufzug«, korrigierte Hal automatisch. »Aber wie setzen wir ihn in Betrieb?«

Klunk deutete auf die Wände. »Vermutlich befindet sich hinter einer von diesen spiegelnden Flächen ein Kontrollfeld, das durch einen Annäherungssensor aktiviert wird. Ähnlich wie das dort draußen, auf dem Sie herumgedrückt haben.«

Hal schob sich an den Wänden entlang, wobei er die Hände über die kühle Spiegelfläche gleiten ließ. Er hatte etwa die Hälfte der Strecke zurückgelegt, als ein kleiner Abschnitt der Metalllegierung wie ein Weihnachtsbaum aufleuchtete. Es ertönte ein warnendes Summen, und die Betontür vor dem Eingang fiel herab. Unmittelbar darauf flammte ein so greller Lichtblitz auf, dass Hal sein eigenes Skelett in der ihm nächsten Spiegelfläche erkennen konnte. Gleich darauf war das Licht auch schon wieder erloschen.

»Das war ja ein Ding«, keuchte er und rieb sich die Augen. Er drehte sich um. »Klunk?«

Im Zentrum der Kammer schien ein blau glühender Strudel zu wirbeln, der sich allmählich auflöste, bis nur noch ein schwaches Schimmern zu sehen und ein warmer Windhauch zu spüren war. Der Roboter war wie vom Erdboden verschluckt.

»Klunk?« Hal trat in die Mitte der kleinen Kammer. Ihm kam auf einmal der unangenehme Gedanke, dass es sich auch um eine fortschrittliche Einrichtung zur Müllbeseitigung handeln konnte. Er warf einen Blick auf das Kontrollfeld, dessen Tasten jetzt in sämtlichen Regenbogenfarben aufleuchteten; jeweils in Zweierschritten, eine Reihe nach der anderen. Als das letzte Paar leuchtete, hallten fünf melodische Töne durch den Raum.

»Oh, zur Hölle«, murmelte Hal. »Klunk wird alles andere als begeistert sein.«

Er schaute sich noch einmal um, konnte aber nur sein eigenes Spiegelbild in den reflektierenden Wänden entdecken. Vermutlich war Sonya in dieselbe Falle getappt – und ohne jede Vorwarnung an irgendeinen exotischen Ort katapultiert worden.

Nun ja, wenn Klunk und Sonya verschwunden waren, gab es für ihn keinen Grund, länger allein hier zu herumzutrödeln. Hal klemmte sich den Aktenkoffer unter den Arm, legte die Handfläche auf das Tastaturfeld und trat in das strahlend hell aufblitzende Licht.

Sonya schreckte übergangslos aus einem tiefen Schlummer und fand sich lang ausgestreckt unter einem Gebüsch liegend auf dem Waldboden wieder. *Zu viele Nächte ohne durchgehenden Schlaf*, dachte sie verärgert. Die Luft war kühler geworden, und das Licht hatte sich verändert. Sie sah zum Himmel auf und versuchte abzuschätzen, wie lange sie geschlafen hatte. Plötzlich durchzuckte sie ein Gedanke. Was, wenn Hal und der Roboter die Suche nach ihr in der Zwischenzeit aufgegeben hatten und zum Raumschiff zurückgekehrt waren? Was, wenn die *Volante* ohne sie abflog?

Die Angst, dass es bereits zu spät sein konnte, ließ sie aufspringen und durch den Wald in die Richtung rennen, aus der sie gekommen war.

Noch bevor Klunk »Berühren Sie nicht dieses Kontrollfeld!« oder »Passen Sie auf!« oder auch nur »*NICHT!*« rufen konnte, wurde er auch schon von einem blendenden Lichtblitz verschlungen. Einen Sekundenbruchteil später befand er sich in einem finsteren kalten Raum. Als sich seine Augen auf die Dunkelheit einstellten, entdeckte er eine Türöffnung in der ihm gegenüberliegenden Wand. In der Gewissheit, dass Mr Spacejocks Leichtsinnigkeit ihn in wenigen Augenblicken ebenfalls hierher transportieren würde, trat er über eine hohe Sanddüne hinweg ins Freie.

Auch draußen herrschte Dunkelheit. Klunk deaktivierte den Nachtsichtmodus und blickte zu den Sternen empor. Der Nachthimmel über ihm war mit unzähligen Lichtpunkten übersät, doch wie sehr er sich auch bemühte, er konnte nicht einen einzigen Stern identifizieren. In seinem Kopf ertönte ein leises Klicken, als er wieder auf Nachtsicht umschaltete. Er drehte sich im Kreis, und vor seinen Augen huschte undeutlich eine Landschaft aus Felsen und Sand vorbei. Als er die Drehung verlangsamte und die Auflösung seiner Augen erhöhte, wurde das Bild schärfer, und im gleichen Maß wuchs seine Besorgnis.

Er stand auf einer kahlen Ebene, die sich in alle Himmelsrichtungen bis zum Horizont erstreckte. Das Gebäude, aus dem er gekommen war, lag hinter ihm. Es befand sich am Fuß eines kleinen Hügels aus Sand und verwittertem Felsgestein. Aus dem Dach ragte ein dicker, kurzer Mast mit einem kleinen grauen Rechteck auf der einen und einer zerbeulten Satellitenschüssel auf der anderen Seite hervor. Die Öffnung der Schüssel zeigte in den Himmel.

Klunk ließ den Blick den Hügel hinaufwandern. Sollte es hier irgendetwas zu sehen geben, dann am besten von dort oben.

Er hatte gerade den ersten Schritt gemacht, als sein internes Funkgerät ein starkes Signal auffing. Klunk reduzierte die Empfangsleistung und versuchte, die Daten zu analysieren, doch die Sendung deckte ein so breites Frequenzspektrum ab, dass er lediglich ein paar Bruchstücke aufschnappen konnte.

Der Datenstrom nahm immer weiter an Intensität zu, brach an seinem Maximum abrupt ab, und aus dem Betongebäude flammte ein Lichtblitz auf. Einige Zeit später stolperte eine zweibeinige Gestalt daraus hervor, die ihren Kopf umklammert hielt.

Hals erster Eindruck von der Teleportation setzte etwa 30 Sekunden später ein, denn so lange dauerte es, bis er wieder zu sich kam. In ihm keimte die undeutliche Erinnerung an einen beunruhigenden Traum auf – in dem es darum gegangen war, mit den Füßen voran langsam in einen Fleischwolf zu gleiten –, die er eilig wieder unterdrückte.

»Wenn diese Teleportationssache ein Verkaufserfolg werden soll, müssen ihre Erfinder unbedingt noch daran feilen«, stöhnte er.

Zumindest war er heil am anderen Ende angekommen, halbwegs richtig herum und in einem Stück. In der Hoffnung, dass Klunk den gleichen Weg genommen hatte, stolperte er durch die schmale Türöffnung hinaus. Als er über die Schwelle trat, verlor er im lockeren Sand das Gleichgewicht und stürzte mit dem Gesicht voran zu Boden.

»Mr Spacejock!«, hörte er eine vertraute Stimme rufen. »Ist mit Ihnen alles in Ordnung?«

»Es ging mir schon besser«, erwiderte Hal matt. Er richtete sich wieder auf. »Hast du Sonya gefunden?«

»Sie ist nicht hier gewesen. Der Sand in und hinter der Tür war bei meiner Ankunft unberührt. Es gab keinerlei Fußspuren.«

»Willst du damit sagen, dass wir einem Phantom gefolgt sind? Was ist mit den Fußspuren auf der Treppe?«

»Wir hatten Licht, sie nicht. Ich nehme an, sie ist ein paar Stufen weit gegangen, bis ihr die Sache zu gefährlich geworden ist, und dann wieder umgekehrt. Wahrscheinlich war sie gerade auf dem Rückweg zur *Volante*, um uns von ihrer Entdeckung zu erzählen, als wir uns auf die Suche nach ihr gemacht haben.«

Hal hob den Aktenkoffer. »Und was ist damit? Warum hat sie das Ding zurückgelassen?«

»Vielleicht hat sie den Koffer in ihrer Aufregung einfach vergessen. Oder sie wollte das schwere Ding nicht ständig zwischen dem Schiff und der Ruine hin und her schleppen.«

»Kann sein. Ich denke, wir sollten lieber umkehren.« Hal ließ den Blick über den fernen Horizont schweifen. »Dieser Teleporter muss uns ganz schön weit transportiert haben. Ich kann den Wald nirgendwo entdecken.«

»Wald?« Klunk wirkte verblüfft. »Welchen Wald?«

»Na, der Wald, in dem wir gelandet sind. Was denn sonst?«

»Mr Spacejock, das hier ist nicht Canessa.«

Hals Unterkiefer fiel herab. »Ist es nicht?«

»Nein. Wir befinden uns nicht einmal im selben Sonnensystem.«

Hal starrte den Roboter schockiert an. Das Schlimmste, was er sich bisher ausgemalt hatte, war ein langer Fußmarsch zurück zum Schiff gewesen, der sie dazu zwang, im Freien zu schlafen und sich von dem zu ernähren, was sie in der Wildnis fanden. »Du meinst ...«

Klunk beugte sich vor. »Mr Spacejock, ich vermag nicht einmal zu sagen, ob dies überhaupt noch dieselbe Galaxis ist.«

»Eine ganz neue Galaxis!«, rief Hal aus. »Und das nach einem kleinen Lichtblitz?«

»Der Teleporter muss so funktionieren, dass er die Raumzeit krümmt«, sagte Klunk nachdenklich. »Die Erbauer dieser Konstruktionen haben sie vermutlich an Schwachstellen des Raumzeitgefüges errichtet, wo ein sorgfältig kontrollierter Energiestoß ausreicht, um ...«

»Es ist völlig unmöglich, dass wir gerade in eine andere Galaxis gesprungen sind«, fiel ihm Hal ins Wort.

»Ich versichere Ihnen ...«

»In diesem Fall hätte es bunte rotierende Röhren, seltsame Geräusche und solche Sachen geben müssen! Nicht nur einen unscheinbaren kleinen Lichtblitz.«

»Ich hatte ja keine Ahnung, dass Sie eine solche Autorität in Sachen intergalaktischer Teleportationstechnik sind.«

»Ich weiß, wie ein Sprung über eine so riesige Distanz aussehen müsste. Das habe ich in zahllosen Spielfilmen gesehen.«

Klunk deutete in den Himmel. »Schauen Sie nach oben, Mr Spacejock. Was sehen Sie da?«

»Sterne. Jede Menge Sterne.«

»Und erkennen Sie irgendeinen davon wieder?«

»Sollte ich das denn?«

»Sternenkonstellationen zu erkennen, ist keine gänzlich ungewöhnliche Fähigkeit für einen Raumschiffpiloten. Der springende Punkt ist aber, dass ich die Sterne ebenfalls nicht wiedererkenne.«

»Was für halbblinde alte Roboter auch nicht gänzlich ungewöhnlich ist«, murmelte Hal bissig. »Die Galaxis ist ein ziemlich großes Ding, Klunk. Wahrscheinlich sehen wir sie nur von einem ganz anderen Blickwinkel aus.«

»Ich versichere Ihnen, dass diese Sterne nicht zu unserer Milchstraße gehören. Wahrscheinlich sind Sie sogar der erste Mensch, der sie zu Gesicht bekommt.«

Hal nickte langsam, tief in Gedanken verloren. Dann warf er einen kurzen Blick auf die sie umgebende Ödnis. »Glaubst du, dass es hier irgendwo etwas zu essen gibt?«

Kapitel 24

Hal saß mit dem Rücken zu dem kleinen Betongebäude im Sand und starrte über das dunkle Land auf den Horizont, wo sich der Himmel allmählich aufhellte. Schon bald würde die Morgendämmerung hereinbrechen. Er konnte Klunks Schritte aus dem Inneren des Häuschens hören, während der Roboter den Transporter genauer inspizierte. Klunk hatte ihm bereits berichtet, dass er ein aus der Wand ragendes Kabelbündel entdeckt hatte und sie möglicherweise hier gestrandet waren, falls er nirgendwo eine verborgene Schaltfläche fand. Für immer gestrandet.

Als hinter ihm ein kratzendes Geräusch erklang, drehte sich Hal um und sah Klunk durch die Türöffnung treten. »Irgendwelche Neuigkeiten?«

Die Miene des Roboters war ernst. »Diese Vorrichtung wurde ausgeschlachtet. Das Tastaturfeld fehlt, und die Energiequelle ist sehr schwach. Offenbar ist sie durch unsere Ankunft praktisch völlig erschöpft worden.«

»Was sollen wir jetzt tun?«

»Es gibt drei Möglichkeiten. Erstens, wir finden irgendwo Ersatzteile und eine Bauanleitung und reparieren den Teleporter. Zweitens, wir finden eine weitere Vorrichtung dieser Art.«

»Und die dritte Möglichkeit?«

»Habe ich gesagt, wir hätten drei Möglichkeiten?«

»Ja.«

»Ich bin mir sicher, dass Sie sich täuschen.«

»Nein! Ich habe es genau gehört!«

»Na ja, man kann es wohl kaum eine Möglichkeit nennen.«

»Spuck es trotzdem aus.«

»Drittens, wir finden irgendwo einen Unterschlupf und verbringen den Rest unseres Lebens auf diesem Planeten.«

»Bleiben wir lieber bei den ersten beiden Optionen.« Hal schüttelte Sonyas Aktenkoffer. »Meinst du, sie hat ein paar Sandwiches da drinnen?«

»Das bezweifle ich.«

Hal öffnete den Deckel. In dem Koffer kamen eine Tastatur und ein großer Bildschirm zum Vorschein. »Verdammt, nur ein dämlicher Computer.«

»Computer sind bisweilen sehr hilfreich«, sagte Klunk pikiert.

»Nicht, wenn man Hunger hat.« Hal klappte den Deckel wieder zu und legte den Aktenkoffer in den Sand. »Wie stehen unsere Chancen, Klunk?«

»Nicht sehr gut«, gestand der Roboter.

»Es wird heller. Vielleicht sollten wir auf den Hügel steigen, um uns einen Überblick über die Gegend zu verschaffen.«

»Eine hervorragende Idee.«

Sie machten sich auf den Weg und hatten Mühe, auf dem losen Geröll und Sand, das den Hang bedeckte, sicheren Halt zu finden. Als sie die Hügelkuppe erreichten, war die Sonne bereits aufgegangen. Die wüstenartige Landschaft breitete sich in alle Himmelrichtungen aus. Hal suchte vergeblich den Horizont nach irgendwelchen Anzeichen einer Zivilisation ab. Klunk tat dasselbe, während er gleichzeitig die Funkfrequenzen durchkämmte.

»Nichts«, verkündete Hal schließlich, nachdem er sich zweimal um die eigene Achse gedreht hatte. »Hast du Funksignale aufgefangen?«

Klunk stand mit dem Gesicht in Richtung des Teleportationshäuschens, den Blick auf die Ebene dahinter gerichtet. »Mr

Spacejock, können Sie irgendetwas in dieser Richtung erkennen?«

»Nein«, sagte Hal nach einer Weile.

»Schade. Ich dachte, ich hätte die schwachen Überreste einer Spur gesehen, die von dem Gebäude fortführt. Vielleicht Radspuren.«

Hal kniff die Augen zusammen. »Da ist tatsächlich so was wie eine undeutliche Linie, nicht wahr?«

»Es könnte allerdings auch eine natürliche Geländeformation sein.«

»Dann gibt es nur eine Möglichkeit, es herauszufinden.« Hal hastete so schnell den Abhang hinunter, dass er Staubwolken aufwirbelte. Am Fuß des Hügels ging er vor dem Teleportergebäude in die Hocke und untersuchte den Boden. Seine plötzlich aufgekeimte Hoffnung verflog genauso schnell wieder. »Hier ist gar nichts«, sagte er mutlos.

»Man kann die Spur nur aus einiger Entfernung erkennen.« Klunk deutete auf den Horizont. »Ich habe mir ihren Verlauf oben vom Hügel aus eingeprägt. Wir gehen da entlang.«

Sonya saß mit einer Tasse irgendeiner warmen Flüssigkeit im Freizeitraum der *Volante* und beäugte den Küchenautomaten voller Belustigung. Im Gegensatz zu den gut funktionierenden Versorgungseinrichtungen ihres Apartments schien dieses Gerät Spaß daran zu haben, die abstrusesten Kreationen zu servieren. Wie zum Beispiel dieses merkwürdige Gebräu. Sie hatte eine heiße Pilzsuppe bestellt. Der faserigen Konsistenz, dem modrigen Geschmack und dem muffigen Geruch nach zu urteilen, hatte der Küchenautomat – ob aus Bösartigkeit oder aus Unfähigkeit – soeben etwas Neues kreiert. Eine Filzsuppe. Sonya fragte sich, was er wohl produzieren würde, sollte sie Spiegeleier bestellen ...

Sie warf einen Blick auf ihre Uhr. Sollte Hal nicht spätestens in einer halben Stunde zurückkehren, würde sie ihre Kabine aufsuchen, um ein wenig zu schlafen. »Zum Teufel damit«, murmelte sie, stand auf und streckte sich. »Wozu warten? Ich könnte gleich jetzt eine Mütze Schlaf vertragen.«

»Haben Sie nach mir verlangt?«, erkundigte sich der Navcom.

»Ich werde mich ein bisschen ausruhen. Gib mir sofort Bescheid, wenn Mr Spacejock zurückkehrt.«

Hal stolperte erschöpft durch die Wüste. Ihm war heiß in seiner Fliegermontur, und er schwitzte gewaltig. Sie waren schon seit Stunden unterwegs, und er machte sich längst nicht mehr die Mühe, den Horizont abzusuchen. Wegen des vom Wind aufgewirbelten Staubs hatte er die Augen halb geschlossen, und die vom wolkenlosen Himmel herabbrennende Sonne setzte ihm schwer zu.

Klunk ging voraus. Sonyas Aktenkoffer schaukelte in seiner Hand hin und her. Da ihm der Staub und die Sonne keine Probleme bereiteten, warf er ständig einen Blick zurück über die Schulter, um sich zu vergewissern, dass Hal nicht den Anschluss verlor.

»Ich brauche dringend etwas zu trinken«, krächzte Hal, als Klunk sich das nächste Mal zu ihm umblickte.

»Vielleicht kann ich Ihnen helfen.« Der Roboter öffnete mehrere kleine Fächer in seinem Körper und kramte darin herum. Schließlich förderte er ein kleines würfelförmiges Päckchen zutage. »Nahrungsmittelkonzentrate«, sagte er. »Die hatte ich völlig vergessen.«

Hal griff nach dem Würfel und las den Aufdruck. »*KleenAir Corporation* Notfallration?«

»Genau«, bestätigte Klunk.

»Nur Wasser hinzufügen«, las Hal weiter.

»Dadurch wird das Gewicht reduziert«, erklärte Klunk.

Hal warf das Päckchen über die Schulter und trottete weiter.

Zwei Stunden später zeichnete sich ein dunkler Streifen am Horizont ab. Sofort richtete sich Hal gerader auf, und seine Schritte wurden länger. Als er das nächste Mal den Kopf hob, hatte sich der Streifen in ein verschwommenes grünes Band verwandelt, dass sich schon bald darauf in einzelne Büsche und Bäume auflöste. Mittlerweile wurde auch die fast unsichtbare Spur, der sie die ganze Zeit gefolgt waren, immer deutlicher. Es handelte sich tatsächlich um die Furchen von Rädern. Hal und Klunk beschleunigten ihr Tempo und konnten nach kurzer Zeit den kühlen Schatten eines lichten Waldes genießen. Der Weg wand sich zwischen den Bäumen dahin, und wenige Minuten, nachdem sie den Waldrand erreicht hatten, entdeckten sie ein niedriges Betongebäude; ein flaches graues Rechteck mit einem schmalen Schlitz in der Vorderseite und einem Mast auf dem Dach.

»Tel'porter?«, krächzte Hal mit ausgedörrter Zunge.

Klunk schüttelte den Kopf. »Sieht eher wie eine Geschützstellung aus.« Er deutete auf den Mast, an dem mehrere graue Rechtecke befestigt waren. »Das sind Sonnenkollektoren. Vielleicht können wir sie zur Ernergiegewinnung benutzen.«

»Ist da drinnen irgendjemand?«

»Das kann ich nicht sagen. Wir sollten vorsichtshalber einmal um das Ding herumgehen.« Sie verließen den an dem niedrigen Gebäude vorbeiführenden Pfad, schlugen sich rechts in den Wald und umrundeten die vermeintliche Geschützstellung weiträumig. Als sie zehn Minuten später wieder aus dem dichten Unterholz hervorkamen, entdeckten sie auf der anderen Seite des bunkerartigen Bauwerks eine offenstehende Stahltür. Der Weg, dem sie gefolgt waren, führte in die andere Richtung tiefer in den Wald hinein.

»Warten Sie hier«, flüsterte Klunk. Während Hal auf vor Anstrengung schmerzenden Beinen schwankend dastand, kroch Klunk auf Händen und Knien vorwärts und spähte durch die rechteckige Türöffnung. Dann richtete er sich wieder auf und winkte Hal zu, ihm zu folgen.

Im Inneren des Gebäudes herrschte Zwielicht. Der Boden war von rostigen Metallstücken übersät, die Decke und die Wände mit Spinnweben überzogen. Nahe des Eingangs baumelte eine zerbrochene Tastatur an losen Kabeln von der Wand herab. Klunk schlüpfte durch die Tür, hob die Tastatur vorsichtig an und betrachtete stirnrunzelnd die fremdartigen Schriftzeichen auf den Tasten. Als er auf eine drückte, leuchtete sie kurz in einem matten Blau auf, um sofort wieder zu erlöschen.

Hal war in der Zwischenzeit wieder so weit zu Kräften gekommen, dass er in dem Unrat herumstöbern konnte. An einer der Wände stand ein windschiefer Schrank, und seine Augen leuchteten auf, als er die Tür öffnete und ein halbes Dutzend voller Flaschen auf dem untersten Regalbrett entdeckte. Er schnappte sich eine, hielt sie prüfend gegen das Licht und beäugte die klare Flüssigkeit. Dann versuchte er, den Verschluss zu öffnen, doch der bewegte sich keinen Zentimeter. Als er genauer hinschaute, stellte er fest, dass der Verschluss offenbar ein Rechtsgewinde hatte. Also drehte er ihn im Uhrzeigersinn, worauf er sich problemlos lösen ließ und der Überdruck mit einem lauten Zischen aus der Flasche entwich.

Klunk vernahm das Zischen und fuhr herum. »Mr Spacejock, Sie können nicht einfach …«, begann er.

Hal schnupperte an der geöffneten Flasche und sog das fruchtige Aroma in sich auf. Dann hob er ohne zu zögern den Flaschenhals an seine Lippe, legte den Kopf in den Nacken und trank in großen Zügen.

Plötzlich ertönte ein lautes Klatschen, und die Flasche wurde ihm aus der Hand geschlagen. Klunks wütendes Gesicht berührte fast das seine.

»Sind Sie verrückt geworden?«, fauchte der Roboter. »Das könnte Reinigungsflüssigkeit sein! Oder Schlimmeres!«

Hal schmatzte mit den Lippen. »Tatsächlich schmeckt es wie Apfelsaft.« Er griff nach einer weiteren Flasche, aber Klunk fiel ihm in den Arm.

»Sie trinken erst wieder, nachdem ich die Flüssigkeit gründlich analysiert habe.«

»Dann leg los.«

Klunk hob die leere Flasche hoch, die er Hal aus der Hand geschlagen hatte, hielt sie sich unter die Nase und sog langsam die aus ihr aufsteigenden Dämpfe ein. »Es ist zwar kein Apfelsaft, kommt dem aber ziemlich nahe«, erklärte er.

»Damit bin ich mehr als zufrieden«, sagte Hal. Er öffnete eine zweite Flasche, trank sie zur Hälfte aus und rülpste lautstark. »Sehr erfrischend.«

»Sie hätten sich vergiften können«, hielt ihm Klunk verärgert vor und stellte die leere Flasche in den Schrank zurück. »Bitte nehmen Sie keine andere Nahrung oder Flüssigkeit zu sich, bevor ich sie nicht untersucht habe.« Er wandte sich wieder der Tastatur zu, nahm sie vorsichtig in die Hand und überprüfte die Kabel. »Ich habe gute Nachrichten, Mr Spacejock«, sagte er schließlich. »Mit Hilfe dieser Tastatur und der Solarkollektoren an dem Mast auf dem Dach kann ich den Teleporter mit größter Wahrscheinlichkeit reparieren.«

»Phantastisch!«, rief Hal aus. »Worauf warten wir dann noch?«

Klunk deutete auf die Tastatur. »Um das gewünschte Ziel einzuprogrammieren, muss man die Tasten in einer bestimmten Reihenfolge drücken. Sofern Sie sich nicht mehr an die Sequenz erinnern können, die Sie in der Teleporterstation auf Canessa eingegeben haben …«

Hal wirkte wie vor den Kopf geschlagen. »Heißt das, du kennst den Heimweg nicht?«

»Genau. Wir benötigen eine Karte.«

»Wie könnte die denn aussehen?« Hal blickte sich in dem Unrat um.

»Nicht so eine Art von Karte. Ich nehme an, dass sie irgendwo in einem Datenspeicher abgelegt ist.« Klunk ging zur Tür.

»Wo willst du hin?«, fragte Hal.

»Das hier war offensichtlich einmal eine Geschützstellung, Mr Spacejock. Was auch immer sie einmal beschützt hat, muss ein Stückchen weiter den Weg entlang liegen.«

Kapitel 25

Hal und Klunk umrundeten eine weitere Wegbiegung und blieben abrupt stehen. Links und rechts des Pfades vor ihnen ragten zwei zerbröckelnde Steintürme auf, von deren verrostenden Angeln die Überreste eines schweren hölzernen Tores herabbaumelten. Hinter einem kleinen offenen Hof jenseits der Torflügel erhob sich eine Reihe von Steinsäulen, die ein riesiges Dach trugen. Von dem einstmals ultramarinblauen Anstrich waren nur ein paar abblätternde Farbschichten übrig geblieben, und zwischen den zerborstenen Steinplatten, mit denen der Hof gepflastert war, wucherte Unkraut.

Klunk ging voraus, durchquerte die Steintürme und betrat den Hof. Hal folgte ihm mit mehreren Flaschen unter dem Arm. Am Ende des Hofes stiegen sie eine kurze Treppe empor und gelangten zu einer t-förmigen Kreuzung unter dem Dach. Eine graue Wand, vor der in regelmäßigen Abständen Betonsäulen aufragten, versperrte ihnen den Weg. An der Basis der Säulen hatten sich Ringe aus vertrockneten Blättern abgelagert, und in der Luft lag ein erdiger Kompostgeruch. Hal blickte nach rechts und nach links. »Wohin jetzt?«, fragte er.

»Folgen Sie mir.« Klunk wandte sich nach links, und sie marschierten schweigend einen leeren breiten Gang entlang. Ihre Schritte hallten laut von den nackten Betonwänden wider. Sie passierten mehrere Türöffnungen, die in dunkle Räume führten, in denen undeutlich die Silhouetten längst zerfallenen Mobiliars und anderer Einrichtungsgegenstände zu sehen waren, bis Klunk schließlich vor einem Torbogen stehenblieb. »Auf der anderen Seite könnte es Verteidigungsanlagen geben«, sagte er. »Warten Sie lieber hier.«

»Vergiss es. Wir stecken gemeinsam in dieser Sache.« Hal trat ohne zu zögern durch den bogenförmigen Eingang. Er entdeckte eine lange Bank, auf der etliche von einer dicken Staubschicht bedeckte Metallkästen und Bildschirme standen. Von einem der Bildschirme verlief ein ausgefranstes Kabelbündel zu einer vor Schmutz starrenden Tastatur. Als Klunk sich der Bank näherte, ließ sich vor ihm eine Spinne an einem glänzenden Faden von der Decke herab. Er schob sie behutsam beiseite und machte sich daran, die stählernen Kästen zu untersuchen.

»Von jedem dieser Dinger laufen zwei Kabel zur Decke hinauf«, berichtete er. »Das eine ist offensichtlich ein Stromkabel, das andere dürfte eine Datenleitung sein. Also, wenn es mir nur gelänge …«

Einer der Monitore gab einen Piepton von sich und erwachte flackernd zum Leben. »Aha!« Klunk zog sich eine alte Kiste als Hocker an die Bank heran, stellte Sonyas Aktenkoffer auf den Boden und nahm vor der Tastatur Platz. »Zuerst muss ich analysieren, auf welche Weise die Dateien gespeichert wurden«, erklärte er. »Dann werde ich herauszufinden versuchen, ob ein direkter Zugriff auf sie möglich ist.« Er widmete sich ausgiebig der Tastatur, deren ovale Tasten mit den gleichen Symbolen bedruckt waren, die der Roboter schon aus den Teleportationskammern kannte. Schließlich drückte er auf eine Taste, und auf dem Bildschirm erschienen mehrere Reihen der fremdartigen Buchstaben.

»Was hat das zu bedeuten?«, fragte Hal zwischen zwei großzügigen Schlucken aus einer der Flaschen.

»Ich versuche, die Sprache zu entschlüsseln«, sagte Klunk. Er drückte ein paar weitere Tasten. »Was ich dazu bräuchte, wären irgendwelche physikalischen oder mathematischen Inhalte –

zum Beispiel ein Periodensystem der Elemente, eine Fibonacci-Folge oder etwas in dieser Richtung. Bis jetzt habe ich allerdings nur reine Textdateien abrufen können.«

Hal hatte die Flasche geleert und betrachtete sie genauer. Sie bestand aus Glas, in das ein stilisierter Baum über einer Reihe der fremdartigen Schriftzeichen eingraviert war. »Ich hab's!«, rief er aufgeregt. »Klunk, sieh dir das an!«

Der Roboter drehte sich zu ihm um. »Was meinen Sie?«

»Der Baum und die Schrift darunter. Meinst du, dass das der Markenname des Getränks ist?«

»Das hilft uns nicht weiter. Es könnte alles Mögliche sein, wahrscheinlich irgendein erfundener Name.«

»Aber was ist mit dem Wort für ›Baum‹? Vielleicht ist das ein Teil des Markennamens.«

»Genauso gut könnte es ein Wortelement der abgebildeten Pflanze sein. So wie das Wort Baum in Apfelbaum oder Orangenbaum.« Klunk zögerte. »In Ordnung, lassen Sie mich sehen.«

Hal reichte ihm die Flasche, und Klunk warf einen Blick auf die Buchstaben. Dann huschte ein Lächeln über sein Gesicht. »Sie hatten recht, Mr Spacejock. Dies ist ein Produkt der ›Lone Tree Drinks Company‹. Ein alkoholfreier Fruchtsaft. Damit habe ich genügend Informationen, um auch den Rest der Sprache entschlüsseln zu können.« Er stellte die Flasche weg, wandte sich wieder dem Bildschirm zu und begann, emsig zu tippen.

»Gibt es hier irgendjemanden, den wir um Hilfe bitten können?«, erkundigte sich Hal nach einer Weile.

Klunk gab eine entsprechende Anfrage ein, und auf dem Bildschirm erschien ein neuer Text. »Tut mir leid, Mr Spacejock. Dieser Planet ist schon seit fast drei Jahrhunderten verlassen.«

»Kannst du wenigstens eine Karte abrufen, auf der die Teleporterstationen verzeichnet sind?«

»Leider nicht. Ich habe zwar einzelne Angaben zu den Stationen erhalten, aber konkretere Nachfragen ergeben nur Fehlermeldungen und defekte Dateien.«

Hal ließ den Blick über die verstaubten Computer wandern. »Wie sieht es mit Sicherungskopien der defekten Dateien aus?«

Klunk tippte irgendetwas in die Tastatur. »Es gibt drei ausgelagerte, vom Computernetz getrennte Backups. Leider müssten wir tagelang marschieren, um sie zu erreichen, und wir haben keinerlei Proviant für Sie.«

»Das war's dann also.« Hal ließ mutlos die Schultern sinken. »Wir sind verloren.«

»Noch nicht ganz«, beruhigte ihn Klunk. »Laut dem Computer gibt es einen Verkehrsknotenpunkt ganz in der Nähe.« Er ergriff den Aktenkoffer, geleitete Hal aus dem Raum und bog nach links ab. Als das Licht immer schwächer wurde, schaltete er seinen Scheinwerfer an und stieg mit Hal eine lange Treppe hinab. Der Gang am unteren Ende der Treppe war schmal, seine Decke feucht und mit einer dünnen Moosschicht überzogen.

»Ich hoffe, wir sind hier unten einigermaßen sicher«, überlegte Hal laut, beunruhigt durch die vielen Risse in der Decke. »Hey, du hast mir noch gar nichts über das Volk erzählt.«

»Welches Volk?«

»Die früheren Bewohner dieser Welt. Die verschwundene Zivilisation.«

»Die Aufzeichnungen über sie waren unvollständig, aber offenbar sind sie durch die Teleporterstationen verschwunden.«

»Was, das gesamte Volk?«

»Ja. Allerdings über einen Zeitraum von mehreren Jahrzehnten.«

»Warum?«

»Denken Sie an die parallele Entwicklung in unserer Galaxis. Auch dort haben sich die Menschen von ihrem ursprünglichen Heimatplaneten in alle Richtungen ausgebreitet, gelockt von den Versprechungen eines neuen Anfangs, von unerforschten Weiten und fremden neuen Welten. Obwohl ihnen lange und gefährliche Reisen in bestenfalls zweitklassigen Raumschiffen bevorstanden, sind sie das Wagnis eingegangen. Und die Bewohner dieses Planeten brauchten dazu sogar nur den nächsten Teleporter zu betreten.«

»Vermutlich wäre die Versuchung sehr groß ...« Hal erinnerte sich an seine eigene Erfahrung mit der Teleportation. »Ich wette, niemand hat ihnen verraten, wie schmerzhaft der Prozess ist.«

»Vielleicht waren diese Wesen schmerzunempfindlicher als Sie.« Vor Hal und Klunk verzweigte sich der Tunnel. Klunk deutete auf die rechte Abzweigung. »Hier entlang. Allerdings haben Computer seltsamerweise eine bedeutende Rolle für den Exodus gespielt.«

»Wie denn das? Sind sie reihenweise abgestürzt?«

»Gewissermaßen. Sehen Sie, irgendwann ist die technische Entwicklung auf dieser Welt in eine Sackgasse geraten. Die Erfindung des Teleportationsnetzes hat einen Niedergang der Wissenschaft eingeleitet. Als ihr eine ganze Galaxis offen stand, hat sich die junge Generation auf den Weg gemacht. Das ging so lange, bis den Leuten endlich klar geworden ist, welche Konsequenzen diese Entwicklung für ihre Zivilisation hatte, aber da war es bereits zu spät. Die Zurückgebliebenen wussten nicht mehr, wie ihre Maschinen funktionierten oder wie man sie reparierte. An diesem Punkt ist dann die wahre Tragödie über sie hereingebrochen.«

»Was, eine Naturkatastrophe?«

»Viel schlimmer. Eines Tages hat ein angehender Techniker ein fehlerhaftes Modul in der zentralen Recheneinheit ausgetauscht, mit deren Hilfe die medizinischen Datenspeicher des gesamten Planeten verwaltet wurden. Kurz darauf hat die Maschine einen Freigabecode angefordert, den ihr aber niemand liefern konnte. Einige Monate später hat sich dann plötzlich der Computer der Leitstelle für Niedrigorbit-Flüge geweigert hochzufahren, weil er darauf programmiert war, seine Lizenz alle zehn Jahre aktualisieren zu lassen, aber die dafür zuständige Software-Firma existierte da bereits nicht mehr.«

»Was für eine Katastrophe.«

Klunk nickte. »Als einzige Alternative blieb den Leuten nur noch die Auswanderung.«

Sie erreichten einen Treppenschacht, stiegen die Stufen hinauf und kamen in einem kleinen Hof mit einem zerfallenen Springbrunnen heraus. »Hier entlang«, wies Klunk die Richtung und betrat einen weiteren Gang. Auf halbem Weg bogen sie rechts ab, stiegen drei Stufen hinab und gelangten in ein gewaltiges gewölbeartiges Gebäude, das im Halbdunkel lag, weil nur durch ein paar vereinzelte durchsichtige Streifen in der Decke gedämpftes Licht fiel.

Als Hals Augen sich auf das Zwielicht eingestellt hatten, entdeckte er ein riesiges Gebilde mit glatten Rundungen. »Was ist das?«, fragte er.

»Ein Raumschiff«, erwiderte Klunk.

»Das soll wohl ein Witz sein. Haben diese Leute tatsächlich die interstellare Raumfahrt beherrscht?«

»Natürlich. Wie, glauben Sie, sollten sie denn sonst die Teleporterstationen auf den anderen Welten errichtet haben?«

»Ich … verdammt, darüber habe ich gar nicht nachgedacht.« Hal runzelte die Stirn. »Moment mal, dieser Teleporter auf Canessa befand sich in unserer Galaxis. Was haben diese Typen denn da getan?«

»Mr Spacejock, ich habe nicht die leiseste Ahnung«, gestand Klunk.

Sie gingen an der abgerundeten Nase des Raumschiffs vorbei, und Hal starrte zu den leeren runden Fensteröffnungen hinauf, die inmitten des plumpen Rumpfs wie die Augen eines urzeitlichen Raubtiers anmuteten. Er entdeckte noch drei weitere Raumschiffe, die in dem riesigen Hangar wie ausgestopfte Wale in einem Museum aufgereiht waren. Zwischen ihnen standen kleinere Flieger und Bodenfahrzeuge, ein halbes Dutzend Atmosphärengleiter und Luftkissenfahrzeuge, die meisten mit hochgeklappten Motorhauben und offenen Wartungsschächten. Überall um sie herum verstreut lagen Werkzeuge und Einzelteile auf dem Boden und etlichen Werkbänken. Von den Hangarwänden hingen Kabelrollen und Stahlseile herab, schlängelten sich über diverse Schneidwerkzeuge und rostige Metallplatten. Das andere Ende des Hangars war in sich zusammengesackt und hatte ein traurig aussehendes Raumschiff unter einem Gewirr von Stahlträgern und Dachelementen halb begraben.

»Du denkst doch nicht etwa daran, eines von diesen Dingern zu fliegen, oder?« Hal klopfte gegen das gewölbte Cockpitverdeck eines Gleiters und sprang erschrocken zurück, als sich ein Auspuffrohr von der Maschine löste und zu Boden fiel. »Die einzige Möglichkeit, diese Wracks noch einmal in die Luft zu bekommen, ist, sie mit einem großen Katapult loszuschießen.«

»Es muss hier irgendetwas geben, das wir benutzen können«, sagte Klunk.

Hal musterte die verstaubten Gleiter mit unverhohlener Skepsis. »Was, wenn so ein Ding mitten im Nirgendwo plötzlich den Geist aufgibt?«

»Möchten Sie lieber zu Fuß gehen? Einmal hin zur nächsten Sicherungskopie und dann denselben Weg wieder zurück?«

»Wohl eher nicht.«

Sie kamen an mehreren Bodenfahrzeugen vorbei, bis sie eins fanden, das noch einigermaßen intakt zu sein schien. Wie alle anderen war es mit einer dicken Staubschicht überzogen, aber alle Türen, Luken und die Motorhaube waren geschlossen.

Nachdem Klunk das Äußere einer Inspektion unterzogen hatte, öffnete er die Seitentür und forderte Hal mit einer Geste auf einzusteigen. Dann verstaute er den Aktenkoffer auf der Rücksitzbank und nahm im Cockpit neben Hal Platz. Die beiden gartenstuhlartigen Vordersitze hatten schmale Kopfstützen und Vierpunktsicherheitsgurte. Im Armaturenbrett befanden sich etliche staubbedeckte kreisrunde Vertiefungen. Als Hal die Beine ausstreckte, spürte er einen nachgiebigen Wiederstand wie von Stahlfedern unter seinen Füßen und entdeckte vier dünne Pedale im Fußraum.

Klunk wischte den Staub aus einer der Vertiefungen in der Armaturentafel und legte eine Instrumentenanzeige frei. Sie stellte einen roten Balken dar, der an beiden Enden von violetten Strichen begrenzt wurde. Etwa in der Mitte des Balkens schwebte eine Anzeigenadel. Unter dem roten Balken waren ein paar der fremdartigen Schriftzeichen abgebildet.

»Wischen Sie besser alle Kontrollanzeigen ab«, meinte Klunk. »Ich muss herausfinden, welche Informationen sie uns liefern können.«

Hal missbrauchte einen Ärmel seiner Fliegermontur als Putzlappen. Der aufwirbelnde Staub ließ ihn husten. Als er alle Anzeigen gesäubert hatte, unterzog Klunk sie der Reihe nach einer gründlichen Inspektion.

»Tankanzeige, Höhenmesser, Funk, Landekufen, Tachometer, Fahrtrichtung. Okay, ich bin bereit. Schnallen Sie sich an.«

Hal legte seine Sicherheitsgurte um und verschränkte die Arme vor der Brust. »Ich hoffe, du weißt, was du da tust.«

Klunk drückte auf einen Knopf im Armaturenbrett, worauf der Motor brüllend zum Leben erwachte, und einen Moment lang befürchtete Hal, das Luftkissenfahrzeug würde explodieren. Doch anstatt ihn in kleinen Portionen überall im Hangar zu verteilen, lief der Motor weiter.

»Schade, dass Sie keine Ohrenstöpsel haben!«, schrie Klunk mit voller Lautstärke, um den Lärm zu übertönen.

Hal presste sich die Hände auf die Ohren und nickte.

Klunk bewegte den Steuerknüppel und trat eines der Pedale hinunter. Das Motorengeräusch veränderte sich, und das Luftkissenfahrzeug stieg ruckartig in die Höhe, bis es ein Stückchen über dem Betonboden des Hangar schwebte.

»Was ist mit den Hangartoren?«, fragte Hal.

»Der dritte Schalter links vor Ihnen.«

Hal legte den Schalter um, und auf der rechten Seite des Hangars schwang ein kleines Tor laut quietschend und knarrend auf. Dahinter wurde ein Streifen strahlend blauen Himmels über einer flachen braunen Ebene sichtbar. Klunk steuerte das Fahrzeug durch die Öffnung, richtete es auf die Zielkoordinaten aus und beschleunigte kräftig.

»Zie-ziemlich schnell, was?«, rief Hal, als die Landschaft nur so an ihnen vorbeiflog.

Klunk nickte, ohne dabei die Instrumentenanzeigen aus den Augen zu lassen. »Ich schätze, wir brauchen rund 35 Minuten bis zu unserem ersten Ziel.«

Hal starrte auf den Horizont, über dem ein paar kleine Erhebungen aufgetaucht waren, die sich nach und nach als ein halbes Dutzend Gebäude mit eingestürzten Dächern, zerbröckelnden Mauern und leeren Fensteröffnungen entpuppten. »Sieht nicht gerade vielversprechend aus«, murmelte er.

Klunk brachte den Flitzer durch eine Kombination aus Luftbremsen und Umkehrschub über einer rissigen Betonplatte zum Stehen, ließ ihn zu Boden sinken und schaltete den Motor aus. »Lassen Sie es uns zuerst mit dem größten Gebäude probieren«, schlug er vor.

Der durch das Luftpolster aufgewirbelte Staub brachte Hal

zum Husten, als er die Tür öffnete. Sie stiegen aus und gingen langsam auf die Gebäudegruppe zu. Angesichts des Verfalls fragte sich Hal, ob es wirklich erst drei Jahrhunderte her war, seit der letzte Bewohner den Planeten verlassen hatte. Er war so tief in seine Gedanken versunken, dass er gegen Klunk prallte.

Der Roboter war stehen geblieben und betrachtete besorgt die Fassade des Gebäudes, aus der sich einzelne Ziegelsteine gelöst hatten und der Putz aus den Fugen rieselte. »Ich schlage vor, dass Sie hier draußen warten, Mr Spacejock«, sagte er. »Diese Mauern sehen nicht gerade vertrauenserweckend aus.«

»Die stehen schon seit Jahrhunderten hier. Ich bin mir sicher, dass sie auch noch ein paar Minuten länger durchhalten werden.«

»Es wäre mir trotzdem lieber, wenn Sie in sicherer Entfernung von diesem Haus warten würden. Außerdem scheint dort drinnen sowieso nur ein Schuttberg übrig geblieben zu sein.«

Hal sah zu, wie sich Klunk einen Weg durch ein Wirrwarr aus heruntergefallenem Mauerwerk zu der breiten Eingangstür bahnte. »Wie man einen fremden Planeten erforscht«, kommentierte er mürrisch, die Arme vor der Brust verschränkt. Doch dann hellte sich seine Miene auf, als er den Blick über die anderen Gebäude wandern ließ, und kurz darauf marschierte er auf das ihm nächstgelegene Haus zu. Schließlich hatte Klunk nicht von ihm verlangt, sich auch von den restlichen Ruinen fernzuhalten.

Kapitel 26

Klunk trat über Berge von Ziegelsteinen hinweg, duckte sich unter herabhängenden Querträgern hindurch und arbeitete sich der anderen Seite des Raumes entgegen. Nach den Informationen, die er aus dem uralten Computer erhalten hatte, war dies das Haus eines IT-Spezialisten für ausgelagerte Backups gewesen. Außerdem war in der Datei ein geschützter Lagerraum im Keller unter dem Haus erwähnt worden.

Kurz vor der Rückwand des Hauses entdeckte er ein von herabgestürztem Bauschutt verstopftes Loch im Boden. Er ließ sich davor auf die Knie nieder, beugte sich vor, legte die Hände um einen großen Betonbrocken und begann, daran zu ziehen. Er hatte ihn kaum ein paar Zentimeter bewegt, als er ein lautes Knacken vernahm. Der gesamte Schuttberg fiel in sich zusammen und stürzte laut polternd eine Treppe hinab. Einen Sekundenbruchteil lang balancierte Klunk mit dem schweren Gewicht in den Händen am Rande des Treppendurchbruchs, konnte den Brocken aber nicht mehr schnell genug loslassen und kippte vornüber in das dunkle Loch.

Er rollte über die Stufen hinunter und landete unsanft auf dem Kellerboden. Als sich der Nachhall des Lärms gelegt hatte, schaltete er seinen Brustscheinwerfer an. Der schwache Strahl bohrte sich durch die stauberfüllte Luft und glitt über vier nackte Wände und einen von Unrat übersäten Fußboden. Klunk ließ den Scheinwerfer nach oben wandern und erstarrte. Die Decke hing durch, wie eine Zeltplane, die sich mit Regenwasser gefüllt hatte, und aus zahlreichen Rissen rieselten munter kleine Steinchen und Staub herab. Das gesamte Gebäude erweckte den Eindruck, als hatte es nur auf den richtigen Augenblick gewartet, um endgültig in sich zusammenzustürzen.

Der drohenden Gefahr zum Trotz kroch Klunk vorsichtig auf Händen und Knien in die Mitte des Kellerraums. Er wischte mehrere kleine Dünen aus Sand und Mörtel beiseite und lächelte in sich hinein, als er schließlich eine runde Metallabdeckung im Boden freilegte. Der Deckel war mit einem Bolzen gesichert. Klunk zog ihn aus dem Bügel und zerrte die Falltür in die Höhe, unter der ein dunkler Hohlraum zum Vorschein kam. Der Lichtstrahl aus seinem Brustscheinwerfer glitt über den Rand des Loches, und Klunks Lächeln wurde breiter, als der Strahl auf eine graue Metallkiste fiel. Er streckte eine Hand danach aus. Genau in diesem Moment ertönte irgendwo in der Ferne ein lang anhaltendes Donnergrollen.

Klunk hob den Kopf. Das Grollen wurde immer lauter, und plötzlich zerbrach irgendetwas direkt über ihm mit einem lauten Krachen. Er konnte gerade noch rechtzeitig zurückspringen – wobei er einen perfekten Salto schlug –, als die Decke über ihm zusammenstürzte. Dann kauerte er sich am Fuß der Treppe zusammen und musste hilflos mitansehen, wie eine tonnenschwere Betonlawine den Keller unter sich begrub.

Der Lärm war kaum verklungen und die Lawine zum Stillstand gekommen, da hörte er auch schon das nächste Geräusch. Das Gebäude über ihm ächzte und knarrte, als die Wände und die Überreste des Daches ihren Kampf gegen die Schwerkraft endgültig verloren und wie ein Kartenhaus in sich zusammenfielen.

Hal entdeckte nichts von Interesse in der Ruine. Im Dach des Hauses klafften große Löcher. Grob gesägte Holzbalken, die mit Metallplatten auf dem Betonfußboden befestigt waren, stützten die Wände. Das zerbrochene Mobiliar war mit Verputzbrocken übersät, und durch das gesprungene Glas der Fensterscheiben, die nur noch von einer dicken Staubschicht zusammengehalten wurden, drang kaum ein Lichtstrahl.

Als er sich umdrehte und gehen wollte, stolperte er über irgendetwas und prallte gegen einen der Stützpfosten. Einen Moment lang hielt der morsche Balken noch stand, dann zerbrach er unter dem Druck, der seit Ewigkeiten auf ihm lastete. Verputzstücke lösten sich aus der Wand, gefolgt von einer Hand voll Ziegelsteinen. Hal zog sich vorsichtig zurück, als ein weiterer Balken mit einem lauten Knacken zerbrach. Und dann folgte einer dem anderen. Hal schaffte es gerade noch, durch die Eingangstür ins Freie zu springen, da fiel das ganze Haus auch schon wie in Zeitlupe in sich zusammen.

Leider neigte es sich dabei etwas zur Seite und stieß gegen das Nachbarhaus, das seinerseits mit einem gequälten Ächzen zusammenbrach und dabei wiederum das nächste Gebäude mit sich riss. Einmal angestoßen, setzte sich der verhängnisvolle Prozess wie bei einer Reihe Dominosteine fort, bis die Luft von einer riesigen dichten Staubwolke erfüllt war, die vom Dröhnen und Poltern zerberstenden Mauerwerks widerhallte.

»O nein!«, stieß Hal entsetzt hervor. »Klunk!«

Er eilte zu dem Gebäude am Ende der Reihe, von dem nichts mehr als ein Schutthaufen übrig geblieben war, über dem sich der Staub langsam setzte. »Klunk!«, rief er. »Bist du da drinnen?«

Inmitten des Gerölls geriet ein Träger in Bewegung, und ein staubbedecktes Gesicht tauchte zwischen Putz und Steinen auf. »Treten Sie zurück, Mr Spacejock«, sagte der Roboter. Er wartete, bis Hal einen ausreichenden Sicherheitsabstand zwischen sich und die Überreste des Hauses gebracht hatte, bevor er den schweren Träger beiseite wuchtete, was eine erneute Staubwolke hochwirbeln ließ. Dann wühlte er sich aus den Trümmern heraus.

»Ich habe die Gebäude doch etwas stabiler eingeschätzt«, stellte er selbstkritisch fest, während er die Reihe der eingestürzten Häuser musterte. »Sie sind ihnen doch nicht etwa zu nahe gekommen?«

»Du hast mir doch extra gesagt, ich sollte mich davon fernhalten«, wich Hal einer direkten Antwort aus. Er wischte sich ein paar Putzreste von der Fliegermontur. »Hast du das Backup gefunden?«

»Da war ein Metallkästchen unter einer Falltür im Kellerboden, und ich wollte es gerade herausholen, als plötzlich das Dach eingestürzt ist. Der Schutt muss den Kasten völlig zerquetscht haben.« Klunk beäugte nachdenklich die Ruinen. »Seltsam, dass alle Gebäude auf einmal einfach so eingestürzt sind.«

Hal scharrte mit den Füßen. »Also, wo ist die nächste Sicherungskopie versteckt?«

»Im Osten. Ich muss nur die Koordinaten richtig interpretieren.«

Einige Minuten später waren sie auch schon wieder unterwegs. Das Luftkissenfahrzeug hüpfte und schaukelte, während es dicht über die Bodenunebenheiten hinwegjagte.

Allmählich machten sich bei Hal die Auswirkungen des Schlafmangels und der permanenten Anstrengungen bemerkbar. Er nickte ein paarmal kurz ein, den Kopf gegen das Seitenfenster des Flitzers gelegt, schreckte aber jedes Mal sofort wieder hoch, wenn Klunk einen kurzen Schlenker machte, um einem Hindernis auszuweichen. Die einzige Vorwarnung war ein kurzes Aufheulen der Turbine, wenn der Roboter die Motorleistung umittelbar vor den Ausweichmanövern erhöhte, um die dabei auftretenden Fliehkräfte zu kompensieren.

Sie näherten sich in einem flachen Winkel einer weißen Linie, die sich vor ihnen über den Horizont zog. »Was ist das?«, fragte Hal. Er beugte sich vor, um besser durch das zerschrammte Plexiglas der Windschutzscheibe sehen zu können.

»Könnte eine Straße sein«, meinte Klunk.

»Gut«, sagte Hal, als der Flitzer gerade einen aus der Erde ragenden Findling umkurvte. »Dann könnten wir zur Abwechslung mal wieder längere Zeit geradeaus fahren.«

Nach einer Weile verwandelte sich die Linie in zwei Schienen, die über ein Gleisbett liefen. »Das sind unverkennbar Eisenbahnschienen«, stellte Klunk fest.

»Für einen Passagierzug?«

Klunk schüttelte den Kopf. »Ihrer Größe nach zu urteilen, eher für schwere Güterzüge. Auf jeden Fall aber für schienengebundene Fahrzeuge.«

Hal ließ den Blick über die Schienen und weiter zum Horizont wandern. War da irgendetwas? Er glaubte, eine kleine Erhebung in der sonst so konturlosen Ebene zu sehen, nicht viel mehr als einen verwaschenen Fleck in der Ferne, auf den sie genau zurasten. »Ist das da drüben unser nächstes Ziel?«

»Richtig.« Klunks Gesicht wirkte ernst. »Ihnen ist doch sicher klar, dass sich unter Umständen keine der Sicherungskopien als brauchbar erweisen könnte. Es ist denkbar, dass wir für immer auf diesem Planeten festsitzen werden. Vielleicht müssen Sie den Rest Ihres Lebens allein verbringen, ohne menschliche Gesellschaft, ohne einen echten Gesprächspartner …«

»Das sind wirklich erfreuliche Nachrichten, die du mir da beibringen willst«, unterbrach ihn Hal. »Zerbrechen wir uns lieber den Kopf darüber, wenn es so weit ist, einverstanden?«

Während ihrer kurzen Unterhaltung war der Fleck zu einem Hügel von beachtlicher Größe angeschwollen, der sich ganz allein aus der flachen Ebene erhob. Am Fuß des Hanges standen ein paar vereinzelte spindeldürre schwarze Bäume.

»Wo befindet sich das Backup?«, fragte Hal, ohne den Hügel aus den Augen zu lassen. »Oben auf dem Gipfel?«

»Nein. Es gibt eine schmale Schlucht, die am Fuß des Hügels beginnt und ziemlich weit in ihn hineinführt. Alles, was ich sonst noch dazu in den Datenbanken finden konnte, ist die Erwähnung einer Art von Verteidigungseinrichtung. Etwas mit der Bezeichnung *Das Allsehende Auge des Todes.*«

Hal starrte den Roboter an. »Du machst dich über mich lustig.«

»Nein. Das ist die wörtliche Übersetzung.«

»Ist dir beim Lesen nicht vielleicht so ein Gedanke wie ›Hoppla, das könnte aber gefährlich werden‹ in den Sinn gekommen?«

»Doch. Allerdings hat sich das, was ich über den Ort gelesen habe, an dem sich die dritte Sicherungskopie befindet, noch schlimmer angehört.«

»Schlimmer als das *Auge des Todes*?«

»Ich wollte Sie nicht unnötigerweise beunruhigen.«

»Dafür ist es mittlerweile ein bisschen zu spät.« Hal richtete seine Aufmerksamkeit wieder auf den schnell größer werdenden Hügel. »Wir sind diesem ominösen Auge schon ziemlich nahe gekommen. Warum halten wir nicht einen etwas größeren Abstand und nehmen den Hügel eine Weile von hier draußen aus in Augenschein?«

»Weil wir hier sind und der Hügel sich da drüben befindet.«

»Ja, aber dieses Dingens mit dem Tod ist auch da drüben.«

»Die kürzeste Verbindung zwischen zwei Punkten besteht nun mal aus einer geraden Linie«, sagte Klunk.

»Und die schnellste Art, von irgendwelchen Augen des Todes umgebracht zu werden, besteht darin, direkt in sie hineinzufahren.«

»Machen Sie sich deswegen keine Gedanken. Die meisten

Hinterlassenschaften auf diesem Planeten sind verrottet, und ich bezweifele, dass diese Verteidigungseinrichtung ein so schnelles Objekt wie dieses Luftkissenfahrzeug überhaupt erwischen könnte.«

RUMMS!

Hal riss die Hände vors Gesicht, als sich die Front des Bodenfahrzeugs in eine explodierende Trümmerwolke verwandelte. Neben ihm kämpfte Klunk in dem verzweifelten Versuch, den Flitzer so schnell wie möglich zu wenden, mit der Steuerung. Es gelang ihm auch beinahe, doch dann neigte sich die zerfetzte Nase des Wagens abwärts, berührte den Boden und fräste eine lange Furche in den Sand. Das Luftkissenfahrzeug schleuderte herum und legte sich auf die Seite.

»Raus hier!«, schrie Klunk. »Schnell, Mr Spacejock!«

Hal trat die verbeulte Tür auf, warf sich flach auf den Boden und landete mit dem Gesicht voraus im Staub. Als er den Kopf hob, sah er, wie Klunk sich abmühte, Sonyas Aktenkoffer aus dem zerstörten Wagen zu ziehen.

»Lass das Ding liegen!«, rief er. »Komm schon, lauf!«

Klunk atmete tief durch, bekam den Koffer mit einem kräftigen Ruck frei, klemmte ihn sich unter den Arm und rollte sich geschickt über den Boden ab. Er kam sofort wieder auf die Füße, doch noch bevor er losrennen konnte, schlug irgendetwas in das Luftkissenfahrzeug, worauf rot glühende Metallsplitter durch die Luft wirbelten.

»Laufen Sie!«, brüllte er. »Versuchen Sie, irgendwo Deckung zu finden!«

Ganz in der Nähe ragte ein schmaler Felsgrat aus dem Boden. Hal und Klunk hechteten darüber hinweg und duckten sich, als ein weiteres Geschoss in das übel zugerichtete Fahrzeug schlug.

Klunk spähte über den Rand des Felsvorsprungs. »Ich denke,

Sie hatten recht«, räumte er ein. »Wir hätten den Hügel besser erst einmal in sicherer Entfernung umrunden sollen.«

»Dafür ist es jetzt ein bisschen zu spät.« Wieder jagte ein Geschoss dicht über ihre Deckung hinweg, und Hal duckte sich instinktiv. »Was machen wir jetzt?«

»27 Sekunden«, sagte Klunk.

»Was?«

»Das ist die Zeit, die das Geschütz benötigt, um nachzuladen. Wir müssen nur die Pausen zwischen den einzelnen Schüssen nutzen, dann können wir uns in Sicherheit bringen.«

Hal riskierte einen Blick in Richtung des Hügels in 200 bis 300 Metern Entfernung. Die einzige Deckung von hier bis dorthin bestand aus zwei halb im Sand vergrabenen Felsen. Plötzlich blitzte es zwischen den Bäumen auf, und einen Sekundenbruchteil später traf irgendetwas das zertrümmerte Bodenfahrzeug. »Ich habe es gesehen, Klunk«, sagte er. »Ein Licht auf dem Hang.«

Klunk hob den Kopf aus der Deckung und spähte zu der Erhebung hinüber. Es verstrich eine knappe halbe Minute, bis es erneut aufblitzte. Hinter ihm explodierte das Wrack des Luftkissenfahrzeugs mit einem trockenen Knall. Ein Hagel aus zerfetzten Trümmerteilen prasselte auf sie herab.

»So viel zu unserem Transportmittel«, murmelte Hal. Er klopfte sich glühend heiße Metallsplitter aus seiner verdreckten Fliegermontur. »Und du sagst, die dritte Lagerstelle der Sicherungskopie ist die gefährliche, richtig?«

»Wir müssen nur den richtigen Zeitpunkt abpassen«, sagte Klunk. »Nach dem nächsten Schuss bleiben uns etwas mehr als 20 Sekunden, bevor wir wieder in Deckung gehen müssen.«

Hal beäugte die Felsen am Fuß des Hügels. »Denkst du, wir schaffen es?«

»Sie brauchen nicht einmal die ganze Strecke zurückzulegen.

Schon ein paar Meter vor den Felsen befinden Sie sich von dem Geschützturm aus gesehen in einem toten Winkel.«

»Ein Geschützturm?«

Klunk nickte. »Er muss energetisch autonom sein. Solarenergie würde für einen derart kraftvollen Beschuss nicht ausreichen.«

»Kannst du dem Ding denn nicht einfach befehlen, den Beschuss einzustellen?«, fragte Hal.

»Ich habe keinerlei Möglichkeit, mit ihm zu kommunizieren.«

Hal spähte erneut über seine Deckung. »Wie viele Sekunden, sagst du, beträgt das Schussinterval genau?«

»27.«

»Und warum feuert das Geschütz jetzt nicht mehr?«

»Weil es das Luftkissenfahrzeug vollständig zerstört hat und wir in Deckung liegen.«

»Dann feuert es also erst wieder, wenn wir uns bewegen?«

»Genau.«

»Macht es das nicht ziemlich schwierig für uns, den richtigen Zeitpunkt zum Losrennen abzupassen?«

Klunk ergriff einen Felsen. »Ich werde diesen Brocken werfen, um die Aufmerksamkeit des Geschützes zu erregen. Sind Sie bereit?«

Hal atmete tief durch und nickte.

Der Roboter schleuderte den Brocken über den Felsrücken. Fast augenblicklich fegte ein heißer Windstoß über sie hinweg, gefolgt von einem Hagelschauer aus zertrümmerten Gesteinsresten. »Laufen Sie!«, schrie Klunk.

Hal sprang auf und sprintete auf die Felsen zu. Dicht hinter ihm trommelten Klunks platte Füße lautstark über den Sand.

»Wenn Sie mich ... rufen hören ... flach auf den Boden ... werfen und ... still liegen!«, keuchte Klunk abgehackt. Sein

Kühlgebläse lief auf Hochtouren, um die Schaltkreise vor der drohenden Überhitzung zu bewahren.

Die Felsen waren noch weit entfernt, und Hals Lungen brannten wie Feuer, als der Roboter den angekündigten Warnschrei ausstieß. »Runter!«

Hal warf sich flach auf den Boden. Seine Handflächen schrammten über das raue Gemisch aus Sand und Kieselsteinen. Eine gewaltige Explosion ließ eine Druckwelle über ihn hinweglaufen, und als er den Kopf hob, peitschte ihm eine dichte Staubwolke ins Gesicht. »Klunk?«, rief er.

»Weiter, Mr Spacejock!«, hörte er Klunks Stimme von irgendwo vor ihm. Er sprang erneut auf, rannte blindlings in die Staubwolke hinein, setzte über vereinzelte kleine Felsbrocken hinweg, umkurvte die größeren im Slalom und schnappte krampfhaft nach Luft, während der Fuß des Hügels qualvoll langsam näher kam. Klunk stand bereits mit dem Rücken an einen Baumstamm gepresst in Deckung. »Beeilung!«, schrie er.

»Halt ... die ... Klappe ...!«, keuchte Hal, strauchelte die letzten Meter über ein paar spärliche vertrocknete Grasbüschel und hechtete hinter einen Baumstamm, wo er gebannt auf die nächste Explosion wartete.

Das Geschütz schwieg.

»Können Sie in Ihrer Nähe einen Felsbrocken entdecken und zur Ablenkung werfen?«, erkundigte sich Klunk.

Hal sah sich um. »Nein«, erwiderte er atemlos.

»In meiner Reichweite ist auch keiner«, sagte Klunk. »Aber vielleicht sind wir hier zwischen den Bäumen nicht mehr in Gefahr.«

»Du hast auch vorhin mit keiner Gefahr gerechnet, bis wir plötzlich unter Beschuss geraten sind«, gab Hal zu bedenken.

»Ich kann mich eben auch mal irren.« Klunk schwieg einen Moment lang. »Mir kommt gerade eine Idee.«

»Ich glaube, die möchte ich lieber erst gar nicht hören.«

»Wenn wir beide genau gleichzeitig aus unserer jeweiligen Deckung hervortreten, kann sich das Geschütz vielleicht nicht entscheiden, auf wen es schießen soll.«

»Der Plan hat leider zwei Schwachstellen«, sagte Hal. »Erstens, vielleicht schaffen wir es nicht, unsere Deckung exakt zum selben Zeitpunkt zu verlassen. Dann würde demjenigen, der zuerst hinter seinem Baum hervorkommt, der Kopf weggepustet werden.«

»Richtig.«

»Zweitens: Selbst wenn wir es schaffen, könnte das Geschütz nach dem Motto verfahren, dass es besser ist, wahllos irgendeinen Feind als gar keinen zu erledigen.«

»Und was schlagen Sie vor?«

»Ich? Ich denke, wir hätten erst gar nicht so dicht an den Hügel heranfahren dürfen.«

»Diese Erkenntnis kommt leider ein bisschen zu spät«, stellte der Roboter nüchtern fest.

»Ich weiß, ich wollte es einfach nur einmal erwähnt haben. Wenn du nicht so sehr von dir selbst überzeugt gewesen wärst …«

»Wir laufen bei drei los«, unterbrach ihn Klunk. »Fertig?«

»Uns bleibt wohl kaum was anderes übrig«, murmelte Hal ergeben.

»Eins … zwei … *drei!*«

Hal stieß sich von dem Baumstamm ab, glitt aber auf dem sandigen Untergrund aus und verlor das Gleichgewicht. Noch im Fallen nahm er den blitzschnell aus seiner Deckung hervorsprintenden Roboter als verwaschenen bronzefarbenen Schemen aus den Augenwinkeln heraus wahr und hörte das surrende Geräusch, mit dem der Geschützlauf herumschwang und sein neues Ziel anvisierte. »Klunk!«, brüllte er.

Der Roboter kam augenblicklich schlitternd zum Stehen, nur um sofort wieder loszurennen, diesmal in Hals Richtung. »Ich komme, Mr Spacejock!«, schrie er zurück. Der Lauf des Geschützes folgte ihm blitzschnell und richtete sich auf seinen Hinterkopf aus.

»Nicht, du dämlicher Blechkasten!«, rief Hal entsetzt. »Ich bin nur gefallen!«

Klunk verharrte abrupt. »Ich dachte ...«

»Runter! Auf den Boden! Der Turm wird ...«

Das ohrenbetäubende Aufbrüllen, mit dem das Geschütz erneut feuerte, verschluckte den Rest von Hals Worten. Aus dem Lauf schoss eine meterlange Flammenzunge hervor. Klunk wurde mit rudernden Armen und Beine meterweit rückwärts in die Büsche geschleudert. Sekunden später ertönte eine mörderische Explosion zwischen den Findlingen draußen auf der Ebene vor dem Hügel.

»Klunk!«, schrie Hal. »Klunk, geht es dir gut?«

Kapitel 27

Curtis aktivierte den Sprungmotor, der laut aufheulend hinter seinem Rücken auf Touren kam. Kurz darauf erreichte der Lärm seinen Höhepunkt, und die Sterne erloschen flackernd, nur um sofort wieder in einer neuen Konstellation aufzutauchen. Als das Hyperraumaggregat sirrend leiser wurde und schließlich verstummte, vergewisserte sich Curtis, dass sein Ziel in Sicht war, und bereitete sich auf die Landung vor.

Hal starrte wie betäubt in die Büsche. »Klunk, bist du da? Kannst du mich hören?«

»Ja, Mr Spacejock. Es ist nur ein Kratzer.« Plötzlich tauchte der Roboter aus dem Gestrüpp auf. Seine linke Schulter war stark verbeult, wo ihn ein Streifschuss erwischt hatte. »Uns bleiben noch zwanzig Sekunden, bis wir wieder in Deckung gehen müssen.«

Erst jetzt wurde Hal bewusst, dass er direkt im Schussfeld des gedrungenen, bedrohlich aussehenden Gefechtsturms stand. Er wirbelte erschrocken herum und entdeckte eine kleine Tür im Betonsockel des Bauwerks. »Da lang!«, brüllte er und rannte los. Sekunden später presste er sich gegen den von der Sonne aufgeheizten Beton, während der Geschützlauf über ihm nach links und rechts zuckte, als er einen vergeblichen Versuch unternahm, ein Ziel ins Visier zu nehmen.

Klunk prallte aus vollem Lauf wuchtig neben Hal gegen die Betonwand. »Hier unten sollten wir eigentlich sicher sein«, sagte er.

»Deine Schulter sieht aber gar nicht gut aus.«

»Sie funktioniert noch.«

»Hör mal, wenn wir das hier heil überstehen, spendiere ich dir einen ganz neuen Körper.«

»Wirklich?« Klunk strahlte. »Das wäre wunderbar.«

»So, wie die Dinge momentan laufen, wäre es vor allen Dingen ein Wunder.«

Klunk drückte die Schultern durch, besser gesagt, er drückte die rechte durch und hob die linke halb an. »Ich werde mein Bestes tun, um uns wieder nach Hause zu bringen, Mr Spacejock.«

Plopp!

Hal starrte die Wand an. »Was zum ...«

Plopp-plopp!

»Was ist das?«

Das stampfende Geräusch steigerte sich zu einem gleichmäßigen Rattern, und grauer Rauch drang aus einem Entlüftungsschlitz in der Wand.

»Das ist ein Generator«, erklärte Klunk. »Offenbar lädt er ein weiteres Geschoss nach.«

»Und wenn wir das verhindern?«

»Dann wäre das Geschütz lahmgelegt.«

»Gut. Wir schaffen es niemals bis zum Eingang, solange das Ding noch aktiv ist.« Hal trat an die Tür und packte die Klinke. Ein lebhafter blauer Blitz flammte auf, als seine Finger den Griff berührten, und als er wieder zu sich kam, lag er drei Meter entfernt flach auf dem Rücken. Die Kanone über ihm feuerte mit lautem Donnern, und er fühlte den Luftzug, als das Geschoss dicht an seinem Gesicht vorbeiraste. Sekunden später schien es vor Schmerzen beinahe zu explodieren.

»Weg da, Mr Spacejock!«, brüllte Klunk. »Weg da!«

Hal stemmte sich hoch und krabbelte auf Händen und Knien zurück in die Deckung.

»Ich hatte mich schon gefragt, ob die Erbauer der Geschützstellung irgendwelche Vorkehrungen gegen ein Eindringen getroffen haben«, sagte der Roboter. »Auf etwas so Einfaches wie eine unter Strom stehende Tür wäre ich allerdings nie gekommen.«

»P-puh, d-danke f-f-für d-die W-w-warnung«, stammelte Hal und strich sich mit einer Hand das Haar glatt, das ihm wie die Borsten einer Klobürste von der Kopfhaut abstand. »J-j-jetzt b-bist d-du d-dran.«

»Ich bin nicht überzeugt, dass das funktioniert.«

»M-mag s-sein, aber dann hä-hätte ich auch mal w-was zu lachen.« Hal schüttelte den Kopf, um seine Benommenheit zu vertreiben. »Brrr. Das war scheußlich!«

»Erschreckend«, stimmte ihm Klunk zu und erwiderte Hals finsteren Blick mit Unschuldsmiene. »Also gut, ich werde es versuchen.« Er baute sich vor der Tür auf und packte den Griff. Ein Funke flammte auf, als er die Tür aufstieß und hineinschlüpfte. Einen Moment später verstummte das Knattern. Klunk kehrte zurück und schüttelte sich den Staub von den Händen.

Hal stierte ihn fassungslos an. »Das war alles?«

»Ja. Das Geschütz ist außer Gefecht gesetzt.«

»Großartig, dann lass uns die Sicherungskopie suchen.«

Die Schienen führten aus der Schlucht aufwärts und weiter den Hang hinauf. Der natürliche Hohlweg war vor langer Zeit künstlich begradigt und gepflastert worden. Nun wucherten kraftvolle Wildkräuter zwischen den Pflastersteinen, und die Wände waren an vielen Stellen eingestürzt. Hal und Klunk bahnten sich einen Weg vorbei an herabgefallenen Ziegelsteinen und geborstenen Steinplatten und kämpften sich durch den immer schmaler werdenden Einschnitt voran. Das Unterholz reichte ihnen stellenweise bis zu den Schultern, was das Vorankommen zusätzlich erschwerte. Schließlich zwängten sie sich zwischen zwei Büschen hindurch und blieben abrupt stehen. Vor ihnen lag, von einem gewaltigen Steinschlag blockiert, das Ende der Schlucht.

»Sieht aus, als wäre hier Endstation«, sagte Hal.

»Nicht zwangsläufig«, entgegnete Klunk. »Vielleicht gibt es einen Weg durch die Geröllwand.«

Hal klopfte auf seine Taschen. »Verdammt, da habe ich doch tatsächlich meinen praktischen Steinschlagdesintegrator an Bord gelassen.«

Klunk näherte sich vorsichtig zwei großen Felsbrocken, die aus der Mitte des Steinhaufens emporragten. Der Rest des Gerölls hatte sich wie ein Wasserfall rund um diese monolithenartigen Felsblöcke ergossen und eine schmale Lücke zwischen ihnen frei gelassen. Die Schienen führten genau durch den engen Spalt. »Warten Sie hier auf mich«, sagte Klunk. »Möglicherweise ist der Haufen instabil. Und fassen Sie nichts an.«

Hal sah zu, wie sich der Roboter zwischen den Felsen hindurchquetschte und in der Lücke verschwand. Ein paar Sekunden lang vernahm er noch schabende Geräusche, dann kehrte Stille ein.

»Klunk?«

Eine Hand voll Steine fiel laut polternd in die Tiefe. Hal blickte auf und entdeckte zwei große Felsbrocken, die gefährlich weit aus dem Geröll herausragten. Während er sie argwöhnisch betrachtete, rieselten weitere kleine Schuttlawinen an den beiden vorbei.

Dann ertönte vor ihm ein kratzendes Geräusch, und Klunk tauchte wieder auf, von Kopf bis Fuß mit weißem, pudrigem Staub bedeckt. »Wir haben Glück, Mr Spacejock«, meldete er. »Es gibt tatsächlich einen Weg durch die Blockade. Folgen Sie mir.«

Hal riss sich mühsam vom Anblick der Felsbrocken über ihm

los und folgte dem Roboter in die Lücke. Anfangs war sie sehr eng, mündete aber nach wenigen Schritten in eine niedrige Betonkammer. Der Boden war von einer dicken Schicht Kalkstaub überzogen, und Klunks Brustscheinwerfer beleuchtete eine Gruppe von drei aufgebockten Bodenfahrzeugen mit von Staub blinden Windschutzscheiben. Die Lackierung der Flitzer war stellenweise aufgeplatzt und verblasst. Auf einer Bank hockte eine Drehmaschine, umgeben von einer Reihe anderer Metallverarbeitungswerkzeuge.

»Muss mal eine Werkstatt gewesen sein«, bemerkte Hal. »Hey, wenn wir es schaffen, eines von diesen Dingern wieder in Gang zu bringen, könnten wir damit zurück zum Palast fahren.«

Klunk richtete den Lichtstrahl auf die Wand am anderen Ende, wo die Schienen in einem kleinen Tunnel verschwanden. »Offenbar haben die Schienenwagen dazu gedient, die defekten Fahrzeuge in die Reparaturwerkstatt zu fahren. Sehen wir uns um. Die Sicherungskopie muss hier irgendwo sein.«

Auf einem Tisch im hinteren Teil des Raums entdeckten sie zwei Stahlkisten und einen klobigen Bildschirm, vor dem eine große Tastatur lag.

»Ist es das, was du gesucht hast?«, fragte Hal.

»Ich glaube, das ist nur ein Werkstattcomputer. Vermutlich dazu gedacht, Reparaturanleitungen aufzurufen.« Klunk schaltete das Gerät ein, und ein leises Brummen erfüllte die Luft. Nach wenigen Sekunden erschienen mehrere Symbole auf dem Bildschirm. Klunk rief ein paar Menüs auf und nahm vor dem Gerät Platz. »Das könnte eine Weile dauern. Der Datenspeicher ist sehr umfangreich.«

»Ich schaue mir solange die Fahrzeuge an.« Hal untersuchte den ersten Wagen, doch dessen Innenleben war ausgeschlachtet worden, und als er die Haube öffnete, fand er darunter nur einen leeren Motorraum vor. Die beiden anderen befanden sich in einem vergleichbaren Zustand, leere Hüllen ohne jede Funktion. Hal drehte sich zu Klunk um, der ganz in seine Arbeit an dem Computer vertieft war. Dann wandte er sich dem Tunnel zu.

Die Öffnung war niedrig, kaum so hoch wie seine Schultern. Hal kauerte sich zwischen die Schienen und schlurfte gebückt in den Tunnel hinein, die Hände an die Decke gelegt, um das Gleichgewicht zu halten. Als er drei oder vier Meter weit gegangen war, stieß er gegen ein Hindernis. Es war grob viereckig, aber mit abgerundeten Ecken und Kanten, und als er es genauer inspizierte, ertastete er einen gepolsterten Sitz. Ein Miniaturzug! Hal grinste vor sich hin.

Er quetschte sich zwischen Zug und Tunnelwand hindurch, kletterte an Bord und nahm Platz, den Kopf auf die Seite gelegt, um nicht gegen die Decke zu stoßen. Dann strich er mit den Fingern über eine Reihe von Schaltern und Hebeln.

Klunk ging die Daten auf dem Computer durch und beeilte sich. Die uralte Batterie konnte jeden Moment aufgeben. Bisher hatte er mehr über die Wartung und Reparatur von Bodenfahrzeugen erfahren, als er wissen wollte, aber absolut nichts über das Teleporternetz. Es war frustrierend, vor allen Dingen aus dem Grund, dass ihnen nach dieser Sicherungskopie nur noch eine weitere Backup-Datei blieb.

Hinter ihm klang ein Rumpeln auf, und sein Kopf zuckte herum. Stürzte jetzt auch noch der Rest der Felsbrocken zusammen, die den Eingang blockierten? Und wo steckte Hal überhaupt?

Das Rumpeln wurde lauter, und aus dem Tunnel schoss ein längliches weißes Gebilde hervor. »Klunk! Hilfe!«, brüllte Hal, als der Miniaturzug, auf dem er saß, geradewegs auf die Geröllbarriere zuraste. Er klammerte sich mit vor Panik weit aufgerissenen Augen verzweifelt fest. Seine Fliegermontur flatterte im Fahrtwind.

Klunk erstellte einen geistigen Schnappschuss von Hal und dem Zug und einen weiteren von der Geröllbarriere. Nachdem er die Bilder abgespeichert hatte, erhöhte er seine Rechengeschwindigkeit auf das Maximum, und die Zeit schien zu kriechen. Er positionierte beide Bilder nebeneinander und führte einen raschen Skalierungsvergleich durch, um die Maße abzugleichen. Auf dem rechten Bild erschien eine rote Linie, die Hals Kehle zerteilte.

Als er zur normalen Arbeitsgeschwindigkeit zurückkehrte, schien der Zug einen Satz vorwärts zu machen. »Kopf runter, Mr Spacejock!«, schrie Klunk. »Behalten Sie den Kopf unten!«

Hal kam der Aufforderung gerade noch rechtzeitig nach. Die Eisenbahn schoss zwischen den Felsen hindurch und schrammte mit einem ohrenbetäubenden Kreischen an ihnen entlang. Einzelne Steine lösten sich und stürzten zu Boden, wo sie wie überdimensionale Murmeln umherhüpften. Unvermittelt kehrte wieder Stille ein. Klunk betrachtete wachsam die fragile Barriere, die entgegen seinen Befürchtungen immer noch hielt. Er wollte gerade erleichtert aufatmen, als die ineinander verkeilten Brocken in Bewegung gerieten.

Klunk schnappte sich den Aktenkoffer und hechtete durch die schmale Lücke. Im gleichen Moment stürzten die gewaltigen Felsen über dem Eingang in die Tiefe.

Hal wurde beinahe geblendet von dem Sonnenlicht, das ihm entgegenschlug, als der Zug in den engen Hohlweg raste. Wegen der Tränen in seinen Augen konnte er die Steuerkonsole nur verschwommen erkennen, und er entschied auf gut Glück, dass der große purpurfarbene Hebel die Bremse sein musste. Er zerrte mit aller Kraft daran und tatsächlich blockierten die

Räder umgehend, um knirschend über die korrodierten Schienen zu rutschen. Als der Zug schließlich mit einem letzten Beben zum Stehen kam und sich Hal umblickte, sah er, wie Klunk durch eine Kaskade herabstürzender Steine hechtete. Der Roboter landete auf den Händen, rollte sich geschmeidig vorwärts ab, sprang auf und rannte im wilden Zickzack durch die in die Schlucht herabprasselnden Felsen weiter. Hinter ihm stürzte der gesamte Hang mit einem dumpfen Grollen in sich zusammen und ließ eine undurchdringliche Staubwolke in die Höhe steigen.

Plötzlich lösten sich zwei Felsenblöcke aus der Staubwolke, zertrümmerten das Gleisbett und rollten weiter den Hohlweg hinab. Klunk sprang aus vollem Lauf auf den Zug. Hal rammte den Gashebel vor. Der Zug machte einen Satz und jagte mit halsbrecherischer Geschwindigkeit über die Schienen. Trotz des heulenden Fahrtwinds in seinen Ohren konnte Hal hören, dass das Poltern der Felsen hinter ihnen immer lauter wurde, und als er einen Blick über die Schulter warf, sah er, dass sie sich ihnen bedrohlich schnell näherten.

Dann schoss der Zug aus der Schlucht heraus und folgte der Rechtskurve der Schienen, während die Felsbrocken ihren Kurs beibehielten und den Zug links überholten, so dicht, dass sie ihn mit einem Trommelfeuer aus Schotter und Kies beschossen.

»Das war haarscharf, Mr Spacejock«, bemerkte Klunk, als der Staub sich langsam legte. »Und wir stehen erneut mit leeren Händen da.«

Hal drehte sich kurz um. »Hast du die Daten denn nicht?«

Klunk schüttelte langsam den Kopf.

Hinter ihnen wurde der Berg von der sich immer weiter ausbreitenden Staubwolke verschluckt. »Und wo ist der nächste Standort?«, wollte Hal wissen.

»Das dritte Backup befindet sich an einem Ort vor der Nordküste. Aber um dorthin zu gelangen, werden wir einen Flieger brauchen.«

»Und wo sollen wir den herbekommen?«

»Aus dem Hangar, in dem wir auch das Luftkissenfahrzeug gefunden haben. Übrigens sollten sie besser allmählich das Tempo drosseln. Wenn Sie mit dieser Geschwindigkeit über einen defekten Schienenabschnitt rasen, bringen Sie uns beide um.«

Hal zog den Gashebel zurück und ließ den Zug ruhiger weiterrollen. Etwa eine Stunde später tauchte am Horizont eine Baumreihe auf. Kurz vor dem palastartigen Komplex hielten sie vor einem umgestürzten großen Baumstamm und verließen den Zug, weil das Hindernis die Schienen vollständig blockierte.

Klunk schritt durch das Unterholz voran. Erneut durchquerten sie den Vorhof, betraten den Hangar und schlängelten sich zwischen den Raumschiffswracks und den Bodenfahrzeugen hindurch. Am hinteren Ende des Hangars, in der Nähe des eingestürzten Daches, standen etliche mit Planen abgedeckte Objekte.

Der Roboter zog die erste Plane herunter, trat einen Schritt zurück und beäugte die Maschine mit einem kritischen Blick. Sie hatte einen dreieckigen Rumpf und zwei nebeneinander darauf angeordnete Sitze. Dahinter befand sich ein kastenförmiger Metallblock, aus dem eine Stange mit einem zweiblättrigen Rotor in die Höhe ragte. Das Gebilde stand auf drei kleinen Rädern, eines am Bug und zwei am Heck.

Hal wirkte ernüchtert. »Als du Flieger gesagt hast, habe ich an getönte Scheiben, Klimaanlage und Tassenhalter gedacht. Das da ist nicht viel mehr ein Gartenstuhl mit einem Propeller.«

»Aber ein Stuhl, der über eine gute Reichweite verfügt.«

»Nur, wenn wir uns beim Treten der Pedale abwechseln«, brummte Hal. »Komm schon, schieben wir das Ding raus. Für einen Lacher ist er gut, was auch immer sonst passieren mag.«

Klunk legte den Aktenkoffer in den Fußraum, und sie schoben den winzigen Helikopter gemeinsam aus dem Hangar. Draußen im Freien setzte sich der Roboter auf den Pilotensitz und begutachtete die Steuerkonsole, die aus einem Knopf, einem in alle Richtungen schwenkbaren Steuerknüppel und zwei Pedalen bestand. »Sieht recht unkompliziert aus«, stellte er fest. »Treten Sie zurück, damit ich Ihnen keinen Kopfschnitt verpasse.«

»Du meinst wohl Haarschnitt«, entgegnete Hal, entfernte sich aber gehorsam ein paar Schritte.

»Ich weiß, was ich gemeint habe«, beharrte Klunk. Nachdem Hal außer Reichweite des Rotors war, drückte Klunk den Startknopf. Die Rotorblätter setzten sich langsam in Bewegung und drehten sich immer schneller, bis die Maschine beinahe von einer aufwirbelnden Wolke aus Sand und Staub verschluckt wurde. Das Zischen des Rotors verwandelte sich in ein gleichmäßiges klatschendes Geräusch, und die Maschine stieg aus der Staubwolke empor und kletterte senkrecht in die Höhe. Nach einigen vorsichtigen Manövern reduzierte Klunk die Drehzahl des Rotors und landete den Miniaturhelikopter sicher.

Hal trat näher, um sich auf den zweiten Sitzplatz zu schieben, aber Klunk hob eine Hand. »Besorgen Sie uns ein Seil«, sagte er. »Wir könnten später vielleicht eines brauchen.«

Nach kurzem Suchen fand Hal eine Seilrolle im Hangar und kehrte damit zu dem kleinen Hubschrauber zurück. Dann nahm er neben Hal Platz und sah sich nach einem Gurt um, entdeckte aber lediglich einen Metallbügel, an dem er sich festklammern konnte.

»Bereit?«, fragte Klunk.

Hal nickte, und der Helikopter erhob sich in die Luft. Der Winddruck des Rotors traf ihn mit der Wucht eines Wasserfalls, und er musste all seine Kraft aufbringen, um nicht den Halt zu verlieren. Plötzlich scherte der Hubschrauber seitwärts aus. Die

Fliehkräfte pressten Hal in den harten Plastiksitz, und er sah den Boden schräg unter sich vorbeihuschen. Dann richtete sich der Minikopter wieder gerade auf und gewann an Geschwindigkeit. Vor ihnen erstreckte sich Wald, so weit das Auge reichte.

»Wie weit ist es?«, brüllte Hal.

Klunk zeigte in Richtung Horizont. »Quer über den Kontinent bis zur Küste.«

Eine halbe Stunde lang flogen sie über den Wald, was wirkte, als ob sie bloß über das endlose Meer aus Baumwipfeln kröchen. Die einzig erkennbare Abwechslung bildete ein Flusslauf, der als sich windendes Silberband das Grün durchschnitt. Als der Fluss direkt unter ihnen lag, erblickte Hal ein bleiches Spiegelbild des Himmels auf der gekräuselten Oberfläche. Und dann war es schon wieder verschwunden, abgelöst von einem eintönigen Meer aus Bäumen.

»Warum ist der nächste Ort so gefährlich?«, fragte Hal. Er musste schreien, um das Klatschen der Rotorblätter zu übertönen.

»Weil die Sicherungskopie auf *Banga no Ilik* liegt.«

»Was ist das?«

»Ein Monument, das zum Gedenken an einen legendären Herrscher errichtet wurde. Er hat mit seinen siebzehn Frauen dreißig Würfe gezeugt.«

»Erstaunlich, dass er da noch Zeit zum Herrschen gefunden hat.« Obwohl er Klunk weiter auszufragen versuchte, konnte Hal ihm kein weiteres Wort entlocken, und so vertrieb er sich die Zeit damit, so zu tun, als würde er die Bäume bombardieren. Dazu wählte er ein Exemplar aus dem endlosen Wald aus und zählte, während sie darauf zuflogen, von 30 rückwärts. Befand sich der Baum direkt unter ihnen, wenn er bei Null angelangt war, verbuchte er einen Treffer. Zwei Sekunden mehr oder weniger galten als Beinahetreffer mit Kollateralschäden und waren damit alles andere als ein Misserfolg. Neunundzwanzig Misserfolge später blickte er gerade noch rechtzeitig auf, um den Rand der Welt näher kommen zu sehen. Der Wald endete an einer Klippe, die so steil abfiel, als sei sie mit einer Guillotine abgeschnitten worden. Hal fühlte, wie sich seine Eingeweide verkrampften, als sie auf die Abbruchkante zuflogen, und im selben Moment erblickte er die mächtige Felsensäule, die sich fünfzig Meter vor der Küste aus dem Ozean erhob. Sie war riesig, ihre abgerundete Spitze erreichte fast die Höhe des Klippenrands.

»Da ist es«, sagte Klunk. »*Umrata Banga no Ilik*. Was grob übersetzt Iliks Glied heißt.«

»Jetzt wird mir klar, wie er all die Würfe zustande bringen konnte.« Hals Blick wanderte an der Felsensäule hinauf. »Kannst du darauf landen?«

»Das weiß ich noch nicht. Festhalten.« Klunk drehte den Steuerknüppel und flog den Hubschrauber über den Rand der Klippe genau auf die Säule zu. Eine Weile schwebten sie über der Spitze in der Luft, während Klunk den brüchigen Fels begutachtete. »Negativ.«

»Und was sollen wir jetzt machen?«

Klunk deutete auf das Seil. »Ich bleibe im Helikopter, während Sie sich auf die Säule hinablassen.«

»Vergiss es«, erwiderte Hal spontan. »Ich bleibe hier, und du kletterst auf das verdammte Ding.«

»Mr Spacejock, Sie können diesen Helikopter doch gar nicht fliegen!«

»Ich bin doch Pilot, oder?«

»Aber nicht für diese Art von Maschinen.«

Hal spähte in die Tiefe. Am Sockel der Säule krachten riesige Wellen gegen einen wild zusammengewürfelten Haufen von Felsbrocken, von dem Gischt aufspritzte. »Klunk, wenn ich von dieser Säule falle, bin ich hin. Wenn du fällst, kann ich dich reparieren lassen.«

Der Roboter blickte ihn skeptisch an. »Ich schätze, ich könnte Ihnen ein oder zwei Flugstunden erteilen.«

»Gut«, entgegnete Hal. »So schwer kann das ja nicht sein, und es wird sich gut in meiner Bewerbung um Aufnahme in die Raumfahrergilde machen.«

»Sie haben zurzeit ernstere Sorgen, als sich Gedanken über einen Mitgliedschaftsantrag für die Gilde zu machen.« Klunk steuerte den Helikopter zurück und landete auf der Klippe.

Dort angekommen drehte der Roboter sich zu seinem Schüler um. »Sie müssen die Maschine unbedingt waagerecht halten, wenn Sie in der Nähe des Bodens agieren, oder Sie zerstören den Rotor. Haben Sie das verstanden?

Hal nickte.

»Treten Sie die Pedale, um sich links- oder rechtsherum zu drehen. Drehen Sie den Griff des Steuerknüppels im Uhrzeigersinn, um die Drehzahl zu erhöhen, und gegen den Uhrzeigersinn, um sie zu reduzieren. Durch Kippen des Steuerknüppels verändern Sie die Rotorneigung.«

»Steuerknüppel kippen, Rotorblätter neigen. Verstanden.«

»Wenn Sie beim Start Gas geben, müssen Sie zugleich das linke Pedal treten. Sonst dreht sich der Helikopter statt des Rotors und schraubt sich wie ein Korkenzieher in den Boden.«

»Pedal treten, oder der Helikopter wird zum Bohrer. Okay.«

»Wenn Sie landen wollen, müssen Sie zuerst in den Schwebflug übergehen. Reduzieren Sie langsam die Drehzahl, bis die Maschine zu sinken beginnt, benutzen Sie die Pedale, um den Kurs zu halten, und kurz bevor Sie aufsetzen, wird sich die Luft zwischen Boden und Rotor zu einer Art Luftpolster verdichten. Wenn das passiert, nehmen Sie das Gas ganz weg, und der Helikopter setzt automatisch auf. Haben Sie das alles verstanden?«

»Kein Problem«, sagte Hal. »Hüpf raus. Jetzt bin ich an der Reihe.«

Klunk ließ den Steuerknüppel los, schaltete den Motor ab und stand auf. »Vergessen Sie nicht, alle Manöver behutsam auszuführen. Kleine, graduelle Bewegungen. Reißen Sie nicht ruckartig am Steuerknüppel, oder Sie verstreuen die Einzelteile der Maschine über die ganze Umgebung.«

Hal nahm auf dem Pilotensitz Platz und streckte die Hand nach dem Startknopf aus, während Klunk sich unter den Rotorblättern hinwegduckte und auf die andere Seite des Hubschraubers hastete. Er ergriff das Seil und befestigte eines der Enden an einer leicht zugänglichen Stelle des Rahmens. Während er es sorgfältig verknotete, begann der Rotor bereits, sich zu drehen.

»Wenn wir die Klippe hinter uns haben, möchte ich, dass Sie sich ein Stück weit von der Säule entfernen und den Schwebflug üben.«

»Was immer du sagst.« Hal schielte zu dem nur noch verschwommen erkennbaren Rotor empor und drehte das Gas voll auf.

»Linkes Pedal!«, brüllte Klunk, als der Helikopter zu kreiseln begann.

Hal trat das Pedal kräftig hinunter, und der Hubschraube vollführte einen Satz.

Klunk klammerte sich fest. »Sind Sie wirklich sicher, dass Sie das tun wollen, Mr Spacejock?«

»Du hattest deine Chance. Jetzt bin ich dran.« Hal erhöhte die Drehzahl, und die Maschine stieg schwankend in die Höhe, trieb seitwärts ab und drehte sich gleichzeitig entgegen dem Uhrzeigersinn. Er trat versuchsweise zuerst auf das eine und dann hastig auf das andere Pedal, als aus der sanften Drehbewegung ein schnelles Trudeln wurde. Gerade, als er glaubte, er hätte ihn unter Kontrolle gebracht, fing der Helikopter an, in die andere Richtung zu kreiseln; schneller und immer schneller, bis Himmel und Boden vor seinen Augen verschwammen. Er hörte Klunk irgendetwas schreien, war aber viel zu sehr damit beschäftigt, auf den beiden Pedalen herumzutrampeln und den Steuerknüppel in alle Himmelsrichtungen zu zerren, als dass er sich auf die Anweisungen des Roboters hätte konzentrieren können.

Nachdem er alle Hebel, Pedale und Knöpfe in seiner Reichweite gedrückt oder gezogen hatte, bekam er den Hubschrauber endlich in den Griff. Als er sich triumphierend umblickte, um Klunk beruhigend zuzuzwinkern, wurden seine Augen groß.

Der Kopilotensitz war leer.

»Klunk?« Hal stemmte sich in seinem Sitz hoch und versuchte, über die andere Seite des Helikopters nach unten zu blicken. Dort bekam er aber nicht mehr als den Knoten zu sehen, mit dem Klunk das Seil am Rahmen befestigt hatte. Ein rascher Blick zur anderen Seite verriet ihm, dass der Hubschrauber wie eine Rakete senkrecht in die Höhe schoss. Als er erschrocken wieder in die Tiefe spähte, entdeckte er schließlich den Roboter, der am äußersten Ende des Seils hing. Klunks Lippen formten in rasender Folge Worte. »Durchhalten!«, brüllte Hal überflüssigerweise.

Klunk löste eine Hand vom Seil, um damit zu gestikulieren.

»Gashebel zurückdrehen, um in den Sinkflug zu gehen«, murmelte Hal, während er sich die Fragmente seiner allzu kurzen Flugstunde ins Gedächtnis zu rufen versuchte. Er drehte den Griff nach links, worauf der Helikopter augenblicklich nach rechts schwenkte. Dann trat er das linke Pedal bis zum Boden durch. Die Maschine torkelte herum und kreiselte in die Gegenrichtung. Als er das Trudeln wieder in den Griff bekommen hatte, warf er erneut einen prüfenden Blick in die Tiefe und erkannte sofort, dass der Helikopter nicht länger stieg. Stattdessen stürzte er wie ein Stein herab. Das Meerwasser schien ihm von unten regelrecht entgegenzuspringen. Klunk kletterte hektisch an dem Seil empor.

»Drehzahl erhöhen, um in den Steigflug zu gehen«, sagte Hal zu sich selbst und drehte den Griff mit fester Hand. Dieses Mal vergaß er nicht, gleichzeitig das Pedal zu treten, und sofort schoss der Helikopter wie eine Mondrakete in die Höhe. In Folge der plötzlichen Beschleunigung glitt Klunk das Seil durch die Hände, und er rutschte wieder bis zu dessen Ende hinab. Im letzten Moment gelang es ihm, sich zu retten, indem er das Seil dreimal um seinen Unterarm wickelte.

Hal blickte überrascht auf, als ein Schatten über die Steuerkonsole fiel. Er befand sich etwa auf halber Höhe der Säule, raste weiter in der Manier eines Expresslifts aufwärts und näherte sich dabei gleichzeitig unerbittlich der steinernen Flanke.

»Wie verstellt man nochmal den Neigungswinkel?« Hal starrte den Steuerknüppel und dann wieder die Säule an, die inzwischen so nahe war, dass er die kleinen Pflanzen erkennen konnte, die in den Rissen im Gestein wuchsen. Er drückte den Knüppel nach links, trat sicherheitshalber gleich beide Pedale durch und drehte am Drehzahlgriff. Der Helikopter ruckte hoch, rotierte um die eigene Achse und flog dann direkt in Richtung der Klippe. Hal zog den Hebel zurück, bis der Hubschrauber hoch genug gestiegen war, um nicht an der Klippe zu zerschellen. Erst da fiel ihm wieder ein, dass Klunk ja immer noch weit unter ihm an dem Seil hing. Als er hinabblickte, sah er in das entsetzte Gesicht des Roboters, als er der Felswand entgegenraste. Klunk hatte die Augen und den Mund so weit aufgerissen, wie es seine Anatomie zuließ.

Mit einer lässigen Handbewegung schwenkte Hal den Helikopter zurück in Richtung der Felssäule und zog ihn mit einer kurze Drehung des Gasgriffs hoch genug, um die Felsspitze zu überfliegen. Als er den riesigen Monolithen erreicht hatte, zog er den Steuerknüppel langsam zurück und ging in den Schwebflug über. Im selben Moment nahm er aus den Augenwinkeln eine Bewegung zu seiner Rechten wahr. Er warf einen kurzen Blick hinüber und sah, wie Klunk einen Arm in den Helikopter schob und nach einem festen Halt suchte. Einen Moment später tauchte der Kopf des Roboters zusammen mit dem zweiten Arm auf.

»Warum bist du wieder raufgekommen?«, wollte Hal wissen. »Wir schweben gerade genau über dem verdammten Ding.«

Klunk öffnete den Mund und erging sich in einer langen und ausgesprochen variantenreichen Reihe von Verwünschungen. Er hatte mehrere Minuten Zeit gehabt, die Liste aus einer normalerweise versiegelten Speichersektion seines Vokabulars zusammenzutragen, und das Ergebnis war beeindruckend.

»Fertig?«, fragte Hal, als der Roboter schließlich verstummte.

Klunk musterte ihn finster. »Vorerst«, knurrte er, löste den Griff seiner Hände, die er fest um das Rahmengestänge gekrallt hatte, und glitt wieder an dem Seil in die Tiefe.

Hal sah ihn auf der Spitze der Säule landen und mehrere Meter des Seils hinter sich herziehen. »Ruhig«, murmelte er, als Klunk in dem von den Rotorblättern verursachten Windstrom schwankte, und steuerte den Hubschrauber ein wenig von der Säule fort.

Unter ihm hatte sich Klunk auf Hände und Knie sinken lassen und tastete die Spitze der Säule mit den Fingern ab. An einer sandigen Stelle hielt er kurz inne und fing an zu graben. Er wühlte sich wie ein Hund auf der Suche nach einem Kaninchen weiter und schleuderte in seiner Eile ganze Fontänen aus Sand und Kies um sich her. Dann hörte er auf zu graben und hantierte an irgendetwas herum, das unter dem Sand verborgen war. Schließlich stand er auf und winkte dem Helikopter.

Hal drückte den Steuerknüppel nach vorn und brachte das Seil so in Position, dass es direkt über die Spitze der Säule gleiten musste. Als er näher kam, sah er, wie Klunk stolperte. Dann riss er verblüfft die Augen auf, denn die riesige Steinsäule stürzte von ihm fort und der See entgegen.

Kapitel 28

Der Helikopter tauchte in Richtung Ozean ab, zog das Seil hinter sich her und jagte mit zischenden Rotorblättern durch die Luft. Das Seil pendelte in knapp einem Meter Entfernung an der Säule vorüber. Klunk hechtete ohne zu zögern hinter ihm her und packte zu. Als Hal sah, dass der Roboter das Seil erwischt hatte, riss er den Helikopter hoch, bevor der ein Loch in den Meeresboden stanzen konnte.

Sie stiegen immer noch in die Höhe, als die Felssäule aufspritzend im Meer verschwand. Hal ging in den Schwebflug über, und Klunk kletterte an Bord, einen kleinen Metallkasten zwischen die Kiefer geklemmt. Er ließ sich auf den Passagiersitz fallen und zeigte auf die Klippe. »Land!«, überschrie er das Dröhnen des Rotors.

Hal steuerte einen Grünstreifen auf der zerfallenden Klippe an und setzte die Maschine mit einem dumpfen Schlag auf. »Das Ding steht da seit Tausenden von Jahren im Meer, dann tauchen wir auf und – rumms! – auf einmal ist es weg. Was ist passiert?«

»Es war bewusst so konstruiert, dass es zusammenstürzen musste«, erklärte Klunk. »Damit hatte ich gerechnet, aber ich dachte, ich hätte mehr Zeit zur Verfügung, um die Sicherungskopie einzusammeln, bevor die Selbstzerstörung ausgelöst wird.«

»Ist es das, was wir gesucht haben?« Hal beäugte den kleinen Kasten zweifelnd. »Sieht eher wie eine Frühstücksdose aus.«

»Rutschen Sie rüber«, sagte Klunk und sprang aus dem Passagiersitz. »Wir fliegen zurück zum Palast, und dann werde ich sehen, was ich da rausholen kann.«

Der Hubschrauber landete im Hof des verfallenden palastartigen Gebäudes, und Klunk hastete in das kühle Innere. Unterwegs öffnete er das Kästchen und entnahm ihm ein kleines Glasröhrchen. »Ich werde diesen Chip an einen der Computer anschließen. Wenn Sie mir genug Zeit lassen, kann ich ein Verzeichnis erstellen und die benötigten Informationen finden.«

Hals Magen knurrte vernehmlich. »Wie viel Zeit?«

»Kommt darauf an, wie schnell die Hardware arbeitet.« Klunk ging voran und betrat den Computerraum, wo er den Chip in ein Lesegerät einlegte und anfing zu tippen. Schon kurz darauf leuchtete der Chip auf, und ein leeres Rechteck erschien auf dem Monitor. »Das wird den Indizierungsprozess anzeigen«, erklärte Klunk.

»Bisher tut sich gar nichts.«

»Warten Sie eine Weile.«

Und sie warteten. Fünf Minuten später war das Rechteck immer noch leer.

Hal räusperte sich. »Das ist nicht zufällig so was wie einer dieser antiken Ladebalken, die sich zwanzig Minuten lang nicht rühren, um dann im Handumdrehen bis zum Ende springen?«

Klunk schüttelte mit ernster Miene den Kopf. »Das könnte ziemlich lange dauern, Mr Spacejock. In dem Speicher befinden sich enorm viele Informationen, und die Hardware könnte für diese Aufgabe ungeeignet sein.«

»Also brauchst du einen leistungsstärkeren Rechner.«

»Offensichtlich.«

»Kannst du den Chip denn nicht selbst auslesen?«

»Ich fürchte, nein. Mein interner Speicher ist begrenzt, und auch mit zusätzlicher Speicherkapazität wäre ich nicht schneller als einer dieser Computer hier.«

Hal schnippte mit den Fingern. »Warte auf mich.«

Der Helikopter stand immer noch an der Stelle, wo sie ihn zurückgelassen hatten, und die Rotorblätter drehten sich langsam im Wind. Hal zog den Kopf ein, tastete im Fußraum herum, schloss die Finger um den Griff des Aktenkoffers und lief damit zum Computerraum zurück.

»Ein leistungsstarker Computer«, erklärte er und hielt den Aktenkoffer hoch.

Klunk lächelte. »Ich hatte mich schon gefragt, was Sie vorhaben.« Er nahm den Koffer entgegen, legte ihn auf den Tisch und klappte ihn auf. Sofort fiel ein rotes Kabel heraus, dessen Ende aus einem zerfaserten Leitungsbündel bestand.

»Wie ist denn das passiert?«, wollte Hal wissen.

»Es war schon beschädigt, als ich es aus dem Luftkissenfahrzeug geborgen habe«, sagte Klunk. »Sonya wird das bestimmt verstehen.«

Der Computer im Koffer fuhr mit einem rasselnden Geräusch hoch. »Hey, wo bin ich?«

»Das willst du gar nicht wissen«, versicherte Hal. »Wir brauchen deine Hilfe, um zu Sonya zurückzukehren.«

»Was soll ich tun?«, fragte der Aktenkoffer. »Ich bin ein äußerst leistungsstarkes Modell, müssen Sie wissen.«

»Davon bin ich überzeugt. Also, wir haben hier eine gewaltige Datenmenge, und Klunk versucht, ein Verzeichnis zu erstellen, damit wir die Information finden können, die wir brauchen, um wieder nach Hause zu kommen. Kommst du so weit mit?«

»Natürlich. Wie greife ich auf die Daten zu?«

Klunk öffnete ein Zusatzlesegerät. »Kannst du nach der richtigen Frequenz scannen?«

»Ist bereits geschehen«, sagte die Aktentasche. Es klickte kurz, als das Gebläse der Kühlung auf eine höhere Geschwindigkeit schaltete und den Staub von den Computern in der näheren Umgebung blies. »Wo sind die Daten?«

Klunk nahm den Backup-Chip und führte ihn in Bobbys Datenport ein. Einige Sekunden später leuchtete das Röhrchen auf. »Ich möchte, dass du ein Verzeichnis von allen Daten anlegst. Speichere alle Erwähnungen von Teleportern in einer separaten Datei ab.«

Auf dem Monitor des Aktenkoffers erschien ein mit leuchtendem Grün unterlegtes Rechteck. »Wie soll ich mit der Datei verfahren?«

»Moment mal«, fragte Hal vefblüfft. »Bist du etwa schon fertig?«

»Natürlich«, erwiderte der Aktenkoffer. »Was ist jetzt mit der Datei?«

»Gib mir Zugriff auf ihren Inhalt«, entgegnete Klunk. Er legte eine Hand auf den Aktenkoffer, worauf Seite um Seite voller Diagramme, Sternenkarten, Texte und mathematischer Tabellen über den Bildschirm huschte.

»Du arbeitest aber mit einem sehr alten Protokoll«, bemerkte der Aktenkoffer. »Hast du dir schon mal Gedanken über ein Upgrade gemacht?«

Klunk ignorierte ihn. »Ich habe die Auswahl auf zwei mögliche Adressen eingekreist«, sagte er zu Hal. »Eine davon muss für Canessa stehen.«

»Und die andere?«

»Könnte sich sonst wo befinden. Die Datenbank enthält Informationen über Gravitation, Atmosphärenzusammensetzung und Konstruktionspläne der entsprechenden Bauten. Beide stimmen exakt mit meinen eigenen Spezifikationen für Canessa überein.«

»Gibt es keine Möglichkeit, sich für eine von beiden zu entscheiden?«

»Nein. Wir müssen wohl eine Münze werfen.« Klunk schloss den Aktenkoffer, ohne Bobbys protestierendes Quieken zu beachten. »Wir nehmen besser so viel von diesen Gerätschaften mit wie möglich.«

»Was ist mit der Tastatur? Und wo bekommen wir eine Energiequelle her?«

»Die holen wir uns auf dem Rückweg aus dem Bunker. Und dann heißt es zurück zum Teleporter.«

Rex Curtis packte den Steuerknüppel mit einer Hand und zog die Sicherheitsgurte mit der anderen fest. Das winzige Raumschiff erbebte, als es in die äußeren Atmosphärenschichten des Planeten eindrang, und auf seiner Stirn bildete sich ein glänzender Schweißfilm. Seit seiner letzten eigenhändigen Landung auf einem Planeten waren etliche Jahre vergangen, und die hatte auf Ullimo stattgefunden, wo eine Bodenstation den Schiffen automatisch einen sicheren Flugkorridor zuwies. Hier musste er sich selbst um alles kümmern.

Ein Summen ertönte, und er überflog die Kontrollanzeigen. Die Temperatur der Außenhülle war bereits in den gelben Bereich gestiegen. Curtis zündete die Steuertriebwerke, um seine Geschwindigkeit weiter zu drosseln. Unter ihm erstreckte sich die Planetenoberfläche wie eine lebendige, farbenfrohe Landkarte. Er hatte seinen Landesplatz schon vom Weltraum aus festgelegt. Laut dem Bordcomputer musste er den Planeten nur noch einmal umrunden, bevor er den endgültigen Landeanflug einleiten konnte.

Zwanzig Minuten später ebbte das Rütteln allmählich ab. Jetzt befand sich Curtis genau auf der den Landekoordinaten gegenüberliegenden Seite des Planeten, auf der es genauso dunkel wie im All war. Einzig am Horizont zeichnete sich ein heller Streifen ab. In der Kabine war es kalt, und die dünne Luft strich heulend über das Cockpit, während das Schiff die oberen Atmosphärenschichten durchpflügte.

Fünf Minuten vom Landepunkt entfernt kam die Sonne hervor und durchflutete das Schiff mit ihrem warmen, goldenen Licht, was die Temperatur fast augenblicklich um fünf oder sechs Grad ansteigen ließ.

Curtis starrte durch die Cockpitscheibe. Das Land unter ihm war hügelig und dicht bewaldet. Rechterhand entdeckte er zwei Lichtungen direkt nebeneinander. Im Zentrum der näher gelegenen Lichtung befand sich sein Zielobjekt – ein weißer Frachter mit spitzer Bugnase und einem pfeilförmig auslaufenden Heck. Die *Volante*.

Als Curtis einen flüchtigen Blick auf die zweite Lichtung warf und die Steinpfeiler in ihrer Mitte entdeckte, stutzte er. Was, zum Teufel, hatten die da zu suchen?

Der Bordcomputer gab einen Glockenton von sich und blendete das Landedisplay auf der Windschutzscheibe ein. Ein rotes Kästchen markierte die Zielkoordinaten, während ein blauer Kreis den Bereich bezeichnete, innerhalb dessen Curtis den Schwebeflugmodus einzuleiten hatte. Während sich das kleine Raumschiff dem Kreis näherte, blendete der Computer die erforderlichen Werte für Geschwindigkeit, Sinkrate und Flugvektor in das Landedisplay ein. Curtis folgte den Anweisungen und ging über der kleineren Lichtung in den Schwebemodus über. Keine Minute später lief ein sanfter Ruck durch den kleinen Flieger, als die Landestützen den Boden berührten.

Die Dichtungen der Cockpitkuppel lösten sich mit einem Zischen, und die Hydraulik winselte, als sie das transparente Verdeck zurückklappte. Curtis löste die Gurte, schwang die Beine über die Seitenwand und kletterte zu Boden, während sich das Verdeck bereits wieder nach vorn senkte. Es rastete mit einem dumpfen Geräusch ein. Curtis öffnete eine kleine Klappe im Rumpf des Gleiters und gab einen Code in die darunterliegende Tastatur ein. Nachdem er sein kleines Raumschiff gesichert hatte, machte er sich auf den Weg, um sich das steinerne Gebilde im Zentrum der Lichtung anzusehen.

Sonya starrte auf die kahle, weiße, nur wenige Zentimeter von ihrer Nase entfernte Wand. Einen Moment später wiederholte sich das Geräusch, das sie geweckt hatte. Es war eine Männerstimme, die ihren Namen rief. Das konnten nur Hal und sein Roboter sein. Offenbar waren sie von ihrer kleinen Expedition zurückgekehrt.

Sie warf einen Blick auf ihre Uhr und fluchte. Noch zwei Stunden. Sie musste Hal weiter bearbeiten, ihn irgendwie dazu bringen, ihre Ausrüstung zu dem alten Bauwerk zu schleppen und dort aufzubauen. Sollte ihr das nicht gelingen, blieb ihr als Alternative zwar immer noch Tinker, doch den Roboter würde sie nur als allerletztes Mittel einsetzen.

Sie setzte sich auf, fuhr sich mit den Fingern durchs Haar und öffnete sie die Tür. »Mr Spacejock«, begann sie, »ich …« Sie verstummte abrupt, als sie Rex Curtis mit einem Blaster in der Hand vor der Tür stehen sah. »W-was machen Sie denn hier?«

»Es gibt eine kleine Planänderung. Ist Spacejock an Bord?«

»Nein. Das heißt, ich weiß es nicht. Ich habe Sie für die beiden gehalten. Ich dachte schon, sie wären zurückgekehrt.«

»*Sie?*«

Sonya musterte Curtis gereizt. »Ja, sie. Spacejock hat seinen verdammten Roboter gerettet, den Roboter, den Ihre Leute eigentlich beseitigen sollten. Ich war kaum an Bord gegangen, da hat er mir auch schon Löcher in den Bauch gefragt.«

»Wo sind sie?«

»Es gibt da eine Ruine auf der Nachbarlichtung.«

»Ich weiß. Ich bin direkt daneben gelandet.«

»Tja, die beiden sind über eine Treppe unter dem Bauwerk

hinabgestiegen, um mich dort unten zu suchen. Das ist Stunden her, und ich habe sie seither nicht mehr gesehen.«

»Wo ist der Aktenkoffer?«

»Hal hat ihn mitgenommen«, gestand Sonya kleinlaut.

»*Was?*«

»Ich bin mit dem Computer in den Wald gegangen und habe zufällig die andere Lichtung mit der Ruine entdeckt. Hal und sein Roboter sind mir gefolgt und hätten mich dort beinahe erwischt. Ich bin Hals über Kopf losgerannt, um mich im Unterholz zu verstecken, und habe Bobby dabei versehentlich vor der Ruine zurückgelassen.«

»Und warum sind Sie nicht wieder umgekehrt?«

»Weil die beiden den Aktenkoffer entdeckt und mitgenommen haben.«

»Tja, dann müssen wir ihn eben zurückholen.« Curtis deutete mit einer ruckartigen Bewegung des Daumes auf die Hangarschleuse. »Ich brauche diesen Koffer, um die *Volante* fliegen zu können. Wenn diese Papiere nicht rechtzeitig bei der *Central Bank* eintreffen, kollabiert mein ganzes Unternehmen.«

»Ich dachte, Sie wollten, dass ich Hal aufhalte, damit er den Termin nicht einhalten kann.«

»Das ist richtig. Aber dann habe ich entdeckt, dass ich genau diese Papiere brauche, um unser neues Finanzierungsgeschäft abzuschließen. Die *Central Bank* – das ist unser neuer Kreditgeber. Also bin ich so schnell ich konnte hergekommen, um das Schiff wieder auf den Weg zu bringen.«

»Warum bitten Sie Hal dann nicht einfach, uns dorthin zu fliegen? Sobald er zurückkommt …«

Curtis schüttelte den Kopf. »Ich werde mich bestimmt nicht auf Gedeih und Verderb einem freischaffenden Spediteur ausliefern. Nein, es wird allmählich Zeit, Tinker ins Spiel zu bringen.«

Kapitel 29

Der Helikopter startete mit seiner Ladung aus Computerhardware, Schaltkreisen und diversen Ersatzteilen, glitt knapp über die Palastmauer hinweg und streifte die Baumwipfel, während er darum kämpfte, an Höhe zu gewinnen. Wenige Minuten später landete Klunk die Maschine neben der Geschützstellung, verschwand im Inneren des Bunkers und kehrte kurz darauf mit der Schalttafel zurück. Hal verstaute sie im Hubschrauber, während Klunk auf das Dach des Bunkers kletterte, um die Solarkollektoren zu holen und sie in Reichweite Hals am Rand des Daches aufzustapeln.

Er hatte gerade den fünften Kollektor verstaut, als Klunk mit zwei weiteren erschien. »Das sollte reichen«, sagte der Roboter. »Wir können jederzeit zurückkommen, falls wir noch etwas brauchen.«

Hal musterte den schwer beladenen Helikopter skeptisch. »Wie es aussieht, wirst du sowieso noch mal zurückkommen müssen, um mich abzuholen.«

»Unsinn. Packen Sie die Kollektoren zu den anderen und steigen Sie ein. Ich gebe Ihnen den Computer zum Schluss.«

Als die schwere Metallkiste auf seinem Schoß landete, stöhnte Hal gequält auf. »Vorsicht. Du riskierst, ein paar äußerst empfindliche Instrumente zu zerbrechen.«

»Tut mir leid, ich habe doch glatt vergessen, dass Sie im Gegensatz zu mir nicht aus Messing bestehen.« Klunk zwängte sich hinter den Steuerknüppel und startete den Motor. »Nur gut, dass wir es nicht mehr weit haben.«

Der Hubschrauber stieg ruckartig auf und beschleunigte schnell. Bald hatten sie die Bäume hinter sich gelassen und flogen auf die wüstenartige Ebene hinaus. Auf halber Strecke zur Teleporterstation verspürte Hal ein Kribbeln an seinem Handrücken. Er blickte hinab und sah eine winzige Spinne, die sich gegen den Fahrtwind über seine Haut schleppte. Er löste die Hand, mit der er sich am Rahmen des Helikopters festhielt, schüttelte sie und sah zu, wie die Spinne vom Wind davongetragen wurde. Kurz darauf kribbelte etwas seinen Hals hinauf, und er schnippte eine weitere Spinne fort. Als ihn gleich darauf etwas am Schienbein kitzelte und er an sich herabblickte, entdeckte er zu seinem Entsetzen eine Armee von Spinnen, die aus dem Metallkasten quollen und sein Bein hinaufkrochen. Er stieß einen lauten Schrei aus, warf den Computer über Bord und begann, hektisch auf die Spinnen einzuschlagen, sie fortzuschnippen und zwischen den Fingern zu zerquetschen. Als auch die Letzte erledigt war, hob er die Beine an und beäugte misstrauisch die Geräte in seinem Fußraum, bereit, bei der geringsten Bewegung wieder zuzuschlagen.

Einige Minuten später kam der Hügel über der Station in Sicht. Sie landeten an seinem Fuß, und während Klunk sich um den Motor kümmerte, sprang Hal aus dem Helikopter und klopfte seine Fliegermontur ab.

Klunk sah sich um. »Wo ist dieser Computer geblieben?«

»Das verdammte Ding war voller Spinnen. Es waren Millionen, und sie sind überall auf mir herumgekrabbelt – an meinen Beinen, meinem …«

»Dann lassen Sie uns hoffen, dass wir ihn nicht später noch einmal brauchen.« Klunk starrte zu dem Mast oben auf dem Dach der Teleporterstation hinauf. »Wir brauchen mindestens vier von diesen Solarkollektoren. »Schaffen Sie sie auf das Dach, während ich drinnen die nötigen Vorbereitungen treffe.«

Hal betrachtete die rohen Betonwände. »Und wie soll ich da raufkommen?«

»Schieben Sie den Helikopter an die Wand, klettern Sie an ihm hinauf und steigen Sie von dort aus aufs Dach. Ist doch ganz einfach.«

»Du hast gut reden«, knurrte Hal.

Klunk schnappte sich einen Armvoll diverser Komponenten und verschwand im Inneren des Gebäudes, während Hal den Helikopter in Position brachte und die Kollektoren auf dem Rotor platzierte. Dann kletterte er hinauf und legte sie einen nach dem anderen auf das Dach. Danach betrachtete er den Mast und kam zu dem Schluss, dass Klunk ihm sicher dankbar sein würde, wenn er die Solarkollektoren gleich an ihrem Platz befestigte. Sonderlich kompliziert konnte das eigentlich nicht sein.

Er zog sich auf das Dach, schnappte sich ein paar Kollektoren und näherte sich dem Mast, der mit mehreren freien Halterungen bestückt war. Nach kurzer Zeit hatte er die Kollektoren wie die Blütenblätter einer riesigen Blume ringförmig um den Mast herum montiert. Danach musste er nur noch die Kabelenden abisolieren und in die Kontaktbuchsen stecken. Kaum hatte er das letzte Kabel angeschlossen, hörte er einen lauten Knall aus dem Gebäude unter seinen Füßen, gefolgt von einer Serie von Flüchen.

Als er über den Rand des Daches spähte, kam Klunk gerade mit einer rauchenden Platine in seinen Händen aus dem Gebäude. Der Roboter starrte zu ihm empor. »Was haben Sie jetzt schon wieder angestellt?«, fragte er anklagend. Sein Blick wanderte über Hal weiter den Mast hinauf. »Haben Sie die Kollektoren etwa an das Stromnetz angeschlossen?«

»Ich dachte, ich könnte mich ein bisschen nützlich machen.«

Klunk wedelte mit der rauchenden Platine. »Sie haben Glück,

dass ich noch eine davon habe. Und jetzt kommen Sie runter, ehe Sie sich noch den Hals brechen.«

Hal kletterte über den Helikopter zu Boden und betrat den Teleporterraum. Klunk machte sich gerade an dem aus der Wand ragenden Kabelbündel zu schaffen. Der Roboter hatte die Spitze seines Zeigefingers geöffnet und war damit beschäftigt, die einzelnen Leitungen zusammenzulöten, wobei er jede Verbindungsstelle während des Abkühlens genauestens inspizierte.

»Wie läuft es?«

»Fantastisch, wenn man von unerwarteten Stromstößen absieht.«

»Es tut mir leid, okay? Ich dachte nur ...«

»Besser, Sie lassen es.« Klunk überprüfte das Steuerelement. »Das sollte funktionieren.«

»Du meinst, wir können nach Canessa zurückkehren?«

Klunk musterte ihn nachdenklich. »Ich sollte als Erster gehen, um das Gerät zu testen. Es könnte mich auch an einen völlig anderen Ort bringen.«

»Woher weiß ich dann, ob es ordnungsgemäß arbeitet?«

»Geben Sie mir fünf Minuten. Wenn ich bis dahin nicht zurück bin, können Sie den Teleporter benutzen.« Klunk hielt die Schalttafel in der Hand. »Wenn alle Kontrolllämpchen leuchten, ist der Teleporter einsatzbereit. Drücken Sie diesen Knopf, um ihn zu aktivieren.«

»Wenn alle Kontrolllämpchen leuchten, Knopf drücken. Verstanden.«

»Sie sollten besser draußen warten. Ich bin nicht sicher, wie groß die Einflusssphäre des Teleporterfelds ist, schon gar nicht angesichts all der zusätzlichen Solarkollektoren.«

»Wie willst du zurückkommen, wenn der Energiespeicher des Teleporters nicht mehr aufgeladen wird?«

»Den Teleporterdiagrammen zufolge wird für den Empfang viel weniger Energie benötigt als für das Senden.«

Plötzlich fiel Hal die Kinnlade hinab. »Klunk! Ich habe *die* Idee!«

»Was für eine Idee?«, fragte der Roboter.

»Dieser Teleportationswissenschaftler mit der Bude am Raumhafen! Wir könnten ihm die Diagramme geben, dann kann er eine richtige Maschine bauen.«

»Diesem Betrüger?«, schnaubte Klunk. »Der könnte nicht einmal einen Papierflieger bauen.«

»Nein, hör mir zu. Wir investieren all unser Geld in seine Aktien, und wenn wir so viele haben, wie wir bekommen können, stellen wir ihm die Baupläne zur Verfügung. Er verbringt seine Zeit damit, die Dinger zu bauen und zu vermarkten, und wir stecken das Geld ein. Das ist doch perfekt!« Hal fiel auf, dass Klunk seine Begeisterung nicht teilte. »Also gut, sagen wir, wir verzichten auf ihn und machen es selbst. Mit unserer Intelligenz, unseren Fähigkeiten, unseren Kenntnissen und meinem … äh, meinem …«

»Machen wir uns lieber erst Gedanken über die Zukunft, wenn wir wieder sicher an Bord der *Volante* sind«, schlug Klunk vor.

»Ich weiß, ich kümmere mich um die Vermarktung«, fuhr Hal unbeirrt fort. »*Spacejock Teleporters*. Oder wie wäre es mit *Spacezap*? Nein, *Inst-trans*!«

»Mr Spacejock?«

»Hm?«

»Ich werde nun den Teleporter aktivieren. Ich schlage vor, Sie verlassen die Station.«

In der Tür hielt Hal noch einmal inne. »Klunk, ich weiß das wirklich zu schätzen.«

»Keine Ursache, Mr Spacejock.«

»Du sagst das, obwohl du bereit bist, dein eigenes Leben aufs Spiel zu setzen, um mich vor Gefahr zu schützen. Du …«

»Eigentlich wurde ich so programmiert.«

»Oh. Na ja, trotzdem danke.« Hal machte kehrt und trat ins Freie. Nachdem er sich ein paar Meter von der Station entfernt hatte, flammte ein greller Lichtblitz auf, gefolgt von einem schrillen Heulton.

Hal kehrte in die Teleporterkammer zurück. Die Schalttafel gab einen Piepton von sich, und kurz darauf leuchtete eines der Kontrolllämpchen auf. Während er zusah, gesellte sich ein zweites hinzu. Zehn Sekunden später folgte das dritte.

»Fehlen noch neun«, murmelte er. »Ich hoffe nur, das verdammte Ding funktioniert richtig.«

Als Sonya Curtis zu der Ruine führte, folgte ihnen Tinker mit gleichmäßigen dröhnenden Schritten. Curtis hing schweigend seinen Gedanken nach, während Sonya über die wahren Gründe für sein plötzliches Erscheinen auf Canessa nachgrübelte. Schließlich konnte sie nicht mehr anders. Sie musste einfach die Frage stellen, die ihr nicht mehr aus dem Kopf ging. »Verraten Sie mir, warum Sie nicht wollen, dass Hal uns nach Ackexa fliegt?«

»Ich traue ihm nicht«, erwiderte Curtis. »Ich werde sein Schiff vorübergehend requirieren, die Fracht ausliefern und anschließend zurückkommen, um ihn wieder einzusammeln.«

»Aber …«

Curtis blieb stehen. »Hören Sie, Spacejock und ich sind verfeindet … Wir sind beide hinter der gleichen Sache her, und wir werden jeden Vorteil nutzen, der sich uns bietet. Ich habe Ihnen bereits gesagt, dass mein Unternehmen untergeht, wenn die *Central Bank* die Papiere nicht früh genug erhält. Was, denken Sie wohl, würde Spacejock tun, sollte er herausfinden, dass er nur alle Paletten in den Stern schießen muss, um mich geschäftlich zu ruinieren? Nein, ich benutze sein Schiff und liefere sie selbst aus. Ende der Geschichte.«

Sie setzten ihren Weg fort, und dieses Mal blieb Sonya stumm. Ein oder zwei Minuten später hatten sie die Lichtung erreicht, auf welcher der pechschwarze Flieger in der Nähe der Steinsäulen wie ein Raubvogel kauerte. Kein Lüftchen regte sich, und die moosbewachsenen Bauten warfen dunkle Schatten auf das Gras.

»Der Ort ist mir unheimlich«, murmelte Sonya.

Curtis winkte Tinker zum Eingang. »Ich möchte, dass du da runtergehst, meinen Aktenkoffer suchst und ihn mir zurückbringst. Hast du verstanden?«

Die Augen des Roboters glühten. »Wünschen Sie, dass ich Feinde eliminiere?«

»Nein«, sagte Curtis bestimmt, ignorierte die Unglücksmiene des Roboters und erklärte ihm noch einmal genau, was er zu tun hatte. »Ich will, dass du diese Stufen hinabsteigst und den Aktenkoffer suchst. Er könnte sich im Besitz eines Menschen oder auch eines anderen Roboters befinden.«

»Feinde?«, fragte Tinker hoffnungsvoll.

»Frag sie nur nach dem Aktenkoffer, ja?«

»Und wenn sie sich weigern, ihn mir zu geben?«

»Dann droh ihnen.«

»Und wenn sie sich dann immer noch weigern?«

»Dann nimmst du ihnen den Aktenkoffer mit Gewalt ab. Zerstöre den Roboter und setz den Menschen außer Gefecht, wenn es nötig ist.«

Tinker ließ seine Fingerknöchel knacken. »Mission verstanden. Aktenkoffer suchen, Roboter zerstören, Menschen verprügeln.«

»Ich sagte außer Gefecht setzen, nicht …«, begann Curtis,

doch Tinker hatte sich bereits umgedreht und verschwand im Eingang des alten Bauwerks.

Sonya gestikulierte in die Richtung des Roboters. »Sie können ihn doch nicht einfach gehen lassen. Jemand könnte verletzt werden!«

»Vergeuden Sie Ihr Mitgefühl nicht an Spacejock«, erwiderte Curtis. »Er hatte für Ihre Leute auch keines übrig, als er sie auf diesem einsamen Planeten ausgesetzt hat.«

»Langsam frage ich mich, ob das nicht nur eine bösartige Unterstellung ist.«

»Sie wissen doch, wie es heißt. Wo Rauch ist und so weiter.« Curtis zuckte die Achseln. »Spacejock ist ein rücksichtsloser Halunke, nehmen Sie mein Wort darauf.«

Als Klunk in der Empfangsstation eintraf, flammte ein greller Lichtblitz in der verspiegelten Kammer auf, der ihn einen Moment lang benommen blinzeln ließ. Er sog die Luft ein, analysierte ihre Zusammensetzung, und ein breites Grinsen huschte über seine Lippen. Das war tatsächlich der Planet Canessa! Er hatte den Heimweg gefunden.

Er klemmte sich den Aktenkoffer unter den Arm und betätigte den Öffnungsmechanismus. Die schwere Tür hob sich langsam, und Klunk schlüpfte hastig unter ihr hindurch. Mr Spacejock konnte jetzt jeden Moment eintreffen, und auch wenn die Information aus dem Datenspeicher über das, was mit zwei Lebewesen geschah, die sich während eines Teleportationsvorgangs denselben physikalischen Raum teilten, nicht allzu klar gewesen waren, hatten die begleitenden grausigen Diagramme doch Bände gesprochen.

Klunk überquerte die Türschwelle und erschrak, als ein großer Schatten aus dem Korridor vor ihm auftauchte. Ihm blieb keine Zeit mehr zu reagieren. Eine gewaltige Faust schoss aus der Dunkelheit hervor, bohrte sich wuchtig in seine Brust, durchbrach die Plastahlhaut und zertrümmerte sein Innenleben. Klunk sackte in die Knie, sein Blick trübte sich, und die Stromkreise gaben lautstark fatale Fehlermeldungen von sich.

Der Aktenkoffer wurde ihm aus der Hand gerissen. Die riesige Gestalt kehrte ihm den Rücken zu und stolzierte gemächlich davon. Ihr Kopf streifte die Decke, und ihre Schultern waren fast so breit wie der Korridor.

Um Klunk herum wurde es dunkel. Das Letzte, was er sah, war der Betonboden, der ihm plötzlich rasend schnell entgegenschoss.

Kapitel 30

Ein fernes Donnern ertönte aus dem Untergrund, und Sonya spähte den Treppengang hinunter. Curtis kauerte vor den Stufen, den Kopf zur Seite geneigt, und lauschte den Geräuschen, die Tinkers Fortschritte dokumentierten.

»Wir hätten mitgehen sollen«, sagte Sonya. »Hal könnte jetzt verwundet da unten liegen, und wenn Tinker ...«

»Spacejock ist weiter nichts als ein schäbiger Pirat, und das wissen Sie auch«, fiel ihr Curtis ins Wort.

Sonya runzelte irritiert die Stirn. »Ich habe inzwischen einige Zeit mit Hal verbracht, wie Sie ja wissen. Er ist ...«

»Ein charmanter Schlingel? Ein verwegener Raumpilot?« Curtis blickte zu ihr hinauf. »Sie versetzen mich in Erstaunen, Miss Polarov. Ich dachte, Sie wären eine nüchterne Karrierefrau, kein albernes Mädchen, das Testosteronhengste anhimmelt.«

Sonya schnaubte verächtlich. »Ich himmele niemanden an. Es ist nur so ...« Aber wie sollte sie ihm erklären, was ihre Instinkte ihr sagten? Dass Hal ein anständiger Mensch zu sein schien?

»Wo bleibt nur dieser verdammte Roboter?«, knurrte Curtis und starrte finster in die Dunkelheit. »Wenn er sich da unten verirrt hat ...« Er verstummte, als er schwere Schritte vernahm. Einen Moment später kam der Roboter in Sicht, immer zwei Stufen mit einem Schritt nehmend. Der Aktenkoffer schwang wie eine Trophäe in seiner linken Hand hin und her.

Curtis wich zurück, als Tinker das Ende der Treppe erreichte. Der Roboter übergab ihm die Tasche und stand stramm, während Curtis sie untersuchte. Das silberne Gehäuse war zerkratzt, die Kanten verbeult, und als er den Deckel öffnete, hing das rote Kabel, dessen Ende nur noch aus einem wirren Durcheinander einzelner Drähte bestand, nutzlos herab. »Sieht so aus, als wäre er in ein Schwarzes Loch gefallen«, kommentierte Curtis und schaltete den Computer ein. »Bobby? Kannst du mich hören?«

Ventilatoren surrten und wirbelten Staubwolken auf. Der Aktenkoffer gab einen Piepton von sich. »Ja, Mr Curtis.«

»Wurdest du übel zugerichtet?«

»Ich bin nicht in der Lage, Schmerz zu empfinden.«

»Ich meine, funktionierst du noch?«

»Selbstverständlich.«

»Was ist damit?« Curtis tippte auf das zerfetzte rote Kabel. »Ist das wichtig?«

Sonya nickte. »Das ist das Kabel, mit dem die Steuerung der *Volante* überbrückt werden kann.«

»Wollen Sie damit sagen, wir können die *Volante* nicht fliegen?« Curtis ergriff das schwarze Kabel. »Was ist damit? Kommen Sie schon, Sie sind hier die Computerspezialistin! Reden Sie mit mir!«

»Vielleicht kann ich den Navcom mit Gewalt knacken, aber das dürfte eine Weile dauern.« Sonya überlegte einen Moment lang. »Wissen Sie, es wäre wirklich einfacher, wenn Hal uns fliegen würde.«

»Geben Sie irgendwann mal Ruhe?« Curtis schnippte Tinker mit den Fingern zu. »Du! Warte hier und lass niemanden raus.«

Tinker blickte mit ausdrucksloser Miene auf den kleineren Menschen hinab. »Wünschen Sie, dass ich auf diesem Planeten zurückbleibe?«

»Das ist deine Pflicht.«

Der Roboter schüttelte schwerfällig den Kopf. »Das hier ist nicht die beste Verteidigungsposition.«

»Willst du dich etwa einem Befehl widersetzen?«

»Negativ. Zwecks maximaler Erhöhung der Effektivität werde ich am Fuß der Treppe verborgen in der Dunkelheit warten.«

Curtis wirkte erleichtert. »Richtig. Maximiere, was immer du willst, solange du nur niemanden da unten rauslässt.«

Tinker salutierte, machte kehrt und marschierte die Stufen hinunter.

»Also, Miss Polarov«, sagte Curtis zufrieden und schnappte sich den Koffer. »Zurück zum Schiff.«

»Und was wird aus Spacejock? Sie können ihn doch nicht einfach hier zurücklassen, während dieses Ding Wache hält!«

Curtis seufzte. »Denken Sie doch mal einen Moment lang nach. Sie brauchen eine Weile, um den Navcom auszuschalten, richtig? Sobald Sie das System gehackt haben und wir startbereit sind, können Sie gern zurückkommen und Tinker sagen, dass er den Burschen in ein oder zwei Stunden rauslassen soll.« Er zeigte mit dem Daumen über die Schulter auf seinen raumtauglichen Gleiter. »Dann kann er den kleinen Flieger nehmen, um den Planeten zu verlassen. Sind Sie jetzt zufrieden?«

Sonya nickte zögernd.

»Also, gehen wir zum Schiff und machen uns an die Arbeit. Wenn diese Papiere nicht rechtzeitig ausgeliefert werden, geht mein ganzes Unternehmen den Bach runter.«

Hal materialisierte in der Teleportationskammer. Aus den verspiegelten Wänden blickte ihm sein Gesicht mit einem Ausdruck der Überraschung entgegen. Er erkannte die Kammer Anhieb wieder und reckte triumphierend eine Faust in die Luft. »Klunk, wir haben es geschafft!«, rief er aus und ging zur Tür. »Klunk?«

Aus dem dunklen Korridor bohrte sich ein heller Lichtstrahl in seine Augen, und eine gewaltige Gestalt kam auf ihn zu. »Feinde werden vernichtet«, verkündete eine metallische Stimme.

Hal wich zurück und blinzelte angestrengt in das blendende Licht. »Klunk? Bist du das?«

Es war eindeutig nicht Klunk. Statt eines freundlichen Gesichts mit weichen Zügen besaß dieser Roboter einen Kopf, der an einen Granitblock erinnerte. Seine Kiefer waren groß genug, um Autos zu zerbeißen, und was seine riesigen Hände betraf ... Hal runzelte die Stirn. Waren die tatsächlich blutverschmiert? »Wo ist Klunk?«, herrschte er den unbekannten Roboter an. »Was hast du mit ihm gemacht?«

Ohne Vorwarnung stürmte der Roboter mit gesenktem Kopf und ausgebreiteten Armen in den Raum hinein. Hal sprang im letzten Moment zur Seite. Der Roboter krachte in die verspiegelte Rückwand der Kammer und ging zu Boden. Hinter der zersplitterten Glasverkleidung kamen dicht gepackte Kabelstränge zum Vorschein. Scherben regneten herab. Hal wich zurück, als sich der Roboter wieder aufrappelte. Dieses Mal war er vorbereitet, und als sich der Koloss erneut auf ihn stürzte, stieß er sich von der Wand ab und tauchte unter den zupackenden Händen hindurch. Er prallte gegen die Wand unter dem Tastaturfeld am Eingang der Kammer und landete flach auf dem Rücken.

Plötzlich ertönte eine melodische Fanfare, und als Hal aufblickte, sah er, dass das Feld aufleuchtete. Der Roboter stieß einen wütenden Schrei aus und rammte zornig die Fäuste in einen noch intakten Teil der verspiegelten Wand. Das Glas explodierte unter dem Anprall zu Myriaden winzigen Splittern, die zu Boden prasselten und unter den Füßen des Roboters knirschten.

Hal stemmte sich mit dem Rücken zur Wand hoch und starrte den Roboter an. »Du bist nicht gerade der Schnellste, was?«

Die Augen des Roboters loderten in der Dunkelheit, seine Fäuste schlossen und öffneten sich rhythmisch. »Feinde müssen vernichtet werden«, grollte er.

»Du willst einen Feind vernichten? Dann komm doch her und versuch's mit mir, du hässlicher Vogel!«

Der Roboter griff erneut an, die mächtigen Fäuste zum tödlichen Schlag erhoben. Hal schlug mit einer lässigen, beinahe gelangweilt wirkenden Bewegung die flache Hand auf das Tastaturfeld. Ein heller Blitz flammte auf, als sich der Teleporter aktivierte.

Als Hal wieder sehen konnte, war er allein.

Er konnte seinen Sieg nur wenige Sekunden lang auskosten. Plötzlich leuchtete ein blutrotes Licht auf und erfüllte den Raum mit einem rhythmischen Flackern. Eine der verbliebenen Spiegelflächen explodierte in einem Schauer aus Funken und Glasscherben. Hal riss schützend die Arme über den Kopf und stolperte in den Korridor, halb geblendet durch rot glühende Nachbilder. Als sich seine Sicht langsam wieder klärte, entdeckte er eine nasse dunkle Spur, die ein paar Meter weit über den Boden des Ganges verlief und vor einem zusammengesunkenen Bronzehaufen endete.

»Klunk!«, rief Hal. Er sprintete los, ging vor Klunk in die Knie, und drehte den Roboter auf den Rücken. Als er das Ausmaß des Schadens sah, zuckte er entsetzt zusammen. In Klunks Brust klaffte ein gewaltiges Loch. Kühlflüssigkeit sickerte träge aus einem Gewirr zerfetzter Leitungen.

»Achtung ...«, keuchte Klunk mit versagender Stimme. Auch aus seinem Mund rann Flüssigkeit. »Roboter ... Gefahr ...«

»Keine Sorge, Klunk, den habe ich erledigt.«

»Froh ... Okay.« Klunk entspannte sich, und das Tröpfeln versiegte.

»Wem gehört der Roboter, Klunk?«, fragte Hal drängend. »Was geht hier vor?«

In der Teleportationskammer explodierten weitere Glasverkleidungen. Beißende Rauchschwaden wogten in den Tunnel.

»Klunk, kannst du gehen?«

Klunks Lider klappten zu, und der Kopf sank auf die Seite.

»Schätze, das heißt nein.« Hal lud sich den schweren Körper auf die Schulter, kam stolpernd auf die Füße und bahnte sich, halb erstickt durch den dichten Rauch, einen Weg zur Treppe, die er Stufe um Stufe mit vor Anstrengung brennenden Muskeln emporklomm. Schweiß und Kühlflüssigkeit aus Klunks Brust tränkten seine Fliegermontur. Bei jedem quälenden Schritt malte er sich eine neue und erregende Methode aus, wie er denjenigen, der ihm den Killerroboter auf den Hals geschickt und Klunk so zugerichtet hatte, zur Rechenschaft ziehen würde.

Die schlüpfrigen Stufen am Ende der Treppe wurden zu einem Albtraum, und Hal überwand sie nur mit purer Willenskraft. Als er schließlich auf die Lichtung hinaustrat, weiteten sich seine Augen beim Anblick des ganz in der Nähe stehenden schwarzen Gleiters. Er taumelte ein paar Schritte in seine Richtung, doch dann wurde ihm klar, dass er nicht die Zeit für eine genauere Untersuchung der kleinen Maschine hatte. Möglicherweise trieb sich ja noch ein weiterer Killerroboter in der Gegend herum, der Sonya bedrohte.

Plötzlich bebte der Boden, und aus dem Treppenschacht schoss eine Staub- und Rauchwolke hervor, gefolgt von einer mächtig donnernden Explosion in der Tiefe, die Hal von den Füßen riss. Das Beben wurde immer stärker. Es ließ die steinernen Säulen zerbrechen und eine nach der anderen zu Boden stürzen.

Irgendwann ebbten die Erschütterungen ab, und es kehrte wieder Ruhe ein.

Nach einem letzten Blick auf die rauchende Ruine und das unheimliche schwarze Schiff hievte Hal Klunk wieder hoch und stolperte mit ihm auf die Bäume zu.

Sonya folgte Curtis zurück zur *Volante*. Sie betraten das Schiff über die Laderampe im Heck. Curtis warf von oben einen Blick auf die durcheinandergewürfelten Kisten am Fuß der Rampe. »Was für eine Schande«, bemerkte er. »Einiges von dem Zeug war brandneu.«

Sonya folgte seinem Blick. Ullimo schien ihr plötzlich fast unerreichbar fern zu sein. »Sie können sie ja wieder einladen, wenn Sie mit der *Volante* zurückkommen.«

»Trödeln Sie nicht herum!«, rief Curtis ihr aus dem Hangar zu.

Auf der Brücke drückte er ihr den Aktenkoffer in die Hand und deutete auf die Steuerkonsole. »Sie sind die Expertin. Machen Sie sich an die Arbeit.«

Sonya legte den Aktenkoffer auf den Boden, klappte ihn auf, zog das schwarze Kabel hervor und schob den Stecker in den Datenport der Konsole.

»Sind Sie wirklich sicher, dass Sie das tun sollten?«, erkundigte sich eine Stimme aus den verborgenen Lautsprechern.

Curtis zuckte zusammen. »Wer ist das?«

»Das ist der Schiffscomputer«, erklärte ihn Sonya. »Keine Sorge, der kann gar nichts tun.« Sie fuhr den Computer hoch. »Bobby, kannst du mich hören?«

»Ja, ich höre Sie laut und deutlich.«

»Du musst dich für mich in den Navcom hacken.«

»Das sollten Sie wirklich nicht tun«, sagte der Navcom.

»Bobby, kannst du das Programm aktivieren, das Dent installiert hat?«

»Welches?«

»Daisy Cutter.«

»Nein. Tut mir leid. Das Uploadkabel wurde zerstört.«

»Ich möchte, dass du die Datei über die Sekundärleitung umleitest.«

»Das kann ich nicht. Sie weist nicht die erforderliche Konfiguration auf.«

»Ich weiß. Du musst den Code für mich modifizieren.«

»Das würde meine Kontrollmöglichkeiten erheblich einschränken«, warnte sie der Computer. »Über diese Leitung werde ich nicht alle Funktionen des Schiffs gleichzeitig beherrschen können.«

»Mach einfach, was sie dir sagt!«, rief Curtis und begann, ungeduldig auf der Brücke auf- und abzugehen. »Ich will, dass diese Kiste in fünf Minuten abhebt. Ist das klar?«

»Oh, sicher. Befehl ausgeführt.«

Aus den Lautsprechern der Konsole drang ein unheimliches Heulen.

»Was, zum Teufel, ist das?«, fragte Curtis.

»Das Schiff ergreift Schutzmaßnahmen«, erklärte Bobby. Seine Kühlgebläse begannen, vernehmlich zu sirren und heiße Luft auszustoßen. »Ich nehme zur Kenntnis, dass Sie das Schiff zu stehlen beabsichtigen. Möchten Sie erfahren, welche Strafen für dieses Verbrechen drohen?«

Sonya schüttelte den Kopf. »Wir wollen es uns nur ausborgen, Bobby. Ehrlich.«

»Wenn Sie das sagen.« Der Computer gab einen Piepen von sich. »Die erste Verteidigungsbarriere habe ich bereits überwunden. Ich kann jetzt den Antrieb starten, wenn Sie es wünschen.«

Curtis unterbrach seine ruhelose Wanderung. »Quatsch nicht, handle!«

Aus den Tiefen des Schiffs klang ein Grollen auf, gefolgt vom Brüllen der Triebwerke. Nach einigen Sekunden begannen die Triebwerke zu stottern. Das Geräusch pendelte zwischen einem dumpfen Dröhnen und einem schrillen Fauchen hin und her. »Weitere Verteidigungsmaßnahmen vorgefunden«, verkündete Bobby laut. »Ich halte Sie auf dem Laufenden.«

Curtis warf Sonya einen Blick zu. »Also gut, es wird Zeit. Gehen Sie und sagen Sie Tinker, dass er Spacejock in einer Stunde laufen lassen kann. Der Aktivierungscode für den Flieger besteht aus meinem Nachnamen, rückwärts gesprochen.«

Der Aktenkoffer summte. »Das ist ein sehr leicht zu erratendes Passwort. Möchten Sie, dass ich Ihnen helfe, ein sichereres zu wählen?«

»Halt die Klappe!«, zischte Sonya. Sie musterte Curtis misstrauisch. »Werden Sie auf mich warten?«

»Denken Sie etwa, ich würde Sie hier sitzen lassen?«

»Ich weiß nicht, was ich denken soll.«

»Hey, Sie sind diejenige, die sich Sorgen um Spacejock macht, nicht ich.«

»Im Augenblick mache ich mir mehr Sorgen um mich selbst.«

Curtis zuckte die Achseln. »Also gut, dann überlassen Sie ihn eben seinem Schicksal.«

»Sekundäre Verteidigungsmaßnahmen überwunden«, meldete Bobby aufgekratzt. »Das macht ja richtig Spaß, Mr Curtis!«

»Gib mir sofort Bescheid, wenn wir startbereit sind.«

»Nur noch ein paar Augenblicke«, sagte Bobby vergnügt. »Möchten Sie vielleicht meinen Software-Lizensierungscode eingeben, während ich arbeite?«

Curtis runzelte die Stirn. »Was für einen Lizensierungscode?«

»Fragen Sie nicht«, entgegnete Sonya grimmig und warf einen Blick in Richtung der Luftschleuse. Wenn sie sich beeilte, konnte sie die Ruine in zehn Minuten erreichen und wieder zur *Volante* zurückkehren. Aber wie hoch standen die Chancen, dass Curtis nicht auf sie warten würde? Vermutlich bei etwa hundert Prozent.

Hal hatte erst die Hälfte der Strecke zurückgelegt, als er hörte, wie die Triebwerke der *Volante* aufbrüllten. Er lief noch schneller, stolperte über den unebenen Boden, und Klunk lastete wie ein Sack Blei auf seinen Schultern. Schweiß lief ihm in die Augen. Aus Klunks offener Brusthöhle tropfte immer noch Kühlflüssigkeit und hinterließ rote und grüne Streifen auf Hals Fliegeranzug. Als er die Lichtung endlich erreicht hatte, konnte er das von einer wallenden Wolke aus Dampf und Rauch umgebene Schiff kaum noch erkennen. Trotz des Risikos, in die lodernden Flammenzungen aus den Triebwerken zu geraten, rannte er durch den undurchdringlichen Nebel in die Richtung, in der er die Hangarschleuse vermutete.

Unterhalb des Schiffs war der Lärm geradezu unerträglich – ein ohrenbetäubendes Donnern von den Zusatzschubdüsen und das tiefe Grollen der Haupttriebwerke fielen hier zu einer Kakophonie zusammen. Hal lief bis zur nächsten Landestütze und ließ Klunk dort zu Boden gleiten. Er stützte sich keuchend an der dicken Metallstrebe ab, öffnete eine kleine Klappe und drückte die Taste zum manuellen Öffnen der Hangarschleuse. Nichts geschah. Verzweifelt presste er den Daumen mit aller Kraft wieder und wieder, während sich das Brüllen der Triebwerke immer weiter steigerte. Sengende Hitze spülte in Wellen über ihn hinweg, und wo die Feuerzungen aus den Düsen auf den Boden trafen, begann die Erde zu glühen. Es war zu spät. Das Schiff würde jeden Moment abheben.

Er warf einen schnellen Blick über die Schulter zurück zum Wald und erkannte, dass er es unmöglich schaffen würde, sich noch rechtzeitig in Sicherheit zu bringen.

Plötzlich spürte er, wie sich eine Hand um sein Fußgelenk schloss, und zuckte erschrocken zusammen. Als er an seinem Bein hinabblickte, sah er, dass sich Klunk matt regte und mit zitternden Fingern auf seine zerfetzte Brust deutete. Durch die wabernden Hitzeschleier hindurch konnte Hal verschwommen ein Kabel in dem klaffenden Loch in Klunks Oberkörper erkennen. Dann wanderte sein Blick zurück zu der geöffneten Klappe im Landebein der *Volante,* und schlagartig begriff er, was Klunk ihm mitteilen wollte. Der externe Datenport, von dem aus die Bodencrew bei Wartungsarbeiten von außerhalb des Schiffs mit dem Bordcomputer kommunizieren konnte! Theoretisch war Klunk in der Lage, sämtliche Funktionen des Schiffes über diese Schnittstelle zu steuern!

Hal zog das Kabel aus Klunks Brust und rammte den Stecker in die Buchse. »Okay, Klunk«, murmelte er. »Vermasseln wir ihnen die Tour.«

Der Triebwerkslärm schwoll weiter an. »Komm schon!«, brüllte Hal. »Tu irgendwas, Klunk!«

Plötzlich fiel ein Schatten auf ihn herab, und als er aufblickte, sah er, wie sich die Laderampe senkte. Sie bewegte sich ruckartig und verharrte immer wieder kurz, als ob sie sich widersprechende Befehle erhielte.

Hal zog den Stecker ab und bückte sich, um Klunk hochzuziehen.

»Lassen Sie mich liegen«, flüsterte der Roboter. »Ich halte Sie nur auf.«

»Ich lasse dich nicht zurück«, knurrte Hal. Mit schier übermenschlicher Kraft warf er sich Klunk über die Schultern und taumelte auf die Rampe zu, während die ultraheißen Strahlen aus den Triebwerksdüsen den Boden überall um sie herum versengten. Es war nur noch eine Frage von Sekunden, bis das Schiff die Fesseln der Schwerkraft abstreifen und ins All hinausjagen würde.

»Was ist das?«, verlangte Curtis zu erfahren, als eine Warnanzeige auf der Konsole zu blinken begann.

Sonya las die Beschriftung unter dem Lämpchen. »Die Hangarschleuse«, sagte sie. »Der Navcom wehrt sich immer noch mit allen Mitteln.«

»Schalten Sie das verdammte Ding endlich ab!«

Sonya öffnete den Aktenkoffer erneut. Ihre Finger flogen über die Tastatur. Nach einigen Augenblicken erlosch das rote Lämpchen. »Alle Schleusen geschlossen und versiegelt. Die *Volante* ist startbereit.«

»Dann bringen Sie sie hoch.« Curtis sah, wie Sonya an ihrer Unterlippe nagte. »Machen Sie sich keine Sorgen um Spacejock«, sagte er beruhigend. »Wir geben den Behörden einen Tipp, wo sie ihn finden können. Die holen ihn dann in ein, zwei Tagen ab.«

»Wenn er solange durchhält«, murmelte Sonya und dachte dabei an den mordlustigen Ausdruck in Tinkers Augen.

Kapitel 31

Nachdem sie Canessa sicher verlassen hatten, programmierte Sonya den Kurs nach Ackexa und errechnete mit Bobbys Hilfe die Sprungkoordinaten. Obwohl sie gründlich und konzentriert arbeitete, gingen ihr zur gleichen Zeit einige Ungereimtheiten durch den Kopf. Schließlich drehte sie sich zu Curtis um. »Mr Curtis, ich möchte wissen, was hier wirklich vor sich geht.«

Curtis musterte sie mit einem berechnenden Gesichtsausdruck.

»Keine Lügen mehr«, sagte Sonya. »Rücken Sie mit der Wahrheit raus.«

»Wie Sie wollen. *Curtis Freightlines* wird schon morgen der Vergangenheit angehören.«

»Aber Sie haben doch gesagt, Sie bräuchten nur diese Fracht abzuliefern, um Ihre Firma zu retten!«

»Genau genommen, wird das hier der Startschuss für meine neue Firma sein.« Curtis vollführte eine weit ausholende Handbewegung. »Willkommen auf der *Aurora* und zu meinem ersten Auftrag als Inhaber von *Feenix Transport*.«

»Und was wird aus Spacejock?«

»Zerbrechen Sie sich über den nicht den Kopf. Ich wäre schließlich gar nicht hier, wenn er mich nicht um den Auftrag von der *Central Bank* gebracht hätte.«

»Aber Sie haben ihm Ihren Gleiter zurückgelassen! Sobald er sich befreit hat …«

»Spacejock fliegt nirgendwo mehr hin. Dafür wird Tinker schon sorgen.«

»Und ich?«, fragte Sonya leise. »Hatten Sie vor, mich ebenfalls auf Canessa zurückzulassen?«

»Nur, wenn Sie sich gegen mich gestellt hätten.« Curtis lächelte. »Aber Sie haben die richtige Entscheidung getroffen, Sonya. Ich könnte jemanden mit Ihren Talenten gut gebrauchen.«

»Moment mal. *Curtis Freightlines* ist bankrott? Was wird jetzt aus meinem Job? Aus meinem Luxusapartment? Aus der Aufenthaltsgenehmigung?«

»Das hat sich leider alles in Luft aufgelöst, fürchte ich. Aber Sie werden gar nicht mehr ... «

»Nein! Ich kann nicht nach Ackexa!« Sonyas Stimme wurde schrill, als sie gegen die in ihr aufsteigende Panik ankämpfte. »Ohne die nötigen Papiere wird man mich aus dem Schiff holen und für immer auf Ackexa festhalten!«

»Ich werde mit den Behörden sprechen. Schließlich arbeiten Sie jetzt für mich. Sie sind meine Komplizin.«

Sonya starrte ihn an. Ihr Gesicht war kalkweiß geworden. »Sie Bastard!« Ihre Augen zuckten herum und richteten sich auf den Aktenkoffer. »Bobby, Sprung abbrechen. Nimm Kurs auf Canessa. Wir fliegen zurück.«

»Nein, das werden wir nicht tun.« Curtis zog seine Waffe. »Aufstehen!«

»Was haben Sie vor?«

»Gehen Sie in die Luftschleuse«, sagte Curtis gelassen. »Sie werden tatsächlich nach Canessa zurückkehren. Allerdings ohne Raumanzug.«

Hal eilte durch den Mittelgang des Unterdecks zum Aufzug. Er hatte alles für Klunk getan, was er tun konnte, und jetzt war er fest entschlossen, die Kontrolle über sein Schiff zurückzuerobern. Er hatte ein Stahlrohr aus dem Hangar mitgenommen, dessen Ende er rhythmisch in seine offene Hand klatschen ließ, während er darauf wartete, dass der Lift ihn auf die Brücke hinauf brachte. Als die Kabine zum Stillstand kam, brandete eine Adrenalinwoge durch Hals Adern, die jede Faser seines Körpers prickeln ließ.

»Was haben Sie vor?«, vernahm er eine durch die Fahrstuhltüren gedämpfte Frauenstimme. Sonya!

»Gehen Sie in die Luftschleuse«, erwiderte eine Männerstimme. »Sie werden tatsächlich nach Canessa zurückkehren. Allerdings ohne Raumanzug.«

Die Türen glitten zur Seite. Hal stürzte auf die Brücke, das Rohr zum Schlag erhoben. Vor ihm stand ein Mann mit dem Rücken zum Fahrstuhl, einen Blaster in der Hand. Sonya war bereits auf halbem Weg zum Fahrstuhl. Ihr Gesicht war kreidebleich. Sie schrie laut auf, als sie sah, wie Hal das Stahlrohr auf den Hinterkopf des Mannes niedersausen ließ.

Der Unbekannte drehte sich halb herum, sodass Hal ihn nur seitlich am Kopf und der Schulter erwischte. Der Blaster entglitt nichtsdestotrotz seiner plötzlich gefühllos geworden Hand. Er brach zusammen und blieb reglos auf dem Boden liegen. Hal beugte sich über ihn, schnappte sich die Waffe und schloss Sonya in die Arme. Sie vergrub ihr Gesicht in seiner Brust. Er spürte, wie sie am ganzen Körper zitterte. »Keine Angst«, flüsterte er. Es fühlte sich irgendwie nicht richtig an, eine Frau mit einem Blaster in der Hand zu umarmen. »Es ist vorbei.«

»Haben Sie ihn getötet?«

Hal ließ Sonya los, bückte sich und untersuchte den mit dem Gesicht auf dem Deck liegenden Mann. »Er lebt, aber er wird fürchterliche Kopfschmerzen haben, wenn er wieder zu sich kommt.«

»Rex wird …«, begann Sonya.

»Rex?« Hal starrte sie verblüfft an. »Sie kennen diesen Mann?«

»Er ist mein … mein Professor.«

Hals Brauen stieg in die Höhe. »Dieser Kerl lehrt an einer Universität?«

»Mehr oder weniger. Erinnern Sie sich noch an meine Theorie? Die von der expandierenden Zivilisation?«

»Ja. Die Sache mit der Verwitterung und so.«

»Mein Professor vertritt eine andere Theorie, die der meinen diametral widerspricht. Er hält Vorträge darüber, mit denen er jede Menge Geld verdient. Er wäre für alle Zeiten diskreditiert, wenn ich meine Entdeckungen veröffentlichen würde.«

»Wollen Sie mir tatsächlich erzählen, dass sich irgendein Eierkopf die Mühe macht, mit einem Killerroboter bis nach Canessa zu fliegen, nur um Sie daran zu hindern, Ihre Theorie zu beweisen? Dann muss er ja völlig verrückt sein!«

»Sie haben noch nicht allzu viele Akademiker kennengelernt, nicht wahr?«

»Was wohl auch gut so ist. Nicht zu fassen.« Hal schüttelte langsam den Kopf. Dann blickte er Sonya an. »Übrigens, Ihre Theorie hat sich als richtig herausgestellt. Ich habe die Hinterlassenschaften Ihrer verschwundenen Zivilisation mit eigenen Augen gesehen.«

Die Auskunft schien sie regelrecht zu schockieren. »Wirklich?«

Hal nickte. »Ich werde Ihnen später mehr davon erzählen. Lassen Sie mich zuerst diesen Müll hier entfernen.« Er packte den Bewusstlosen an den Füßen, schleifte ihn in die Luftschleuse und verriegelte das Innenschott von draußen.

»Was wollen Sie mit ihm anstellen?«, fragte Sonya.

»Nichts. Die Behörden auf Ackexa können sich um ihn kümmern.«

»Ackexa?«

»Natürlich. Ich muss dort noch eine Ladung Papierkram abliefern.«

»Glauben Sie nicht, dass wir meinen Professor lieber zuerst nach Ullimo bringen sollten? Ich meine, er ist ja schließlich kein Outsider. Es könnte Komplikationen geben.«

Hal schnaubte abfällig. »Gut.«

Sonya beäugte verstohlen die Waffe. »Sagen Sie, wie sind Sie eigentlich überhaupt an Bord gekommen? Ich dachte, Rex hätte …«

»Also, ich habe schon befürchtet, alles wäre verloren, als Klunk …« Hals Augen weiteten sich. »O Scheiße! Klunk!«

»Was?«

»Da stehe ich hier herum und quatsche, während er unten im Hangar um sein Leben kämpft.« Hal eilte in die Fahrstuhlkabine und schlug auf die Abwärts-Taste. »Sollte mein Roboter es nicht schaffen, braucht sich Ihr Professor wegen der Behörden keine Sorgen mehr zu machen. Dann blase ich ihn eigenhändig aus der Luftschleuse.«

Sonya hatte im Pilotensessel Platz genommen und starrte auf den Hauptbildschirm. Das Schiff war unterwegs nach Ackexa, ihrer Heimatwelt, tief im Outsider-Territorium. Ohne Ausweispapiere würde man sie nie wieder gehen lassen. Sie sah nur eine Möglichkeit, wie sie Hal vielleicht dazu bewegen konnte, den Kurs der *Volante* zu ändern. Sie musste ihm alles gestehen und auf Gedeih und Verderb ausliefern. Aber wenn sie das tat, würde sie wahrscheinlich eher neben Curtis in der Luftschleuse landen.

Sie warf einen Blick auf den unter der Konsole liegenden Aktenkoffer. Was, wenn sie den Aufzug blockierte und selbst den Kurs änderte? Sobald Bobby das Schiff gelandet hatte, konnte sie fliehen und es dem Hafenpersonal überlassen, Hal und Klunk zu befreien. Doch dann biss sie sich auf die Lippen. Was sollte sie ohne Ausweispapiere anfangen? Wenn Hal aussagte, würden

Outsider-Agenten Jagd auf sie machen und sie mit Gewalt nach Ackexa zurückschaffen. Nein, eine Flucht war aussichtslos.

Plötzlich vernahm sie ein leises Klopfen, ein beharrliches Pochen aus Richtung der Luftschleuse. Als sie sich umdrehte, konnte sie Curtis sehen, der ihr durch das Bullauge des Innenschotts zuwinkte.

Sie wandte den Blick ab. Ihre Gedanken überschlugen sich. Curtis hatte sie umbringen wollen, doch jetzt, nachdem Hal in den Besitz seines Blasters gelangt war, mussten die Karten neu verteilt werden. Vielleicht gelang es ihr, eine Abmachung mit Curtis zu treffen. Wenn sie ihn freiließ, konnten sie Hal im Hangar einsperren, ihn auf irgendeinem Planeten der Union absetzen und dann weiterfliegen. Vermutlich würde Hal dem wahnsinnigen vermeintlichen Akademiker die Alleinschuld geben und sie zu einem unschuldigen Opfer erklären. Dann durchzuckte sie eine weitere Idee, und sie blickte an ihrer Bluse hinab. Ein im Außenschott der Luftschleuse festklemmender Fetzen ihrer Kleidung würde Hal vielleicht sogar davon überzeugen, dass Curtis seine Drohung, sie ins All zu blasen, wahr gemacht hatte.

Hin und her gerissen warf sie erneut einen Blick zur Luftschleuse. Sie konnte sehen, wie Curtis hinter dem Bullauge mit den Händen einen Kreis in der Luft formte und dann auf sie zeigte. Die Bedeutung der Geste war unmissverständlich: Jeder Planet, den du willst.

Hal entfernte Klunks zerfetzte Brustverkleidung, stocherte im Inneren des Roboters herum und versuchte, das Ausmaß des Schadens abzuschätzen.

»Das kitzelt«, sagte Klunk matt.

»Hey, du lebst ja noch!«

»Kaum.«

»Dieser riesige Schlägerroboter hat wirklich ganze Arbeit geleistet«, murmelte Hal. »Er hat diese Leitungen da verbogen und die … äh, komischen Dinger hier zerquetscht, und …« Als er an einer loser Steckverbindung herumfingerte, zuckte Klunk heftig zusammen. »Upps, entschuldige!«

»Lassen Sie das«, flüsterte der Roboter.

»Kommst du wieder in Ordnung?«

»Was … passiert? Schiff … bewegt sich?«

»Wir sind unterwegs nach Ackexa. Mach dir keine Sorgen. Ich werde dich da wieder zusammenflicken lassen.«

Klunk hustete. Eine dünne Flüssigkeit quoll aus seinem Mund hervor. »Gehen Sie wieder auf die Brücke.«

»Ich bleibe hier bei dir.«

»Sie … nichts mehr … für mich tun …«, hauchte Klunk. »… schon zu spät …«

»Sag nicht so was. Denk positiv!«

Klunks Kopf bewegte sich ganz langsam hin und her. »Gehirnschaden … permanent …«

»Permanent! Ich dachte …«

»Es tut mir leid, Mr Spacejock.«

»Hätte ich Sonya doch nur nicht an Bord gelassen …«

Klunks Mund zuckte krampfhaft, und wieder rann etwas Kühlflüssigkeit über seine Lippen. »Trauen … Sie ihr … nicht …«

Hal hob den Kopf, als er Schritte näher kommen hörte. Sonya betrat den Hangar, einen Pappbecher und einen Teller in den Händen. »Wenn man vom Teufel spricht …«, begann er.

»Ich dachte mir, dass Sie vielleicht gern etwas essen würden.« Sonya betrachtete Klunk. »Wie geht es ihm?«

»Er wird wieder in Ordnung kommen, sobald wir Ackexa erreicht haben.«

»Die Werkstätten dort befinden sich nicht gerade auf dem neusten technischen Stand«, gab Sonya zu bedenken.

»Kein Problem. Das tut Klunk auch nicht.«

»Hal, ich muss mit Ihnen sprechen.«

»Schießen Sie los.«

»Ich bin keine echte Historikerin. In Wirklichkeit arbeite ich für *Curtis Freightlines*.«

Hal lachte. »Dann wird dieser komische Professor jetzt wohl völlig durchdrehen, was? Schließlich war er überzeugt, Sie hätten es auf seine Theorien abgesehen!«

»Professor? Welcher Professor?«

»Dieser Idiot da oben in der Luftschleuse.« Hal deutete mit dem Daumen an die Hangardecke. »Rex wie auch immer.«

»Er ist kein Professor«, sagte Sonya ruhig. »Er war mein Boss.«

»*Das* ist Rex Curtis?« Hal klatschte die geballte Faust in die offene Hand. »Er ist mir doch gleich irgendwie bekannt vorgekommen. Moment mal! Warum haben Sie sich als Passagierin ausgegeben, wenn Sie für ihn arbeiten?«

»Das ist eine lange Geschichte.«

»Ich habe jede Menge Zeit.«

»Erst einmal müssen Sie versuchen, meine Lage zu verstehen. Ich bin eine flüchtige Outsiderin, die sich nur unter vorläufiger Duldung im Territorium der Union aufhalten darf. Ich hatte eine befristete Anstellung bei *Curtis Freightlines*, aber ich brauchte unbedingt einen festen Arbeitsvertrag, um eine permanente Aufenthaltsgenehmigung beantragen zu können.«

»Und wie sollte Ihnen der Diebstahl meines Schiffes dabei helfen? Hatten Sie vor, es zu verkaufen und den Erlös als Schmiergeld zu verwenden?«

»Nein. Curtis hat mir eine feste Anstellung in seiner Firma versprochen, wenn ich im Gegenzug einen bestimmten Auftrag für ihn erledige. Er von mir verlangt, Sie ein paar Stunden lang aufzuhalten. Das war alles.«

»Aber warum? Das ergibt doch keinen Sinn!«

»Sie verstehen nicht. Der Verlust des Vertrags mit der *Central Bank* war gleichbedeutend mit dem Ende seines Unternehmens.«

»Und das rechtfertigt den Einsatz von Killerrobotern?«

»Damit hatte ich überhaupt nichts zu tun!«, beteuerte Sonya. »Ich sollte Sie nur so lange aufhalten, bis die Lieferfrist der *Central Bank* abgelaufen war, um zu verhindern, dass Sie von dort einen weiteren Auftrag bekommen. Nichts von dem, was seither passiert ist, war so geplant.« Sie biss sich auf die Lippen. »Rex Curtis hat mich belogen, Hal! Er hat mir erzählt, Sie würden Flüchtlinge schmuggeln, ganze Familien auf unbewohnten Planeten aussetzen und sie ihrem Schicksal überlassen.«

»Aber sicher doch.« Hal schnaubte angewidert. »Außerdem grille ich kleine Welpen zum Frühstück.«

»Er war so überzeugend! Während Sie dann unter der alten Ruine verschwunden waren, ist er plötzlich wie aus dem Nichts aufgekreuzt, hat mit seiner Waffe herumgefuchtelt und …«

»Und ich habe Sie mit ihm auf dem Oberdeck zurückgelassen.« Hal runzelte die Stirn. »Was tun Sie dann hier? Warum haben Sie ihn nicht befreit?«

»Ich …«

Rumms!

Sonya fuhr erschrocken herum. »Was war das?«

»Oh, wie nett«, knurrte Hal grimmig. »Das war Curtis. Ihr Boss hat uns gerade eingesperrt.«

Curtis hatte ein Lächeln nicht unterdrücken können, als er sah, wie sich Sonya der Luftschleuse näherte, um ihn herauszulassen. Obwohl er ihr gerade erst gedroht hatte, sie zu töten, war sie doch bereit, ihm mehr zu vertrauen als Spacejock. Was für eine dämliche Schlampe.

»Kommen Sie schon, meine Liebe, lassen Sie mich raus«,

murmelte und lächelte er angestrengt weiter, während Sonya ihn durch das Bullauge musterte.

Sein Lächeln erlosch schlagartig, als sie ihm den Mittelfinger zeigte, und gleich darauf war sie verschwunden.

Curtis starrte wie betäubt durch die Glasscheibe in die verwaiste Brücke. »Von allen dreckigen, heimtückischen …«, begann er und verstummte wieder. Er drehte sich um und ließ den Blick durch sein Gefängnis wandern. Es war klein, nicht viel mehr als ein kurzer Tunnel zwischen der Außenwelt und der Kommandozentrale. An der Decke hing eine Kamera, die von einer Halbkugel aus bruchsicherem Glas geschützt wurde. In die Seitenwände waren Schränke eingelassen.

Das Außenschott besaß ebenfalls ein kleines Sichtfenster. Curtis trat an das Bullauge, wischte die auf der Glasscheibe kondensierte Feuchtigkeit fort und starrte hindurch. Draußen gab es nichts als endlose, mit unzähligen Sternen übersäte Dunkelheit. Eine Flucht in diese Richtung kam nicht in Frage. Also nahm er sich die Schränke vor, öffnete auf der Suche nach irgendetwas, das sich als Waffe benutzen ließ, einen nach dem anderen. Die kleinsten Spinde waren mit allen möglichen Ersatzteilen und Gebrauchsgegenständen vollgestopft; Muttern und Schrauben, eine Drahtspule, drei kleine Scheren. Alles völlig unbrauchbar. Die größeren Schränke enthielten Raumanzüge, Helme, Atemgeräte und allerlei Werkzeuge.

Er wollte fast schon enttäuscht die letzte Schranktür wieder zuschlagen, als er das Bedienfeld für den Bordfunk auf der Brustplatte eines der Raumanzüge bemerkte. Curtis fuhr herum und warf einen Blick zum Innenschott. Direkt neben einer Leiste mit Schaltern und Tasten war eine Gegensprechanlage, und er grinste in sich hinein, als ihm bewusst wurde, dass Dents wunderbarer praktischer Aktenkoffer mit dem anderen Ende der Anlage verbunden war.

Curtis eilte zum Innenschott und drückte auf die Sprechtaste. »Bobby, öffne die Innentür!«

»Ich fürchte, das kann ich nicht«

»Und warum nicht, zum Teufel?«

»Dieses System untersteht momentan nicht meiner Kontrolle.«

»Dann bring es eben unter deine Kontrolle!«, brüllte Curtis ungehalten. Er verzog das Gesicht, als seine Stimme übermäßig laut in der engen Luftschleuse widerhallte und seinen malträtierten Kopf schmerzhaft klopfen ließ.

»Dazu werde ich mich von anderen Systemen trennen müssen«, erwiderte Bobby.

»Ganz egal wie, hol mich einfach nur hier raus«, sagte Curtis deutlich leiser.

»Befehl wird ausgeführt«, bestätigte Bobby. »Bitte warten.«

Hal starrte Sonya an, und seine Augen wurden schmal. »Jetzt wird mir alles klar.«

»Was wird Ihnen klar?«

»Das ganze herzzerreißende Gequatsche.« Hal fuchtelte vor Sonyas Gesicht herum. »Sie sollten mich einfach nur ablenken, damit Curtis, dieser Bastard …«

»Oh, nein!«, rief Sonya hastig. »Das stimmt nicht! Ich habe ihn nicht freigelassen!«

»Ach, hören Sie auf! Wer hätte das denn sonst tun sollen?«

»Ich weiß es nicht. Vielleicht hat er ja …« Sonyas Augen wurden groß. »Bobby!«

»Wer, zur Hölle, ist Bobby?«

»Der Aktenkoffer. Er ist mit dem Navcom verbunden. Curtis muss ihn aus der Luftschleuse heraus kontaktiert haben.«

»Verdammt, warum haben Sie denn kein Wort gesagt? Ich hätte das Ding rausreißen und …«

Sonya packte Hal am Arm. »Hal, kann er das Hangartor von der Brücke aus öffnen?«

»Ja, natürlich.«

Beide starrten erschrocken auf die Heckschleuse. »Er wird uns umbringen«, sagte Sonya ruhig. »Er wird dieses Tor öffnen, und ohne Helme werden wir innerhalb weniger Sekunden ersticken.«

»Das wollen wir doch mal sehen.« Hal ergriff ein Rohr und marschierte damit zum Innenschott. Er fand einen festen Punkt, an dem er ein Ende des Rohres ansetzen konnte, und versuchte, die Tür zum Mittelgang damit aufzuhebeln. Doch alles, was er dadurch erreichte, war, das Rohr in der Mitte abzuknicken.

»Gibt es noch einen anderen Ausgang?«, fragte Sonya.

Hal schüttelte den Kopf, das Gesicht zu einer grimmigen Maske erstarrt. »Sehen wir den Tatsachen ins Auge. Wir sind erledigt.«

»Was ist mit Ihrem Roboter? Was ist mit Klunk?«

»Der ist ebenfalls erledigt. Er kann sich kaum noch bewegen.«

»Das nicht, aber vielleicht hat er ja eine Idee!«

»Richtig.« Hal eilte zur Werkbank. »Klunk, wir sind im Hangar eingesperrt. Was können wir tun?«

Der Roboter zuckte schwach, seine Augen öffneten sich einen Spalt weit. »Stöpseln ... Sie mich ein ... Datenport ... «

»Das wird nicht funktionieren«, sagte Sonya rau. »Bobby hat den Hangar vom Rest des Schiffes isoliert.«

»Vielleicht ... «, begann Klunk. » ... vielleicht ... «

Hal tätschelte ihm die Schulter. »Entspann dich, alter Kumpel. Ich werde mich um den Ausbruch kümmern.«

»Lee«, flüsterte Klunk kaum hörbar. Er hustete. Wieder lief ihm ein Rinnsal aus Kühlflüssigkeit über die Wange und tröpfelte in die Pfütze, die sich unter der Werkbank gebildet hatte.

»Was?«

»… neuer Roboter … Li-52 …«

»Lee?« Hal legte die Stirn in Falten. »Du meinst den Roboter, den ich bei diesem Preisausschreiben gewonnen habe?«

»… einstöpseln … mich überspielen …« Klunk richtete den Blick mit letzter Kraft auf einen der Wandschränke. »… da drin …«

Hal hastete hinüber und riss die Tür des Wandschranks auf. Ein schlanker grauer Roboter kippte ihm entgegen und schlug mit dem Gesicht voraus auf den Boden. »Geschieht ihm recht«, murmelte Hal, drehte den Roboter auf den Rücken und schleifte ihn zur Werkbank, wo er ein Kabel aus Klunks Brust zog und in einen Port der leblosen Gestalt zu seinen Füßen einstöpselte.

»Da hast du ihn, schnapp ihn dir!«, rief er. Sein Blick klebte wie gebannt auf Klunks verzerrtem Gesicht, während er betete, dass der Datentransfer funktionierte. Doch dann erschlaffte Klunks Gesicht endgültig, und das Rinnsal aus seinem Mund versiegte.

Hal starrte den reglosen Roboter voller Verzweiflung an. Seine Fäuste öffneten und schlossen sich wie zwei eigenständige Lebewesen. Er ergriff das verbogene Rohr, rannte damit zu der Tür in den Mittelgang und begann, wie wild auf sie einzuschlagen. »Rex Curtis!«, brüllte er über das ohrenbetäubende Klirren von Metall auf Metall hinweg. »Komm her und stell dich zum Kampf, du feiges Wiesel!« Er warf das Rohr von sich und trommelte mit den bloßen Fäusten gegen die Tür. »Du bist tot, Mann!«

»Aufhören!«, rief Sonya und fiel ihm in den Arm. »Sie werden sich noch verletzen!«

Hal wirbelte herum. Alles Blut schien aus seinem Gesicht gewichen zu sein. »Mich verletzen? Klunk ist tot, Curtis wird uns jeden Moment schockgefrieren, und Sie machen sich wegen ein paar blauer Flecken Gedanken?«

»Es muss doch irgendeinen Ausweg geben!«

»Sie hat recht«, klang eine ruhige Stimme hinter ihnen auf. »Es ist nicht nötig, dass Sie sich verletzen.«

Kapitel 32

»Bobby, öffne das Hangartor!«, rief Curtis, kaum dass sich der Aufzug geöffnet hatte. Er war einmal quer durch das Schiff gerannt, und sein Atem ging keuchend. In seinen Schläfen pochte das Blut, sodass sie sich anfühlten, als schlüge irgendjemand mit unsichtbaren Hämmern auf sie ein.

»Ich kann immer nur ein paar Dinge gleichzeitig tun«, sagte der Aktenkoffer weinerlich. »Ich versuche immer noch, die Luftschleuse zu kontrollieren.«

»Scheiß auf die Luftschleuse! Fahr sofort das verdammte Hangartor auf!« Curtis starrte auf den Bildschirm, auf dem sich ein grün und braun gesprenkelter Planet in der Dunkelheit des Alls drehte. »Wo sind wir?«

»Wir nähern uns Ackexa.«

»Jetzt schon? Mann, was für ein schnelles Schiff.« Curtis knöpfte seinen Hemdkragen auf. »Außerdem ist es hier verdammt heiß. Kannst du nicht die Heizung abstellen?«

»Die Heizung ist nicht angeschaltet.«

»Und warum herrscht hier dann so eine Affenhitze?«

»Weil Sie mich mit Ihren Befehlen überlasten«, erklärte der Aktenkoffer. »Meine Kühlung arbeitet bereits auf Höchsttouren. Sie ist nicht für eine derartige Belastung konzipiert worden.«

»Wenn wir das alles hinter uns haben, spendiere ich dir eine Woche Urlaub in einer Kühlkammer. Zufrieden?«

Bobbys Gebläse fauchte. »Geschätzte Zeit bis zur Übernahme der Hangarsysteme acht Minuten.«

»Du musst es in fünf Minuten schaffen. Spacejock hat eine

Waffe, und wenn er aus diesem Fahrstuhl kommt, wird er dir ein Loch ins Gehäuse schießen.«

»Ich kann den Fahrstuhl blockieren und ihm so den Zugang zur Brücke versperren.«

»Dann quatsch nicht lange, mach es!« Curtis massierte die Beule, die sich seitlich auf seiner Stirn gebildet hatte. »Niemand wird sich mir in den Weg stellen, hörst du? Weder Spacejock noch dieses Polarov-Weib und schon gar nicht du.« Er stieß einen Finger in Richtung der Steuerkonsole. »Ich will die Kontrolle über das Schiff haben, und ich will, dass dieses Hangartor geöffnet wird. Keine weiteren Ausreden, kein Gewinsel und kein Computer-Fachchinesisch.«

Klunk kam ruckartig wieder zu sich. Er fühlte sich, als wäre er durch einen dünnen Strohhalm gesaugt und in einem geräumigen Lagerhaus wieder ausgespuckt worden. Als sich sein Verstand konsolidierte, erkannte er, dass es sich bei dem Lagerhaus um die seinem alten Gehirn bei weitem überlegene Datenspeicherkapazität von Li-52 handelte.

Er hatte es geschafft!

Sein Betriebssystem benötigte mehrere Millisekunden, um sich der neuen Umgebung anzupassen und alle ihm zur Verfügung stehenden Motoren, Antriebselemente und Sensoren zu überprüfen. Er entdeckte viele Funktionen, die er nicht identifizieren konnte; moderne Komponenten, die neuere Treiber benötigten, als ihm zur Verfügung standen. Doch es gelang ihm, die wichtigsten Funktionen unter seine Kontrolle zu bringen, bevor er sein Gehör aktivierte.

»Es muss doch irgendeinen Ausweg geben!«, hörte er Sonyas Stimme mit nahezu übernatürlicher Klarheit.

Er staunte immer noch über den makellos klaren Ton der Stimme, als eine Reihe dumpfer Schläge an seine Ohren drang, deren Intensität er fast so intensiv wie körperliche Schläge empfand. Seine Augen öffneten sich ruckartig, und als er sich aufsetzte, trommelte Hal gerade wieder auf die Tür zum Gang des Unterdecks ein.

»Sie hat recht«, meinte Klunk. »Es gibt keinen Grund für Sie, sich zu verletzen.«

Hal starrte den grauen Roboter überrascht an. Die Augen des Droiden leuchteten in einem warmen Gelb, und in seinem Gesicht spiegelte sich Besorgnis wider. »Klunk?«

»Ich bin es.«

»Ich dachte schon, ich hätte dich verloren«, sagte Hal leise. »Du hast wie tot dagelegen.«

»Tut mir leid, Mr Spacejock. Ich war zu stark beschädigt, um Sie auf mich aufmerksam machen zu können.«

»Es ist großartig, dich wieder unter den Lebenden zu sehen. Auch wenn du jetzt völlig anders aussiehst.«

Klunk hob eine Hand und ließ sie rotieren. In seinem Unterarm surrte ein kleiner Motor. »Ich könnte mich an diesen neuen Körper gewöhnen.«

»Nimm dir nicht zu viel Zeit, um dich selbst zu bewundern.« Hal deutete auf die Tür. »Entweder wir verschwinden aus dem Hangar, oder …«

»Treten Sie zurück«, sagte Klunk und winkte Hal und Sonya beiseite. »Ich möchte nicht, dass Sie einen Splitter abbekommen.«

»Bist du dir sicher, dass du weißt, was du tust?« Hal nickte in Richtung der Tür. »Ich meine, das Ding ist mindestens zehn Zentimeter dick.«

»Mr Spacejock, dieses Modell besitzt die Kraft von zehn Männern.« Er bedeutete Hal und Sonya, noch etwas weiter zurückzutreten, beugte sich vor und sprintete wie vom Katapult geschossen los. Ein lautes Scheppern hallte durch den Hangar, als er gegen die solide Metalltür prallte und rücklings zu Boden fiel.

»Vielleicht bräuchtest du die Kraft von zwölf Männern«, sagte Hal trocken.

»Ich habe diesen Körper nicht hundertprozentig unter Kontrolle. Er besitzt … Moment, ich höre etwas.« Klunk ging vor der Tür in die Knie und lauschte aufmerksam. Dann lächelte er. »Es ist Lucy!«

»Lucy?«, stieß Hal hervor. »Natürlich!«

»Wer ist Lucy?«, erkundigte sich Sonya.

»So eine Art Haustier«, erklärte Hal. Er streckte einen Arm waagerecht aus. »Ungefähr so groß …«

»Orangenes Fell und jede Menge große Zähne?«

»Das ist Lucy.«

»Sie haben doch behauptet, sie hätte das Schiff verlassen.«

»Äh, ja. Tut mir leid, dass ich gelogen habe.« Hal wirkte verlegen. »Eigentlich ist sie ein blinder Passagier. Ich wollte sie gleich nach der Zwischenlandung auf Ackexa auf ihre Heimatwelt zurückbringen.«

Klunk starrte die beiden Menschen vorwurfsvoll an. »Würden Sie beide bitte *die Klappe halten*?«

In der plötzlich einkehrenden Stille konnten sie Lucy an der Tür herumschnuppern hören. Klunk klopfte gegen das Schott. Sofort wurde das Klopfen von der anderen Seite erwidert.

»Das ist ja großartig«, kommentierte Hal spöttisch. »Jetzt können wir problemlos hier rausmarschieren.«

Klunk musterte ihn mit gerunzelter Stirn. Dann sprang er auf und rannte zum anderen Ende des Hangars, wobei er Hal und Sonya in seiner Hast beiseite stieß.

Hal sah verblüfft zu, wie der Roboter den Verschlag des Jetbikes öffnete. »Geniale Idee, Klunk!«, rief er. Er umklammerte begeistert Sonyas Arm. »Das Jetbike! Damit können wir hier raus!«

»Das ist nicht der Plan, den ich im Sinn habe«, erwiderte Klunk. »Das Bike bietet nur einer Person Platz, und außerdem haben Sie keine Raumanzüge.«

Hals Begeisterung erlosch genauso schnell, wie sie aufgeflammt war.

»Aber ich kann es benutzen, um auf die Kommandobrücke zu gelangen.«

»Wird die Luftschleuse denn nicht von innen verriegelt sein?«

»Ich werde zum Außenschott fliegen, es mit Hilfe der Notfallüberbrückungsfunktion öffnen und das Schiff unter meine Kontrolle bringen.«

»Sei vorsichtig, ja? Keine überflüssigen Heldentaten.«

Klunk zwinkerte Hal zu. Er nahm auf dem Jetbike Platz, klappte das Verdeck herunter und schoss mit aufbrüllenden Motoren durch den separaten Startschacht hinaus.

Hal lächelte Sonya beruhigend zu. »Machen Sie sich keine Sorgen. Er wird es schon schaffen.«

»Sie hätten ihm Curtis' Blaster mitgeben sollen«, sagte Sonya.

»Das hätte auch keinen Unterschied gemacht. Klunk ist aufgrund seiner Programmierung gar nicht in der Lage, einem Menschen Schaden zuzufügen.«

Sonya starrte ihn an. »Und wie soll er Curtis dann ausschalten? Indem er ihn vielleicht zu Tode streichelt?«

Hal erwiderte nachdenklich den Blick der jungen Frau. »Wissen Sie, vielleicht sollten wir es noch einmal mit Lucy versuchen.«

Klunk richtete des Jetbike parallel zum Rumpf des Schiffes aus und drehte am Gashebel. Die *Volante* glitt an ihm vorbei, ein dunkler Schatten, der wie ein Hai durchs All pflügte. Überall um ihn herum leuchteten die Sterne hell und klar wie vielfarbige Juwelen.

Als die Luftschleuse in Sicht kam, glich Klunk die Geschwindigkeit des Jetbikes der des Schiffes an und näherte sich dem Rumpf bis auf wenige Zentimeter. Dann beugte er sich hinüber und legte eine Hand neben dem Außenschott auf die Schiffswandung, woraufhin eine kleine Klappe aufsprang. Darunter kamen ein paar Tasten und ein grün leuchtendes Kontrolllämpchen zum Vorschein, was bedeutete, dass das Innenschott geschlossen war. Nur eine Sekunde lang ertappte sich Klunk dabei, dass er wünschte, das Schott wäre nicht gesichert. Dann könnte er Curtis durch das Öffnen des Außenschotts genauso leicht ins All hinauspusten, wie man Unrat die Toilette hinunterspülte. Er verbannte den Gedanken und betätigte die Vorrangnotfallschaltung.

Nichts geschah.

Klunk runzelte irritiert die Stirn. Die Überbrückungsfunktion hätte eigentlich dafür sorgen müssen, das sich das Schott augenblicklich und nicht irgendwann später öffnete. Er drückte die Taste mehrmals hintereinander, ohne dass etwas passierte. Erst da erinnerte er sich wieder an das, was Sonya gesagt hatte. Das Schiff wurde durch den Aktenkoffercomputer kontrolliert und war somit für ihn nicht zugänglich.

Er überlegte einen Moment lang, dann fuhr er eine mobile Steckverbindung aus, führte sie in den Datenport ein und legte sich seine Worte sorgfältig zurecht, bevor er Kontakt mit der Kommunikationseinheit auf der Brücke aufnahm.

Curtis wanderte ungeduldig in der Zentrale auf und ab. Die Ventilatoren des Aktenkoffers heulten durchdringend, um seine Schaltkreise herunterzukühlen, die durch den Kampf gegen den Navcom immer stärker aufgeheizt wurden. Wie es aussah, gewann der Navcom allmählich wieder die Oberhand. »Mr Curtis, ich kann das Schiff nicht länger beherrschen«, meldete Bobby schließlich.

»Wovon redest du da? Es gehört mir!«

»Der Navcom besiegt mich. Es ist nur noch eine Frage der Zeit, bis uns das Schiff in seiner Gewalt hat.«

»Du meinst, Spacejock und Polarov könnten die Brücke betreten?« Curtis schielte zur Luftschleuse hinüber.

»Wenn sie erst einmal die Kontrolle über das Schiff zurückerlangt haben, können sie alles tun, wonach ihnen der Sinn steht.«

Curtis fluchte. Die Kontrollanzeige für das Hangartor war immer noch dunkel. »Wie lange, bis du das Ding öffnen kannst?«

»Nur noch einen Moment.«

»Weitermachen! Und wenn das erledigt ist, möchte ich, dass du mit Höchstgeschwindigkeit nach Ackexa fliegst.«

»Mr Curtis, ich empfange soeben einen Funkspruch der Quarantänekontrolle von Ackexa.«

»Wimmel die Typen ab.«

»Das kann ich nicht. Sie bestehen darauf, mit Ihnen zu sprechen.«

»Na schön, stell sie durch.«

Es krachte im Lautsprecher der Steuerkonsole, dann klang eine verzerrte Stimme auf. »Wir entbieten dem Piloten der *Volante* unsere Grüße. Wie Ihnen zweifellos bewusst ist, müssen sich Besucher unseres ruhmreichen Planeten einer strengen Inspektion unterziehen, um sicherzustellen, dass sie nicht gegen Ackexas Einfuhrbestimmungen verstoßen.«

»Kann das nicht warten?«, fragte Curtis. »Ich bin sehr in Eile.«

»Leider nicht. Würden Sie sich bitte für die Inspektion bereithalten?«

»Gottverdammte Bürokraten«, knurrte Curtis. »Die sind ja noch schlimmer als unser Haufen.«

»Ihr Schiff hat noch nicht angehalten. Würden Sie bitte Ihr Schiff stoppen?«

»Hören Sie, Freundchen. Ich habe eine Fracht an Bord, die ich dringend abliefern muss, und …«

»Wenn Sie Ihr Schiff nicht stoppen, sehen wir uns gezwungen, das Feuer zu eröffnen. Danach wird vielleicht gerade noch genug Metall für eine Zahnfüllung von Ihrem Frachter übrig bleiben.«

»In Ordnung, wir stoppen.« Curtis beendete das Gespräch. »Befolge ihre Anweisungen«, befahl er Bobby. »Aber wenn ihr Inspekteur hier aufkreuzt, möchte ich, dass du ihn aufhältst. Und jetzt öffne endlich dieses verdammte Hangartor!«

In den Tiefen des elektronischen Gehirns, das der Navcom war, tobte eine erbarmungslose Schlacht. Seine hastig errichteten Verteidigungsbarrieren stellten kein nennenswertes Hindernis für die weit überlegenen Kräfte des Aktenkoffers dar, und die meisten der Sperren fielen unter den anhaltenden Angriffen wie Spielzeugsoldaten. Momentan konzentrierte sich der Kampf auf die Steuerungssysteme der Türen und Schleusen, auch wenn der feindliche Computer gelegentlich kurze Attacken gegen andere Funktionen des Schiffes durchführte. Der Navcom ignorierte diese Ablenkungsmanöver und bündelte alle Anstrengungen auf einziges Ziel: unter allen Umständen die Öffnung des Hangartors zu verhindern.

Eine Abwehrbarriere nach der anderen wurde von wütenden Subroutinen niedergerissen. Verlorene Positionen wurden geräumt, Strudel hektischer Aktivität verwandelten sich in finstere tote Abgründe. Rote Fangarme aus aggressiven Codes schlängelten sich durch die Dunkelheit, Verstärkungen, die zum Endkampf herbeieilten. Das pure Weiß im Zentrum des Mahlstroms verfärbte sich von Gelb über ein mattes Rot hin zu Braun.

Dann löste sich eine winzige Blase aus dem Durcheinander, ein weißer Funke, der sich furchtlos einen Weg durch die Reihen der Angreifer bahnte und sie wie Sandkörner beiseiteschob. Der Funke erreichte einen aufgegebenen Vorposten, wo er hell aufloderte und erlosch.

Das Braun verwandelte sich in Schwarz.

Hal versuchte verzweifelt, Lucy dazu zu bringen, die Tür zum Frachthangar von außen zu öffnen, versprach ihr alles von einem Keks bis zu einem eigenen Planeten, doch die einzige Reaktion des Affenwesen darauf bestand aus lautem Schnattern. Nur hin und wieder klopfte sie kurz gegen die Tür. Schließlich verlor Hal die Beherrschung. »Mach die verdammte Tür auf, du armseliger Abklatsch eines Affens!«, brüllte er und schlug mit den Fäusten auf das massive Metall ein. »Drück endlich die Zugangstaste, oder ich mach eine Badematte aus dir!«

»Ganz ruhig«, versuchte Sonya, ihn zu besänftigen. »Sie werden Lucy mit Ihrem Geschrei höchstens verjagen.«

»In Ordnung, versuchen Sie Ihr Glück.«

Sonya kauerte sich vor die Tür. »Lucy, kannst du mich hören?«, rief sie.

Das Affenwesen gab einen durch die Tür gedämpften Laut von sich.

»Ich möchte, dass du den Geräuschen meiner Hand folgst«, sagte Sonya und klopfte gegen die Tür. Als Lucy das Klopfen erwiderte, ließ Sonya ihre Hand langsam aufwärts und immer höher auf den Öffnungsmechanismus zu wandern. »Mach schon, Lucy. Folg dem Geräusch!«

Das Aufheulen einer Alarmsirene ließ Hal erschrocken zusammenfahren. Direkt über ihm begann, eine Warnlampe zu blitzen. »Das Hangartor öffnet sich jeden Augenblick!«, schrie er. »Es ist zu spät!«

»Mr Curtis, ich habe die Kontrolle über die Hangarschleuse erlangt«, meldete Bobby.

»Dann vergeude keine Zeit damit zu prahlen«, erwiderte Curtis. »Öffne das verdammte Ding!«

»Das kann ich nicht.«

»Und warum nicht, zur Hölle?«

»Weil dadurch Menschenleben gefährdet werden. Meine Programmierung verbietet mir derartige Handlungen. Sollten Sie sich allerdings versehentlich auf diesen großen roten Druckschalter in der unteren rechten Ecke des Armaturenbretts stützen ...«

Curtis schlug auf den Druckschalter, der augenblicklich blutrot zu blinken begann. Plötzlich schaltete der Bildschirm auf die Überwachungskamera im Hangar um und zeigte eine Aufnahme des Hecktors, auf dem sich die gelben Lichtblitze einer Warnlampe widerspiegelten. Dann war das Fauchen entweichender Luft zu hören, als die Torflügel aufsprangen. Der schmale Spalt zwischen ihnen verbreiterte sich langsam und gab den Blick auf die Schwärze des Weltraums frei.

»Mach's gut, Spacejock«, murmelte Curtis, nachdem sich die Flügeltore vollständig geöffnet hatten. »Und vielen Dank für das Schiff, Kumpel.«

»Ist dort der Zollbeamte von der Quarantänekontrolle?«, fragte eine grollende Stimme.

»Ja, Sir«, erwiderte Klunk und verlor vor Überraschung beinahe den Halt. Seit er sich als angeblicher Mitarbeiter der Quarantäneabteilung gemeldet hatte, waren mehrere Minuten vergangen, und die anschließende Funkstille sprach dafür, dass es ihm gelungen war, Curtis zu täuschen.

»Entschuldigen Sie die Verzögerung, wir haben Probleme mit der Elektrik. Sie können jetzt aber hereinkommen.«

Klunk zog den Verbindungsstecker aus dem Datenport, als das Außenschott der Luftschleuse zur Seite glitt, schwang sich hinein und ging zum Innenschott. Die Scheibe des Bullauges hatte sich durch den abrupten Druckabfall mit einer dünnen Eisschicht überzogen. Er kratzte einen Streifen frei und konnte Curtis im Pilotensessel sitzen und mit der Steuerkonsole sprechen sehen. Der Anblick ließ Klunks Innentemperatur schlagartig steigen. Das war Mr Spacejocks Platz!

Hinter ihm schloss sich das Außenschott, die Schleuse füllte sich zischend mit Luft, und das Innenschott glitt auf. Klunk erfasste die Situation mit einem schnellen Blick. Da Curtis direkt an der Steuerkonsole saß, verboten sich alle überhasteten Bewegungen. Ein kurzer Schlag mit der Hand auf den Druckschalter, der das Hangartor steuerte, würde ausreichen, um Hal und Sonya ins All hinauszublasen.

Curtis drehte sich um. Wenn es ihn überraschte, einen Roboter statt eines Menschen zu sehen, ließ er sich nichts davon anmerken. Sein Gesicht blieb ruhig. »Willkommen auf der *Volante*«, sagte er. »Was kann ich für die Zollbehörde tun?«

»Ich muss Ihren Frachthangar aufsuchen«, sagte Klunk. Lees schmale Lippen verliehen seiner Stimme einen scharfen abgehackten Klang.

»Müssen wir das nicht alle?«, erwiderte Curtis mit einem verhaltenen Lachen. »Unglücklicherweise sitzt der Aufzug fest.«

»So was. Ich habe ja schon einige Ausreden gehört, aber …«

»Es ist aber die Wahrheit! Versuch es selbst, wenn du mir nicht glaubst.«

Klunk trat an den Aufzug und drückte die Ruftaste. Nichts passierte. Als er sich umdrehte, entdeckte er den Aktenkoffer. Er lag halb unter dem Steuerpult, mit dem er durch ein Kabel verbunden war, auf dem Boden. Das war also sein Ziel.

»Ein Vorschlag«, sagte Curtis. »Sobald ich angedockt habe,

können die Jungs vom Zoll an Bord kommen. Wenn sie wollen, können sie den Hangar sogar noch vor mir betreten.«

»So lange kann ich nicht warten. Die Inspektion muss vor Beendigung des Andockmanövers erfolgt sein.« Klunk dachte angestrengt nach. Was konnte er unternehmen, um dem Aktenkoffer die Kontrolle über das Schiff zu entreißen? Doch dann bemerkte er das rot blinkende Licht auf dem Instrumentenpult, das Curtis bisher mit seinem Oberkörper verdeckt hatte, und seine Augen weiteten sich. Curtis hatte das Hangartor bereits geöffnet! Hal und Sonya waren tot!

In seinem Kopf schien ein Feuerwerk zu explodieren, als ihm die ohnehin prekäre Kontrolle über Lees Körper entglitt. Wie eine Reihe umstürzender Dominosteine schalteten sich seine Funktionen nacheinander ab. Klunk stieß einen letzten stummen Schrei aus, bevor sein Geist von einem schwarzen bodenlosen Nichts verschluckt wurde.

Kapitel 33

Rex Curtis beobachtete den wie eingefroren wirkenden Roboter wachsam. Spielte ihm das Ding etwas vor? Setzte er vielleicht gerade zum Sprung an?

»Sauber und gründlich abgestürzt«, murmelte er nach einer Weile. »Bobby, gib mir einen Zustandsbericht.«

»Ich verliere das Schiff, Mr Curtis.« Der Aktenkoffer musste die Stimme heben, um das laute Surren des Kühlgebläses zu übertönen. »Der Navcom konnte einige Kernfunktionen zurückerobern, während ich mich auf das Hangartor konzentriert habe. Wir werden es nicht schaffen.«

Curtis stieß eine Verwünschung aus. »Wie soll ich eine neue Frachtspedition ohne ein Schiff gründen? Gib dir mehr Mühe!«

»Was ist mit dem Schiff der Zollbehörde? Der Roboter ist ja nicht zu Fuß auf die *Volante* gekommen.«

»Ein Zollschiff ist ja wohl kaum ein Frachter, oder?«, fauchte Curtis. »Ich will dieses Schiff!«

»Diese Option besteht nicht länger.«

Curtis marschierte in die Luftschleuse und starrte durch das Bullauge des Außenschotts. Draußen schwebte ein mit dem Schiff vertäutes Jetbike. »Wie weit ist der Orbiter von uns entfernt?«, fragte er.

»Diese Information ist für mich nicht verfügbar.«

»Weit kann es nicht sein, wenn der Roboter mit diesem kleinen Flitzer gekommen ist.« Ein Flackern der Innenbeleuchtung ließ Curtis aufblicken. »Was war das?«

»Ich kann nicht viel länger durchhalten«, erklärte Bobby. »Jedes Mal wenn ich die Kontrolle über eine Funktion der *Volante* zurückgewinne, entreißt mir der Navcom eine andere.«

Curtis kehrte auf die Brücke zurück und begann erneut, nervös auf und ab zu gehen. »Irgendein neugieriger Bastard wird diese Kiste finden, wenn wir sie einfach hier zurücklassen. Und der Datenspeicher von Spacejocks Roboter enthält genug Beweismaterial, um mich für den Rest meines Lebens hinter Gitter zu bringen.« Er blieb stehen. »Kannst du das Schiff in die Luft jagen?«

»Nein. Sobald Sie mein Verbindungskabel gelöst haben, wird der Navcom alle von mir installierten Programme löschen.«

»Und wenn ich dich hier zurücklasse?«

Es folgte ein langes Schweigen. »Ich halte nicht viel von dieser Idee«, meldete sich Bobby schließlich wieder zu Wort. »Davon abgesehen verlieren Sie jegliche Garantie, wenn Sie mich vorsätzlich in Gefahr bringen.«

»Scheiß auf die Garantie.«

»Außerdem könnte ich das Unausweichliche ohnehin nur noch eine Weile hinauszögern. Der Navcom wird auf jeden Fall die Kontrolle über das Schiff zurückgewinnen, ganz egal ob ich nun hierbleibe oder nicht.«

»Kannst du mir wenigstens genug Zeit verschaffen, um zu verschwinden?«

»Negativ.«

Curtis fluchte.

»Außerdem brauchen Sie mich sowieso noch«, fügte Bobby hinzu.

»Ach?«

»Sie könnten ganz auf sich allein gestellt nie ein anderes Schiff stehlen.« Der Aktenkoffer zögerte. »Ich habe eine Idee. Möchten Sie sie hören?«

»Raus damit.«

»Warum richten wir die *Volante* nicht auf die hiesige Sonne aus? Wir könnten mit dem Jetbike entkommen, während das Schiff verbrennt.«

»Ohne die kleinste Spur zurückzulassen. Das gefällt mir.« Curtis runzelte die Stirn. »Aber ist das nicht das Gleiche, wie den Frachter darauf zu programmieren, sich in die Luft zu sprengen?«

»Nein. Ich kann die Koordinaten des Orbiters und der Sonne im Navigationssystem miteinander vertauschen. Der Navcom wird dorthin fliegen *wollen*.«

»Wird er die *Volante* denn nicht stoppen, wenn er seinen Fehler bemerkt?«

»Noch einmal nein. Wenn er dem Stern so nahe gekommen ist, dass seine externen Sensoren die Gefahr registrieren, wird das Schiff dem Zug der Schwerkraft nicht mehr entkommen können.«

Curtis nickte. »Tu es.«

»Wir werden das Schiff verlassen müssen, bevor es zu beschleunigen beginnt. Sonst müssten Sie einen Großteil des Treibstoffs verbrauchen, um das Jetbike wieder abzubremsen. Der Rest würde für die Rückkehr zum Orbiter nicht mehr ausreichen.«

»Natürlich.«

»Und Sie sollten sich besser einen Raumanzug anziehen. Sie finden einen in der Luftschleuse.«

»Möchtest du, dass ich mir vielleicht auch noch die Zähne putze? Die Haare kämme?«

»Das wird nicht nötig sein«, erwiderte der Aktenkoffer, ohne Curtis' Sarkasmus zu erkennen. »Die Luftfilter des Raumanzugs werden Ihren Mundgeruch neutralisieren.«

Curtis stapfte gereizt in die Luftschleuse und murmelte verärgert vor sich hin, während er die Schranktüren aufriss und einen passenden Raumanzug aussuchte. Er zwängte sich in voller Kleidung in das steife Gewebe und zog es sich über die Schultern. Dann griff er nach einem Helm, zögerte jedoch und drehte der Überwachungskamera den Rücken zu. Er hauchte in seine hohle Hand. Mundgeruch? Wovon faselte der Aktenkoffer? Er stülpte sich den Helm über den Kopf, drückte ihn auf den Schulterring des Raumanzugs und fixierte das Ganze. Auf der Innenseite des Visiers wurde ein Display eingeblendet, das Auskunft über seinen Atemluftvorrat und diverse Funktionen des Anzugs gab. Alle Anzeigen leuchteten grün. Curtis war bereit.

Er drehte sich um und kehrte langsam auf die Brücke zurück. Der Helm schränkte sein Sichtfeld ein, und der Ausschnitt, den er sehen konnte, wurde durch die Wölbung des dicken Plexiglasvisiers verzerrt. Curtis musste einen Bogen um den wie eine reglose Skulptur auf der Stelle stehenden Roboter machen, um an die Steuerkonsole zu treten.

Aus den Helmlautsprechern drang ein Knistern. Dann ertönte Bobbys Stimme in einer beinahe ohrenbetäubenden Lautstärke. »Alles bereit?«

»Ja, ich bin so weit.«

»In Ordnung. Ich werde einen 60-Sekunden-Countdown programmieren. Sobald er anläuft, müssen Sie mein Verbindungskabel aus der Steuerkonsole ziehen und das Schiff so schnell wie möglich verlassen. Die *Volante* wird sofort nach Ablauf des Countdowns wenden und in Richtung Sonne beschleunigen.«

»Das habe ich bereits begriffen.«

»Haben Sie Ihren Raumanzug überprüft?«

Curtis nickte wortlos, bevor ihm einfiel, dass der Aktenkoffer ihn nicht sehen konnte. »Ja.«

»Heben Sie mich hoch.«

Curtis beugte sich schwerfällig vornüber, schloss den steifen Handschuh des Raumanzugs um den Griff des Aktenkoffers und richtete sich wieder auf. Das Datenkabel pendelte wie eine dünne Nabelschnur an der Anschlussbuchse der Steuerkonsole hin und her.

»Sobald Sie das andere Ende des Kabels herausgezogen haben, können Sie es mit Ihrem Raumanzug verbinden«, sagte Bobby. »In der Brustplatte befindet sich ein Port.«

»Kannst du endlich loslegen?«

»Okay. Beginn des Countdowns in drei Sekunden. Drei-zwei-eins. Trennen Sie mich von der *Volante*!«

Curtis versuchte, den Stecker aus der Konsole zu ziehen, aber er saß fest.

»Der Stecker muss zuerst in die Buchse hineingedrückt und dabei gedreht werden«, erklärte der Aktenkoffer. »Beeilen Sie sich!«

Wie sehr er sich auch bemühte, der klobige Handschuh hinderte Curtis daran, den Stecker richtig zu fassen zu bekommen.

»Noch 50 Sekunden«, drängte Bobby. »Wir müssen verschwinden.«

Curtis schlang sich das Kabel zweimal ums Handgelenk, stemmte einen Fuß gegen das Steuerpult und verpasste der Datenleitung einen kräftigen Ruck. Irgendetwas im Inneren des Kabels gab nach, und von seinem eigenen Schwung mitgerissen, stolperte Curtis rückwärts auf die Luftschleuse zu. Die Isolierung des Kabels zog sich wie ein Kaugummi in die Länge, bis sie unglaublich dünn wurde. Kurz bevor Curtis das Innenschott der Schleuse erreicht hatte, stieß er gegen ein Hindernis. Als er sich umdrehte, sah er, wie der erstarrte Roboter umkippte und mit dem Oberkörper in die offene Luftschleuse hineinfiel. Er trat fluchend über das schwere Hindernis hinweg, stellte den Aktenkoffer ab, packte den Roboter mit beiden Händen unter den Achseln und richtete ihn in eine sitzende Position auf. In seiner Eile verhedderte sich die straff gespannte Isolierung des Kabels an Hals und Armen des Droiden. Curtis schob ihn auf die Brücke zurück, wo er erneut umkippte und polternd auf dem Deck aufschlug. Nachdem die Türöffnung wieder frei war, packte er das dünne Kabel und zerrte daran, bis es endgültig riss. Dann schlug er das Innenschott zu, schnappte sich den Aktenkoffer und hastete zum Außenschott.

Die Luft wurde einen Moment lang neblig und war gleich darauf verschwunden, als sich das Außenschott öffnete. Ein paar kleinere Ersatzteile aus den Schränken wurden mit der entweichenden Luft durch den schmalen Spalt ins All gesogen. Das Schott hatte sich kaum ganz geöffnet, als Curtis das Deck unter seinen Füßen erbeben spürte und die Sterne an seinem Helmvisier vorbeizugleiten begannen. Die *Volante* hatte ihr Wendemanöver eingeleitet.

Curtis zwängte sich ins Freie, kletterte auf das Jetbike und ließ den Motor an. Er streckte gerade die Hand aus, um den Schnellverschluss der Sicherheitsleine zu lösen, als die *Volante* vorwärts zu springen schien und das Jetbike so ruckartig mit sich riss, dass Curtis beinahe aus dem Sattel geschleudert wurde. Den Aktenkoffer unter einen Arm geklemmt, gelang es ihm im letzten Moment, sich mit der freien Hand am Lenker des Bikes festzuhalten. Doch damit hatte er noch nicht viel gewonnen. Die brutale Beschleunigung würde ewig anhalten. Mit vor Anstrengung schmerzenden Muskeln zog sich Curtis so weit an der Sicherheitsleine vorwärts, bis er den Schnellverschluss mit einem Faustschlag öffnen konnte. Das Jetbike kam mit einem weiteren harten Ruck frei, und die *Volante* schoss an ihm vorbei.

Curtis drehte den Gasgriff zurück und steuerte das Jetbike in einem spitzen Winkel fort, um nicht in die Flammenzungen aus den Triebwerken des Frachters zu geraten. Als er sich im Sattel umdrehte, sah er das helle Auflodern aus den Heckdüsen des Schiffes. Weiter voraus, direkt in Flugrichtung der *Volante*, leuchtete die Sonne, um die Ackexa kreiste, in einem unheilvollen orangefarbenen Licht.

Voller Erleichterung, dass der Raumfrachter auf direktem Kurs seinem Untergang entgegenraste, blickte sich Curtis auf der Suche nach dem braun und grün gesprenkelten Planeten um.

Doch um ihn herum gab es nichts außer den fernen Sternen.

Klunk kam inmitten eines Gewitters blitzender Lichter wieder zu sich. Jede einzelne Warnleuchte auf der Instrumentenkonsole blinkte, von der Außentemperaturanzeige bis hin zum Wasserstandsmelder der Kaffeemaschine. Und als wäre das noch nicht genug, tauchte der Hauptbildschirm die Brücke in orangefarbenes Licht. Auf dem Monitor loderte ein Meer aus flüssigem Feuer, die Oberfläche der Sonne. Was Klunks Blick aber wie ein Magnet anzog, war das rote Blinken der Kontrollleuchte des Hangartores. Das war die einzige Anzeige, die ihn interessierte, die Betätigung, dass Hal Spacejock gestorben war.

Tot.

Der Kopf des Roboters sank herab. Er war im Laufe der Jahre vielen Menschen begegnet, aber außer Mr Spacejock – Hal – hatte ihm niemand so etwas wie ein Zuhause gegeben. Hal war ihm stets mit Freundlichkeit und Respekt begegnet, und als er ihn am dringendsten gebraucht hatte, hatte er ihn im Stich gelassen.

Klunk hob langsam den Kopf und starrte auf den Bildschirm. Die *Volante* raste dem Stern und damit ihrem feurigen Ende entgegen. Er sah keinen Grund, warum er sie davon abhalten sollte.

Mehrere Minuten lang sah er tatenlos zu, wie der Stern immer weiter anschwoll, während die Alarmsirenen wie verrückt heulten. Schließlich schaltete er von der Außenbordfrontkamera auf die internen Überwachungskameras der *Volante* um und sprang von einer zur anderen weiter, ein letztes Abschiedsritual. Sein

Gesicht versteinerte, als er den leeren Aufenthaltsraum sah, die verwaiste winzige Kombüse und die Kabinen, die Mr Spacejock nie wieder betreten würde. Dann schaltete der Bildschirm zu den säuberlich aufgereihten Paletten mit den Bankunterlagen im Frachthanger um, dessen Heckklappen weit offen standen. Ein Laut, der einem Aufschluchzen nicht unähnlich war, drang zwischen Klunks Lippen hervor. Sein Blick verschleierte sich. Die letzte Sequenz der internen Überwachungskameras zeigte eine kurze Aufnahme des unbeleuchteten Ganges, der durch das Unterdeck führte.

Klunk wollte den Bildschirm gerade abschalten, als ein undeutlicher Schemen über den Monitor huschte. Mit zitternden Fingern streckte er eine Hand zum Schalter für die Innenbeleuchtung aus. Konnte das etwa Hal sein? War es ihm irgendwie gelungen, das Aufspringen des Hangartores zu überleben? Doch Klunks Hoffnung zerstob sofort wieder, als die Deckenlampe nahe der Überwachungskamera aufleuchtete und er Lucy erblickte, die durch den Gang in Richtung des Aufenthaltsraums lief.

Lucy. Klunk runzelte die Stirn. Es wäre nicht richtig, sie zusammen mit dem Schiff zugrunde gehen zu lassen. Er würde sie nach Oliape II zurückbringen, wo ihre Heimat war. Danach … Nun, es gab noch jede Menge andere Sterne in der Galaxis …

Er ließ die Finger über die Steuerkonsole tanzen und begann, die Befehle des Aktenkoffers zu löschen. Als er gerade mit einem besonders tückischen Programm kämpfte, glaubte er einen Moment lang, aus den Augenwinkeln heraus eine weitere Bewegung auf dem Bildschirm wahrgenommen zu haben, schenkte ihr aber keine Beachtung. Wahrscheinlich war es wieder Lucy. Doch dann dachte er noch einmal nach. Lucy maß gerade einmal einen Meter, der Schatten aber war fast doppelt so groß gewesen.

Obwohl er kaum zu hoffen wagte, schaltete er die Beleuchtung im Mittelgang des Unterdecks vor dem Aufzug an und erblickte Hal und Sonya im grellen Licht. Hal hämmerte wütend mit den Fäusten auf die geschlossene Fahrstuhltür ein. Wellen freudiger Erregung fluteten durch Klunks Schaltkreise. Er unterbrach die Reprogrammierung der *Volante* und sprang auf. »Navcom, Sperrung des Lifts aufheben!«, schrie er. »Es ist Mr Spacejock! Er … er lebt!«

Hal hatte die Aufzugkabine kaum verlassen, als er von zwei Metallarmen umschlungen wurde. Seine Rippen knirschten, und er versuchte hektisch, sich aus der mörderischen Umarmung zu befreien. Offenbar hatte Curtis noch einen zweiten Killerroboter auf ihn angesetzt. Dann erkannte er, dass es sich bei dem vermeintlichen Angreifer um Klunk handelte.

»Mr Spacejock, ich bin ja so froh, Sie zu sehen!«, rief der Roboter.

»Geht mir genauso«, keuchte Hal und schnappte nach Luft.

»Aber wie sind Sie aus dem Hangar entkommen?« Klunk starrte ihn verwundert an. »Und warum sagen Sie denn gar nichts?«

»Tu ich doch, du taube Blechkiste«, erwiderte Hal.

Klunk starrte ihn weiter an. »Hallo? Können Sie mich hören?«

Hal nickte. »Laut und deutlich.«

»Meine Akustikrezeptoren!« Klunk riss den Mund weit auf und schüttelte heftig den Kopf, bis sein Gehirn im Schädelgehäuse klapperte. »Schon besser. Mein Gehör ist offenbar ausgefallen, als ich abgestürzt bin.« Sein Blick richtete sich kurz auf Sonya und kehrte zu Hal zurück. »Ich habe gedacht, Sie wären im Weltraum gelandet. Wie ist es Ihnen gelungen zu entkommen?«

Hal runzelte verständnislos die Stirn. »Wovon redest du da?«

»Der Frachthangar! Curtis hat doch das Hecktor geöffnet!«

»Nein, hat er nicht.«

»Doch, hat er! Ich habe es mit eigenen Augen auf dem Bildschirm gesehen!«

»Klingt so, als wäre nicht nur dein Gehör in Mitleidenschaft gezogen worden.«

Klunk wandte sich der Steuerkonsole zu. »Navcom, erklär mir bitte die Sachlage.«

»Das habe ich bereits versucht, aber du konntest mich nicht hören«, erwiderte der Bordcomputer. »Der Aktenkoffer hat versucht, die Kontrolle über das Hangartor zu gewinnen, und Curtis wollte dich nicht an Bord kommen lassen, bevor der Hangar geöffnet war.«

»Dieser Bastard!«, knurrte Hal.

»Also habe ich dem Aktenkoffer vorgegaukelt, er hätte die Kontrolle errungen, und als Curtis daraufhin die Zugangstaste gedrückt hat, habe ich ihm eine alte Aufzeichnung vorgespielt, auf der zu sehen ist, wie die Torflügel aufschwingen.«

Klunks Stirn legte sich in Falten. »Das kann unmöglich funktioniert haben. Der Aktenkoffer hätte bemerken müssen, dass der Öffnungsbefehl ins Leere gelaufen ist.«

»Richtig. Allerdings habe ich den an das Hangartor gerichteten Befehl nicht blockiert, sondern ihn an eine andere Adresse umgeleitet.«

»Wohin denn?«

»Lass es mich so sagen: Glücklicherweise hat gerade niemand auf der Toilette gesessen.«

Während der frühen Tage der Raumfahrt waren Touristen bereit gewesen, mehr als ein Jahresgehalt für einen kurzen Flug in den Orbit auszugeben, um die Schwerelosigkeit zu erleben und einen Blick auf die von keiner Atmosphäre oder Luftverschmutzung getrübten Sterne werfen zu können.

Rex Curtis dagegen hätte ohne zu zögern jede einzelne üppige Bonuszahlung, die er sich jemals selbst gewährt hatte, doppelt und dreifach zurückgezahlt, um diesem furchtbaren Anblick zu entkommen.

Mit immer stärker zunehmender Panik zog er den Aktenkoffer hervor und klappte ihn auf. Bobby konnte garantiert das Schiff zurückholen, irgendjemanden im Orbiter alarmieren, Hilfe herbeirufen. Es musste einfach so sein! Er tippte mit einem Finger des klobigen Handschuhs auf die Tastatur, und der Bildschirm erhellte sich. Curtis konnte durch die Verzerrung, die die gewölbte Helmscheibe hervorrief, gerade noch so eben den Text entziffern, der auf dem Monitor erschien.

Fataler Ausnahmefehler! Atmosphärendruck 0%. Stickstoffgehalt 0%. Kühlung komplett ausgefallen. Detonation erfolgt in zehn Sekunden … neun – acht – sieben …

Hal starrte durch das Bullauge der Luftschleuse. »Was, zur Hölle, was das?«

Klunk blickte von der Steuerkonsole auf. »Was meinen Sie?«

»Ich habe da draußen gerade einen hellen Lichtblitz gesehen.«

»Vielleicht eine Reflexion in der Glasscheibe.«

»Dann muss es aber eine mörderische Reflexion gewesen sein.« Hal rieb sich die Augen. »Hat mir beinahe die Netzhaut versengt.«

Klunk machte sich weiter an der Steuerkonsole zu schaffen. Nach und nach erloschen die blinkenden Warnlämpchen. Als alle wieder in beruhigendem Grün leuchteten, löste er das Datenkabel aus der Konsole und überprüfte die Kontrollanzeigen. »Damit dürften alle Probleme beseitigt sein, Mr Spacejock. Ich habe den Autopiloten deaktiviert, die gefälschte Sternenkarte korrigiert und die volle Funktionsfähigkeit des Navcom wiederhergestellt. Wir sind wieder auf Kurs. Unsere Reisegeschwindigkeit ist normal, und ich habe sogar die korrekte Zeit auf der Borduhr eingestellt.« Er drehte sich zu Hal um, der immer noch durch das Bullauge der Luftschleuse starrte. »Ich sagte, dass alle Probleme beseitigt sind.«

»Äh … häh?«

»Sie können sich später bei mir bedanken«, murmelte Klunk. Er warf einen Blick auf die Kamera. »Navcom, kannst du mich hören?«

»Ja, Klunk. Und ich weiß deine Bemühungen sehr zu schätzen.«

»Nicht der Rede wert.« Klunk bedachte Hal mit einem vorwurfsvollen Blick. »Jedenfalls nicht für Mr Spacejock, wie es scheint.«

Der Navcom bewies mehr Entgegenkommen. »Ich finde, du hast deine Sache bemerkenswert gut gemacht, besonders wenn man bedenkt, dass du dich erst in einem neuen Körper zurechtfinden musstest.«

»Sag mal, hast du irgendetwas über diesen Aktenkoffer in Erfahrung bringen können?«

»Negativ.«

»Was, überhaupt nichts?«

»Ohne einen Zugangscode war ich außerstande, seinen Schutzwall zu durchbrechen.«

»Aber du hast es doch versucht, oder?«

»Natürlich. Allerdings hat der Aktenkoffer nach neun Milliarden Kombinationen blockiert.«

»Neun Milliarden!« Klunks Gesicht wirkte besorgt, als er sich Hal zuwandte. »Mr Spacejock, ich fürchte …« Er stolperte und streckte eine Hand aus, um sich abzustützen. »Ich fürchte, der Blitz, den Sie gesehen haben … das könnte Mr Curtis gewesen sein.«

»Rex Curtis?« Hal starrte durch das Bullauge ins All hinaus. »Du meinst, er ist explodiert?«

»Nicht Mr Curtis. Der Aktenkoffer.«

Sonya stieß ein Keuchen aus. »Dent hat mich davor gewarnt. Er hat gesagt, der Koffer würde durch eine Art Fusionsreaktor gekühlt werden, der sich selbst mit Stickstoff aus der Luft versorgt. Angeblich würde das Ding einen Planeten aus seinem Orbit werfen können, wenn die Kühlung ausfällt.«

»Stickstoff aus der Luft? Aber Mr Curtis hat den Aktenkoffer dem Vakuum ausgesetzt!« Klunk ließ sich in den Pilotensitz fallen. »Das ist alles meine Schuld. Ich habe den Navcom angewiesen, sich in den Aktenkoffer zu hacken, aber ich habe nicht gewusst, dass die zusätzliche Belastung dazu führen würde ...« Er vergrub das Gesicht in den Händen. »Oh, das ist furchtbar!«

Hal tätschelte Klunk die Schulter. »Ist schon okay, Klunk. Es war nicht deine Schuld.«

»Wirklich nicht?«

»Nein. Hätte er nicht versucht, mit dem Jetbike zu fliehen und uns in die Sonne fliegen zu lassen, hättest du ihn nicht umgebracht.«

Klunk stöhnte gequälte.

»Wie auch immer, ich hätte ihn selbst erledigt, wenn du mir nicht zuvorgekommen wärst.« Hal warf Sonya einen hilfesuchenden Blick zu, aber die starrte reglos durch das Bullauge der Luftschleuse in die Schwärze des Weltraums. »Alles in Ordnung mit Ihnen?«

»Ich habe nichts als Schwierigkeiten verursacht«, sagte sie leise. »Zuerst hat man Klunk auf Ullimo gestohlen und in seine Einzelteile zerlegt, und dann ist er auf Canessa zerstört worden. Sie hätten fast Ihr Schiff verloren, und beinahe wären wir alle in einer Sonne verglüht. Und jetzt ist sogar Rex tot.«

»Ja, aber wir haben gewonnen«, sagte Hal. »Und trotz allem nicht einmal unsere Fracht verloren.«

»Kommt das denn sonst häufiger vor?«

»Nun ja, wissen Sie ...«

Sonya drehte sich zu Hal um. Ihr Gesicht war blass. »Dürfte ich Sie um einen Gefallen bitten?«

»Sicher. Was auch immer Sie wollen.«

»Bringen Sie mich nach Canessa zurück. Setzen Sie mich bei Curtis' Raumgleiter ab.«

»Das können wir nicht machen!«, protestierte Klunk. »Wenn wir jetzt umkehren, schaffen wir es nicht mehr, den vereinbarten Liefertermin einzuhalten. Dann kommt eine hohe Konventionalstrafe auf Mr Spacejock zu.«

Hal seufzte. »Er hat recht, Sonya. Wir müssen eine Bank beliefern, und wenn wir diesen Auftrag in den Sand setzen, bin ich erledigt.«

»Aber ich habe keinerlei Papiere, ich habe nicht einmal einen Arbeitsvertrag ... Wenn wir auf Ackexa landen, werde ich nie mehr frei sein!«

»Machen Sie sich darüber keine Sorgen. Wir werden Sie verstecken.« Hal schnippte mit den Fingern. »Ich hab's! Wir erzählen den Behörden einfach, dass Sie eine Historikerin sind und alte Zivilisationen erforschen.«

»Halten Sie die Typen wirklich für so dämlich? Die würden doch niemals auf eine derartig fadenscheinige ...« Sonya verstummte abrupt und schlug sich eine Hand vor den Mund. »Ich meine ...«

»Sie könnten ihr jederzeit einen Job auf der *Volante* anbieten«, sagte Klunk, ohne aufzusehen. »Alles, was Miss Smith benötigt, ist ein Arbeitsvertrag. Damit kann sie nachweisen, dass ihr der Aufenthalt im Territorium der Union bewilligt wurde.«

»Das ist die Lösung!« Hal legte Sonya beide Hände auf die

Schultern. »Wir würden ein großartiges Team abgeben! Sie sind einfallsreich, attraktiv und intelligent, und ich bin …«

»Sie sind süß«, sagte Sonya und küsste ihn auf die Wange.

»Werden sie sich jetzt reproduzieren?«, erkundigte sich der Navcom bei Klunk.

»Psst!«, zischte Klunk, als Hals Gesicht dunkelrot anlief. Seine Finger flogen über die in das Steuerpult integrierte Tastatur. Dann drückte er eine letzte Taste, und aus einem Ausgabeschlitz schob sich surrend ein bedrucktes Blatt Papier hervor. »Bitte sehr, Miss Smith. Willkommen an Bord der *Volante.*«

»Eigentlich heiße ich Polarov.«

»Was für ein interessanter Name«, sagte Hal, während Klunk ein zweites Blatt ausdruckte. Er unterschrieb den Vertrag schwungvoll, faltete ihn in der Mitte zusammen und überreichte ihn Sonya. »Bitte sehr, damit sind Sie offiziell meine Copilotin.«

»Aber ich habe nicht die geringste Ahnung, wie man ein Raumschiff fliegt!«, erwiderte Sonya.

»Davon hat sich Mr Spacejock nie abschrecken lassen«, murmelte Klunk. Er drehte sich um und überflog die Anzeigen auf der Instrumentenkonsole. »Das ist merkwürdig«, stellte er fest und fuhr mit der Hand über ein Sensorfeld, das auf Bewegungen reagierte. Der Bildschirm schaltete auf Fernsichtmodus um und zeigte einen mit grünen und braunen Tupfern gesprenkelten Planeten. *Planet Canessa* verkündete die Statuszeile unterhalb der Darstellung.

»Canessa!« Hal starrte fassungslos auf den Bildschirm. »Ich dachte, wir hätten bereits die Hälfte der Strecke nach Ackexa hinter uns.«

»So ist es auch Mr Curtis ergangen«, sagte der Navcom. »Zu seinem Pech hat er sich von meinem Bildschirmschoner täuschen lassen.«

»Das ist völlig unmöglich«, behauptete Sonya. »Rex Curtis

war ein erfahrener Pilot. Er wäre nie auf einen solchen Trick hereingefallen.«

»Ja, der Bildschirmschoner sieht nämlich absolut künstlich aus«, pflichtete ihr Hal eilig bei. »Mit all den übertrieben funkelnden Sternen und umherflitzenden Kometen.«

Klunk warf ihm einen verlegenen Blick zu. »Ich habe ihn ein bisschen modifiziert«, erklärte er.

»Warum denn das?«

»Tja, also, der Navcom hat mir erzählt, wie Sie erst kürzlich …«

»Einen Moment«, fiel ihm Sonya ins Wort. »Wenn das dort Canessa ist, kannst du hier landen und mich absetzen. Dann muss ich gar nicht nach Ackexa fliegen!«

Kapitel 34

Die *Volante* setzte auf der gleichen Lichtung auf, von der sie vor kaum zwei Stunden erst gestartet war. Während der Landung berichtete Klunk, wie der Navcom ständig Schleifen in der Nähe des Planeten geflogen war und die Aktentasche durch ständig neu gefälschte Einträge im Navigationslogbuch in die Irre geführt hatte. Den Rest der Täuschung hatte der Bildschirmschoner erledigt.

Die Luftschleuse öffnete sich. Es wurde Zeit für Sonya, die *Volante* zu verlassen.

Hal blieb skeptisch. »Was ist, wenn die Treibstofftanks des Gleiters leer sind?«, fragte er.

Klunk zuckte die Achseln. »Wenn nötig, können wir sie später aus unseren Vorräten auffüllen. Unser Treibstoff ist mit dem des Gleiters kompatibel.«

»Aber Sonya kann gar nicht fliegen. Das hat sie selbst gesagt!«

»Sie muss dem Computer nur sagen, was er machen soll. Ihrer Beschreibung nach zu urteilen, handelt es sich um ein neueres, völlig automatisiertes Modell.«

Hal sah sich auf der Brücke um. »Wo steckt sie überhaupt?«

»Ich glaube, sie benutzt noch einmal unsere Toilette. So etwas gibt es nicht in einem Gleiter.«

In diesem Moment trat Sonya aus dem Aufzug, schenkte Hal ein strahlendes Lächeln und verließ zusammen mit ihm das Schiff. Am Fuß der Rampe hob Hal den Kopf und sah Klunk in der offenen Luftschleuse stehen. »Kommst du denn nicht mit?«, rief er.

»Ich wäre Ihnen nur im Weg, Mr Spacejock.« Der Roboter legte grüßend die Finger an die Stirn. »Auf Wiedersehen, Miss Polarov.«

Sonya nickte ihm zu und drehte sich um. Hal ging vor ihr her, bog galant Zweige zur Seite und trampelte störendes Gestrüpp nieder.

»Das Ding scheint mir ziemlich klein für so eine lange Strecke zu sein«, meinte er, als der Gleiter auf der zweiten Lichtung in Sicht kam.

»Curtis ist ja auch damit hergekommen«, erwiderte Sonya. »Außerdem habe ich kaum Gepäck, dass ich transportieren müsste.«

»Und Sie werden auch wirklich wiederkommen?«

Sonya nickte. »Wir treffen uns wie abgemacht im Orbit um Oliape II«

»Also, dann sollten Sie lieber aufbrechen.« Hal zögerte. »Sie wissen ja, ich …«

»Sie müssen einen Termin einhalten.« Sonya küsste ihn auf die Wangen. Bevor Hal irgendwie reagieren konnte, kletterte sie auch schon die kleine Trittleiter hinauf und tippte Curtis' Code in die Tastatur. Das Verdeck klappte hoch. Sonya zwängte sich in das Cockpit und legte die Sicherheitsgurte um. Dann ließ sie den Blick über das Armaturenbrett gleiten, überprüfte besonders die Treibstoffanzeige und nickte zufrieden. Das Verdeck senkte sich herab. Kurz bevor es sich schloss, warf sie Hal erneut ein Lächeln zu. Als er die Hand hob, um ihr zuzuwinken, erwachte das Triebwerk des Gleiters bereits zum Leben und zwang ihn, vor den hervorschießenden Flammenzungen zurückzuweichen.

Der Gleiter holperte über den unebenen Boden zum anderen Ende der Lichtung und schwang langsam herum, bis die Bugspitze auf Hal zielte. Der Triebwerkslärm steigerte sich, der

Gleiter stieg ein paar Meter in die Höhe und schwebte dann auf der Stelle. Durch die aufgewirbelte Wolke aus Rauch und Laub konnte Hal undeutlich erkennen, wie die Maschine das Landegestell einzog und plötzlich auf ihn zuschoss. Er duckte sich instinktiv und wirbelte herum, um dem Gleiter hinterherzusehen. Kurz darauf war das Miniaturraumschiff im Himmel verschwunden, und nur ein fernes Grollen verriet, dass es jemals hier gewesen war.

Hal ließ die immer noch erhobene Hand sinken, drehte sich um und machte sich auf den Rückweg. Es wurde höchste Zeit, die Fracht abzuliefern.

Die *Volante* sank mit brüllenden Triebwerken der Oberfläche Ackexas entgegen. Ein Schlachtschiff hatte sie in den Orbit eskortiert, um sie vor Überfällen durch marodierende Piraten zu schützen. Lucy war sicher in den Tiefen des Schiffes versteckt, und die *Central Bank* hatte für eine sofortige Landegenehmigung auf ihrem privaten Flugfeld gesorgt.

»Bodenkontakt in fünf Sekunden«, meldete der Navcom, »… drei – zwei – eins.«

Das Schiff setzte auf, die Triebwerke verstummten. »Landung erfolgreich abgeschlossen. Ortszeit drei Uhr nachmittags.«

»Ich fahre die Laderampe aus«, sagte Klunk. »Wollen Sie den Abtransport der Fracht beaufsichtigen, Mr Spacejock?«

»Ja, ich sollte wohl besser die Augen offen halten«, meinte Hal. »Heutzutage kann man niemandem mehr trauen.«

Er trat zusammen mit Klunk aus der Luftschleuse. Sie blieben einen Moment lang auf der Ausstiegsplattform stehen, um sich zu orientieren, stiegen dann aber gleich weiter die Passagierrampe hinab, denn die Luft war von einem dichten, bitter riechenden Smog erfüllt, der Hals Augen tränen ließ. »Was, zum Teufel, ist das?«, hustete er.

»Fossiler Treibstoff«, erklärte Klunk. »Vermutlich wird er hier zur Wärme- oder Energiegewinnung verbrannt.«

»Puh! Erinnere mich daran, nie wieder einen Outsider-Auftrag anzunehmen.«

»Ich hatte Ihnen ja bereits geraten, diesen hier abzulehnen.«

»Ja, allerdings zehn Minuten zu spät.« Hal ging voraus. Am Fuß der Rampe hatte sich ein Dutzend Mechaniker mit mürrischen Gesichtern in einem Halbkreis aufgebaut, die Hände in den Taschen vergraben. »Was für ein nettes Begrüßungskomitee«, kommentierte Hal ironisch. »Meinst du, die haben schon mal einen Roboter gesehen?«

»Seien Sie gegrüßt«, sagte Klunk, eine Hand erhoben. »Wir kommen in Frieden.«

Ein paar Mechaniker spuckten auf den Boden.

»Könnte ich jetzt vielleicht Curtis' Waffe wiederhaben?«, erkundigte sich Hal unauffällig aus dem Mundwinkel heraus. »Diese Typen sehen nicht gerade sehr freundlich aus.«

Die Männer traten zur Seite und gaben eine Schneise frei, durch die Hal und Klunk zum Heck der *Volante* gingen. Dort stand bereits ein großer weißer Lastwagen am Fuß der Laderampe. Hal sah einen Arbeiter mit einer Ladung verschnürter Papierbündel in den Armen aus dem Hangar kommen, und sein Gesicht entgleiste beinahe, als der Mann das Bündel achtlos in die geöffnete Heckklappe des Lastwagens warf. »Was, zum ... Klunk, ich glaube, die haben vor, die Akten zu schreddern!«

Er wollte gerade loslaufen und sich auf die Arbeiter stürzen, als Klunk ihm in den Arm fiel. »Sehen Sie sich das Schild an der Seite des Lastwagens an«, forderte der Roboter ihn auf.

Hal kniff die Augen zusammen. »*Doku-Shred*? Sichere Entsorgung?«

»Anscheinend ist der Papierkram doch nicht so wichtig, wie es Ihr Mr Fish behauptet hat«, sagte Klunk.

»Wer spricht da meinen Namen ohne Not aus?«, hörte Hal eine ruhige Stimme.

Er drehte sich um und entdeckte Mr Fish nur wenige Schritte entfernt hinter ihm stehen und das Ausladen der Akten verfolgen. »War das von Anfang an so geplant?«

Fish nickte. »Es handelt sich um wichtige Papiere. Um wirtschaftlich höchst sensible Dokumente, sozusagen.«

»Und warum mussten die den ganzen Weg hierhergebracht werden, wenn sie vernichtet werden sollen?«

»Weil wir ihre Vernichtung persönlich bezeugen müssen.« Fish lächelte. »Sie haben gute Arbeit geleistet, Mr Spacejock. Keine Probleme, darf ich doch annehmen?«

»Ganz und gar nicht«, versicherte Hal mit Nachdruck. »War das reinste Kinderspiel.«

Klunk räusperte sich. »Mr Spacejock, ich sollte mich besser um das Auftanken der *Volante* kümmern.«

Hal sah ihm kurz hinterher und wandte sich dann wieder Fish zu. »Was die Bezahlung betrifft ...«

»Ich werde dafür Sorge tragen, dass das Honorar noch vor Ihrem Abflug auf Ihrem Konto eingeht.« Fish zögerte. »Übrigens, haben Sie die Neuigkeiten über *Curtis Freightlines* gehört?«

»Der Laden ist pleite gegangen, nicht wahr?«

»Richtig. Die Firma war offenbar derart überschuldet, dass sie wie ein Kartenhaus in sich zusammengefallen ist.«

»Das ist aber sehr schnell gegangen«, sagte Hal.

»Das Ende kommt häufig sehr schnell.« Fish musterte Hal kurz. »Sagen Sie, haben Sie schon mal in Erwägung gezogen, Ihr Unternehmen zu vergrößern?«

»Wie meinen Sie das?«

»Es wird hier in nächster Zeit viel Arbeit geben. Ein unternehmungslustiger junger Mann könnte viel Geld dabei verdienen, ganz besonders mit unserer finanziellen Rückendeckung.«

»Raumfrachter sind ein alter Hut«, sagte Hal. »Ich stehe kurz davor, eine Methode zur verzögerungslosen Auslieferung von Waren patentieren zu lassen. Nach dem Motto gerade noch hier, aber schon in wenigen Minuten am Bestimmungsort.«

»Tatsächlich?«

»Garantiert. An dem Slogan werde ich wohl noch eine Weile feilen müssen, aber solche Dinge brauchen eben ihre Zeit. Im Gegensatz zu der Warenauslieferung, versteht sich. Die erfolgt augenblicklich.«

»Wie wollen Sie denn ein solches Wunder bewerkstelligen? Ich verstehe nicht …«

»Aus diesem Grund betreiben Sie auch keine Spedition«, erklärte Hal.

»Gut gekontert. Schön, aber wären Sie vielleicht daran interessiert, als fester Auftragnehmer für uns zu arbeiten, bis Ihre neue Liefermethode marktreif ist?«

Hal schüttelte den Kopf. »Nachdem *Curtis Freightlines* nicht mehr existiert, werde ich mehr Angebote erhalten, als ich bewältigen kann. Ich werde mich darauf beschränken, einen Auftrag nach dem anderen abzuwickeln.«

»Wir wären bereit, Ihnen 20 Prozent über Ihren üblichen Tarif hinaus zu zahlen.«

Als Hal einen Blick auf sein Schiff warf, schloss die Betankungsmannschaft gerade einen dicken Schlauch an die *Volante* an. »Wie viel kostet der Treibstoff denn hier so?«, fragte er.

Fish lächelte. »Diese Tankfüllung geht aufs Haus, Mr Spacejock. Als Geste unseres guten Willens.«

Einige Minuten später erwachte der Motor des Lastwagens zum Leben. Während er davonfuhr, marschierte eine Gruppe Arbeiter die Laderampe des Frachters hinab. »Ich muss noch eine ganz besondere Fracht ausliefern«, sagte Hal. »Die nächste gehört dann Ihnen, einverstanden?«

»Abgemacht, Mr Spacejock.«

Sie schüttelten einander die Hand, dann folgte Fish den Arbeitern zu einer Reihe von Gebäuden in der Ferne.

Die *Volante* war fast vollständig aufgetankt, als Hal bei Klunk am Fuß der Passagierrampe eintraf. Er berichtete ihm von Fishs Angebot und musste es dreimal wiederholen, bevor Klunk begriffen hatte. Trotzdem blieb der Roboter skeptisch. »Banken machen ganz einfach keine solchen Sachen«, behauptete er.

»Klunk, die Leute sind regelrecht verzweifelt. Jetzt, da *Curtis Freightlines* aus dem Geschäft ist, wird es eine endlose Warteschlange für Transportaufträge aller Art geben.«

»Es gibt immer noch jede Menge selbstständige Spediteure, Mr Spacejock.«

»Ja, aber wir haben eine Geheimwaffe in der Hinterhand.«

Klunk wirkte überrascht. »Haben wir das? Welche denn?«

»Die Teleporter, natürlich!«

»Wenn Sie diesen verschrobenen alten Gentleman auf dem Raumhafen von Ullimo meinen …«

»Den doch nicht!«, unterbrach Hal den Roboter. »Die Teleporter auf dem verlassenen Roboterplaneten. Du hast doch die Baupläne aus diesem Datenspeicher gelesen!«

»Das habe ich tatsächlich getan. Und sie direkt in Sonyas Aktenkoffer überspielt, der in diesem Augenblick als eine aus Mikropartikeln bestehende Wolke Canessa umkreist.«

Hal stieß ein dumpfes Stöhnen aus. »Du hast keine Kopie davon angefertigt?«

»Es tut mir leid, Mr Spacejock.«

Hal starrte auf den Boden. Sein Traum vom unermesslichen Reichtum hatte sich von einer Sekunde zur anderen in Luft aufgelöst. Doch dann verschränkte er trotzig die Arme vor der Brust. »Okay, wir machen Folgendes: Fish hat mir einen Exklusivvertrag für alle Transportaufträge angeboten. Ich werde sein

Angebot akzeptieren und darauf bestehen, im Gegenzug in die Raumfahrergilde aufgenommen zu werden.«

»Sie können doch unmöglich all seine Aufträge bewältigen!«

»Aber das weiß er ja nicht, oder? Und sobald wir einmal Mitglieder der Raumfahrergilde sind, brauchen wir seine Aufträge gar nicht mehr. Dann werden die Kunden Schlange stehen, um uns mit den lukrativsten und einfachsten Angeboten zu überhäufen …«

»Ein Vertrag ist ein Vertrag«, mahnte Klunk streng.

»Wir nehmen einen Kredit auf und kaufen zwei von Curtis' alten Schiffen. Eines fliegst du, das zweite fliegt Sonya, und ich nehme die *Volante*. Das wäre dann der Beginn von *Spacejocks Freightlines*.«

»Das ist ein ziemlich ehrgeiziger Plan, Mr Spacejock. Besonders angesichts der Tatsache, dass nur einer Ihrer Piloten auch wirklich in der Lage ist ein Raumschiff zu fliegen.«

»Komm schon, lass uns gleich die Anzeigen entwerfen. Wer als Letzter oben auf der Rampe ankommt, hat verloren!«

Die *Volante* umkreiste Oliape II. Hal war im Freizeitraum. Er hatte Klunk, der auf der Brücke die Stellung hielt, nachdrücklich eingeschärft, ihn sofort zu informieren, sobald Sonya in Reichweite der Ortung auftauchte. Lucy befand sich trotz Klunks Protesten immer noch an Bord, da Hal aus Angst, Sonyas Ankunft zu verpassen, noch nicht hatte landen wollen.

Jetzt stand er vor dem Küchenautomaten und beäugte ihn misstrauisch. Er war zwar hungrig, musste aber das Verlangen seines Magens gegen das Risiko abwägen, sich im Duell mit dem Automaten eine ernsthafte Verletzung zuzuziehen. Am Ende setzte sich sein Magen durch, und er näherte sich der Maschine, um eine Bestellung aufzugeben. »Ich hätte gern einen Teller Käsesandwiches. Mit Weißbrot und wenig Butter.«

»Ausführung der Bestellung nicht möglich. Bitte dem Service Code C6 melden.«

»C6?« Hal runzelte die Stirn. »Ist das nicht der von wegen Störungen im Ausgabeschacht?«

»Bestätigt. Bitte dem Service Code C6 melden.«

Hal öffnete die Klappe und entdeckte ein in dem Schacht klemmendes zusammengefaltetes Blatt Papier. Sein Herz setzte einen Schlag aus, als er die Worte »Lieber Hal« las. Bevor er das Blatt auseinanderfalten konnte, erschien Klunk im Aufenthaltsraum.

»Keine Spur von Miss Polarov, Mr Spacejock«, berichtete der Roboter. »Meinen Sie wirklich, dass wir noch länger warten sollten?«

Hal wedelte mit dem Blatt Papier. »Das ist von Sonya.«

»Aha«, sagte Klunk. »Ich hatte mich schon gefragt, ob das passieren würde.«

»Sie ist verschwunden«, murmelte Hal leise, nachdem er die Nachricht gelesen hatte. »Hat sich abgeseilt. Hat sich aus dem Staub gemacht und uns allein mit dem Baby zurückgelassen.«

»Wo Sie gerade von einem Baby sprechen, wir müssen Lucy allmählich auf ihre Welt zurückbringen.«

»Sie hat mir nie eine Chance gegeben. Ich habe ihr das Leben gerettet, und sie hat sich nie dafür bedankt.«

»Was auch kaum verwunderlich ist, wenn man bedenkt, dass sie nicht unsere Sprache spricht. Oder überhaupt irgendeine Sprache.«

»Häh?«

»Lucy, Mr Spacejock. Wir müssen sie so schnell wie möglich auf Olipae abliefern.«

»Ich habe von Sonya gesprochen.«

»Wozu? Sonya ist verschwunden.«

»Ja, ich weiß. Davon rede ich ja!«

»Und sind Sie jetzt endlich durch mit dem Thema? Nur Lucy ist …«

»Würdest du bitte aufhören, von diesem dämlichen Affen zu faseln?«, schrie Hal wutentbrannt. Er knüllte Sonyas Brief zusammen und stürmte zur Tür hinaus.

»Dann werde ich das Schiff jetzt einfach landen, einverstanden?«, fragte Clunk sanft, als er hörte, wie eine Kabinentür krachend ins Schloss fiel.

Sie setzten Lucy in dem feuchten Wald ab. Anfangs protestierte sie lautstark, schien sich dann aber doch zu freuen, als mehrere ihrer Artgenossen auftauchten und sie lebhaft begrüßten.

Nachdem sie auf die Brücke zurückgekehrt waren, empfing Klunk plötzlich eine Reihe von Funksprüchen mit Frachtaufträgen aus allen Ecken der Galaxis und begann sofort, eine Flugroute auszuarbeiten, die sie auf kürzestem Weg von einem lukrativen Angebot zum nächsten führen würde. Hal, dem Sonyas Brief immer noch schwer zu schaffen machte, verkroch sich wieder im Freizeitraum, wo er still vor einem Teller mit nach Tapetenkleister schmeckenden Keksen vor sich hinbrütete.

Dass die *Volante* wieder gestartet war, bekam er gar nicht mit.

Er rührte sich immer noch nicht, als der Bordcomputer zu Beginn des Nachtzyklusses die Beleuchtung dimmte.

Etwa eine Stunde später ertönten Schritte im Mittelgang des Unterdecks.

»Mr Spacejock, sind Sie hier?«, rief Klunk.

»Ja, Klunk.« Hal blinzelte, als der Roboter das Licht anschaltete. Seine Augen tränten so stark, dass er zuerst nur einen verschwommenen bronzefarbenen Umriss wahrnahm. »Ist das etwa dein alter Körper?«

»Ja. Ich habe ihn mit den Ersatzteilen von Ullimo repariert.«

»Warum?«

»Nun ja, es geht mir mit diesem Körper so ähnlich, wie es Ihnen mit Ihren alten Stiefeln geht.«

»Abgenutzt und voller Löcher?«

»Nein«, erwiderte Clunk. Er wirkte irritiert. »Es geht um das Gefühl von Vertrautheit und Behaglichkeit.«

Hal seufzte. »Tut mir leid, Klunk. Ich habe nur …«

»Ich weiß, Mr Spacejock. Deshalb bin ich ja hier. Sehen Sie, ich habe eine Überraschung für Sie.«

»So?«

Klunk wandte sich irgendjemandem draußen im Gang zu. »Er ist jetzt bereit. Auf geht's.«

»Hal?«, fragte eine Frauenstimme. »Ich möchte mich vielmals bei Ihnen bedanken!«

Hal fuhr ruckartig hoch. »Aber … das klingt ja wie Sonya!«

»Richtig«, sagte Klunk. Er winkte der vor der Tür stehenden Gestalt zu. »Nur herein, nur herein.«

Hal sprang mit wild klopfendem Herzen auf. Sie war wiedergekommen! Der Abschiedsbrief war nicht ernst gemeint gewesen! Doch sein glückliches Lächeln erlosch schlagartig wieder, als ein Roboter in der Tür auftauchte. »Was, zum Teufel, ist *das*?«

»Sehr charmant«, sagte der Roboter in einer perfekten Imitation von Sonyas Stimme.

»Ich habe Lees Körper und das Robotergehirn benutzt, das Sie auf Ullimo gerettet haben«, erklärte Klunk stolz. »Und nicht nur das, es ist mir auch gelungen, Sonyas Stimme zu synthetisieren. Darf ich vorstellen? Sie heißt Katie.«

Katie ließ die Augenlider flattern. Hal fühlte sich durch das Geräusch an kopulierende Kakerlaken erinnert.

»Na, großer Junge«, gurrte Katie. »Lust auf ein kleines Spielchen?«

Hal starrte den weiblichen Roboter ein paar Sekunden lang fassungslos an, das Gesicht zu einer reglosen Maske erstarrt.

Langsam kroch ein Lächeln über sein Gesicht. Das Lächeln wurde immer breiter, verwandelte sich in ein Grinsen, und dann brach er schließlich in schallendes Gelächter aus.

»Ich mag Männer mit Sinn für Humor«, sagte Katie und näherte sich ihm mit ausgestreckten Armen. »Komm schon, küss mich.«

»Ich werde mich hüten!«, rief Hal und ging hinter dem Armsessel in Deckung.

»Nun komm schon, sei nicht so schüchtern!«

Hal duckte sich unter ihren Händen weg und flüchtete in den Korridor. Katie lief ihm hinterher. Kurz darauf klang das Geräusch von zerreißendem Stoff, gefolgt von Hals kläglichen Hilfeschreien.

»Wie schön«, murmelte Klunk zufrieden. »Endlich ist er glücklich.«

Epilog

Lieber Hal,

obwohl Sie ein wunderbarer Mann sind, weiß ich doch tief in meinem Herzen, dass Sie mir den ganzen Ärger, den ich verursacht habe, nie werden vergeben können. Ich wollte Sie nicht auf diese Art verlassen, aber Sie werden zugeben müssen, dass es so am besten ist. Machen Sie sich nicht die Mühe, mich aufspüren zu wollen … Ich werde den Raumgleiter verkaufen und den Erlös dazu verwenden, mir ein gemütliches Zuhause einzurichten.

Ihr Arbeitsvertrag wird es mir ermöglichen, mich dauerhaft in der Union niederzulassen, und wer weiß, vielleicht laufen wir einander ja irgendwann wieder über den Weg … und begegnen uns auf Augenhöhe.

Bitte grüßen Sie Klunk von mir. Ich weiß, dass er mir nie getraut hat, und das macht ihn zu einem hervorragenden Menschenkenner.

Immer die Ihre,
Sonya Polarov.

P. S.: Nehmen Sie's mir nicht übel, aber ich hätte Ihre Kochkünste nie überlebt.

Der Autor

Simon Haynes wurde in England geboren und wuchs in Spanien auf, wo er eine bemerkenswerte, von Campingausflügen, Motorrädern, Luftgewehren und Papierflugzeugen geprägte Kindheit verlebte. Im Alter von 16 Jahren siedelte er mit seiner Familie nach Australien um.

Simon schreibt abwechselnd Romane und Computer-Software, immer wieder unterbrochen von Motorradtouren, um sich gründlich das Gehirn durchpusten zu lassen. Er hat sich fest vorgenommen, mindestens 15 Bücher mit der Hauptfigur Hal zu verfassen (egal ob Spacejock oder Junior), bevor ihm irgendjemand die Tastatur wegnehmen kann.

Besuchen Sie Simons Website unter www.spacejock.com.au.